骂芸芸　千大成一章
怒芸　独生恨情愁
笑越笑　凤爱九天长啸
嬉穿　谈笑擅守

雪村／著

长篇历史幽默小说

扬州八怪

安徽文艺出版社

第 十 五 章

1

将画师们所有的字画送进了裱坊，吴子坤兴奋不已。在他的如意算盘里，岳大将军也好，麻三贵也好，画师们也好，现在统统都成了他仕途往上爬的阶梯，岳大将军刚愎自用、目中无人，做个屁寿庆排场到这个份上，连皇上爷才能用的贺词都用上了，贼胆也太大了，一个欺君之罪就能置他于死地。与此案有关的大蠢蛋麻三贵、那些个难侍候的画师们一个个都脱不了干系。吴子坤越想越得意，似乎扬州知府的宝座正向他招手呢。掌灯时分，吴子坤瞒着麻三贵，带师爷章元杰进了密室。

"现在你就给我写奏章。"吴子坤阴阴地眯缝上那双犀利的单眼皮，"我要让他们一个也逃不出我的手掌心。"

"写什么，吴大人？"章元杰感觉到阴森森的气氛。

"你写，署我吴子坤的大名，出了事我一人担。"吴子坤胸有成竹地道："把麻大人的名字也挂上，事情是他宣布的，就从他开头……"

章元杰问："怎么写，是怎样的口吻？"

吴子坤想了一下道："听好，大意是这样的，抚远大将军岳钟琪借八十寿诞，结党营私，公然犯上，与扬州代理知府麻三贵、扬州画师郑板桥、金农等沆瀣一气，冒天下之大不韪，作万寿字、画捅天竹，实属大逆不道，理当诛之，万请皇上圣裁！"

章元杰写写停下了。

吴子坤："怎么不写？"

章元杰说："大人，麻大人、郑板桥他们都最好别写。"

"为什么？"

章元杰拿出岳钟琪那封私函道："岳钟琪有证据在大人手里，而郑板桥他们的画子不在你的手里，另外，麻大人朝中有什么人你也不知道，这样送到朝廷里，说不准在哪个关节上出了岔子……"

"……"吴子坤沉吟了下，"在理是在理，不过，他们的画子不是要由岳家那小子送到京城里去吗？"

"大人，听小的一句没错。"章元杰狡黠地说，"你想想，你的目标是向皇上邀功，干倒一个岳钟琪足够了。到那时候，麻大人，还有郑板桥这些个布衣画师，已经不在你的眼里了。再说……"

"你接着说。"吴子坤点着头道。

章元杰接着说："皇上接到这份密报，定然要派兵搜查岳家，郑板桥他们的字画到了岳府，自然逃不了同党的厄运；他们的字画若是没在，大人呢，也用不着担那份谎报罪证、欺上瞒下的罪责了。"

"言之有理，言之有理。"吴子坤好生高兴，"师爷真不愧老奸巨猾，精明过人精明过人哪，佩服佩服！"

几个画友奉命给岳文成作好了字画交了差，相邀齐集金农家，酒酣意浓间戏说给岳钟琪的画中留下后手的事儿，免不了畅言豪语一番。

"那家伙长得什么模样？"高翔问黄慎。

"面子上是人样，"黄慎戏道，"骨子里是鬼样。麻三贵抢着要送裱，让他裱好了，一个月后，人头也就成了鬼骷颅了。"

哥几个开心地大笑起来。

金农惊诧地说："你们都用了埋墨法？"

何为"埋墨"？画师在作画之时，留下一种暂且看不见的特殊"墨迹"，待装裱后，特殊的墨迹与裱糊相互反应，渐显一种画师想要的特殊效果。此法当今失传与否，不得而知。

高翔说："除此而外，无有它途。"

"高兄留下什么？"金农问。

"一个字，'死'。"

哥几个开心地笑了，"这老不死的不死，谁死！"

"实在不忍心，我画竹子，从来没想过要毁我清竹形象。"板桥苦笑道，"此次无奈，竹杆上留了八十个虫眼。"

"好，好！"

"士慎，还没听你说呢。"金农望着一边忙着的汪士慎问道。

汪士慎炭火炉前掌扇扇火，不时注视水面热气，聆听水声。茶道中这叫"候汤"，是煎茶中至为关键的一环。当水底沸如鱼目，微微有声时，为一沸；边缘如涌泉连珠，为二沸；腾波鼓浪，为三沸，此时恰到好处，若再继续煮，水就老了，味道变涩而不宜饮用。候汤嫩不得，老不得，讲究之极。也难怪有人说这种活性子急躁的人是永远也入不了道的。

汪士慎往返于酒席与炭火炉之间。听金农问他，忙不迭地应了一声道："我那红梅，到时候就成了黑梅了。"

笑声中，高翔问金农："冬心，我想不出，你的万寿字怎么做出假来？"

"自然有办法，不信你去数一数，一万是不是差一个。"金农挤了下眼笑道。

"这些字画到了岳钟琪的寿宴上，那就热闹喽！"汪士慎闷叽叽地笑道，一面给大伙端上来烹好的茶水。

哥几个品茗兴至，板桥提议吟诗联句，"如此好心境，不作得诗句，岂不可惜？"

"士慎为长，从你开句。"黄慎道。

正说着，哑女奔了进来，她的身后跟进一个蒙着瓜皮帽的陌生人来，来人掀去了帽子，原来是吴子坤的新师爷章元杰。

"章师爷，是您？"金农困惑地望着章元杰。

章元杰神态慌张，压低了嗓音说："你们几个大师都在太好了。我连夜找来，有要事相告。"说着朝哑女扫了一眼。

金农打着手势让哑女出去把着门以防万一。接着对章元杰说："师爷，有何要事，直说无妨。"

章元杰沉重地说："各位师傅，你们快快打点逃走吧，你们就要大难临头了。"

"此话怎讲？"板桥惊色地问道。

章元杰抿了一口高翔递过来的茶："吴子坤想升官发财，吩咐我给皇上写了密奏。"

"密奏谁？"

"岳钟琪大将军。"章元杰说，"他们告岳大将军借八十寿诞结党营私、和你们几位沆瀣一气作万寿字，画揰天竹，实属大逆不道，要皇上圣裁。"

听到这里，哥几个惊诧得面面相觑，竟说不出话来了。还是板桥反应的快，他疑心这里边莫非有诈？"多谢师爷前来相告，不过，板桥斗胆相问，师爷为何冒死救我等寒酸书生？"

章元杰苦笑了一下："你们不相信我？还记得为你们跳湖自尽的洪师爷么？"

"他的碑是我们立的。"黄慎说。

"这就对了。"章元杰说，"洪师爷没保错人，我这个新师爷岂能玷污扬州府师爷之美名，我喜欢各位的字画，更敬重各位的人品，所以请各位相信我，快想良策吧。"说完告辞而去。

汪士慎强辞夺理地说："让他们过段时辰看，画子是嘲讽岳钟琪的，事情不就明了了吗？"

"事情这么简单就好了。"板桥摇了摇头说:"我们的'埋墨法'做的是巧妙,也只是给岳钟琪装点装点门面。可一旦岳钟琪犯事,我们谁也无法脱身,那就是欺君谋反之罪啊。"

高翔赞同道:"朝廷审案子历来都是胡子眉毛一把抓。"

"那怎么办呢?"黄慎喃喃无措。

一种不祥的阴云笼罩上大伙的心头,一个个心惊眼皮跳。

"唯一的办法,就是毁掉那些字画。"金农沉吟道。

"对!毁掉它!"高翔紧跟着说。

"我们都是文人,不会飞墙走壁,怎么偷出那些字画呢?"汪士慎闷闷地说道。

"高翔,该你想法子了。"金农道。

"我也想不出好法子。"高翔苦恼地望着大伙,"实在不行,我只有去放火烧了岳府。"

"我的意思,和尚里有没有懂武的高手,花银两雇他们……"金农道,"这是下下策。没有退路了,这是最后一招!"

"这是个办法。"高翔道,"我这就去打听。"说着就要起身走。

"慢。"板桥道,"我想出一个主意……"

"快说!"哥几个急不可耐地齐声道。

"只有一个人能帮得我们。"

"谁?"

"梅子。只有她了。"板桥说,一面看了眼黄慎。

此时,胡四姨正关着房门清点着抚弄着岳文成送来的金银珠宝,笑得眼睛成了一条缝:

"这些王八羔子,从哪弄这些宝贝?真是比皇帝老子还要气派……梅子,别怪四姨对不住你,有了这些我还留你作什么?……"

板桥和黄慎刚刚走进红月楼的门厅，就有一群姐妹乱哄哄地迎了上来。

"板桥师傅、黄师傅，今日怎么有空来耍耍？要听什么曲子啊，我来给你们唱……"

"板桥师傅，梅子姐姐不在了，你和黄师傅还记得我们红月楼的姐妹，真不知该怎么感激你……"

"黄师傅，我的琵琶是梅子姐姐一手教会的，你听我弹好不好……"

听见门厅里传来的哄闹声，胡四姨侧耳辨听了下，慌忙收起物件盖上了箱盖。

板桥惊讶地打断了众女伎的嘈杂："怎么回事？梅子她人呢？她人上哪去了？"

女伎们正不知该怎么回答他，胡四姨的声音传了过来："哟，我当是谁呢，这不是梅子的相好板桥师傅和黄师傅吗？"

"对不起了，妈妈。黄慎没时间跟你说笑，"黄慎急急地说，"我与板桥是来找梅子姑娘的。"

"大画师也有求到歌舞坊的时候。"胡四姨戏笑道，"什么事，跟我说一个样。"

"我们与梅子要说的是男女间的悄悄话。四姨要是年轻二十岁，我就跟你说。"板桥没好气的说。

女伎们闻之窃笑不已。

胡四姨讪然地扭了下腰，娇声娇气地："板桥师傅，你说些什么呀？一点斯文没有了。"

板桥扇了下鼻头："这儿臭气怪怪的，阴沟里的盖盖翻开来了吧？"

"你……"胡四姨听懂了板桥的揶揄，呛得半晌出不了声来。趁这空档，黄慎楞楞地冲到院子里边去了。

胡四姨追了上去，一把拉住了黄慎："你想干什么？不想活了不是!"

"那你把梅子给我喊出来,"黄慎犟驴脾气上来了,"说一句话我就走。"

"实话告诉你们。"胡四姨板着脸说道,"从今往后你们再见不到梅子了!"

板桥突然一把拽住了胡四姨,狠声狠气地:"说,你把梅子她怎么啦?!"

"你要干什么?"胡四姨口气软了一点,"梅子她被岳公子买走了,有本事你朝他要去!"

满怀一腔企望的板桥、黄慎迎头挨了一棒子,彻底傻了。

2

板桥、黄慎举着个熊熊燃烧的火把来到了岳府大门口。招人显眼的板桥与黄慎很快就被岳府的家丁挺枪拦住了,呵斥道:"站住!干什么的!"

"禀告你们家公子,扬州画师郑板桥、黄慎求见。就说是为老太公的事。"

"都什么时候了,明天来吧!"家丁厌烦地说。

"这是你说的。"板桥威胁说,"我记着你的相貌了,惹了事,你给我担着。"

"妈的。"家丁无奈地骂了一句,嘟哝着:"半夜三更,冒出个野路神仙来。"不得已进院子去了。

一个女侍打着灯笼引着岳文成来到玫瑰园,家院慌不迭地迎上去递了钥匙给他。岳文成白天听了胡四姨的话,葡萄架子没上去,倒把自己折腾累了,免不了恼羞成怒。歇息一阵,决计还是用自己的办法制服那头倔傲的野鹿。

岳文成刚要打开梅子的房门,看门家丁火爆爆地跑了来,禀道:"报公子,前院来了两个画师,一个叫郑板桥,一个叫黄慎。

两个吵死吵活要见你。"

岳文成好事不成尽出岔子，心火一下就上了头顶心，骂道："妈的，这叫什么事！不见。叫他们明天来！"

家丁也不知中了哪门子的邪气，咬住青山不放松了："他们说了，你要不见，老太公的寿画出了事他们不负责。"

"妈的。"岳文成骂人的声音，"真他妈讨厌！见见见，你去放他们进来吧！"

躲在门里就等一死的梅子听见了板桥、黄慎要来的话，灰死的心重又活泛了，整整一下午不出声的她终于哀哀地喊出声："郑大哥、黄大哥……"抱着门框凄凄地哭了起来。

板桥与黄慎密商，不设法在深更半夜把岳文成折腾到迷糊了，要想见到梅子是不可能的，只有给梅子面授机宜，他们贸然出手的字画才有机会毁之一炬。

说起来也是天意，岳文成急于与梅子成全房中好事，偏偏梅子不承他帮她赎身的情份。他不想强行摘花，花儿在他家中养着，何时摘由他，退而求其次，待夜深人静她失了防范，再行事也不晚。没想到夜访之客也是打他犯迷糊的主意，这真是人算不如天算。

岳文成来到书画房，瞪了板桥他俩一眼，"不是画好了吗，怎么又要重画？你们快点，我还有事。"说完打了一个深深的哈欠，坐到一张椅子上。

"能快当然快。"板桥欣然地笑了一下，走到岳文成跟前一把拉起了他说道："岳公子这样坐着不行，得站起来。"

"昨天不是坐着画的吗，怎么又要站了？"岳文成睡眼惺忪地问道。

"若不是板桥师傅发现这个问题，那还真要出大笑话了。"黄慎作了个将须远眺的姿势说道："曹国舅是这样飘洋过海的，我给你画的是坐着的模样，那就错了。你说要不要改？"接着他一面摊开画纸，一面讨好地说，"这二呢，也怪我一时紧张，给曹国舅画上了小胡子。曹国舅哪是小胡子呢？啊，对了，公子长的是小胡子。也怪我太注意公子了，才出了这么个差误。这么一来，那张八仙图只好报废了。公子当时看画的时候，怎么就没提醒我一句。要不，也用不着费这番周折了。"

"什么大胡子小胡子，我压根就不知道曹国舅是个什么东西！"岳文成恼恼地说道。

板桥虚张声势地压低声音说："哎咻，公子的嘴巴守着点，曹国舅是个仙人，千万别瞎说，说走了嘴，当心惹出什么灾事儿来。"

"板桥说得对。公子的命值钱，就更不能信口胡说了。"黄慎侍候好了笔墨，给板桥使了一个眼色道："板桥，你把公子的姿势摆好了，我要画了。"

"老太公也是心思用到家了，他想让你得道成仙，想出这么个主意来，恐怕天下没人能想得出来了。"板桥一面说着一面将早已准备好的马尾巴"云帚"塞到岳文成的手里，说："你这样拿着。人要这么站。"说着将岳文成重新摆了一个站起来挺累的姿势。"好好，就这样。阿慎，看到吗，这才叫曹国舅！"

黄慎就差没喷口开笑了，连连道："对对，我说怎么回事，就觉得哪儿不对头，原来是姿势没弄对。罪过罪过。"

岳文成呆呆地站在黄慎的对面，听由板桥的摆布。板桥、黄慎打着他们的小算盘，一直要把岳文成磨蹭到瞌睡劲上来才行，要不，下一步计划就没法进行了。板桥研着墨，时而淡了，时而浓了，黄慎就是一百个不满意。他装模作样地在画纸上描着画着，突然像是感觉不满意地撕毁了已画到一半的画作。

"你怎么画画又把它撕了？"岳文成泛了一下酸痛的腰腿，蹙着眉心问道："怎么回事？"

黄慎道歉地说:"对不起,公子,他的墨胎研得不好,我上稠了些,只好再来了,怎么办呢?"

岳文成有些烦意地说:"实在不行,那就明天接着画吧?"说完又打了深深的哈欠,这时他是真正的有些犯困了。

"我俩也是这么想。"黄慎与板桥会意地笑了下,答道:"画了还要裱,时间来不及啊。公子,你就耐着点性子,啊?"

窗外的夜空开始微微发亮了,不知不觉地,闪烁的星星失去了它原先的光亮,几只早起的麻雀鸣着短促的啼声从窗前一掠而过,弹飞到远处去了。

哈欠连天的岳文成支持不住站立的姿势,摇晃着险些跌倒,板桥一把扶住了他,悠悠地说:"公子,您累了,我来架着您。"

岳文成翻了他一眼,有气没处出。

黄慎舒了一口气道:"公子,好了。"

岳文成不太高兴地说:"好了,哼,天都亮了,一张画子折腾了我一夜。"

黄慎也不答腔,拿着画子到了岳文成的面前说:"公子,请您过目……"

岳文成不看则已,一看惊醒了一多半,惊问:"啊,你这画的是什么?"

《八仙图》上的曹国舅酷似岳文成,但立在曹国舅身边的何仙姑又没了脑袋。

"这没有脑袋的何仙姑待会我跟您说是怎么回事。先说说公子您的图像像不像?"板桥不紧不慢地说道。

"像,像。"岳文成指着何仙姑的图像道,"这个女的怎么没个脑袋?"

"这是何仙姑。"黄慎道,"她在公子的身边,我得找个与公子能相配的艳丽女子画上去。要不,怎能挂到老太公的大堂上去呢?"

"说得也是。"岳文成沉吟道,接着问道:"你说的这个艳丽女子在哪里？"

"扬州只有一个女子配得。"黄慎故弄玄虚道。

"对，只有一个女子能配得。"板桥应和道。

"哦？"岳文成来了精神，"莫非扬州还有比梅子更漂亮的女子？"

板桥与黄慎的一唱一和，将岳文成实实在在地装进了套子。

"梅子？"板桥佯装吃惊地说道，"你怎么知道梅子？红月楼的那个梅子，公子你认识？"

"何止认识。"岳文成得意地笑道，"原来你说的就是她哟，我还当是谁呢。"

"公子你歇着吧。"黄慎说着卷起了画纸，装作要走的样子，"我与板桥师傅这就去红月楼找梅子，把何仙姑的脑袋补画上。"

"哎，你等等。"岳文成喊住了黄慎、板桥，"梅子在我这里，你上哪儿去找她？"

板桥回过身，故意问道："她怎么会在公子这里？"

"嘿嘿，梅子现在是我的妾了，你们还不知道吧？我花钱买下了她。"岳文成得意地笑道。

板桥兴奋地道："哎呀，公子真是有艳福啊！能得到梅子这样的姑娘，洪福齐天啊！"

黄慎应合道："公子的貌相就是有艳福，还用得着你说！"

板桥就汤下面，话中有话地刺了岳文成一下："公子，这太方便了。我俩在这等着，等娘子醒了再说，要不睡梦中把她搅醒了，她要生公子的气。"

"这是什么话，我让她下来她不就来了吗？"岳文成摆出一副主人的姿态来，说道："我让人带她来，你们快快画就是了。"说着又禁不住打了一个深深的哈欠。

"那是再好不过的了，免得我俩再跑路。"黄慎重又摊开画纸。

"来人啦。"岳文成唤道。

家院走进书画房来，请示道："公子，有何吩咐？"

"你去看看，梅子醒来没有？"岳文成疲倦地说，"醒了的话，带她到这里让画师画头像……你，就在这里看着画师画，出了事我饶不了你。"

"公子放心。"

家院走后，岳文成伸了一个大懒腰说："两位师傅，你们就辛苦了。我去睡一会，等我睡醒了，陪我喝两盅。"说完回卧室去了。

黄慎与板桥看着那个疲惫的后影，捂起嘴笑了起来。

3

打扮一新的梅子由家院陪领着出了玫瑰园，穿过池塘上的九曲桥，往书画房走去……

天色已经放亮，太阳刚刚升起，空气里弥漫着破晓时的寒气，板桥与黄慎觉得没有比今天更爽气更清新的黎明了。骄阳最初光照的温暖与黑夜消逝后的寒意交织在一起，使他们感到一种恬美的惬意。

梅子被带到了书画房的门口时，板桥与黄慎正仰头观赏着悬挂在室内的书画，听见了脚步声，蓦然回首……

站在门口未进的梅子不知该怎么与这两位情哥哥打照面，正犹豫间，板桥觑出了个中的机窍，赶紧出语消融眼下出现的尴尬，他指着梅子问家院道："呃，这是……"

"哦，这就是我们家的小娘子。"家院趋前说道，继而对梅子道，"娘子，请进啊。这就是我跟你说的画师。"

黄慎躬身礼道："娘子请进，这儿坐。"

梅子在黄慎指定的座位上落了座。

黄慎目不转睛地盯视着梅子，不无酸楚地说道："公子的小娘子真个是貌若天仙，果然清丽超凡，正是我心目中的何仙姑。"

梅子也不言语，黄慎的酸话刺伤了她脆弱的心，眼泪盈上了她的眼眶。

板桥知晓黄慎的话意，警告似地说："阿慎，你少说，快快画了！"

"没有岳公子的吩咐，我黄某想见也见不到娘子的美貌尊容啊……小姐你说是不是？"黄慎不理睬板桥的警告，一边理了下梅子的发际，一边讽刺道。

站在一边盯视的家院见黄慎在梅子的头上动手动脚，从嗓子眼里不满地咳了一声。

板桥知道他的弦外之音，却说道："先生怎么啦，嗓子有病？有病离得远远的。"

家院受到奚落，气得翻了下白眼说："师傅画就画，别动手动脚的，小心你的脑袋！"

"你不是画匠，懂什么？"黄慎强辞夺理道，"我不把她摆弄好，怎么画？"

梅子陡地站起了身道："送我回去，不画了！"

板桥与家院几乎同时拦了上去。

家院生怕事出异端，慌慌张张地说："哎哎，小姐你不能走，公子有吩咐，小的做不好，可就惹大祸。求求你，画，画好了就送你回去。"

"是啊，怎么说走就走呢？来来来，黄师傅说错了什么，做错了什么，我替他给姑娘赔不是了。阿慎！"板桥说着给黄慎作了眼色。

黄慎讪讪地笑了一下，心底泛着说不出的醋意道："呃，我，我会尽心尽意为小姐勾凤描彩的……"趁说话时变换角度瞪了梅子一下。

"来来来，坐坐坐。"板桥轻轻将梅子按下。梅子顺从地又坐了下去。"噯，对，就坐这个姿势。"

黄慎转身吩咐家院道，"先生，我还要一瓶酒。"

家院粗粗地问："要酒干什么？"

黄慎指了下画纸："喷画纸用。画女像没有酒喷纸，线条不明晰色彩不艳丽。跟你说这些你也不明白，你不去也行，拿钱来，我上街买去。"

家院埋怨道："没见过画画的有这么多的事儿。"嘀咕着往门外去了。

板桥撵到了门口，喊了一句："哎咿，先生，要好酒，上好的酒！"

"哎呀，我要，要……"板桥捧着自己的下腹，意思要上茅厕。这边给黄慎送了个眼色道，推了他一把道："阿慎，你快点说事，再要委曲梅子，我跟你有算不完的账！"说完跑走了。

黄慎知道板桥有意给他留出与梅子说事，也是给他与梅子单独相处的空档。板桥和他与梅子的私下情份，照理说，梅子与板桥的要更深一些。如果说，早先他板桥与梅子不能亲近，是因为一姐在前面，现在一姐出家当了尼姑，与板桥绝了情，板桥对梅子也是一往情深，完全可以拾得起来。但板桥为人意气，一直有意远离梅子，时不时造机会让他与梅子续情。他黄慎心里有数，这种朋友间的知音知交恐怕当年的伯牙与子期也莫过于此了。

黄慎见板桥走了，兔子一般飞奔到梅子的面前，一把拽住梅子的胳膊。黄慎醋心难排，把板桥与他商议好的计谋没说，却睁着令人心颤的大眼摇晃着梅子的臂膀道："那个混帐他把你怎么啦?!"

"他比你好！"梅子生气地扭过了身子。

黄慎匆匆转到她的对面："你从了他?"

"你才从他！"梅子清澈的大眼盯视着黄慎。

黄慎好生舒缓了一口长气："我还以为……"

"你以为怎么啦，你以为怎么啦？"梅子也感觉到了黄慎的一颗心全扑在她的身上，但他的话语叫她受不了，委屈、受伤的心蓦然颤抖、膨胀了起来，迸发出一股不可遏止的冲动，撕着捶着黄慎，"你是个坏人，是个最坏最坏的坏人！"

黄慎拼命地拉住了梅子："对不起，梅子。"他跪了下去，"我平白无故地冤枉你了。"

梅子落下了伤心与幸福交织的泪水。黄慎赶紧起身挽起手袖抹着她的眼泪，梅子见状，扑哧一下笑了，娇嗔地说："谁要你擦！"说着扭过身子掏出了一块手帕拭泪水。

黄慎这才想起他和板桥要说的事，连忙紧张地看了下外面："我跟板桥闯来，是要跟你说件事！"

"什么事？"

"岳公子要了板桥、金农、士慎、高翔我们几个人的字画，你要想尽法子不露痕迹地把这些字画毁掉！"

"毁掉？"

"对，毁掉！要不，这些字画会要了我们几个的小命。几句话说不清楚，你明白就行。"说着他凑近她的耳边如此这般交代了一通。

"我记住了。"

"今晚三更，我和你板桥哥哥带人在后门接应，你一定要设法逃出来。"

没听见家院的脚步声，他像猫儿似的来到了花厅的门口，鹰一般盯视着里边俩人在说话。梅子的眼睛瞥见了厅门口的家院，紧张地动也不动了。

"你，怎么啦？"黄慎奇怪地问道。

"人来了，在房门口。"梅子轻轻说道，"别动。"

板桥系着裤带来到门口，见家院的神态，知道情势不太妙，岔着话题道："老家公，你怎么不进啊？"

黄慎来不及变换姿势，只好顺势抓起了画案上的洗笔水，灌了一口，朝梅子的脸上喷将过去。

梅子一个激凌，"啊"地尖声惊叫了起来。

家院一个健步冲进来，拉开了黄慎，责问道："你这是干什么？"

黄慎笑道："你说干什么？"

"我告公子去，"家院眯缝着小眼道，"你竟敢在光天化日之下，调戏公子的爱妾！"

"我怎么调戏啦？"黄慎仍然涎着笑意道。

"我亲眼看你盯着她看，又喷了姑娘一脸的水。"家院挥舞着酒瓶道。

黄慎一把夺过家院手中的酒瓶，讥嘲地说道："是我画画，还是你画画？盯她看，那是我要看看该怎样画合适；喷水，那是因为小姐的脸太憔悴，我要让她滋润些，你懂不懂？"

见家院让他闹糟了，黄慎更来了劲，没头没脑地将酒瓶在家院的面前挥舞着，家院跟跄着后退差点没跌倒。

"就象这样，"黄慎仰口喝了一口酒，喷在画纸上，"这叫润纸！"

不消一顿饭的功夫，黄慎就将何仙姑的头像画好了，板桥在上面题上诗，催着家院领他们去见岳文成。

岳文成没睡多久，就被迷迷糊糊从睡梦中拖了起来。一个女婢给他穿着衣服，一个女婢端着面盆侍候在一边。

"公子，《八仙图》画好了。"家院小心翼翼地趋身到岳文成的身边，展开画子轻声细语道："黄师傅作画，郑师傅题诗，真是一绝了。您过一下目。"

"嗯，画得不错，诗也写得好！"岳文成喜上眉梢，"我和小娘子配对就是不一样啊，这画子就是看着我和她俩人画的了。"

"那就送去装裱了？"家院殷勤地说道。

"越快越好。"岳文成挥了下手，把女婢手中的面盆也打翻了。

女婢慌忙跪了下来："公子恕罪。"

"没毁了我的画子，饶了你。下去吧！"岳文成放过女婢，继续说，"让裱坊今天就给我裱好！今夜我要与姑娘痛饮赏画。哈哈哈……"

4

板桥与黄慎在岳文成的府邸处心积虑地忙得不亦乐乎，却不知金农他们为了等候他们的消息，提心吊胆，一宿没敢合眼。能不能把岳文成手中那些该死的字画销毁掉，关系身家性命，这张牌全押在板桥与黄慎他俩身上了。他们聚集在金农的"养吾宅"中，如同不敢见光的耗子，似乎厄运随时会降临一般，他们沮丧地坐在屋子里百无聊赖地看书的看书，作画的作画。一夜熬过来，脸色都发了青。

汪士慎停下了手中的画笔说道："板桥和阿慎也真是，找到没找到梅子，也该回来报个信，怎么回事？"

"士慎，我说你还是先回去吧。"金农真心诚意地劝说道："一宿不回，你老婆又要困不着了。"

"看你说的。"汪士慎就怕人家说他怕老婆，越是这样，越是想在人家的话头里找回那份不存在的威风来，"你当我真是那么怕老婆？我不回，她能把我怎么样？！"

"到时候，你别把尿憋在裤裆里就是了。"高翔善意地谑笑道。

汪士慎举起画笔打了高翔一下："你这个没正经的小和尚！"高翔拜了画僧石涛作师傅，"小和尚"这个不上趟的绰号就再也去不掉了。

大伙儿开心地笑了，暂时丢开了失去板桥与黄慎他们消息的心头阴影。金农打了个呵欠走去打开了窗户，轻声道："天气真好。"

冬日的阳光在院子里投下了灰白的氤氲，一只小鸟欢快地独鸣着划天而过。

汪士慎走近窗户边看着天，不无担忧地说："会不会出什么事？我的眼皮一直在跳……"

"不会有事。"高翔戏言道："他俩若是出事，应该大伙的眼皮一起跳才是。"

汪士慎平日里话语不多，一旦说上了就关不住口，又道："板桥和阿慎一夜风流，看他们回来怎么与我等胡诌。"

"好啊，我俩不在，你就这么糟蹋！"汪士慎的话刚刚落音，板桥与黄慎兴冲冲地进得屋来。

"糟蹋？士慎恨不得咬你们一口！你们还知道回来！"高翔笑道。

金农不无怨怪地说："你们怎么一走就没了消息了呢？"

"早知道，我也随你进红月楼。省得一夜没归，不沾腥也惹了骚了。"汪士慎说。

板桥、黄慎任凭大伙的数落，就是笑而不应。见汪士慎那副可怜兮兮的样子，板桥扑哧一下笑了，说："嫂子打你的板子，板桥给应了，总该行了吧？"末了板桥又说："都说完了吧？也该让我和阿慎说说了吧？"

看板桥、黄慎松弛的神色，大伙觉得事情办得有个七八分，来了精神头。

"事情怎么样？我们都急疯了。"

"小先生，你就别卖关子了。"

"找到梅子了？"

"她答应了？"

"快说快说啊！"

"事情出了点意外。"板桥叹了一口气说："梅子已经被岳家那混小子买走作了他的妾……"

"啊！"金农紧张地问道："黄了？"

"没有。"板桥诡黠地挤了一下眼："我和阿慎没法子，设法闯进了岳府，想鬼点子磨蹭时辰。一个曹国舅的头硬是画了一个通宵。趁公子迷糊，我俩又哄着说何仙姑要梅子来作模子，那小子稀里糊涂也就应了，这么把梅子调了出来……"

众人哈哈大笑。

"嘿，真有你们的！"金农擂了下黄慎的肩膀道："看不出老实的阿慎也会诈骗术！"

黄慎的脸真真红了，笨口拙舌地说："我跟板桥学的。"

板桥夸张地张大了口喊道："什么？我成了骗子教头了？"

大伙儿悬着的心放了下来，开怀地笑了。女佣哑女端来一个盛了水的大木盆，大伙不分你我地伸手掏着水洗开了脸……

汪士慎想起了什么，新奇地说："哎呀，接着说，你们在人家眼皮底下，是怎么跟梅子说上悄悄话儿的！"

黄慎刚要说，板桥一把拉住了他。卖关子道："此话要慢慢道来，待会我们还要请大伙到岳家去看热闹……"

"热闹，什么热闹？"

"冬心……"

金农明白板桥的鬼心眼，笑道："对，对，慢慢说，慢慢说，我去张罗酒菜去！"

5

听梅子身边的女婢过来传话说，梅子要见公子，岳文成心花怒放，淫荡之心顿时膨胀了起来，心想："我当她能熬到哪一天呢！"岳文成来到绣楼梅子的房门口，挥手打发走了女婢，蹑手蹑足地走近了正在梳妆的梅子身后。

梅子从铜镜里看到身后来人，蓦然回身，拿起一根碧玉簪说道："你要干什么？"

"哎呀，不是娘子让我过来的吗？过来不就是为这事吗？"说着动手要拿去梅子手中的簪子。

"你别碰我！"

"好好好，我不碰你，我不碰你。"岳文成举起了双手。

"我最讨厌不规矩的男人。"梅子想起了黄慎的嘱咐，调子缓和地说道。

"我不规矩吗?"见梅子脸上有了和色,岳文成的神色也放松了一些,"我把你买了来,到现在还没碰过你是不是?你去打听打听,我岳某是这种人吗?"

"那你是怎样的人?"梅子追问道。这种一答一问表示了梅子在和他岳文成来往了,岳文成好不高兴,嘻笑道:"好了,不要老绷着个脸,日子久了,你就知道我岳某的为人了,对我喜欢的女人,我会拿小命去讨她的欢声笑脸。怎么样,来,给我笑一个。"

梅子扑哧一下掩口而笑。

见梅子笑了,岳文成好不兴奋,激动地说:"啊,小姐的笑真是千金难买啊。好,好,笑得好,小姐的笑就是柔媚、动人,让人失魂落魄……"

"公子说的是真心话?"梅子娇柔地笑了一下。

与黄慎、板桥见了面之后,想事做事有了目标,一改初衷再也不去想死与不死的事儿了。能为自己心上人卖力,哪怕就是死了,那又何妨?面对眼前这个令人厌恶的男人,她已想好了,设着法调理他,再设法毁画、脱身,于是,现在的梅子整个换了一个人。就连岳文成也惊诧不已。

"岳文成不会说假话。"岳文成赌天咒地地说,"若是不信,你当面试过!"

"公子这句话……当真?"梅子装作不敢相信,露出挑逗的媚眼追问了一句。

"当真!"岳文成耐不住梅子的挑逗,靠近欲摸梅子,被梅子轻轻地挡开了。"君子一言,五马难追,啊!不不不,四匹马够了,五马就是分尸了。"

原来岳文成是这么一个"大草包"。梅子又笑了。

"当年的唐伯虎点秋香,是冲着秋香姑娘的三笑,现在你笑了两次了……"

"唐伯虎你也知道？"

"知道。你当我就是个武秀才？让你也见识见识我的文才，来，你听听我唱一段扬州的《相思调》。"

岳文成说着，"哼，啊哼"清了下嗓子，五音不全地唱起了一段扬州小调：

> 一更里我相思，
> 啥个东西来吵闹，
> 蚊子来吵闹，
> 蚊子怎样叫？
> 蚊子嗯嗯嗯嗯叫，
> 叫得我伤心，
> 叫得我开心，
> 伤伤心，开开心，
> 鸳鸯枕相思好不又难分，
> 唉！谯楼上打二更，
> 谯楼上打二更，哎哎哟……

梅子皱着秀眉，耐着性子听着。

"怎么样？"岳文成得意地凑近梅子，问道："喜欢不喜欢？"

"你的文才真是好，我受用够了。刚才你说你是个武秀才，我信。你要是过了我说的三关，姐姐天天陪你笑。"梅子给了他一个甜美的笑靥。

岳文成不知有诈，喜颠颠地应了下来。"说吧说吧，我应了。真有意思！"

"这三关过不了怎么说？"

"任你说。"

"放了我，再也不要来缠我。"

"什么三关,你先说说看……"岳文成犹豫了,多了个心眼道。,
"我做不出来怎么能答应你呢!"

"不难。你听好。"梅子笑道:"哪三关呢,名字就叫:'猴子
搬砖'、'狗熊爬树'、'旱鸭子下水'……"

梅子不说了,看着岳文成。

"你怎么不说了?"岳文成嘻笑道,"接着说啊,我不怕你把我
当作猴子、狗熊、旱鸭子。"

梅子转着大眼睛道:"你跟我来……"

梅子把岳文成引到了绣楼的廊亭。

梅子指着池塘说:"什么叫'猴子搬砖'?就是你要从院子外
面搬五百块青砖到池塘边上来……"

"干什么?"岳文成睁着大眼问道。

梅子娇嗔地说道:"急什么,我还没有说完呢。"

"我不打岔,我不打岔,你说!"从来没人这么和岳文成玩过,
所以他觉得好新鲜。万事都是这样,有了兴趣,自然就入了神。眼
下岳文成就处在这样的情形下。

"接下来……"梅子有滋有味地描绘道,"你要跳到水里去,十
个家奴用这些青砖砸你,你要躲过这些青砖。最后……"

"最后你还要怎样耍我?"岳文成玩笑地说道。

"你要这么说,那就算了。"梅子佯装生了气,扭过了身子。

岳文成连忙转到梅子的面前陪笑道:"好好好,你说你说,就
算娘子耍我,我认耍还不行吗?"

"本来是玩,你非说我耍你,真要是有什么事,我还说不清了。"
梅子嘟着嘴道,"不玩,哪有情绪陪你笑啊?"

"对对对,你说说这最后,'猴子搬砖'、'旱鸭子下水'你都
说了,剩下还有'狗熊爬树',对不对?"岳文成整个被梅子操纵
了,"这'狗熊爬树'是怎么个爬法?"

"爬树就是那么爬,你说怎么爬?"梅子暗笑,换了个生气法

道，"喏，看到那根吊杆了吧，从水里出来后，不许换衣服，爬上杆头，这三关就算过了。"

岳文成暗忖道，除了搬青砖累点外，其余都不在话下，我在水里，家奴哪个敢动真格的，还不就是游戏一番而已？爬杆，这是拿手绝活，小时候成天就是爬高弄低，小菜一碟！

"怎么，你怕了？"梅子问道。

"我在想，一天过一关行不行？"岳文成道。

梅子浅笑了下，轻蔑地说："那就不叫过关了。你不是武秀才吗？这点小游戏就把你吓住了？"

"你不就是想看我一口气过三关吗？"岳文成逞能地笑道，"我要让小娘子看看什么叫大丈夫！"

6

画友们就着一桌简便的菜肴喝着水酒，听板桥说完了他和黄慎编排的三关，莫不交口称绝。

"只要岳文成答应过这三关，事情就成了一大半！"板桥得意地说，"不制倒岳文成，字画就没法销毁。"

"凭梅子的机智，岳文成一准上当。"金农笑说，但接着又担忧了起来："万一有什么差错……"

高翔认同地："是啊，我们就在她一个人身上押宝，是不是太难为她了？"

"我说没问题。"汪士慎灌着酒道，"梅子胆大心细，我说她不会失手。"

黄慎谨慎地说："冬心说的不是没有道理，还是多个心眼为妙，免得出事就来不及了。"

"我说这么着。"金农道，"高翔、我，到寺院去，把事情跟方丈……不，不能说，还是暗下找些武僧合适些，不能把事情说得太透，太透了没人敢伸头；板桥你们三个去找扬州地面的其他朋友，看看有没有和镖局有关系的，用重金请。这样，梅子那头文的不行，还有这头武的作垫底，这样才万无一失。"

"早就该这么定。"汪士慎闷闷地说，"昨天晚上怎么没想起来？"

"是啊，昨天晚上你一个人醒着的。"金农善意地讽刺道，"我们都睡着了。"

"好了好了。别咬舌头根子了，赶快行事吧！"板桥急急地说。

众人纷纷起身，就在这时，板桥的小儿子淳儿和家佣郑田被哑女带了进来。淳儿扑到板桥的身边，哑着嗓子说："爹，你怎么不回去了？……"说着就哭了起来。

板桥问道："怎么，家里出什么事了？"

郑田替说道："叔，婶子病了，要点钱给她抓药。"

"什么病？"

"不知道。郎中说不是什么大病，抓几副药吃了就行，家里没钱，婶子让我来找你。"

黄慎道："板桥，你带孩子去抓药，我们在东门杭世俊家碰头。"

板桥领着淳儿和郑田往多子街孟潍扬的"静心斋"走去，一路上，不停地责怪着家佣："真是早不来迟不来，都是到节骨眼上来要钱了。这一下，你让我到哪弄这笔钱？"

郑田愣愣地说："叔，这些天你都没有卖字画？"

"卖，怎么不卖？"板桥一下给问住了，心想这么多天是没卖什么字画了，就是卖了点钱，也是花在吃酒上了，还有进红月楼的开销。要有什么不是，也都是自己的不是，嘴里还一个劲数落人家什么呢？于是口气陡然软了下来，"你也是笨，就不知道先在村里借点，抓了药再说啊！"

"我想到了。"郑田委屈地说，"婶子不让。"

"好了，到这一步了，还说什么呢？"板桥宽宥道。

这边说着，那边到了"静心斋"的门口。孟潍扬见板桥进了门，连忙停下了手中的活招呼道："哎呀，盼星星盼月亮，终于把你盼来了。我的老弟，这些天你在忙什么呢？只听说你们几个兄弟在给岳家作寿辰画，哎，就是见不到你的人，连画市上也见不到你的人影。"

"怎么，有急事找我？"板桥道。

"可不是。"孟潍扬道，"你的大名在外，不少的商家托我找你。"

"这些势利眼。"板桥不无厌恶地说，"我现在没心境给他们画那些个俗画。"

孟潍扬看着板桥身边带来的两个乡下人，估猜道："家里来人了？"

"对，这是我小儿，这是我家侄，叫老伯。"

淳儿、郑田分别行礼道："老伯好。"

"好好。"孟潍扬抬头问道，"家里缺钱了？"

"正是。你的眼力就是好。"板桥不得已而笑之，"先借五十两。行不？"

"没问题。"孟潍扬取出银两，顺手拿出一个绢花篮，"这个也是你的。"

"这是怎么回事？"板桥弄懵了。

"说起来，是梅子做的事。"孟潍扬道，"那天，她带来一个卖花的小姑娘，用这个换走了你的一幅字画，我不忍心多要梅子的，就卖了二十两。所以这五十两只能算你借三十两。绢花梅子没取走，人就被岳公子赎身弄到府里去了。"

"哦。"板桥道，"其实，这份银两，你要是不收就好了，就算我送给那个卖花姑娘的……"

门外传来一阵闹哄哄的声音。板桥他们朝门外看去，街上的人群都往一个方向猛跑。板桥在门口拉住一个小伙子问道："那边怎么啦？"

"到岳府去看把戏！"小伙子匆匆说完匆匆跑走了。

板桥心里暗喜道："梅子，真有你的。事情让你办成了！"

7

岳府大门口围观的百姓成百上千，他们自动让出了一条通道，狭窄的人群通道里，岳文成汗流浃背，往池塘边狼狈地搬运着青砖……

池塘边，散乱地堆集着搬运来的青砖，岳文成搬来了最后一摞砖块，仰头朝绣楼的廊亭气喘吁吁地喊道："梅子，青，青砖儿全，全齐了！"

"齐了，那就开始第二关哪！"梅子站在廊亭的雕花栏杆边不疼不痒地说道。

岳文成喘着大气道："歇歇，我要喝点水。"

"歇歇就不叫过关了。旱鸭子下水，你下了水，不就是喝水了吗？"梅子莞尔一笑。

岳文成不知道中了哪门子的邪，竟然顺从地："那好吧。"说完看着清澈的池塘水，自语道："第二关，第二关。等我过了关，你上了我的手，再看我怎么整治你……"

梅子在上面喊道："公子，你怎么不跳啊？"

"用不着你催！"岳文成说完扑通跳进了池塘。

梅子笑着吩咐已安排好的家奴们，"你们朝旱鸭子扔砖块，一直要把那些砖块扔完为止！"

被安排站在不同位置的家奴们朝水中扔起砖块来。水中的岳文成"啊哟"一声叫唤，"你们别来真的！"容不得他说第二句，纷纷落水的砖块逼得他藏进了水中……

围墙上，站满了笑声轰天的观看的百姓。岳府大伙进不去，但岳府周围的高层建筑上都涌满了看热闹的人群。板桥挤在看热闹的人群中，他来得晚，看不到里边进展到哪儿了，心里不安，明知故问地问身边的一个人："岳府出事了？"

那个人笑道:"哪里。岳公子给红月楼的一个姐姐调理得在玩小孩游戏呢。"

"小孩游戏?"

"对。'猴子搬砖',这猴子搬砖刚刚搬完,又开始'旱鸭子下水'了。这后面还不知道要玩什么呢。"那个人开心得不行,眼泪都笑出来了。

家奴们往池塘里扔的砖块扔完了,岳文成浮在池塘里,憋着劲逞能地道:"第三关!我,我现在就,就过第,第三关,'狗,狗熊爬树……'"

梅子掩口笑了。

岳文成开始一步一步往吊杆上爬,显然是有些吃力了……

家奴们喊着:"公子用劲,公子用劲!"

板桥爬上了院墙,朝里看着,见岳文成给折腾的那副狼狈模样,禁不住哈哈大笑了起来。

"让开让开!"传来霸道的吆喝声。板桥望去

只见麻三贵领着两个衙门的衙役抬着一只红木箱子从人群里走过来,直冲岳府而去。心想,这箱子里装的准是他们几个痴汉们画的寿辰字画了,觉得冤枉得不行,恨得咬牙切齿。

这时,板桥身边的两个汉子笑话地议论了起来,他们的说话引起了板桥的注意。

一个说:"岳公子完蛋了。"

另一个说:"此话怎讲?"

这个说:"这个玩公子的女子很懂医道,家里肯定有什么人是郎中。"

那个说:"哦,我想起来了,贵泰山就是郎中嘛。快快,给我说个明白。"

这个说:"你想想,男的折腾了一身大汗,又让他跳到凉水里折腾,就此打住也没大事,关键是第三招,男的身子刚刚凉下来,

接着又去爬高杆，肯定又是一身大汗，好了，准定虚汗淋漓，就是铁金刚也是架不住的了，即便能撑着不落水，那也得从水中再回岸，这不又是着了一身凉？三下一折腾，男的必定大病一场，嘿嘿，后面的故事就没法说了……"他神秘地笑着打住了。

那个急了："说嘛说嘛，后面的故事怎么的？啊？"

这个笑道："看你猴急的，告诉你吧，男的要落下一个不治之症，那个小玩意儿再也弹不起来了！"说完淫笑了起来。

那个附和着这个笑将起来说："活该，活该啊！"

板桥听到此，突然一个激凌，心想："呀，我和阿慎只想着制倒岳文成，但没想到会是这么个结果。岳公子，对不住了，天意该你们家绝种了。"猛地想起了什么，连忙下了院墙撒腿跑开了。

麻三贵着人将字画木箱抬到了池塘边禀示岳文成，见岳文成正玩得热闹，也瞪着个大眼看着笑着。

梅子见到了楼下的麻三贵和他身边的那只大木箱，灵机一动，喊道："麻大人，箱子里是不是给我画的画像？"

麻三贵应声道："《八仙图》有你和公子。"

"我要看，抬上来吧！"梅子吩咐说。

"这，这个要问公子往哪抬。"麻三贵转而抬头望着吊杆上的岳文成，"公子，公子！"

岳文成低头一看，地面、池塘旋转了起来，好不容易定住了神，问道："谁在喊？"

"我。"麻三贵道，指着身边的木箱说："字画都装裱好了，抬到哪里去？"

"跟你说过了，往我这里抬！"梅子大声道。

"抬到小姐的绣楼去，我这就下来……"岳文成说着刚要下脚，眼前一黑，抱着吊杆没敢动弹了……

麻三贵领着衙役将字画木箱抬进绣楼。

众家奴见岳文成不动了，着急地喊着："公子，公子，你怎么啦？……"

岳文成强作镇定、呆笑的脸，什么话也说不出。地面、池塘、人群……在他的眼前快速地旋转着，颠倒着个儿。岳文成终于支持不住，失去了控制能力，从高空中摔了下来……

这情景发生的瞬间，时间似乎凝固了，短暂的静默之后，周围的家奴、围观的人群一下子炸了锅。众家丁纷纷跳下了水，将失去知觉的岳文成拖死狗一般拽上了岸。岳文成瘫软在池塘边的草地上，口中呕吐不止，一早灌进去的满肚子汤羹菜饭让他倒得干干净净。

"公子，公子……"

任凭众人怎么呼叫，岳文成整个一个瘫泥人，嘴唇乌紫，牙关紧闭，不能说话。

"快去喊郎中，快去喊郎中！"

岳家的人都围着岳文成忙碌去了，梅子一看机会到了，悄悄逃出了廊亭，独自回到了绣房，慌慌关上了房门，慌慌打开了红木箱，慌慌取出了箱内的字画，慌慌拿来了洋火，慌慌得连火柴都打不着了，一连打了三根都灭了，她急得都要哭了。

门外传来敲门声！

梅子慌慌把字画又放回了木箱，慌慌跑去开了门。

家院疑心地问："你在干什么？这么喊门都不开？"

"我，我好怕……"梅子结结巴巴地说，"公子他，他没事吧？……"

家院一脸阴郁地巡看了下周围，没发现什么异样才说："公子他让你去！"

岳文成此时躺在卧室的龙凤床上，身边围了好多他岳家的男女仆人。梅子怯步走到一脸死气的岳文成身边，胆颤心惊地说：

"公子，是你喊我？"

岳文成吃力地睁开了眼说："梅子……我……我赢了。"

"是的，我输了。"梅子不敢取笑，胆怯地说。

岳文成不忘前约，轻缓地说："那，那你要说话算话。"

"说话算话，天天陪公子笑还不行吗？"梅子生怕露出什么破绽来，心里头七上八下不是个滋味。

岳文成吃力地笑了："来，让我摸摸你的脸，小乖乖，给我笑一个。"

梅子不敢拒绝，勉强地笑了，木然地让岳文成冰冷的手在脸上磨蹭着，这是一只跟死人没两样的手，她吓得把大眼闭上了。

天色到了掌灯时分，岳家的家院领着老郎中花子仲和他的徒弟匆匆往岳府奔来。走到近前，你可以吃惊地看到，随在老郎中身后的徒弟竟是板桥乔扮的……

板桥随着人流亲眼目睹梅子把事情操办成了，顾不上和黄慎他们联络，风急火燎地跑到多子街"福安诊所"，把书画好友、老郎中花子仲拖了出来。岳府那边，处在这个节骨眼上，少个人手暗地帮衬，梅子不准在哪个环节露了破绽，那才真是叫冤呢！他一手操作了花子仲晚归的假像，岳文成出事两个时辰过去了，这才姗姗来迟。

家院领花子仲和他的"徒弟"进了屋，刚要与花子仲耳语点什么，花子仲轻轻摆了摆手，来到了床前，梅子躬身让了位，凑近岳文成说："公子，郎中来了，我回房去了。"

岳文成睁开疲惫的眼睛，想了想点了下额头："回去……等着我……"

梅子佯装关切地："我一定等，公子保重。"随即起身对一个女婢说，"走，我们回房去。"

板桥想与梅子对上一个眼色，但梅子根本没想那么多，从板桥的身边走过，没反应地就走开了。

"师傅，药引子现在要不要？"板桥突如其来地冒了一句。好在事先板桥给花子仲有交代,花子仲心有灵犀地反应了过来:"啊,你不提醒我,我都忘了,地蚕（蚯蚓）这院子里就有,你去找吧,要红皮的,黑皮的不要。"

板桥解脱了,匆匆往门外去了。

梅子回到屋子里,刚刚掏出那些字画,拿起的洋火还没点着,那边的房门又一次被敲响了,吓得她心惊肉跳。她屏息辨听了一下,颤着声气问道:"谁？"

"我。郎中。"

梅子疑惑不解地打开了房门,一见却是郎中的"徒弟",她紧张地问:"怎么是你？"

板桥拿掉了头上的帽子,摘下了鼻梁上的眼镜,说:"你好好看看我是谁！"

"啊！"梅子没喊出,就被板桥捂上嘴推进屋去。

见梅子房间的灯亮了,岳家府邸院墙外的野芦苇丛中出现了一阵小小的骚动。金农、高翔、黄慎、汪士慎与几个着了民装的武和尚潜伏在岳家院墙外的野地里,两眼眨也不眨地注视着院墙那边的动静。

板桥将字画集中在一起,放火点着了它。梅子慌慌穿着板桥带来的男仆便装……

看着火势上来了,板桥拉着梅子的手:"快走！"

"来人哪！出事啦！"

听见家奴的叫喊声,家院匆匆推开窗户,一见绣楼那边着了火,一下子惊了神,半晌说不出话来,但这么大的事,他不敢不报,膝盖打软地跑到岳文成的床边,嗫嚅地禀报道:"公,公子,绣,绣楼起火了！"

"啊！"岳文成惊出了一头冷汗,皮人似的被什么牵动了从床上弹蹦起来:"快去,去！我,我的娘子！"说完眼一黑栽倒在花子仲的怀里。

板桥领着乔扮成男仆的梅子慌不择路跑到院墙边，嘱咐道："来不及找原路了，爬上墙头，往下跳就是了，外面有人接应！快！"

板桥托着梅子上墙头，梅子望着院墙下，到处黑乎乎一片，不问深浅眼一闭，跳了下去……一阵浸润的凉意袭透了她的全身，那凉凉的液体从她的口中直逼而入又从她的鼻腔喷了出来，她挣扎着凫出了头，睁不开的眼睛淌着辛辣的泪水，惊惊地喊出了声："啊——"

豆腐坊的叶阿祥老汉从河里拉水路过岳家大院的后墙根，里里外外喊抓人的吆喝声惊得他驻步辨听，天下也就有这么奇巧的事，梅子就在老汉打顿的那一瞬间摸黑跳下了墙，不偏不倚就落进了方圆不过尺半的水箱口。没辨清那些凶神似的吆喝声冲谁来，又不见人不见鬼地从水桶里冒出个尖细的叫喊声，老汉的三魂吓跑了两魂半，没敢迟疑，拉起水车飞也似地跑了。

远远地看见一群岳家的打手攮着一个人影跑过来，高翔带着武和尚迎上去，把救下的人拖到一边的芦苇丛，这才发现救下的是板桥，不是梅子。

"怎么，我就不该救？"板桥的惊魂未定。

高翔急道："嗨咿，看你说哪去了，我是说梅子呢？"

"我把她送上墙头，亲眼看她跳下墙的啊！"

"那人呢？"

"你没救着？"

"连个鬼影子也没见啊。"

"啊！"

第 十 六 章

1

一阵阵"嗨嗨嘿嘿"的打斗声从上书房那边的练功房里传了出来。上书房设在乾清门的东边，是皇子皇孙们练武习文的地方，也是乾隆常常临御之地。乾隆崇文尚武，常身体力行，此时他正在练功房由三个强悍彪壮的武师陪练习武。练功房的四周，站立着鄂尔泰、蒋南沙、包括朱轼等一批文官近臣。乾隆有个怪毛病，每当他习武练技的时候，身边要带上一批文臣儒官陪同，一来让人们知悉、欣赏他的武功，二来歇息怡神时，吟诗作赋有个对手。

一个陪练的武师被乾隆一脚一掌击中，退到一面墙边，手抓着墙上的一幅《国色天香》图倒在了地上。

在旁的人都傻了眼。被打倒的武师慌慌地翻身跪拜："皇上，奴才该死！"

安宁的小眼机灵地转了一下，打开了一个保暖的青铜壶，从中取出一碗汤羹来，颠颠地端到乾隆的面前，眼睛看也不敢看乾隆，只是牢牢地盯着羹汤，说："皇上，您该歇歇了。"

乾隆把汤羹推到了一边，笑了起来，朗声道："你们这是干什么？一张画子，不就一张画子吗？叫御画师再画一张便是了！"

武师吓得跪在地上不敢起身，心惊胆颤地抓着那张碎了的字画，冷汗在他的脊梁骨上沁了出来。

乾隆看他那个模样，哈哈大笑了起来，对围观在一边的文臣们问道："你们看看他现在这个样子，有个什么说道？"

乾隆是个博览群书、融文精武的帝王，时常就某一件事突如其来地作意延性的提问或比方，陪同他的臣子们时常为了破这些谜费尽心机，而乾隆恰恰喜欢看到臣子们这时候的诚惶诚恐的神态。这种特殊的满足感一旦尽了兴，他会在适时的时候解掉套子，岂不知，臣子们的神经也让他调理得差不多了。此时的乾隆就是这样，尽管他神态自如，笑靥可亲，但陪伴在旁边的人，尽管他们都是饱学高材，但没人敢多舌。乾隆爱画如命，这种场合下谁能分清他是真说笑，还是暗藏杀机呢？谁的心里都在敲着小鼓，面上却是僵硬地陪笑着。

　　乾隆见无人出头破他一念之间冒出的谜，好不开心地在武师的身边踅开了方步笑道："都破不了这个谜底？朕把它解了吧，画子为文，武师为武，武的毁了文的，文的缠了武的，一文一武，文武相糅相济，此乃文之道，亦为武之道也。尔一味强功，不施柔道，岂有不败之理？"乾隆乘兴侃侃而谈，"你们说呢？"

　　一群臣子们长舒了一腔的浊气，连声"皇上圣明""皇上点化，臣茅塞顿开"。

　　"好了，只是说说笑笑。赦尔无罪，起来吧。"乾隆开赦了被打倒的武师。

　　"谢皇上开赦之恩！"武师高兴地抱着那张画子在地上滚了起来。

　　乾隆笑了，众臣也开怀地笑了。"安宁，看看这张画子是哪个画师画的？让他再画一张。"

　　"喳！"安宁慌忙撅着屁股跑去扒着字画的题款看，转头禀道："禀皇上，这是御画师李大人……呃，李鳢作的。"

　　"那就传李鳢吧。"乾隆道。

　　"喳！"安宁接旨，转而又作难地，"皇上，李鳢让您打发到后花园去了……"

　　说到这，乾隆才想起半个月前李鳢惹恼他的那茬事，嘴角下意识地牵动了下，他心里明白那天的罪过不在李禅身上，蒋南沙也不是个好东西，要不是这头犟驴太不顾场合了……不这么煞煞他的孤傲，日后他怎么和御画院的大臣同室相处？想到这儿，他突然意识到，刚才自己解出的谜底不正应了李禅和他的关系吗？嗨咿，想这些干什么！他挥去了潜藏在内心深处的丝丝愧疚，说了声："启驾，到后花园。"

　　御花园千秋亭的东端、西井亭北面的小路上，李禅就着一张铺开的图纸给几个工匠说着他的图案布局。在李禅身边不远的地方，几十名工匠正在起劲地打磨着各种颜色的鹅卵石。

　　御花园中的花丛细径，是历代能工巧匠精心设计、由各种不同色泽、颗粒大小不一的鹅卵石子铺成的花石子路，整个园子的石子路都是由各种精妙绝伦、内容丰富的花草虫鱼、七珍八宝、人物事件、寓言传奇组合而成。栩栩如生、姿态万千，有吉祥图案类，如"龙凤呈祥"、"凤垂牡丹"、"喜鹊报春"、"云鹤团寿"等；还有一类图案取之于民间传说、文学寓言和历史传奇，如"关公过关斩将"、"张生与崔莺莺花园相会"、"十美图"、"二老观棋"等；看一个"十八学士登瀛洲"足见其一斑。图中描绘唐太宗立文学馆，以房玄龄、杜如晦等十八人为学士，画中人物不过半尺长，衣冠纹路清晰、神态逼真，有的马蹄后蹬，骑马者于马匹都往后微仰，奋力攀登；有的伏在马背上，紧张已极，而马匹低头伸颈，下坡时收不住蹄足的险情带人入境……所有的图案既是一个整体，其每一幅又各具特色，蔚蔚然900余幅，可谓紫禁城壮观奇景之一。这些石子路图案纹饰，各朝都有更换，那就要看皇上的喜好了。

　　着便装的乾隆领着一班近臣来到御花园的时候，一帮工匠正撅着屁股在石子路上一面商议一面对着李禅的图纸铺设拼凑着图案。乾隆是悄悄来到的，见众人专注，示意身边的人别声张，一人近前观看起来。

工匠们镶嵌的一组民俗画，一共四幅，前三幅已经完成，正在镶嵌第四幅。其内容是：一个凶狠的婆娘在后面追赶撵打，她的丈夫惊慌失措地骑着马扬鞭飞奔，溜之大吉……

一个胖工匠说："这上面没标马蹄是什么颜色，应该是黑色的吧？"

"我看还是等大胡子来，主意由他拿。"一个瘦工匠拿走胖工匠欲往上嵌的彩色石子。李禅长着满腮的浓密胡须，工匠们不知他的来历，都顺着他的长相这么称呼他。

乾隆在他们的身后感兴趣地插话道："这个马蹄，还是应该嵌酱红色的，红的显目。"

"你懂吗？瞎插什么嘴？"胖子说着回了下头，但他扭过去的头颅再也回不来了。

"说，你接着说啊？"乾隆没有降罪。

工匠们这才注意到是皇上，一个个慌慌伏地，三呼万岁。

"都起来吧，不知不为过。"乾隆宽容地说道。

"谢皇上释罪！"

乾隆对身后陪同的臣子们吩咐道："蒋爱卿，来，你们都过来看看，这些石子画看上去很有意思。"

臣子们的手脚放松了，纷纷围了上去。

"这组民俗画很有意思，观之令人乐而忘忧。"乾隆右手托在下巴上，琢磨着说。

在长1米、宽36厘米的画面上，嵌上了四个图案，右边的一幅是：一男子头顶瓶子，全身几乎趴在了地上，双膝跪在凸凹不平的洗衣搓板上，两手撑地上，想要挣扎起来，却被凶神恶煞般的婆娘骑在身上，无法动弹，奈何不得；第二幅：右边男人跪在洗衣搓板上，头顶板凳，两手合十作求饶状，婆娘却在一边站着，怒气未消，一手叉腰，一手倒提着扫把，一脚直立，一脚稍屈，似要趋前抡起扫把猛揍其夫；第三幅：泼婆娘坐在板凳上，一手抄着棍子，而在其左前方跪在高凳子上的男人，头顶瓦盆，神态颓然地双手下垂，等候着婆娘发落；最左边的，也就是第四幅：婆娘在后面追赶，其夫已经逃脱，骑马扬鞭，溜之大吉。

朱轼指着第一幅说："皇上，你看这个男人一定是个酒鬼，女的不让喝，为了让男的记得牢牢的，就罚跪，男的不听，女的就扑上去打开了……"

"不对。"蒋南沙打断朱轼的话头，"这四幅画应该是一个整体，依我说，每个男人或女人看了这些画，都可以依照它说出一个故事来……"

"哦，那蒋爱卿给朕说出个故事来。"乾隆道。

蒋南沙献殷勤地应道："臣遵旨。皇上，臣先定个调子，男的是个好色之徒，女的是个醋坛子。"

乾隆上了情绪，朗声地笑道："好，定得好，有意思。说，往下说你的故事。"

蒋南沙见皇上有情绪消遣，顿时来了精神，卖弄地清了下嗓子："这男的我用男调说，女的呢，我用女调说。这天，婆娘让男的去打油，男的忘乎所以，用打油的银两进了窑子，一宿没归；第二天一大早，男的刚刚踏进家门，女的凶神恶煞般堵在了家门口，男的一见小腿肚子就打颤了。'我让你打的油呢？''油，油，油让我填了肚子。''填了肚子？老娘看你一肚子都是骚油儿！顶着油瓶跪在那跟老娘说话。跪哪！''跪什么？'，你说跪什么？跪洗衣板！'啊？……跪就跪。''说！和哪个骚狐狸精贴了一宿的肚皮？！''没，没贴肚皮。啃，啃了一宿的香蕉皮……''什么？你还有脸跟我说这些不招眼的下流事，我今天不打死你！打打打！'"

蒋南沙不停地变换着调门说着男腔和女调，引得大伙开心地大笑不已。

乾隆乐得前俯后仰："编得好，接着编！"

蒋南沙也不笑，他是个给主子逗开心的老手。他接着说道："过了几天，婆娘又让相公去买面粉呢，心想上次揍了他一顿，谅他也没那胆子来第二次……"

掩映在青枝绿叶后的皇家茅厕是一个青砖红瓦、雕梁画栋式的平房，李禅从里边悠着神唱着小曲走出来，没走几步，他停止了哼唱，感觉肚子又叫唤了起来，猛地下了腰，嘴里恼恼地自语道："嗨呀，没完了？"急急地又返身往茅厕奔过去。

蒋南沙在众人的轰笑声中，幽默地说着第三幅小画："'我让你买的面粉呢？''面粉我，我换了肉包子吃了。''你，你又去吃骚娘们的肉包子了！你这个不要脸的畜牲！叫你打油你空了瓶，叫你买面粉你又空了盆！老娘今天跟你拼了！'"

又是一阵笑声。

蒋南沙开始说第四幅石子画，"一而再，再而三，事不过三，这男的给婆娘打怕了，又一次犯了事，男的经不住女的打，说了'好男不同女斗，我找小娘子去了！'这女的就急了，追在马儿后面喊'你给我回来，我再也不打你了还不行吗？'"

大伙儿笑得弯下了腰。

乾隆指着胖工匠道："给朕说说，这些画子的内容是谁想出来的？"

胖子连忙回禀道："启禀皇上，是新来的大师傅，我们都叫他大胡子，他有一肚子说不完的故事，新修葺的石子画都是他的点子……"

"大胡子，姓什名谁？"乾隆道。

胖子说："我们都不知道他姓什名谁，他来了就是干活，除了说说画子上的事，其它的什么也不说，是个好怪的人。大伙儿就知道他的学问高，都听他的。他长了一脸大胡子，大伙儿就喊他大胡子。"

垢面蓬发，显得有些痴愚的李禅小心地捧着肚子从茅厕回来，长长的裤带子还没完全系上，一见大伙都围在一起，声调硬硬地叱道："怎么回事，不干活围在一块儿干什么？干活干活去！"说着用裤带头抽打着圈外的工匠。

乾隆看谁在嚷，工匠们自然让出了一个通道，李禅这才见到是皇上到了，扑通下跪道："皇上恕罪，罪臣不知皇上驾到！"

皇上开心都开心不过来了，哪还会责怪呢："起来吧。"

"谢皇上。"李禅爬了起来。

乾隆是个喜好探究的人，他雅兴不减地指着李禅拼凑的图案："李爱卿，你设计铺设的这些画子看上去风趣生动，韵味无穷。这画子的后面一定有一个很动听的故事。是不是？"

"皇上圣明，这后面是有一个故事，那是罪臣南下扬州亲耳所闻，亲眼所见的。"李禅如实道来。

乾隆兴趣盎然地："能说给朕听听吗？"

"这……"李禅迟疑地打了个顿。

"哈哈，莫不是李爱卿有什么见不得人的事儿吧？"乾隆逗趣地说道。

众人附和地笑了起来。

"不不。"李禅急了，"这是一个真真切切的事。"

接着李禅给乾隆说了南行扬州打点时遇到的一件事……

2

那天，玲珑山馆设宴，请了李禅和一批画师，宴后，弹曲的梅子拿出了一幅《春梅图》请汪士慎题诗，汪士慎想拒绝，但被金农使"坏水"留住了。这是梅子临摹汪士慎的画作，汪士慎杀了头一般硬是不愿题诗写字。李禅很奇怪，就问身边的板桥这是怎么回事，你们几个人合着伙调理汪士慎。听板桥说了，他才知道原来汪士慎的老婆是个大醋坛子，要是汪士慎在外面和哪个女的有什么往来，他老婆知道了，汪士慎回家就没好日子了。

后来，这件事果然漏出了风声，第二天，李禅和金农、板桥去汪士慎家邀他同游瘦西湖，三人没进门，就听见屋子里汪士慎的老婆崔继慧在审问他给梅子题诗写字的那件事。

见凶暴的崔继慧手提着一根打狗棍，板桥拉着他们不让进，捂着嘴笑道："别进，看这一对男女怎么折腾……"

"对着这根打狗棍，你说过若和妓家往来，便怎么着来？"女的逼迫说。

"忘了。"男的耍赖道。

"棍打一百。"

"娘子且听我说过。"

"不要听！"女的说着举棍便打。

"啊哟！"男的嚷道，"娘子打坏了我的手，用何作画，买油购粮？"

女的听了觉得有道理，"不打可以，不出我老娘这口气，今天我就死在你面前。"

"除了打，任你了。"男的眼睛一闭，不再说话。

"第一次，也是最后一次，要你记得牢一些。"女的想着说，"那就罚跪，一直跪到我这心口的气消歇了为止。"

见事情没个收场了，板桥敲起了门，喊道："嫂子，嫂子！"

一听是板桥的的声音，汪士慎骨碌一下顺势跳进天井里。他老婆崔继慧开了门，汪士慎的双腿都泡在天井的水里。

板桥佯装什么都不知道，吃惊地说道："哟，士慎你这是干什么呢？"

汪士慎自己给自己解围，讪笑道："闲暇无事，看水中的乌龟嬉戏呢。"

金农笑道："乌龟没咬着兄弟的手吧？"

这时，李禅再也忍不住了，扑哧一下大笑了起来。

崔继慧返身厉声对汪士慎道："谁让你站到天井的？给我跪一

边去！"

金农、板桥看不过眼，与崔继慧发生了口角。板桥讥嘲地笑道："嫂子，当着外人的面，不能一点面子不给士慎吧？"

"哼，他还要面子啊。他要面子，就别跟野娘们鬼混！"崔继慧说。

金农劝解道："好了，好了，这事我可以作证。"

"你也不是好东西！"崔继慧讥讽地说："我家相公一直骗我说，与你们几个画友只是谈禅，不作别的，我也就放心了，到昨天我听红月楼的胡四姨说了，才知道你们谈的都是老婆禅、花月禅。"

"真要是巢林兄找了一个妾，又怎么说？"金农反唇道。

"找妾？美的！那是别人家男人的事，在我们汪家，有妻无妾，有妾无妻。他想那份美事，等我崔继慧死过。"崔继慧狠狠地说，接着支使汪士慎道："你在这站着干什么？到厨房里烧火去！"

汪士慎到厨下烧火去了。板桥苦笑了下，婉转地说道："嫂子，我听巢林兄说过嫂子乃书香闺秀，也属知书达理之人，长此以往，莫不是让士慎没有了男子风范？"

"男子风范？何为男子风范？你说给我听听。"

"就说一件吧，男子总得处世交友吧。"板桥说，"就拿今天这件事来说，那都是为了迎接朝廷的御画师李大人，大伙在一起热闹热闹……"

李禅点头认可道："确实如此，嫂子一定听了外人的鼓噪，误会士慎兄弟了。"

崔继慧不好意思地扔掉了手中的棍子，讪讪地说道："今天看在你们的面子上，我已经便宜了他。往后，除了板桥说的这类处世交友，我可以不拿打狗棍，不罚跪，其余仍不依不饶。"

李禅为乾隆说完了故事，"皇上，你要问那组画子是怎么来的，就是这么来的。汪士慎的娘子除了吃醋这一条外，什么都好。为了对《巨砚怨》的笔迹，汪士慎也被抓了，他的娘子要救他，竟然拿出利剑和官兵对打了起来。”

"哦?"乾隆听之开心地笑道:"好，好。是个值得大书特书的守节女子！有些男子，还是要这样的烈女子管着点，你们说对不对?"

众臣子无不点头称是。李禅道:"罪臣正是此意。"

乾隆这才意识到该给李禅释罪了，顺路就下了台阶:"哎呀，什么罪臣不罪臣，朕释你无罪了，你还是回到南书房来，多陪陪朕。"

李禅慌忙叩谢:"谢皇上开释大恩！"

乾隆浮想连翩，借事论事道:"看来民间的笑话就是多啊，有味道。"

安宁匆匆来到乾隆的身边悄悄禀道:"皇上，慎亲王南行回京了，有急事请求觐见。"

"哦?"乾隆吩咐道:"让他到西暖阁见朕。"

乾隆在西暖阁召见了风尘仆仆的允禧。闻知南行沿途均已安排妥当，乾隆喜道:"皇叔千里迢迢，一路辛苦了！"

允禧稍有迟疑地说:"不过，臣有句话……"

"有什么话，只管说来。为何这般吞吞吐吐?"乾隆奇怪地问道。

允禧道:"臣在江宁接到密报，岳钟琪的小儿子岳文成竟然穿上了先帝赐给岳钟琪的黄马褂在扬州城招摇过市。"

"果有其事?"乾隆敏感地眯起了眼睛。

"臣已查实。"允禧继而进言道:"先帝授他作了抚远大将军，他已经离开陕甘总督的职位，但他在陕甘的用兵大权一直不交出来，是什么意思? 他大肆操办寿诞，也是借机网络党羽。冲他儿子私穿御赐的黄马褂这一条辱君之罪，就该赐死。这些他不知道？都知道。皇上，恕臣直言，这个岳钟琪，仗着先皇的荫庇，一直就没把皇上放在眼里，臣看他早有谋反之意……"

其实在乾隆的心里，他是再明白不过的，登基不到一年，朝廷内外的反叛势力无时不在窥视他的龙案宝座。虽说先帝在位时为他扫平了登上帝位的各方障碍，但潜藏的逆流在何方、何时会出事，他的心里并没有数。防范于未然，多个心眼总是稳妥。

乾隆听了允禧的进言，在鼻腔里哼了一下，轻轻地说了声："反了！"说完果断地下旨道，"你亲自去，查封岳钟琪府邸，偕大理寺速速查清此案！着扬州府速速缉拿岳文成归案！"

允禧跪曰："臣遵旨！"

3

岳钟琪在雍正手里以"文字狱"起事，从而受宠于雍正帝，一下子从陕甘总督爬到了抚远大将军的高位。乾隆登基，他也是辅政重臣，打死他也不信，这一夜之间就成了阶下囚，竟然是因了一件御赐的黄马褂。说起这件黄马褂，他都想不起来是哪年皇上御赐的了，人闲体胖，瘦小不能再穿，让婆娘拾掇起来压了箱底，怎么给文成这个龟孙子找到了。这叫哪门子罪过？就是人见人怕的雍正爷当堂审问，他岳钟琪也敢抗嘴申辩啊。岳钟琪冲着自己是雍正帝的宠臣，根本没把审讯他的三堂官员放在眼里，无论是兵权的事，或是寿庆破格的事，他一概推说是先帝定下的，口口声声要面见乾隆帝。三堂官员对岳钟琪的傲慢无礼、目中无人异常恼怒，审案以结党营私、贪污受贿、欺君辱规二十三条罪状上奏乾隆。罪状条条证据确凿，骇人听闻，乾隆知道有些罪过罗列得未免牵强，但他还是拿起朱笔写上了"赐死"。岳钟琪这个风云一时的人物就这样在一次微不足道的疏忽中销声匿迹了。灭掉一些雍正爷重用的勋臣，作用于防范；抬出一些雍正爷贬抑的罪臣，作用于怀柔。刚柔相济，恩威并重，这是乾隆内定的治国方针，有人一夜之间飞黄腾达，有人瞬念之间脑袋搬了家，在政权更替之际可谓是奇中不奇的。

在岳钟琪这件大案中，扬州一批画师意外地逃脱于厄运，那真是天意护佑了。岳钟琪招供时没有避讳派他的小儿子到扬州收罗名家字画，但三堂官员盯着岳文成有没有穿着黄马褂去扬州，忽视了追问字画的事，允禧心下忐忑地捱过了这一茬事，没犹豫审起其它的事岔了过去。要说岳钟琪有谋反之意，他允禧觉得没冤枉这老家伙，但要说把他的友人板桥都算在内的扬州画师也裹进来，算成岳钟琪的同党，那才是真真冤枉了。允禧作为主审官，吩咐从扬州抓回岳文成，不必审讯，直接入狱。他的如意算盘，岳钟琪被赐死，他的儿子一同送走就得了，免得节外生枝，惹出不必要的烦心事来。

其实，好心的允禧是多虑了，此时的岳文成已经是有口不说话的僵尸了。那天板桥和梅子点着了字画，一把火烧毁了岳家的绣楼，病入膏肓的岳文成却一个心眼顾着他小娘子梅子的身家性命，硬是逼着家院驮着他去绣楼救梅子，站在楼前的九曲桥上，望着照天大火，想到他的美娘子葬身火海，心力憔悴的他口中喷出一口鲜血，两眼一黑，栽进池塘一命呜呼了。驻扎在扬州的守备接到缉拿岳文成的御旨，领着一队兵马抄了岳府，将死人岳文成草草用破麻袋裹了，塞到一辆破旧的马车上，押送京城交差去。当扬州守备带领兵马押走岳家人时，围观的扬州百姓高兴地哄了起来。一群调皮的孩子撵在马车后面扔着砖头石块，砖头、石块纷纷落在载着岳文成尸体的马车上，有些落在岳家家奴的身上，家奴们抱头躲避。一个领头的调皮王领着孩子们用《小尼姑下山》板调唱起了幽默、轻快的扬州民谣：

　　阿弥陀佛烧高香，

呀嗬咿嗬呀，

自套绳索自悬梁，

呀嗬咿嗬呀，

风流误了好时光，

轻狂误了俏儿郎！

叫你快活俏儿郎，

呀嗬咿嗬呀，

叫你快活泪汪汪，

呀嗬咿嗬呀，

快活到头上天堂，

活该活该大魔王！

一帮顽童们唱着闹着，就象过大年似的。板桥、金农、黄慎、汪士慎、高翔他们都在围观的人群中，也只有到这时，他们才为侥幸脱险长舒了一口气。

"这就叫害人害己，劫数难逃。"金农轻蔑地笑了一下说。

汪士慎困惑不解地说："我到现在也没闹明白，梅子凭什么就能把岳文成玩得团团转？"

黄慎与板桥神秘地笑了一下。

板桥幽默地笑话道："士慎，你就少说点，可怜啊可怜！你不和别的女人沾边，怎么能理解这种事呢？"

哥几个哈哈大笑了起来。

金农笑话地捅了一下汪士慎的腰："你别听板桥的。不玩女人，《史记》总念过吧？记得不记得，褒姒不就一个民间女子吗？周幽王为了讨她的一个笑，竟然燃起了几十座烽火台，害得周围的诸侯都以为京都发生了战乱，匆匆赶来救急，谁会想到为了要一个女人的笑脸，周幽王会开出如此天大的玩笑呢？"

板桥笑道："冬心，你跟士慎说这些有何用？他天生就少了一根筋……"

"你才少了一个筋！"汪士慎假嗔地擂打板桥。

笑声中黄慎叹气道："哎，笑了大家苦了一个。"

高翔惊异地明知故问："阿慎在叹谁呢？"

"他呀，想梅子了。"汪士慎一语道破。

自从梅子莫名其妙地失踪以后，黄慎就一直打不起精神来，梅子的影子总在他的眼前跳动着，这心境他能给谁倾诉呢，只有他一人知道。

金农戏言道："嘀嘀，老夫子也聪明起来了。"

汪士慎得意地笑道："你问他是不是？"

黄慎苦笑了一下说道："没有梅子，我们能躲过这场灾吗？"

看见押解岳文成的队伍从街市上走过去，从围观的人群中悄悄退下来一个个头不足五尺的矮小老汉，他就是扬州城人见人知的豆腐老爹叶阿祥。叶阿祥是个鳏夫，今年六十有三，精干瘦削的他看上去只有五十来岁。他的"阿祥豆腐店"就在离大街不远的乌衣巷里。

叶阿祥兴冲冲地一口气跑回乌衣巷的豆腐作坊，合上了房门，一连声朝后院喊道："五妹，五妹！"

饶五妹是叶阿祥的外甥女，家住在扬州西郊。叶阿祥意外地救了梅子，独身的他在梅子没有醒来之前，不便料理姑娘的起居，从城外喊来了五妹。听见前院的呼声，正在磨豆腐的饶五妹放下手中的磨推子，进了堂屋："舅，我在这儿！舅，什么喜事，看你高兴的！"

"死，死了！押，押走了！"叶阿祥不知报什么样的信好了，语无伦次地嚷道。

"谁死了？谁押走谁啦？"

"还有谁啊！那个畜牲岳公子死了！他们家让官府全、全部抓走了！"

"是吗！我要去看！"

饶五妹说完就往门外跑，叶阿祥一把拽住她，指了下卧室问道："她，她醒了没有?!"

"没有，还在昏睡。"饶五妹话没说完，挣脱叶阿祥的手跑了。

叶阿祥走进屋子，望着梅子憔悴的面容老人叹了一口气自语道："姑娘，你真是多灾多难的人……现在你的灾星走了，老汉看好了，你是有神灵护着的呢。今天这场子你要是听到了，看到了，那该多好啊！"

梅子在梦幻中有了知觉，一双苍老的大手抚着她的额头，给了她意外的肌肤刺激，隐隐绰绰有个人影在她的面前晃动，她的护身意识恢复了。

叶阿祥见梅子有了动静，好不喜悦地说："姑娘，姑娘，你终于醒了？"

梅子强起，但起不来，叶阿祥要帮她，被她拒绝了。

梅子护着自己的前胸问道："你是谁？"

老实憨厚的叶阿祥见梅子误解了他，但又说不出更多的来，回头焦急地喊着："五妹，五妹，"一面逃也似的出了房门。

4

紫禁城西暖阁。

允禧与总理大臣鄂尔泰、大理寺大臣向天文前来向乾隆禀报岳钟琪一案审理结果。南书房行走、如意馆大臣蒋南沙协同查办岳钟琪家的文物一同前来禀报。

允禧进呈一本奏折道："皇上，所有岳钟琪亲眷以及有关联的狐朋狗党全部逮捕归案。"

"嗯。"乾隆沉吟道,"审案结果如何?"

允禧道:"这些人大都是岳钟琪从陕西带过来的旧部,他们沆瀣一气,蔑视朝廷,所犯罪行罄竹难书,总理大人……"

允禧给鄂尔泰示意,鄂尔泰向皇上呈递上厚厚一摞子案卷:"请皇上御览。这些都是岳钟琪的罪证和审案结果。"

"诸位爱卿办案有功,为朕消除了一个隐患,可喜可贺!"乾隆高兴地传旨,赏允禧白银一万两,赏鄂尔泰、向天文各五千两,赏蒋南沙三千两。

众臣叩谢龙恩之后,乾隆突然想起了什么,问道:"嗳,扬州画师给岳钟琪作的万寿图在哪儿?朕很想看看。"

蒋南沙刚要说什么,允禧抢头奏道:"启禀皇上,去扬州操办此事的是岳钟琪的小儿子岳文成,岳文成现已押解来京,在他的遗物中,没有发现万寿图等画作。"

乾隆不解地问道:"遗物,此话怎讲?"

"皇上,岳文成到了扬州,没有潜心操办岳钟琪交付的庆寿图,而是沉溺于声色犬马之中,整日与红月楼一个叫梅子的歌伎厮混在一起。"允禧添油加醋地说道,"岳文成酗酒劳神过度,掉到池塘里淹死了。"

乾隆乐了起来:"死得好,死得好!这是天意,天意啊!"

蒋南沙跪曰:"启奏皇上,扬州的字画没有发现,但京城里也有不少画师为岳钟琪画了寿图,其中最为严重的是一幅《鹰》图。"

"图呢?"乾隆问道。

"……这。"蒋南沙为难地看了一眼允禧。"慎亲王没让微臣带来。"

"为什么?"乾隆惊异地望着允禧道。

允禧强作镇定地说:"启禀皇上,臣以为不足为罪证,所以没有呈上。"

"蒋爱卿。"乾隆对蒋南沙道,"你给朕说说,这幅《鹰》图问题在何处?"

"长空中一只雄鹰,飞扑地面上一只张惶逃窜的小鸡。"蒋南沙定调说,"画面并不复杂,问题出在画师的用意上……"

乾隆不解地问道:"画师是何用意?"

"皇上,你想想。"蒋南沙提醒道,"皇上您是属什么的?您的属相就是鸡啊……显然,画师的用意在于吹捧岳钟琪这只雄鹰可以……用心何其歹毒啊!"

"这是谁画的?"乾隆听了这话,心里好难受,眯缝起眼睛道。

蒋南沙意味深长地说:"这个人刚刚被圣上释罪。"

"你是说李禅?"乾隆的心底涌上来一道阴云。

"他一直对皇上耿耿于怀,该当死罪!"蒋南沙不失时机地进言道。

"皇上。"允禧慌慌奏道,"臣有话要说。"

"说。"乾隆允许道。

"蒋大人所言差矣。"允禧道,"鹰扑鸡,这是大自然中生生相关的常见事,岂能作如是隐喻之解?"

"皇上,问题是李禅作给叛贼岳钟琪的,那就另当别论了。"蒋南沙强词夺理道。

"蒋大人,相煎何急啊?"允禧蔑视地浅笑了一下道,"大人你注意过这幅字画作于何时了吗?"

"没,没有。"蒋南沙木讷地说,突然又反咬了一口,"不管作于何时,岳钟琪的寿庆,挂了它,那就是罪证。"

"办案不能靠信口开河。"允禧毫不客气地讥嘲道,"蒋大人,这不是谈诗论画,想怎么说就怎么说。"

蒋南沙委屈地看了一眼乾隆:"皇上,如是这般,微臣不敢再说了……"

乾隆不太高兴地对允禧说道:"那你说说,那幅《鹰》图到底是怎么回事?"

"启禀皇上，这幅字画作于先帝在位年间，岳钟琪调任兵部尚书，受先帝旨意，李禅为之而作。"允禧辩解道，"总不能说先帝也是属鸡的了吧？皇上，画鹰者，非李禅一人，就臣所知，外籍御画师郎世宁、王致诚为皇上不止一次画过《鹰》图，莫非他们都是存有歹意？"

"皇上，我们是在抓叛贼的同党。"蒋南沙恶毒地进言道，"而非发善心为某某开脱……"

"哈哈哈……"乾隆突然开怀地笑了起来，"仁者为怀，苦渡善心，何人解得我乾隆？！传旨，岳钟琪与朝廷分庭抗礼，蓄意谋反，证据确凿，理当问斩。朕善心以待，不剐不杀，流放新疆，以观后效……"

这天晚上，鄂尔泰领着李禅匆匆进了允禧府，穿过廊亭径直往后院允禧的书房走去。

允禧正伏案修书，听女婢报说之后，他放下手中的笔，起身迎振李禅与鄂尔泰："两位大人请，请。"

李禅作了一个深揖："谢亲王搭救之恩！"

"不必多礼。"允禧轻松地笑道，"蒋南沙倚仗自己给皇上教过几天书，大有越礼之嫌，总是以己之见陷人于危境，心量太小，心量太小！"

鄂尔泰忿然道："岂只是心量小，歹毒之意随处可见。今日竟敢当皇上的面放您亲王的坏水，若不是亲王反应快捷，唇枪舌剑以对之，必被他那个老贼害了。"

"算了算了。"允禧笑着挥去不愉快的阴影，"谅他不能把我怎么样。李大人，我印象中他过去对你还不错，什么时候他开始给你穿小鞋的？"

"说起来还是扬州画师们进京卖画那时的事，但他一直都是暗地里给我小鞋穿，没明朗化。二个多个月前……"李鱓忆道，"我从你这里取走了几幅郑板桥的《清竹图》，皇上到如意馆御览，皇上问起我对板桥字画的见解。我如实褒奖了几句，你看他，就象挖了他的祖坟，老大不快活地说板桥的字画乃旁门左道而大加贬斥。当时我气不过，当着皇上的面与他争执了起来。"

"哦？"允禧吃惊地说，"我怎么从来没听你说起过？"

李鱓淡淡地笑了一下道："亲王，你是知晓微臣秉性的，搬弄是非迄今我还没有学会。"

鄂尔泰道："蒋南沙在别处张扬李鱓的坏话，甚至提到亲王收藏板桥的画是自作多情。"

允禧不屑一顾地说道："萝卜青菜，各有所爱，他也是管得太多了，张狂得不是地方！"

"我到扬州收了一批扬州画派的字画，他又在皇上面前说小话。"李鱓激忿地说，"说什么'无规无矩，不得正传，画意傲岸幽僻，充其量不过附庸风雅，地摊卖艺之作'。我实在听不入耳，又与他在皇上面前争执，皇上气恼不过，将微臣贬到后花园去了。"

"我明白了。"允禧浅笑了下，"蒋南沙不就是要保住他那份正宗画派的位子吗？到头来，我看有几个能认他的东西！心不正，乃画无意，板桥说得一点也没错。"

"我已经想好了。"李鱓幽幽地感叹道，"我与他无法同处一室，今天不和他翻了相，明天也要被他莫名其妙地陷害了。没有他法，只有早早与他离得远远的。"

允禧惊道："你要上哪去？"

李鱓掏出了一份辞呈："这是微臣给皇上的辞呈。"

"此事慎重为好。"允禧将那份辞呈还给了李鱓，特意说道，"不要操之过急，免得皇上心里不高兴。"

"亲王所言极是。"鄂尔泰也劝道，"与他这种小人相处，惹不起还躲不起吗？大可不必走此下下策啊……"

"这件事还是摆摆。"允禧道,"我找你们来,有件事要拜托两位。"

鄂尔泰、李 鱓 异口同声说:"亲王尽管吩咐。"

允禧拿起书案上的一封书函:"扬州乃是非之地,太杂太乱,我看板桥在那里也无法静下心来攻读诗文,下届京试他凭什么应试啊?我意将他召来京城,住到碧云寺去。"

"为何到碧云寺?"鄂尔泰道,"住到我家去不就是了?"

"不。"允禧说,"碧云寺是清静之地,又是我和板桥相识之处,再则,也免去两位的不必要的是非之嫌。碧云寺的方丈是我的老友,我已和他说好,板桥的一应开支由我担当。"

"亲王……"李 鱓 刚要说什么,被允禧挡了回去。

"你们什么也不要说,板桥是我的兄弟,我不安排谁安排?届时,板桥到京,你们负责多照应便是。"允禧。

"亲王,到时你不在京?"李 鱓 问道。

"正是。皇上要安排我出京,何时动身尚且不知。早早将此事托付给你们,免得没有后应。"

5

繁华的扬州城,一如既往地呈现出她经济发达的勃勃生机。

一个州府的信差穿过热闹的画市,往板桥的画铺走去。板桥的画铺关了门,信差擂起了门。邻近的黄慎见状,放下手中的活走了过来:"差爷找板桥有事?"

"哟,是黄师傅。郑板桥他人呢?"信差道。

"这不写着的吗?"黄慎指着门板上的一张告示说。

门板上贴着板桥的留言,上面这样写道:闭门思过,概不接画,存心索墨,静待来年。

信差为难地嘟哝道:"这上哪去找他的人?"

"你找不到。"黄慎说,"他不在扬州,到焦山的别峰庵闭门念书去了。"

"哎呀，这怎么办？"信差自语道。

"板桥有信，交给我就是了。"黄慎说，"扬州不时有画友到焦山去，顺道带给他便是了。"

"也行，那你给我写个收条。"信差显得格外的谨慎，"这可是朝廷的信函，掉了我担待不起。"

"没问题。"黄慎道。

黄慎接了京城的来函，邀了金农、高翔、汪士慎同行，去小东门外沿"河下"乘船到焦山寻板桥。

小东门是扬州新旧城的南通道。扬州的城池自汉唐开始，因为战事频频，兵家争夺激烈，屡建屡毁。宋朝以前，历朝的城池都建在蜀岗上下，到了宋代中期，扬州城就大了，不但在原来的唐城旧址上筑了罗城，还在蜀岗南坡的原来的新唐址废墟上，扩大城池范围，建筑了南至今日的福运门，东至今天的东关，西至保障河东河沿，北至蜀岗南坡下的宋大城，又在罗城与大城之间，建了一条通道，名为甬城，将山上山下一大一小两个城池连为一体，时人称为宋三城。这宋三城在北宋末年，又被金兵一把大火，化为灰烬。南宋以后，经过元朝直到大明，古城扬州只剩下原有的一座旧城，方圆不到五六里，住户不足五千家。但到了明代中期，这里的经济再度繁荣，旧城不敷应用，才在旧城河东岸，从南、北两城墙尖向东伸展，直至东关口，扩建了一座新城。新城扩建以后，原来旧城的东城河，就成了城中的内河。新旧两城的交通，北走大东门，南走小东门。这条内河的南头通古运河，接长江。

"焦山我从来没去过，拖上你们正好上山一解乏意。"黄慎边走边说道。

金农说："你没去过焦山，去去没错，那地方太美。板桥选中那个地方埋头读书，自有他的道理。"

高翔想起什么，说："那里是佛家妙地，板桥的表妹在那儿修行，板桥会不会……"

金农不无伤感地笑了一下说："板桥早断了凡心，你就别往人家头上扣屎盆子了。"

汪士慎大眼瞪着高翔道："怎么，一姐在那里修行，你告诉他了？"

高翔似乎有些委屈地翻了一下眼道："我给他说这个做什么？今天怎么啦，我说错了什么，你们都冲着我来了。"

"好了好了，话不都是你引起的吗？"金农笑了，"没说不就没说，大伙不就是担心漏了风声，怕板桥他分心吗。"

他们在小东门城内沿着城墙向桥下走去，到了河边沿。

"焦山那边，板桥有熟人？"黄慎问道。

金农道："这你还不知道，板桥的禅学很地道，所以他有一大批你平常见不到的佛门朋友。"

"哦。"黄慎道，"没听说过。"

"这次他到焦山隐居读书，就是焦山别峰禅师邀请的。"金农一面说，一面对河下招手喊道，"来呀，过来一条船！我们要到焦山去。"

河边停靠了好多只小船，好象是有约定俗成的一样，载客先后是按秩序来的。

一个在船头洗米的姑娘喊道："阿雪，该你的了！"

其中一条船上那个被唤作"阿雪"的女子应了声："哎咿，来啦"说着丢下手中的书本从船尾站了起来，用竹篙头子支着河床，将船稳定，准备让客人上船。

此时黄慎的眼睛一亮：这女子这么象她！他的口中禁不住自语道："梅子？"

但没等黄慎有更多的反应，撑船过来的女子突然掉头撑船飞驰而走。

黄慎跟着往岸下跑去，口中连连急呼道："嗳，嗳！梅子，梅子!"

他的脚踏进了河水中。

其它小船上的姑娘见之开心地笑了起来。黄慎的失态,在友人间引起小小的震动。

金农嗔怪道:"阿慎,你发了什么疯?哪里有什么梅子?"

黄慎指着远去的船影:"刚才那个船上的撑船女就是梅子,没错,就是她!"他急急地拉住一个近前船头上的姑娘,急切地问道:"你说,刚才突然走开的那个姑娘是不是叫梅子?你说,她是不是叫梅子?"

姑娘格格地笑了:"什么梅子不梅子?她叫阿雪。"

姑娘们又笑了。

黄慎痴痴地说:"不对,她就是梅子!"

是的,黄慎没有看错,那个女子就是梅子,梅子是打临工来帮人撑船的,没想到在这里会遇上黄慎。梅子谨记阿祥老伯的嘱咐,在扬州这个地面上,她不能再抛头露面了,免得节外生枝。你说她见了黄慎他们能不开溜吗?

可怜了黄慎一片痴心,呆呆地望着远去的小船。

"好了,好了,你别见人就是仙,想梅子想开了岔。"金农善意地取笑道。

另一条小船撑了过来,金农催促道:"阿慎,上船了,别再瞅了,眼睛瞅出了毛病,那人也不在了。"

船娘见客人坐稳了,举篙击水,船身一动,便在幽深娴静的内城河向北移动而去。

小河的一个隐蔽处,梅子多情地望着黄慎的小船走远。她的耳畔回响着阿祥老伯的嘱咐:"听着,孩子,碰见任何你熟悉的人,你都要赶紧躲开,不能让他们认出你来,要不,还会有人上门来找你的麻烦,千万千万……"

不能与心中的有情人见面说话,梅子痛苦不堪,泪水静静地淌下了她的面颊……

　　焦山是镇江著名的风景胜地，与金山、北固山合称为"京口三山"。焦山原名谯山，因东汉末年焦光曾隐居于此，而改称焦山。一山飞峙，屹立江心，满山苍翠葱茏，宛如一块翡翠碧玉，随着江水的涨落而浮动，故又称"浮玉山"。山上有定慧寺、观澜阁、华严阁、百寿亭、别峰庵、吸江楼、东升楼等古建筑，掩映在松竹云烟之中，若明若暗，宛如海上仙境。山上碑刻很多，著名的"瘗鹤铭"摩崖刻石就在这里。南宋杰出诗人陆放翁曾携友来游，在山上留下千古不磨的题名石刻。

　　此刻，板桥正伫立在陆放翁的石刻前与别峰禅师谈诗论佛、掩卷究学。

　　别峰微闭眼帘，手里捻着佛珠道："寒山问石得曰：'世人谤我欺我辱我笑我轻我贱我恶我陷我，如何处置乎？'"

　　板桥对答道："石得有云：'只得忍他让他由他避他耐他敬他不要理他。'"

　　别峰又道："寒山又曰：'更有何诀？'"

　　"石得说：'我曾看过弥勒菩萨佛偈云：'老衲穿衲袄，淡饮腹中饱。有人骂老拙，老拙只说好；有人打老拙，老拙自跪倒；涕唾我脸上，随它自干了。我也省力气，他也无烦恼。'"板桥答道。

　　别峰睁开了眼睛："阿弥陀佛，板桥先生能对出此段寒山与石得的论佛精言，可见板桥先生深谙佛禅之理。佩服佩服。"

　　"别峰禅师过奖。"板桥笑道，"佛理归佛理，人世纷乱嘈杂，到时候也就不能自己了。"

　　"透脱儒书千万轴，遂令禅事得真空。"别峰浅浅笑了一下，意味深长地说道。

　　板桥合十作礼："谢大师点化教诲。"

别峰这时才兜盘说出了他邀请板桥的真谛:"别峰久闻扬州沸沸扬扬,板桥一直不能摆脱厄运纠缠。老衲生怕你不能左右,生出灾祸来。"

板桥挺了下胸脯,笑道:"这不挺好的吗?板桥天生无有害人之心,天不灭我也。"

别峰也跟着笑了起来。

"大师有心,板桥无以为报,此次焦山之行,定当静心修学,来日金榜得名。"

"阿弥陀佛,那是你们尘世的事,老衲不闻不问。只求板桥平安无事。"

两人说笑着往回程而去。

板桥此次来焦山,心境颇是看好,《四书》、《五经》及八股制艺一套东西,在他早已烂熟在心,无非温习而已。心境是人境之先要,板桥精神振奋,这是来年中榜的好兆头。

焦山别峰庵座落在焦山山北半山腰的一个幽静地处:坐东向西,俯视长江,景色别样的清幽雅静。板桥借居的僧舍门前数竿修竹,翠影婆娑,令人心旷神怡。

金农领黄慎来到此处,情不自禁地赞叹道:"啊,太美了!在这读书治学,上哪去寻这等恬然雅境?"

黄慎仰面迎风,畅快地说:"到此涤荡浊气,吐故纳新,别是一番滋味。啊,啊!"他高兴地放开嗓子叫了起来。

他们走近板桥的住所,透过窗户往里窥望。

屋子里整整齐齐摆放着一应治学用具,只是不见人影。

金农轻唤:"板桥,板桥。"

没人应,金农遂大声喊了起来:"板桥,板桥!"

一个小僧静悄悄地走了过来,合掌礼道:"请施主勿要大声惊扰。"

黄慎与金农对视了一眼,意识到犯了山规,连忙道歉致礼:

"对不起，失礼了。"

金农礼道："请小师傅进去禀告在此治学的板桥，就说扬州他的老朋友来了。"

小僧说："板桥大师不在，他与别峰禅师到石刻崖谈诗论佛去了。两位施主请随小僧到庵内歇息等候。"

"我回来了。"板桥老远听到了小僧的说话声，人没露头，声音就到了"是谁来啦？"

板桥与别峰禅师从竹丛里走了出来。发现是金农、黄慎他们俩，惊喜异常地大喊道："冬心！黄老瓢！"

三人激动地拥抱了起来。

这边热闹，那边小道上又出来两个：汪士慎和高翔。

"板桥，别忘了和我们俩也亲热亲热哪！"

板桥这时才发现还有两位老兄落在后面，高兴地喊道："阿祥！士慎！"他过去擂了两人各一下道，"你们两个皈依了佛家，吃素不食荤！我与他们亲热是荤事，佛家人是来不得的！"

这种半荤半素的玩笑把兄弟间才有的那种诙谐调到了极致。

板桥展开了允禧的书函，轻声念了起来：

板桥兄：

我去南方差行数月，真想绕道扬州，与尔谋面畅谈，可惜公务缠身，不得愿。回京闻扬州为岳钟琪庆寿图一事，惊汗虚寒，侥幸兄无事。扬州地处闹市，不得安闲，我意你还是来京攻读，以待下届京试顺利得中。我已嘱李鳢、鄂尔泰为尔安排碧云寺长住，以便潜心治学，见函速速来京就是。小弟近日要随皇上出京便游，到京，直接去找李鳢就是。随附《花间堂诗草》，万请笑余拾笔作跋。

落落漠漠何所营，

闭目思君独勤耕，
京都来年进科甲，
乐看布衣挂姓名。

匆匆，祈复！

祝

安祺！

紫琼崖道人：允禧　亲笔

板桥读完了信函，陷入沉思。

"板桥，慎亲王对你真是一片情深啊。"金农不无羡慕地说道，"什么都安排好了。"

"慎亲王是个很单纯的人，叫我怎么说呢。"板桥无奈地苦笑了一下，"他也是一厢情愿，其实，我只会给他带来不必要的麻烦，上次我被押往京都，就差点把他也卷进来，我实在不忍心再去给他惹事……"

"他已经安排好了，你怎能拂人好意呢？"黄慎道。

"他归他的好意。"板桥决意道，"我是决意不去。处世为人，不能总给他人添麻烦。"

高翔敬意地道："板桥通晓佛意，这就叫花开花落两由之，独往独来自逍遥。"

板桥笑了起来畅言道："说笑说笑，我也只是敬佛不通佛啊！哎，说到底，还是我们这帮老友在一起痛快自在啊！走，今天我请诸位吃素餐，喝大碗酒！"

"走，吃素餐，喝大碗酒！"

第 十 七 章

1

板桥与允禧的缘份说起来也真是前世结下的，碧云寺一场戏弄，竟然让允禧对板桥刮目相看，他佩服板桥不畏权贵的个性，更看好板桥的才学。就连他的诗集也拿出来托付板桥给他作跋文，可见他对板桥的器重了。允禧一片诚心邀请板桥前往京都攻读备考，其用心良苦板桥有知，但他不能人家说一他跟着就来二，文人那点自尊还是要有的。他给允禧写了婉言谢绝的信函之后，趁兴夜读允禧的诗集《花间堂诗草》，一气呵成序文道："琼崖主人读书好求，一求不得，不妨再三求，求一遍不得，不妨求数十遍，欲使疑窦释然，精理迸露。故其落笔晶明洞彻，如观火观水也。主人深居独坐，寂苦无人，辄于此中领会微妙。无论声色子女不得近前，即谈诗论文之士亦不得入室。所刻诗，乃前矛，非中权，非后劲，当以曰清、曰轻、曰新、曰馨是之。主人有三绝，曰画、曰诗、曰字。世人皆谓诗高于画，燮独谓画高于诗，诗高于字。盖诗字之妙，如不云之月，带露之花。百岁老人，三尺童子，无不爱玩……"

蓦然传来几声夜莺的啼鸣，板桥无意中惊悸了下，驻笔道："是阿慎吧？你那点小把戏，别跟我躲迷藏了。"

"都什么时辰了，你还不睡？"黄慎从屋外走了进来，随意说笑道："公子读书真是出神入化啊！"

"你不也没睡吗！"板桥把面前的茶壶往黄慎跟前推了推，示意他自己倒。"你好象有什么心思?"

"山林夜露清新,无意成眠,见你的灯亮着,也就过来了。"黄慎下午与金农联手给别峰大师作《雪梅图》,咏梅触到痛处,一直心绪不宁。

或许天下万物真有心有灵犀一说,黄慎话音刚落,板桥竟那么巧合地就说起了梅子:"你来得正巧,我正要私下问问你。梅子有没有消息?"

黄慎笑了:"你在这里读书,心思还挂着梅子呢?"

"我和你心里都挂着她,可挂的不在一处哟。"板桥诡黠地眯缝起眼睛盯着黄慎:"我这做嫁衣的,衣服不做好送走,心里也不踏实啊!"

黄慎明白他的意思,机巧地反唇道:"你给自己做了嫁衣,不好意思穿了?"

板桥搐了黄慎一把笑道:"什么时候学得这般巧嘴滑舌的?人家被岳公子买走了,你看你急得那个样。今天下午,你吟得什么诗?'梅花点点啼雪春',你干什么?也不怕玷污了焦山的神灵,别峰大师不明白你的底细,你这几个兄弟都是吃素的?你那点花花肠子能瞒得了谁?"

"哎,再急也没用了。"黄慎叹了一口长气,说起了心底深处的真藏:"昨天我在河下遇见一个撑船女,太象梅子了,我怎么喊,她就是不应,却调头跑了。莫非我想她想昏了头?"

"那就是梅子啊!"板桥大喊道,"你怎么那么笨呢?"

"也许是喊错了人。"黄慎说,"要不然,她不会一点反应也没有。"

"怎么说没有反应?她调头跑了,就是反应啊!"板桥说,"你想想,岳公子死了,她要是不改头换面,红月楼还会来找她麻烦的……"

"她可以离开扬州啊。"黄慎辩说道。

"你又错了，梅子一个女子，她能跑多远？"板桥说，"扬州对她来说毕竟已经熟门熟路了，也好藏身哪。"

"对……"黄慎沉思道。

"别迟疑了，下山找她去！"

淡淡的灰色太阳眼看就要沉到西山后面去，仿佛留恋这多彩的人世，她躲在一层薄薄的云层后不愿动了，显得格外的寂静而温柔。

一只篙头划开了平静的水面，船影朝远处急驰而去。河水掩映在一片清薄的氤氲之中。停靠在河边的船阵争相冒出了袅袅炊烟。

冬季的冷意渐渐逼人，扬州人似乎不畏寒意，穿戴衣着仍然还是那么俏丽、整洁。靠岸未出的一只小船上，船姑娘顾水仙提着水桶从船舱里出来，下意识地往岸上看去。她意想中的事真出现了：远远的河岸上，板桥和黄慎两个瘦高个的身影又出现在堤岸上，他们一路寻望蹀躞而来。姑娘含蓄地笑了。

一个身材、个头极象梅子的姑娘挎着包袱上了岸去，黄慎从她的身后撵了上去："梅子，梅子！"

姑娘回头，见是陌生男人，羞赧地低下头："先生喊我呢？"

"啊，不不不。"黄慎满面通红，抱歉地说："对，对不起，我认错人了。"

姑娘嫣然一笑走了。

板桥幽默地笑了轻声道："看来，你心里装梅子装得太多了，看什么人都象梅子。"

黄慎："去你的！"

邻船一个叫阿芳的姑娘出舱洗米，看见顾水仙在发呆，吃吃地笑了："水仙，想男人了呢？"

"你才想男人，不要脸！"顾水仙嗔骂道，继而轻声喜道："哎，阿芳，你看，那两个书呆子又来了。"

阿芳顺着顾水仙示意的方向看去。

"他俩盯准了阿雪，一定是有什么缘故。"阿芳戏谑地笑道，"要不，你长得也漂亮，他俩为什么不找你？"

"去你的！"顾水仙用桶里的水向阿芳泼去。

阿芳躲开了水，道："我是说真的，要不他俩认识阿雪，要不，跟他俩认识的女孩里有长得象阿雪的。"

沮丧的黄慎、板桥刚要走开，顾水仙从河下上了堤岸："嗳，嗳！我是喊你们俩呢！"

黄慎看了周围，指着自己和板桥道："姑娘是在喊我们俩？"

顾水仙走近了他们："对，你们俩不是在找阿雪吗？"

"阿雪？"黄慎摇了摇头，"什么阿雪？"

顾水仙急了："哎呀，那天你和一个先生上船到焦山去，阿雪掉船头跑了……"

"啊，对对！"黄慎急忙认可道，"你还记得这件事？"

"你和他一连来了三四天了，我都记着呢。"顾水仙嗔意地笑了一下："别的男人我都记不住，独独记住你了。"

"姑娘看你说的。"黄慎不好意思地低下了头，"我是在等你说的那个'阿雪'。"

顾水仙假嗔地道："你以为我还有什么别的意思啊？真是。我是看你们俩等得实在可怜，所以我就上来了……"

"你知道那个躲开我的姑娘在哪里？"黄慎急急地问道，如同拽到一根救命草似的，"她在哪里，你知道她在哪里？"

"看你急的……"顾水仙漂亮的眼睛里闪烁出了既多情又嫉妒的媚态，狡黠地说："你要先告诉我，她是你们俩什么人？要不，我就不跟你们说。"

"你一定要知道，我就告诉你。"黄慎看了眼板桥，多留了一个心眼道，"她是我们家失散多年的小妹。"

"是吗?"顾水仙惊道，没有迟疑地说，"你到瘦西湖去，她一准在那儿。"

板桥、黄慎礼道："多谢姑娘指点。"说完往瘦西湖方向而去。

"嗳"顾水仙在他们的身后喊道。

板桥止步道："姑娘还有事?"

"我叫顾水仙，两位先生有空……常来这儿走走……"顾水仙多情而羞涩地说。

黄慎明白，勉而为之："自然自然。"

望着心满意足的姑娘走了，板桥戏谑地说："阿慎，你到底要几个? 你真是有魅力啊，到处都有人看得上你，我这丑八怪怎么就没有美人儿多瞅几眼?"

天边的夕阳在浅淡的桔红色的彩霞中缓缓地滚动着，向扬州城的古老建筑和扬州特有的垂柳林顽强地留下她最后一轮依依不舍的留恋，沉人到阴暗的地平线后面去了，远处的柳树林笼罩在一片连绵不断的浅蓝色光晕之中，呈现出黯淡灰冷的轮廓。

板桥与黄慎匆匆往瘦西湖赶来，张目远眺。

正是掌灯时分，星星点点的大画舫与小篷子船来回穿梭。

板桥吩咐道："瘦西湖这么大，我俩分开找，我往这边，你往那边。"

说完两人分手走了。

梅子将一只小篷子船拖到一棵大柳树下，上好锁链，取下双桨，往黄慎站立的这边走来。黄慎无法在那么多的船只中认准哪条船上有梅子，见一个女子从自己的身边穿行而过，连忙从她的身后撵上去喊道："嗳，嗳，姑娘姑娘……"

梅子停候，但并未转身："什么事?"

"请问姑娘。"黄慎恭谦地问道,"瘦西湖的船工里有个叫阿雪的,你认识吗?"

"阿雪我……"梅子转过了身,口中的"就是"两个字没说出,人就呆住了。

"梅子?!"从侧后看,黄慎几乎不敢相信自己眼睛,眼前的梅子脸色釉黑,发饰也变了,十足的一个渔家女。

"什么梅子?我是阿雪。"梅子是个机灵人,不露破绽地笑道,"我不认识先生,你找我有事?"

"啊,啊……我认错人了?"黄慎无所适从了,连忙改口道,"姑娘,姑娘太象我的小妹梅子了。失礼失礼了。"

梅子扑哧笑了,那是一份凄楚的无奈的笑:"先生,那你还是去找你的小妹吧。"说完走了。

黄慎无奈地自笑了下,转身走。

梅子真想黄慎从后面撵上来多辨认一下,但没有听见唤声,失落地止步静候。

黄慎走走,觉得疑心不能释,止步回望。梅子没听见后面的脚步声,情不自禁地回了头,正遇上黄慎的目光期待地望着这边。

见梅子回身,黄慎眼睛里闪出希望的神色:"梅,梅子!"

梅子急步逃走。

黄慎撵了几步,失望地止了步:"哎,到底不是她。阿雪,雪,梅,梅子,雪与梅同生同存。不对,是她,就是她!"黄慎发现新大陆一般嚷了起来,顺着梅子消失的方向撵了过去。

2

梅子回到"阿祥豆腐店"时,叶阿祥正领着他的徒弟系着布围裙,光着屁股腔在后面的作坊里磨黄豆、煮豆浆,忙得大汗淋漓。听见前屋传来的梅子招呼声,叶阿祥吩咐徒弟道:

"顺子,快把裤子穿上!"一面对前面大声地说道,"阿雪,豆浆占着锅，你先歇歇，待会儿再烧饭。听到了吗？"

梅子应了声"哎"来到后院放下船桨，在水井里打起了一桶水……

顺子不情愿地从柴禾垛上取了大裤叉穿着，朝叶阿祥翻着白眼嘀咕道："师傅也真是多事，梅子也不是外人了，都这么熟了，光屁股有什么要紧？"

过去的豆腐作坊，场子不大，热气蒸腾，力气活重，加上布料紧缺，和其它的作坊一样，为了干活利索，更为了省布料，汉子们尤其是年青人，大都是光胳膊光屁股。顺子喜欢梅子，有意暴露自在情理。

"你给我少啰嗦！"叶阿祥恼恼地瞥了徒弟一眼，"梅子是大姑娘，你想干什么？！"

黄慎追踪到叶阿祥豆腐店附近，就失去了目标，他茫然地四处张望，无所得，沮丧地叹了一口长气。

梅子洗去了脸上的黑灰，怔怔地望着木盆里的黑水发着呆。原来自从上次在小东门遇上黄慎、金农后，叶老汉为了梅子出门的安全，出了点子，让梅子出门前在脸上涂上薄薄的一层香油拌着锅烟的黑油灰。就这人不人，鬼不鬼的模样，黄慎竟然能把她认出来，她心里忽悠悠地打着颤，早就听船姐妹说有两个男人找她的事，她也偷偷一边看过痴情的黄慎和板桥在找她，她的心里说不上来的味道，她真想去认他们，今天遭遇上了，一行泪水往肚里淌，硬是没认人家的情，映着黄慎失望的面容，她凄凄地落了泪，听身后有脚步声，她偷偷把毛巾捂到了脸上。

叶阿祥从作坊里来到院子里，一面用围裙抹着脸上的汗，一面关切地说道："阿雪，累了吧？火桶里煨着枣子汤，你去喝一点暖暖身子。"

恢复了本来面貌的梅子仍然是那样俊美，但此时的她一脸的倦意，听叶老汉那么一说，强打起精神，勉为其难地笑了一下，说：

"爹，还是你喝吧，看你瘦成什么样儿了。"

梅子去灶间烧着火，火光映在她沉思的脸上烤得她火热火热的，她的眼前映出了黄慎红生生的脸庞，耳畔响起了黄慎给她轻轻哼唱的福建民谣："正月里来正月正，我带小妹子看呀花灯，看灯本是假呀，妹子，看你是真心。二月里来龙抬头，我带小妹子上呀福州，逛城那是假呀，妹子，哥要把你瞅……"

燃到根末的茅柴从火膛里掉了出来，落在梅子的脚下，走了神的她连火燃着了裤角都没知晓。叶阿祥注意到了梅子的异常，惊呼着"阿雪，火！"扑到梅子的脚下，手忙脚乱扑灭了火。

"真险。"叶阿祥盯视着梅子，"阿雪，想家了?"

梅子掩饰地点了点头。

叶阿祥为了不更深地触动梅子的心思，用手扇了些锅上的蒸气到鼻下，夸张地嗅着鼻翼道："啊，好香啊！阿雪，饭好了，吃饭吧?"

梅子蹙着眉头道："爹，你先吃，我的头好晕，想睡。"

叶阿祥着急地说："不是累病了吧? 快，快去躺下!"

"不会错，就是她，就是晒黑了，不熟悉她的人是认不出，可我认得出……"回到草堂，黄慎饭食不香，连连灌酒，嘴中喋喋不休地说着。

酒酣七成的板桥看着想笑却忍住了，劝说道："这有什么好气的，你呀，胆子小了点，要不，今晚就不是我坐在这里了。"说完进屋歇息去了。

黄慎夜不能寐，"情到深处人孤独"，画案前，他一手拿着酒葫芦往嘴里倒，一手执笔随手画着一幅《八仙图》，画到何仙姑，画上出现的竟然就是他脑海里铭刻的梅子！

黄慎摇了摇头，不敢相信地揉了揉眼——

梅子调皮地歪了下脑袋，说："嗳，黄大哥，说个我们江西老家的对子你来对。'稻草捆秧父抱子'……"

"'稻草捆秧父抱子'，稻草为父，秧苗为子……"黄慎沉吟半晌，不得要旨，歉意地笑道，"对不出来。"

"对不出来？"梅子说完诡黠地笑了，跑到墙角拿过一只装着嫩笋的竹篮放在胸前说，"想出来没有？"

梅子说着将竹篮抱入怀中，"'竹篮装笋母怀儿'嘛！青竹是不是母，嫩笋是不是儿？"

笑声中梅子多情地望着黄慎，黄慎的眼神慌慌地避了过去。

梅子又道："黄大哥，我唱个江西的民谣给你听。"

黄慎高兴地说："好啊！"

梅子清了下嗓子，唱起了江西民谣《锁南枝》："傻哥哥哟，我的傻哥哥！和块黄泥捏了我两个。捏一个你，捏一个我，捏得你我活脱脱，捏的同在床上歇歇过。妹妹失手将泥人儿摔破，哥哥有心添水儿重和过，再捏一个你，再捏一个我。哥哥身上有妹妹，妹妹身上有哥哥……"

黄慎任凭幻臆的留连折腾，不停地喝着酒，单手拿起那张画子自我欣赏着，嘴里哼哼着："……哥哥身上有妹妹，妹妹身上有哥哥……"

"黄大哥！"传来一声梅子调皮而清脆的唤声。

黄慎惊回首，梅子就抱着那只竹篮坐在她原来坐过的地方，朝着黄慎嬉皮笑脸地做着鬼脸。

已有九分醉意的黄慎惊喜异常地："梅，梅子，黄，黄大哥到，到处找你，你让，让我找，呃找……好，好苦啊！"

说着他往梅子的身边走去，他刚刚要去拉梅子的手，梅子的幻影倏忽不见了。

陪酒的板桥知道黄慎入了神喊道："阿慎，在想什么呢？"

黄慎摇了摇头，醉眼惺忪地醉语道："梅，梅子，你，你要往哪跑？……"话没说完就摔倒在地上不省人事了……

　　第二天一早，梅子没起床烧饭，她身子好重，想起起不来，就跟不是自己的一样。她静卧在床上，两只大眼睁着，失神的目光不知投向何处。屋子外隐隐约约传来叶阿祥忙碌的声响。

　　"咣啷"一声脆响，把梅子闹得惊惊的，款了下身子倚在床栏上又难以自抑地倒了下去。

　　后院的作坊里，叶老汉不停地收拾着作豆腐的工具，又忙着到锅下去烧火。他时不时地要停下来听听前屋里有没声音，阿雪平常不是睡懒觉的人，今日到现在也没个动静，老汉不好进姑娘的屋子去，只好用他特有的关照神态默默地留神着"那一边"。

　　叶老汉有些奇怪地忍不住了，起身蹑手蹑足地走到梅子的房门口，侧耳听里边的动静。里边有轻轻的咳嗽声。他想敲门却又收回了手。

　　"哒!"一声断喝，吓得叶老汉痉挛着转过了身。一块红布拦在了叶老汉的面前。

　　"舅舅！是我！"饶五妹欢快地将手中的红布收了回去。

　　叶阿祥假嗔道："死丫头，吓我一大跳。今天怎么有空进城来？"

　　"喏。"饶五妹举起手中的小竹篮说："东门嫦娥园跟我预定的绢花。姐姐呢？"

　　叶老汉这才想起不该在梅子的房门口大声说话，连忙拉了饶五妹到后院里去了。

　　"舅舅，姐姐怎么啦？"来到后院，饶五妹急急地问道。

　　"也不知道怎么回事，往常这时候她早起来了。"叶阿祥皱着眉头说，"昨晚上她没吃饭就上床了，我让她吃饭，她就是不吃，说是不舒服……"

　　饶五妹纯真地笑开了："舅舅，你不用多说，我知道了！没事，过两天就好了，准是女人家的事犯了。"

"鬼丫头！"叶阿祥白了饶五妹一眼："舅舅是过来人，什么不知道？"

"真的生病了？"饶五妹将手中的竹篮递给了叶阿祥，说："我去看看。"

"嗳，五妹。"叶阿祥喊住了饶五妹，叮嘱道："这闺女恐怕是想家了，心里不好受，你说话千万别提这一茬子事。"

"知道。"饶五妹应着走了。

叶阿祥长叹了一口气："哎，苦命的人……"

门外传来轻轻的敲门声，饶五妹在喊："姐姐，姐姐，是我，五妹！"

梅子强起身，摇摇晃晃开了房门，一见梅子站不住的模样，饶五妹抢步上前一把扶住了她。摸了她的头，烫人。饶五妹急了，"姐姐，你怎么病成这样？！"说着慌忙将梅子扶到床上，一面回头惊惊地喊道："舅舅，你快来！"

梅子有气无力地说："五妹，听我说，什么事也没有。我好象被什么邪魔缠了身，做了一宿的噩梦。我心里明白，早早的就想起来，可就是起不了床。"

叶阿祥匆匆进了屋子，梅子欠了一下身："爹，我没事。"

"雪儿，你躺好。爹知道你心里老是闷着事，你就别说了。待会我就去找个郎中来……"叶阿祥心疼地说。

"不用了，爹，真的不用。"梅子的眼睛里也盈出了泪花花，"花那个钱太冤枉了。"

"好，爹听你的，看看再说，好吧？"叶阿祥答应了，继而吩咐道："五妹，给你姐烧碗姜汤来！"

饶五妹应道："哎咿！"飞快地跑出房门去了。

"爹……"梅子喊道。

"什么事，你说。"叶阿祥见梅子有什么难言之处，轻轻地抚了下梅子的前额，道："干爹又不是外人了，有什么不能说的？"

"那条船退回给船家……"梅子吞吐地说，"我，我不想再去划船了。"

"我当是多大的事呢。"叶阿祥慈祥地笑道，"不想划退给人家就是了！我这就去！"

3

瘦西湖的晨，漫地遍野迷漫着缓缓游动的雾氲，多情的太阳在树梢那头不紧不慢地露出了她温情的笑靥，林中的鸟儿欢快地鸣啼着，振着羽翅在水面、在林中、在屋宇间弹飞穿梭。不多的几只小蓬子船在瘦西湖缓缓地划动着。一切都显得那么地安闲、静谧。

背着画袋的板桥、黄慎踽踽而来，黄慎似乎没有洗漱，蓬头垢面，衣裳不整。看见梅子的那条船仍然系在那棵大柳树下。陡然来了精神，兴奋地跑去，一把抓着那根大铁链生怕跑掉了一般："这条船就是她的。"

"这回你没看错吧？"

"错了，我再也不要你陪我。"

叶阿祥扛着船桨匆匆走了过来，见板桥、黄慎模样，象似等候乘船的，便说："两位先生要坐船，去找别的船家吧。"说着用钥匙打开了铁链上的锁。

"老人家，这船是你的？"黄慎礼道。

"不是我的，我家给别人帮工。"叶阿祥回道，一面上船系好了船桨。

黄慎道："哦。撑船的阿雪是老人家的女儿？"

"你……认识阿雪？"叶阿祥吃惊地睁大了眼。

"哦，不认识……"板桥怕黄慎说漏了嘴，抢过话头说，"昨天我俩问路问到了她，正巧今天乘船出门办事……"

"真是对不住两位，这条船停租了，你们找别的船吧。"叶阿祥多疑地看了一眼那哥俩，道歉了一下划走了船。

"都怪你，话怎么能那么说呢？"黄慎怪罪道。

板桥睁大了眼睛反问道："那我应该怎么说？说你跟他阿雪是老相好？"

叶阿祥回头见那两个还没离开，嘴里嘟哝道，"哼，就冲你们那个样，也瞄上了我家的阿雪，真是！算什么呀！"

"怎么办？"黄慎望着远去的的小船，没了主意。

板桥乐了："你真笨，跑得了和尚跑不了庙，昨天你不是跟到人家家门口了吗？她就在那一带，还能飞到哪去？"

黄慎嘿嘿笑了。那人痴的模样着实可爱，莫非痴情的人犯傻的时候都是这个模样？

板桥随黄慎来到叶家附近，向几个坐在门口纳鞋底闲聊嗑的街坊大娘打听道："请问老人家，这近邻有没个叫阿雪的姑娘？"

一个心直口快的胖大娘指着豆腐店的幌子道："喏，看到豆腐店的幌子了吧？你说的那个阿雪就是那家叶老汉的干闺女。"

"刚才叶伯还领了个郎中回去……"另一个热心的跟后补了句。

谢过几位热心肠的大娘，板桥将黄慎拉到一边道："你在这里等着，我先去看了再说。"

板桥在叶家徘徊了一会，见没人注意他，很快扒到窗户上掏开了窗户纸……

屋子里，老郎中号着梅子的脉，看了下梅子的舌苔。

梅子哀求地说："先生，我没病，对不对？什么药也不用吃。"

"听先生的。"叶阿祥宽了一口气，一本正经地说。

老郎中推了他鼻梁上的老花镜，诊断道："阿祥，令爱脉相细微，舌苔泛白，乃内火攻心。因忧虑过度，大伤脾胃，所以茶饭不思，卧而难眠。我这里给她开药是一回事，问题在她，要是放不得心思，还是不能奏效……"

板桥兴奋异常地来到黄慎身边："阿慎！阿慎！……"

"你怎么阿慎阿慎地就是不说话啊？"

"梅，梅子她就在这家！"板桥尽量压低声音，生怕出了什么差错似的。

黄慎激动得嘴里一个劲地说着："是吗是吗……现在该怎么办？你说呀，现在该怎么办？"

"你说怎么办，去把她认出来，带走，带到你的破草屋去啊！"板桥果断地说，"我看你拍人家姑娘的肩膀一身的劲，该你拍了，你又不敢上了，怎么回事啊！"

"你说把梅子藏到我那儿去合适吗？"黄慎犹豫地说。

"你怎么那么糊涂？"板桥说，"还有什么商量的？现在你不就势娶了她，还等到何年何月啊？"

"板桥……她是你的……"黄慎说。

板桥笑着搪了他一下说道："你少给我假正经！你以为我陪着你来找她，就是要用她来接我表妹的位置啊？你把我郑板桥看成什么人？！"

黄慎激动地："板桥……"

"好了好了。"板桥开朗地说，"板桥没有了表妹，什么女人也就不想了。来，我教你……"说完附在黄慎的耳边教他如何如何做，末了叮嘱了一句："记住，只要进了门，事情就成了！"

黄慎领意，凑近梅子的窗户有意将窗户弄响了。里边有人问："谁呀？"

正在这时，挑着豆腐挑子的顺子回来了，见到在梅子窗户前作贼一样的黄慎，丢下挑子一把将黄慎拖离了窗户。没等黄慎辩解就被顺子推推搡搡弄到了堂屋里。

"你听我说，你听我说……"毕竟偷窥，有些心虚。

"我听你说什么？我听你说什么？"顺子不让黄慎作辩解，粗壮的大手不停地在黄慎的身上推来推去,"你说你说,你在窗户上扒着偷看什么?!"

饶五妹从屋子里跑出来拦住了动手动脚的顺子:"顺子哥,你打人干什么?!"

"打人?你问他,他扒在阿雪的窗户上偷看,一看就不是好东西,我不打他打谁?!"顺子脖子上的青筋都暴了出来。

"我是来卖画的。"黄慎道,"听说豆腐店有个叫阿雪的姑娘喜欢画子,我就来了。"

"画子呢?"饶五妹说道,"拿来我看看。"

黄慎迟疑了,没拿出画子。

"怎么啦?"顺子粗鲁地一把夺过了黄慎肩上的画袋,"你怎么不拿?你骗谁啊!"

饶五妹从顺子手中夺回画袋,交还给黄慎:"没有画子,你就走吧。"

"你以为我是在骗你?"黄慎一口气下不去,从画袋中取出了一幅画子来。

梅子卧室里,老郎中开好了药单,叮嘱道:"一日四次,饭后服用,临睡前再服一次。"

叶阿祥接过了药单朝门外喊了起来:"五妹,快来,到街上买药去!"

老郎中起身收拾随身携带的物件告辞道:"姑娘多歇息,老身告辞了。"

饶五妹展开了黄慎的《八仙图》,呆了:那画子上的何仙姑不就是阿雪吗?大是惊异地问道:"先生,你在哪见过我家姐姐?"

黄慎施礼言道:"小姐,此话怎讲?"

"哼哼……"饶五妹突然噤口不语,狡黠地笑了起来,"我会搞明白的!"说完往梅子的房中去。

饶五妹正遇上叶老汉送老郎中出门,看见饶五妹,叶老汉怨责道:"五妹,怎么回事,我这么喊你,你没听到?"

"听到了。"饶五妹应着,但没去接叶老汉的药单,却抱着画子跑到梅子的屋里去了。

叶阿祥刚要发火,一眼看见了站立在一边的黄慎,这不是刚刚在瘦西湖遇到的书呆子吗?"谁让你到我家里来的?"

饶五妹奔到梅子的床前:"雪姐,你跟我讲老实话,扬州画师里,你是不是有个相好的?!"

饶五妹一语中的,令梅子大吃一惊,萎靡的神态顿时一扫而空;她从倚靠的床栏欠起了身子,瞪着大眼问道:"五妹,你是怎么知道的?!"

饶五妹从身后拿出了那张画子,抖动着说道:"我是怎么知道的?你看看这个!"说完将画子扔到了梅子的面前。

一看《八仙图》,梅子灰死的心陡然狂跳了起来。

饶五妹浅笑了下道:"他盯着你看不是一次两次,也不是八次十次!他把你刻在心中了,要不然,他是画不出这样子的。"

"他,他人呢?"梅子急急地问道,也不问自己是如何地失态了。

"哼。"饶五妹见梅子那样子,什么都明白了,鬼鬼地笑道,"我买了这张画子就让他走了。"

梅子一下子泄了气,轻叹了一声:"他既然到了门口,就知道我在这里……"

饶五妹忍不住扑哧一下笑了。"雪姐,现在我知道你害的是什么病了。"

梅子刚要说什么,突然瞥见了什么,整个人僵在那儿了。

叶阿祥领着黄慎进了门:"阿雪,啊,梅,梅子,黄先生看你来了。"

梅子、黄慎都没想到会在这种景况下再次相会,难免尴尬万分。

叶阿祥招着手轻轻唤着"五妹,五妹",五妹点了下头,叶阿祥推了把黄慎,与五妹出房门去了。

黄慎走到床跟前,情深意切地说:"梅子,我找得你好苦……"

梅子万千情结涌上心头,哭哭不出,笑笑不来,两滴泪珠挂在她的眼眶里掉不下来,就象悬挂着两颗晶莹剔透的水晶珠。

黄慎挨着边坐到床沿上,不作声不作气地递过去一条手绢,梅子没接,黄慎小心地替她抹,梅子打掉了他的手,捂着脸号啕大哭了起来。黄慎无所适从,呆呆地望着她。

叶阿祥、饶五妹、顺子三人听见里屋的哭声,都噤声不语了。五妹说着"我去看看",便要往屋子里去,叶阿祥拉住了她:"傻丫头,你去干什么?"

黄慎用手绢抹去了梅子的眼泪柔声道:"不找到你,我和板桥他们几个心里……就象压了块青石板。"

梅子止住了哭泣。

"好了,哭出来了,心里就畅快了。"黄慎暗下舒缓了一口气。

"板桥大哥……还有金大哥、汪大哥、高大哥……他们都好吧?"梅子说。

"好,他们都好。"黄慎想了想结结巴巴地说,"跟我走吧,梅子?"

"不,我哪儿也不去了。"

"我要娶你……"黄慎觉得自己的手在发抖,鼓足勇气一把抓住了梅子的手,"真的,我说的是真的。"

"?……"梅子苦笑道,"黄大哥,你说这话,你妻子知道吗?"

是啊,黄慎一人且罢,但他上有老娘,下有老婆孩子,他们能容下曾身为歌伎的梅子吗?你黄慎一厢情愿有何用?

黄慎心下明白梅子的话意,暗示性地说道:"我已书信去福建老家,说了我们之间的事。"

梅子心底感动，但她嘴上仍不失惆怅地说："你跟她们说了我身为歌伎的事？"

"你已经脱身红月楼，还说这些做什么？"黄慎毫不隐瞒地说道。

梅子暗忖："不说清楚，就是祸根，强似没说。"想到这里，她佯装出一副笑靥道："黄大哥，今天我们刚刚见面，说这些事做什么？"

黄慎点了点头，无言可说。

听见里边没动静了，叶阿祥叹了一口气。

"舅舅，你说黄先生会带走雪姐吗？"饶五妹纯真地瞪着大眼问道。

"这哪能晓得呢？全在阿雪自己了。"叶阿祥无奈地叹了一口气说道。

"舅舅，是你把雪姐救下来的，你要留住雪姐。"饶五妹着急了，"她不能走！"

"傻丫头。"叶阿祥苦笑着拍了下饶五妹的脑袋说，"女大当嫁，何况她只是舅舅的干女儿。能留得住吗？"

黄慎从梅子的卧室里沮丧地走了出来。叶阿祥没见梅子送客人出来，情知两人之间一准有什么龃龉事发生，连忙拿了黄慎放在桌子上的画袋迎了上去，默默地递给他。黄慎强挤出一副笑脸道：

"叶老伯，我走了。梅子在您家，求老人家多关照了。"

"这说的哪里话？"叶阿祥发自内心的宽松，爽快地说道："梅子改名阿雪落根在我家，就是我的亲生女儿。黄先生，你就放一百二十个心！"

黄慎施了个礼："我会时不时来看看的。告辞了。"说完强抑住鼻腔里涌上的酸楚，扭头往门外去了。

在场的都感觉到了黄慎的伤感，没作挽留，看着他走了。

梅子从屋子里出来，饶五妹跑上去扶住她。

"他走了。"顺子兴冲冲地说道，"他是你什么人？就冲他那样，也想来娶你？"

"你能不能少说点！"饶五妹大声地呵斥道。

顺子翻了下白眼："我没说错啊！嫁给他，不如嫁给我。"说完嘀嘀地憋笑了起来。

"看你笑得那个美劲。"饶五妹讥道，"人家是大画师，你看他穿得破衣烂衫就眼球子往上翻了是不是？哼，你给人家擦脚人家都不要！来来来，这《八仙图》你画张出来看看！"饶五妹抢过梅子手中的画子逞强地抖动着。

看顺子无可奈何的模样，饶五妹更是开心得了不得："你要是画出来，雪姐保证嫁给你！"

顺子让饶五妹说得张口结舌，一下子急了，道："哼，我画不出这么大的画子，可我能做出这么大的豆腐！"

顺子的话让所有的人惊呆了，爆发出笑声那是三秒钟以后的事了。

4

找到了梅子，却不能把她带回来，令黄慎痛苦不堪。细细想来，梅子错综复杂的心境不无道理，纳妾对于家妻来说，本身就是以小代老，以新代旧的不痛快事，更何况对方是一个入了青楼的女子，家妻的脸面没处搁，少不了你碰我撞；为了梅子休家妻毫无缘由，人家辛辛苦苦养老带小，走了年华落了花，一纸打发了被世人耻骂不说，于良心也不忍啊。家信里没写梅子的身份，意在瞒天过海，做的也太毛糙了些，何不当初一句话把什么都挑明了，不至于让家里人蒙在鼓里，也不会让梅子觉得受了辱没啊。想透了，做人也就好做了，他当即给家中又去了一封函，从头至今把自己与梅子发生的的情事说了个透，吉凶如何等一个信，吉也好，凶也好，娶梅子的信念不变。等候的日子熬人，他成日昏昏噩噩，对酒当歌昏天黑地，丢三拉四不知所以然，就跟心不是长在自己的身上。这天，他在画市给两个索画的商人写字作画，手里还拿着酒葫芦。商人小心地规劝道：

"先生作画，能不能不喝酒？"一个这么说。

"就是就是，喝酒作画，如何能静得心？"另一个跟着附和说。

黄慎睁着醉眼："什么意思？你们当我不尽心是不是？"说着撕毁了正作的画子，"不画了，你们找尽心的画去！"

两商人急了，连忙上去劝道："先生不要生气，来来来，画，画！撕掉的算我们的。好说好说！"

黄慎划着手中的酒葫芦："你们，你们不象话。我画得哪儿不好，你们说不出个道道，就指手划脚的，真是！喝酒碍了你什么事？"

"是是是，不碍事，不碍事。"商人连声道歉。

"嗯。算了，给你们画。"见对方低三下四的，黄慎没有更多的微语，又执笔画上了。

板桥跑到黄慎的画铺前，气喘喘地说："阿慎，阿慎！"

黄慎睁开醉眼："板桥，有事？"

"你快回去。"板桥急急地说道，"你娘子带着老太太和孩子从福建来扬州了。"

"啊！"黄慎一下子醒了酒，"在哪？"

"已经到西门草屋了。"

黄慎丢开笔就跑走了，急得几个商人跟在后面喊："哎，哎，黄师傅，你还没画完呢！"

"你们不要急，我接着画还不行吗？"板桥接过黄慎未完的字画。

黄慎离开福建老家到扬州十数载，中途回过一趟家，一直就靠书函联系亲情，若不是他在信中叙说了他和梅子的事，老母怎么会携着媳妇和孙儿千里迢迢赶来扬州呢？板桥报信的那一刻，黄慎就一下子意识到问题的严重，你说他能不醒酒吗？

　　"西冷草堂"堂屋里，黄慎的老母黄周氏捧着一个刚刚烤熟的红薯给膝前的孙儿剥着皮儿。

　　黄慎闯进屋来，高喊了一声："妈！"

　　"慎儿！"黄周氏惊喜交加，推出孙儿吩咐道："阿宝，叫你爹啊？！"

　　"妈，儿给您老人家先磕头了。"说完跪伏地上给母亲磕了三个头。黄慎是个大孝子，一生就是因为抚养老母、妻小而放弃了功名。

　　妻子许恩曼从厨房那边出来，见到久别的丈夫竟站在那里手脚摆不到地方了。

　　"妈"阿宝唤着母亲跑到许恩曼的身后去了，傻乎乎地看着他不认识的黄慎。

　　黄慎僵僵地喊了声："阿曼……"

　　许恩曼丢不开女人的羞涩："你回来了？"

　　黄周氏笑道："嗬嗬，老夫老妻的，还跟新过门似的。慎儿，你媳妇把饭都做好了，还不快去帮着把菜做了？"

　　黄慎应了声"哎咿"，低着头从媳妇的身边穿过到厨房里去了。

　　黄周氏给了儿媳一个眼色，许恩曼似乎不太情愿地跟黄慎后面进了厨房。

　　"我给家里写的信都收到了？"黄慎一面切着菜一面偷偷窥视许恩曼的脸色。

　　"信都在娘那儿。"许恩曼坐在灶膛下烧火，很平静的样子："你的那一个呢？"

　　黄慎明知故问地说："什么？"

"装什么糊涂?"许恩曼恼恼地说,"你给家里的信上不是都说了吗?"

黄慎掩饰地倒油进锅,一面说:"那只是漏个风,真要是成事……那还要等娘子的一句话。"

"你是这种人吗?"许恩曼讥嘲地说道,"生米成了熟饭,你再跟老娘、还有你这老妻子假惺假意地说几句瞒天过海的漂亮话,趁早把她领回来,免得一家人跟着你心里犯别扭。"

"娘子!谁跟谁生米做了熟饭?"黄慎急急地把菜倒进了冒了烟的锅里,"你说话不要信口开河。"

"你做都做了,还不让我说几句?"许恩曼振振有词地说道,"我辛辛苦苦地养老带小,你就这样待我?"说着泪水簌簌而下。

黄慎连忙丢下手中的锅铲,欲给娘子拭眼泪,许恩曼打去了他的手,"告诉你,我跟妈千里迢迢赶了来,就是要看看是什么妖精勾了你的魂!"

"哎,你们这些妇道人家,让我怎么跟你们说呢?!"黄慎叹道。

"我们不要你说!"黄周氏拿着根竹棍子站在黄慎的身后道,"你这个不忠不孝的逆子,看老娘今天不打死你!"

说完,挥舞着竹杆朝黄慎打了过去!

阿宝害怕地喊着"妈,我怕——"躲到了许恩曼的身后。

黄慎也不躲避,任老母发泄着心中的不满,竹棍打断了,换了一根再打,心疼老母的筋骨,遍体鳞伤的黄慎面对母亲扑通跪了下去:"妈,您老人家歇歇气,别伤了身子。"

黄周氏愣了下,狠了心,竹杆再次雨点般地落在黄慎的身上!

听板桥说黄慎的老娘、妻小来了扬州,金农与板桥、汪士慎、高翔结伴带着礼物来看望远道而来的客人。他们在野地里往黄慎所住的草屋走来,一面说着风趣的玩笑。

汪士慎取笑道："冬心，黄慎老婆都晓得不远万里来看看，你家夫人近在杭州，就不知道来暖暖你的被窝？"

金农反唇道："我哪不想呢，她不来啊，有什么法子？还是你的福份大，天天老婆把被窝暖得好好的。可我听说了，你一天不跪洗衣板，她一天不让你上得床。"

"你说错了，现在我是把洗衣板带到被窝里去跪了。"汪士慎自嘲自乐道。

哥几个说笑间到了黄慎的家门口。

金农他们喊着"黄慎"进了屋子。

饭桌上，只有不懂事的阿宝在狼吞虎咽吃着饭，黄周氏和许恩曼静坐在那儿，面前的饭菜都没有动，饭桌上没有黄慎的踪影。

一见这架势，进屋的哥几个顿时噤了口。

"诸位是……"黄周氏客气地问板桥道。

"我，你老人家已经认识了。"板桥礼道："伯母，和我一样，他们都是阿慎的画友。他叫金农，这位是汪士慎，他叫高翔。听说伯母和嫂子远道来扬州，我们几个一同来拜望伯母。"

板桥说完，与金农几个人一同将手中的礼物放到了桌子上。

"看你们客气。阿芳，见过诸位师兄。"黄周氏将许恩曼引见给大家。

许恩曼作礼道："许恩曼有礼了。"

"诸位大名黄慎家信中时常提到，早已熟记在心。我听上官说，诸位在扬州都是丹青名家，慎儿要多多承教诸位了。"黄周氏所说的上官就是闻名东南的大画家上官周，他是黄慎的宗师。

众人谦逊道："哪里哪里……"

"伯母过奖，晚辈不才，与阿慎我们是同舟共济，患难互帮的至交知音……"金农眼观六路，问道，"伯母，阿慎人呢？"

许恩曼看了下黄周氏，不敢作声。

黄周氏温和的目光敛了回去："阿曼，你带先生们去见慎儿。"

哥几个给带到卧室里，一见黄慎的模样，全都傻了。遍体鳞伤的黄慎躺在床上无法动弹，连话都没法说了，只好打着手势让金农他们坐。

"这是伯母下的手？……"金农望着许恩曼道。

许恩曼淌着泪水点了点头。

板桥挨近黄慎问道："为了梅子的事？"

黄慎点头，苦涩地笑了。板桥长叹一口气起身把几个老友人拉到一边交代着什么。

黄慎声音很微弱地说："求求你们，别管我的家事，谢谢大伙儿来看我的家人。"

"不行。"金农愤忿地说道，"这事你说不清楚，得由我们来说。板桥，走！"说完拉着板桥蹭蹭蹭出了房门。

汪士慎此时动作比平日快了三拍："高翔，走，我俩找郎中去！"说完拉起高翔也走了。

一弯勾月冷冷地挂在冷冷的夜空中，多少冷冷的心肠要在这冷冷的夜空里寻找她温暖的归宿啊？

板桥、金农他们已经走了。黄周氏抱着已经睡着的孙儿坐在火桶里发呆。现在老人家明白了一个事理，黄家就慎儿一根独苗，万一有个三长两短，黄家的祖宗饶不了她，死去的冤家也饶不了她。自己要强一辈子，讨了一个独守黄家的名份，又得到什么呢？冤家到死还在怪罪她，她闹不清楚，男人为什么不能一妻终身，偏偏要女子一夫到底。冤家是这样，儿子也是这样，莫非天下的男人都是这样？哎，一个家多个女人多张嘴，是非从这出，祸端从这出，男人怎么就这么死心眼呢？想不通，想不透，也就不去想了，儿子要怎么着由他去，但愿苍天有眼，给自己的儿子谋个心慈面善的女人来。

黄慎已被诊治过了，老太太下手下的太重，当时看不出，现在他的头肿了起来，象个巴斗，浑身上下没剩下几块好肉，看了让人心头发颤。许恩曼抱着黄慎哭了好半天，事情就是这么怪，不知道哪根筋通了，黄家的女人全线溃退，本当在理的一瞬间成了赔罪的了。

许恩曼抚着滴在黄慎脸上的泪水，轻声细语地说："该说的他们都说了……"

黄慎深深地叹了一口气什么也不想说。

"看人家板桥，对自己的表妹一往情深，你要是对我……"许恩曼悠悠地说，"只要你对我和孩子不薄，我也就心满意足了……"

"我怎么可能忘了结发之恩呢？"黄慎轻言道。

"你们男人，都是嘴上说的好听……"许恩曼心软嘴不软："哎，我也想开了，男人孤身在外，有个知根知底的女人说说话不稀奇，日子久了，想纳人家作妾，也是情理之中的事，我也不是那种不讲理的妇道人家。春节就要到了，让我们一家人欢欢喜喜过了节，你就去把她接过来……"

"阿曼……"黄慎愧疚、感激交织，把头埋进了娘子的怀里……

第 十 八 章

1

这天，乾隆正在西暖阁批阅奏章，内侍安宁递上一份外交奏折："皇上，英国东印度公司在云南边境与我大清发生武力冲突，新任英国使臣斯当为此向礼部递交表文，请求皇上觐见。云南总督张昭火速来京，也在殿外候旨。"

乾隆合上奏折吩咐说："先让英国使臣到乐寿堂见朕。"

"喳！"

紫禁城乐寿堂，是外国使臣觐见皇帝的场所之一。乾隆刚刚在龙椅上坐定，英国使臣斯当与他的秘书兼翻译钱征豪就傲慢地走入殿来。

时下，位于印度加尔各答的英国东印度公司肆意扩展罂粟种植，将罂粟的果浆制成鸦片，再用走私的方式渗入中国境内，英对华的鸦片侵略刚刚露出端倪。英国人初入大东方帝国很是礼仪万方，随着经济文化的渗透，清帝国边界的管理松弛，内部机制的混乱，让他们野性的血液得以无限膨胀，开始放开胆子俯瞰这个曾让他们景仰的东方巨人。

端坐的乾隆等候对方施大礼，但斯当只微微躬了下身子。这**种无视帝王威仪的轻佻举动顿时让乾隆傻了眼**。

安宁见对方无意施大礼，急道："为何见了我们圣上不行三跪九叩大礼？"

钱征豪翻译给了斯当，斯当说了些什么，钱征豪回译道："斯当说了，大英帝国与大清平等往来，三跪九叩有损大英帝国的尊严，所以他拒绝下跪。"

"你这个蛮横的黄胡子，是牛也要让你学会怎样趴着和朕说话！"乾隆不高兴地对翻译道："你告诉他，到了我大清国，随他是什么大国还是小国，一概按我大清的礼仪见驾！"

钱征豪翻译后，斯当翻了下黄眼珠子道："今天我就是不下跪，上任前我没学这一套。告诉这位狂妄的皇上，我东印度公司在华的利益不容侵犯！希望他三思。"

听了钱征豪的翻译，乾隆讥笑道："哼，我乾隆不是吓大的，想与我大清开仗？别忘了带着棺材来。"

斯当听了乾隆此话，似乎有些口软："我们两国应当理智地坐到谈判桌上平等对话。"

没等翻译把话说完，乾隆便表示厌烦地挥了下手道："朕身体不爽，请他出去，滚出去！"

英国使臣听了翻译的解说，嘀咕道："为什么，为什么？大清帝国对待外国使臣就是这般无礼？"

"别说了，说了也没用。大清眼下国力强盛，英帝国无法与它抗衡，还是另想它途吧。"翻译劝解道。

斯当无奈，灰溜溜地与翻译走出殿去。

见那个无礼的家伙出去了，乾隆高兴地笑道："朕就是赶他走，看他脸皮有多厚！安宁，宣张昭进来。"

"喳！"内侍安宁宣道："皇上有旨，宣云南总督张昭见驾。"

张昭进殿叩曰："云南张昭觐见圣上！"

"平身。"

"皇上万岁万岁万万岁！"

"何事十万火急？快快说来！"

"英国在印度的东印度公司向我云南总督府发出通牒，要我大清开放口岸，准许他们的鸦片通行。"张昭说完递上了奏折。

乾隆快速扫看了奏折，愤怒地说了句："狂妄！"

张昭察颜观色便有了放声说话的胆量："皇上，这些英国大鼻子越来越张狂，走私渠道怎么查就是堵不死，大量的白银外流。两广不算，就我们云南查禁的走私鸦片就有二十万箱。"

乾隆嘲讽地笑了一下，道："哼！鸦片既然这么好，让他们带回英国自己吸去！禁止鸦片入境，这是我大清的国策，一万年也不变！你只管加强边境防务，来者必歼！"

"是，微臣遵旨。"张昭听皇上如是说，心中有了底，乘机进言道："皇上，因为堵截鸦片入境，数日前我云南军民与东印度公司的武装烟贩子发生冲突，打死打伤他们五十余人。臣特来向皇上请罪。"

"请罪？此话怎讲？"乾隆不解地问道。

张昭小心地看了皇上一眼："领兵与英国人发生冲突的是朝廷流边罪臣钟文奎。臣唯恐英国人以此事要挟圣上，特将'肇事者'钟文奎绑缚来京，请皇上发落。"

"英国人已经来要挟过，被朕轰走了。"乾隆爽朗地笑说，继而问道："爱卿所说的'肇事者'，是否当年犯了选秀之忌而被革职发配的直隶总督？"

张昭应道："正是。现在殿外听候皇上发落。"

"哦？快快松绑，传他来见朕。"乾隆下旨道。

"喳！"安宁领旨而去。

不一会，被松绑的钟文奎随安宁进了殿，久日不见皇上龙颜，乍一见，钟文奎的血液瞬时就沸腾了起来，连嗓音都不象是自己的了："罪臣钟文奎叩拜圣上！"

"平身。"乾隆极力回忆着钟文奎当年给他留下的印象。

"吾皇万岁万岁万万岁！"

"爱卿戴罪立功，且扬我大清国威，当昭之天下以为楷模。"乾隆心情转好，断然下旨道，"传朕的旨意，特赦钟文奎，升任江南总督职，原江南总督调京候旨。"

乾隆刚才无端受了英国佬的一通辱，现在正好藉此事泄得心中懊恼，钟文奎稀里糊涂地成了得利者，这真是福有祸所伏，祸有福所倚啊！

"臣蒙皇恩浩荡，誓永世效忠皇上，万死不辞！吾皇万岁万岁万万岁！"

2

传统的正月十五观灯庙会到了，扬州城隍庙披上了节日的盛装，里里外外鞭炮声声响，人声鼎沸，道喜声连绵不绝。一到夜晚，这里成了一片灯的海洋。蹓跶观灯的、起哄放烟火的、猜谜打赌的……人群穿梭，氤氲笼罩。

板桥带着妻小也到了灯会上，金农、高翔、汪士慎与其相遇，兴奋异常。金农看了一眼郑郭氏说：

"板桥，没想到你带老婆来了。我还当你出家作了和尚呢！"

郑郭氏假嗔地说："他常年不照家，跟和尚有什么两样？"

大伙开怀畅笑时，汪士慎的眼角余光发现了什么，连忙捅了下金农："哎，你看，那是梅子……"

"在哪？"待众人回首去看，梅子和饶五妹已经被人群掩去身影了。

"阿慎还没有把她接过去？"板桥疑问地说。

高翔说："不知怎么回事。"

"你们什么时候把梅子找到了？"板桥妻子郑郭氏不知究里，惊异地问道。

"板桥他没跟你说？"金农道。

"女人的事他从来不跟我说。"郑郭氏翻了板桥一眼。

大伙善意地笑了。

金农说："看来，阿慎要把梅子接走，还得你板桥出面帮他一把。"

"这个阿慎……"板桥有点负气地说:"做事一点不大气。这有什么犹豫的了？你救了梅子,梅子也救了你阿慎,天意在成全你们……"

黄慎带着母亲黄周氏和妻子许恩曼也到了灯会,许恩曼突然发现不见了儿子阿宝。

"妈,阿宝呢?"许恩曼惊恐地问道。

黄周氏惊愕地回了头:"刚才不还牵着你的衣服吗?"

黄慎着急地:"是不是刚才糖葫芦吃完了,他又跑糖葫芦摊子那儿馋嘴去了!你们在这儿,我去看看!"说完大步流星地跑走了。

阿宝看转灯看走了神,当他去牵意想中的"母亲"衣襟时,被别人的手一掌打开了,这时,他才发现不见了父母,吓得哭了起来,喊着哭着在嘈杂的人群里寻找着父母。

便装来扬州私察的钟文奎也到了扬州的灯会,他与欢快地看着转灯的梅子和饶五妹擦肩而过都没发现他的女儿梅子。孩子的哭声吸引了梅子她们的视线,当她们扭头看时,一个不三不四的男人接近了那个哭着的孩子。

梅子警觉地:"阿妹,那个男人不象是个好人。"

"我看也是,他象个人贩子。"饶五妹点头道,"阿姐,怎么办?"

梅子没说话,穿过人群追了上去。她气喘地追到了那个男人的身边,一把夺过男人怀中的孩子,一面呵斥道:"讨债的,你怎么到处乱跑呢?害得我好找!"一面给那个男人鞠了个躬:"多谢先生了。"

那个男人还没有反应过来,梅子抱着孩子和迎过来的饶五妹已经消失在人群中了。

一个龇着大黄牙的女人来了,悄声问:"怎么啦?鱼儿漏了网?"

那个男人气恼地骂了一声:"妈的!进了网,给抢了食!"

站在那里焦急等候、张望的许恩曼从人群的缝隙里看到了阿宝在一个姑娘的怀里吃着糖葫芦,惊喜交加地:"妈,阿宝在那儿,我看到了!"说完拨开人群冲了过去。

"阿宝,阿宝"许恩曼焦急地呼唤着儿子的名字从人群里挤到了梅子她们跟前。

梅子抱着孩子没给许恩曼。

许恩曼急了:"哎咿,这是我儿子,你为什么不给我?"

"嫂子,不是不给你,我要问清楚。"梅子抱孩子背过身去,哄着孩子道:"宝宝,她是你妈妈吗?"

阿宝只顾吃糖葫芦,不说话,只是点点头。

梅子问:"她让你喊妈妈,你喊不喊?"

阿宝又点点头。

梅子放心地将孩子交还给许恩曼:"嫂子,别怪我多心眼,这灯会上什么人都有。"

许恩曼感激万分地:"姑娘,让我怎么谢你。"

"不用客气,孩子不懂事……"梅子说着,一眼看见了黄慎喊着"阿宝!"往这边过来,慌慌地说了声"嫂子,我们告辞了。五妹,我们走。"

待大汗淋漓的黄慎跑到许恩曼跟前,梅子她们已经没影了。

"多亏那个姑娘,要不然阿宝就让人贩子抱走了。"许恩曼道。

黄慎留恋地望着远处。

许恩曼看见黄慎的神态,心下猜估到了六七分:"那个姑娘你认识?"

黄慎支吾地只应道:"啊,嗯……"

慌慌走开的梅子与饶五妹来到一个僻静处,抹了把汗水。

饶五妹奇怪地瞪大眼睛说:"雪姐,为什么见了黄先生你就要跑?"

梅子笑道："你还小，不懂男女事。没看出来吗？那女的就是黄先生的妻子啊。"

饶五妹不服气地说："姐姐救了他的孩子，连个话也不敢说……"

"好了好了，你就少说点好不好？我们不看灯了，回家吧？"梅子说。

"走吧。"饶五妹虽没尽兴，但她是个懂礼的女子，顺着梅子的心情，两人往场外走去。

一双鹰眼盯上了梅子，他就是红月楼的家院猴三。饶五妹发现了身后的异常，对梅子轻声道："姐姐别回头，有人在跟踪我们俩。"

梅子边走边问道："是不是刚才那个人贩子？"

"不是。"饶五妹说，"他是个瘦高个，尖嘴猴腮，象个大麻虾。"

"糟，他是红月楼的管家猴三。最坏的坏家伙！"梅子陡然紧张了起来，脚下闪了一下，忍着劲"啊哟"了一声。

"怎么啦？"

"脚扭了。"

"啊?!"饶五妹上去扶着梅子，"没事吧？"

"还能跑。"

饶五妹紧张地朝后看了一眼，尾随的猴三没上来抓人，却躲进墙角里去了。

"姐姐别慌，看样子那个人没帮手。"饶五妹说道，"前面朝左拐，不远就是东门河，那儿船多，我们先甩掉他再说。"

饶五妹扶着梅子往东门河跑去。

猴三从墙角处闪出，在梅子她们的身后象尾巴一样不远不近地跟着……

小东门河的河岸边，紧挨着停了一溜蓬子船，梅子轻车熟路，带领着饶五妹上了顾水仙的蓬子船。

顾水仙见了梅子好生高兴："哎呀，阿雪，那个姓黄的先生找到你了？……"

梅子"嘘"了一声，指了下外面。透过蓬壁的缝隙，看得见尾随来的猴三正在蓬子船间寻找着。

顾水仙轻声吩咐邻近的船女阿芳道："哎，阿芳，你先走，引走他！"

阿芳领意撑船飞驶而去。一见有船走了，猴三跳上一只船，对船家凶狠地令道："快，给我跟上那只船！"

顾水仙看着远去追踪的船，回头笑道："阿雪，你们放心吧，没事了。"

猴三追着追着，发现前面的船轻巧如飞，突然意识到什么，阴沉地自语道："引我上当！哼！"转而对船家喊道，"停，停下！给我回头。"

月色溶溶，河堤上垂柳婆娑，灯影阑珊。

猴三寻踪追来，见到前方蹒跚而行的梅子和饶五妹，他闪到一棵大柳树后面。

黄慎一家子看灯欢喜归家，从一条岔路口上了河堤。许恩曼发现了前方的梅子。

"阿慎，你看前面，那不是她吗？……"

"是她跟五妹。"黄慎辨认道。

"你愣着干什么，去看看啊！"许恩曼嗔怪道。

黄慎懵懂地："啊，哦哦。那我去了。"说着放下骑在他颈脖上的阿宝，往前犇了过去。

梅子她们的身后传来了黄慎的喊声："梅子，五妹——"

饶五妹回首，惊喜不已地："是黄大哥！"

黄慎跑到梅子她们跟前，惊异地看着梅子的脚："梅子，你的脚怎么啦？"

"红月楼的人认出了梅子姐，一直跟着我们，梅姐跑的时候扭伤了脚。"饶五妹见了黄慎，紧张的心一下卸了下来，说着说着眼泪都要下来了，"好怕人，黄大哥。"

"别怕，有我在。"黄慎安慰道。

正说着，许恩曼和黄周氏过来了。

许恩曼扫了一眼梅子转而问黄慎："阿慎，没事吧？"

梅子见之，情知躲不过去了，硬着头皮作礼道："伯母，嫂子。"

"刚才多亏姑娘救了阿宝，也没让我说声谢谢你就跑了。"许恩曼道，"听阿慎说了，才知道这么巧……"

黄慎急急地："娘子少说点，梅子这里有麻烦了……"

许恩曼听了黄慎的叙说，毫不迟疑地说："梅子姑娘，你要是不嫌弃，就躲到我们家来吧？"

"不不，"梅子断然拒绝了，"我还是回叶老伯家，没事的……五妹，我们走。"

五妹看了黄慎一眼，扶着梅子往一个岔路口走了。

嫁给黄慎作妾，梅子早有这个念头，脱身红月楼之后的第一个念头就是想让黄慎带她远走他乡，无奈叶阿祥老汉不许她出头冒风险，更何况没有中间人，这种话也传不到黄慎那儿去啊。终于有了那一天，有心人找来了，绕了弯子说了心里话，没等到好消息，黄家的老老少少就到了扬州，黄慎还因为她的缘故，让他母亲打得十天半月起不了床。梅子害怕了，退却了，把那份开蕾的眷恋深深的埋藏了起来，再也不敢有什么非份之想。

望着梅子远去的身影，身经女人家磨难的黄周氏动了恻隐之心，长叹了一口气说："怪可怜的，无爹无娘，谁都能欺负她……"

许恩曼激凌了下："阿慎，看她那样子，脚扭得不轻，你去把她背回去。"

"这……"黄慎惊异地看着娘子。

许恩曼嗔怪地："这什么？你心里怎么想的，当我不知道？我跟娘知道回家的路。"说着推了黄慎一把，对黄周氏说，"妈，我们走。"

黄慎看着许恩曼抱起儿子与母亲远去，说不上来的一种感觉，想不得许多掉头朝梅子方向撵去。在一个小巷子里他撵上了梅子她们。

梅子不高兴地说："你怎么还是来了？我跟你说过了，我哪儿也不去！"

黄慎无奈地笑了一下："没别的意思，我是来背你的，你这一瘸一拐的，走到什么时候？来。"说着朝梅子弯下了腰。

梅子羞红了脸，五妹看着他俩笑了，扭过身去。

"来呀……"黄慎殷切地说。

"梅子姐，我先回家给你烧好洗脚水。"五妹知道她在面前碍了事，找了个由头跑开了。

"哎哎哎，五妹，你别走啊！……"任梅子怎么喊，五妹就是没睬她。

"梅子……"黄慎仍然躬着腰。

梅子终于放弃了拒绝……

3

红月楼湘莲卧室，醉眼惺忪的钟文奎在此沉声溺色。

娇小的湘莲灵巧地弹拨着琵琶，唱着婉转动听的扬州小调《桥楼磨豆腐》："正月里思想元宵节，沙拉拉子哟，哎哎哎哟，二月里思想沙拉拉子哪当，沙拉拉子哪当，叮得哪当叮得哪当沙拉拉子哟，哎哎哎哟，水仙花开送与我情哥。三月里思想清明节，沙拉拉子哟，哎哎哎哟，四月里思想沙拉拉子哪当，沙拉拉子哪当，叮得哪当叮得哪当沙拉拉子哟，哎哎哎哟，蔷薇花开送与我情哥。"

钟文奎久疏女色，痴意观之，一时兴起，缓步到了湘莲的身后，颤着手朝湘莲的颈脖里摸去……

猴三刚刚踏入红月楼的门厅，就看见胡四姨忙不迭的身影四处张罗，一见猴三，她的脸就拉下来了：

"你这个贼驴，死到哪去了？正月十五大忙夜，你又不是不知道！"

"四姨，等小的说完了，你再骂我行不行？"猴三嘻笑着说，"你知道我找到什么宝了？……"

"你不在，看把我忙死！说吧，给我报什么喜？"胡四姨问猴三道。

猴三神秘地说："我找到梅子了。"

"啊！"胡四姨吃惊地瞪大了眼，随即急切地说，"走，一边说去。"

胡四姨将猴三带到卧室里带上了房门："快说说她现在什么地方？"

"你先别急。"猴三转动着贼眼说："梅子的卖身契还在你这儿对不对？"

胡四姨懵懵懂懂地道："在。岳公子送了钱带走了人，就是没要这个东西。"说着从一个首饰箱里拿出了梅子的卖身契。猴三看了一下还给胡四姨道：

"有这东西，我们就能再发一笔财。"

"梅子的人在哪？你还没说呢。"

"她在多子街的'阿祥豆腐店'。拜豆腐佬叶阿祥作了她的干爹。"

"啊，太好了。"胡四姨喜滋滋地搓起了手，"我这就去找麻大人，把她抓回来！"说完就要出门去。

"四姨。"猴三拽回了胡四姨，阻止道，"你不能乱来。报官会害了我们自己。"

"这话怎么说？"胡四姨闹糊涂了。

"你想想，官府一出面，梅子不就成了官府的了吗？她们拿去官卖你有什么法子？"猴三狡黠地说。

"便宜他们！"胡四姨鲠着脖子，扬起了手中的卖身契说道："梅子的卖身契在我这里，他们凭什么官卖？"

"这你就不懂了。"猴三阴阴地笑了，"这张东西，在扬州是张废纸，到了外地，它才是金子！你把梅子卖给岳公子，扬州谁人不知，谁人不晓？你拿出这张纸去哄小孩子？官府里麻三贵，还有吴子坤，哪个是好种？他俩有谁咬个耳朵，这张纸报废不说，就连岳公子送来的金银珠宝你都得乖乖送到官府去，因为岳家是叛贼，理应家产充公。"

给猴三这么一说，胡四姨整个人傻了，连连点头："对，对对，看不出，你是这么个精猴子！"

"我们偷偷把她抢了来，带上这份东西，"猴三指着胡四姨手中的卖身契煽惑道，"把她贩到金陵去。我就不信，谁见了梅子这个好货不抢着要！"

"这事就交给你去办了。事成之后，五五分成。"胡四姨爽快地说。

猴三来了精神："谢四姨大方。我这就去张罗。"

把梅子送到家回来，黄慎躺在被窝里辗转反侧怎么也睡不安实，坐在火桶里补着阿宝衣服的许恩曼不用看光听那声响就能明白是怎么回事，轻声道：

"睡不着，就起来。"

黄慎睁开了眼："娘子怎么知晓我没睡着？"

"你是什么人，别人不知道，我还不知道吗？"许恩曼没停手中的活，慢悠悠地说道。"你在替她急，我没说错吧？"

"就是。"黄慎翻身坐了起来："梅子琴棋书画无所不精，是扬州青楼里顶顶尖的花魁女，知道了她的下落，红月楼不会放过她的……"

"你想说什么我都明白。"许恩曼知情达礼地说道，"见了她的人，我心下就说了，我阿慎到底不是那种没了眼珠的人。看样子，我跟她合得来，你纳她作妾也是迟早的事。所以我让她躲到我们家来，她不来，我有什么法子？"

许恩曼一面缝着衣服一面说，说是心地慈善大度，毕竟多了个女人在中间，说不清楚在什么地方搅了她的神，一不留心针头扎了手指头，痛得她"啊哟"了一声。

黄慎急忙下床，"没事吧？"拿起许恩曼的手指头吮吸了起来。

"好了，别假惺惺的了。"许恩曼假嗔道："不把梅子姑娘接过来，比针尖扎你的心还难受。"

黄慎不好意思地："娘子，看你说的……"

"我说错了？"许恩曼尽管真心诚意，心里还是酸溜溜的，"该说的我都说的，你该怎么做那是你的事。你不设法把她接过来，夜长梦多出了事与我没关系了。"

听说了灯会上的意外，叶老汉惊呼不好，红月楼横行扬州城多少年，恶着呢，自己一个小小卖豆腐的哪能和它抗呢？梅子凶多吉少，眼睁睁看她落虎口，不如趁早让她逃。匆匆忙忙帮着梅子收拾行装时，黄慎赶来了。

谁也没想到梅子不愿随黄慎走。

对男人的眷恋是一回事，真要嫁给这个人却又是另一回事。女人跨出人生的这一步，那一瞬间的念头是空白，是虚玄，还是疾风中的云，没人能说得清。梅子何尝不是这样？原先是担心黄家的老人，担心黄家的大妻，现在这些担心不存在了，她不知道为了什么又踌躇不前了。

黄慎急得没了章法，额头、鼻梁上冒出了汗珠子，叶阿祥、饶五妹一边看着不知怎么劝说好。黄慎突然一把逮住叶阿祥的胳膊，喊了声"老伯"跟着泪水就下来了：

"老伯，我黄慎活了这么大的年纪，风花雪月我不懂，追香逐玉我不会，梅子我恋她，恋得家要散了，我都没往心里去，到这节骨眼上了……您老帮我说说梅子她……"

黄慎的话还没说完，叶阿祥就挣脱了黄慎，转向梅子大声地吼了声："梅子！"

"黄师傅也是个有头有脸的人，你还要他怎么求你？……"叶阿祥老泪盈眶："梅子啊，不是爹不留你，是留不住你啊。听着，孩子，黄师傅的人品好，嫁给他不要再犹豫了。虽说是小妾，大娘子这么知情达理，会相安无事的，啊？等风头过去了，我会常去看你，爹也等着你来走娘家……"

"爹……"梅子鼻子里酸溜溜的，想哭哭不出来。

叶阿祥拍了拍梅子的肩头，什么也没说进屋去了，他拿了一个小布袋递给梅子道："梅子，干爹没什么积蓄，这是一点碎银子，你带着。"

"爹"梅子再也控制不了自己，扑到叶阿祥的怀里恸哭起来。

叶阿祥扶起梅子轻轻抹去了她的泪，跟着把自己的泪也抹了："孩子，别哭了，该启程了。"

黄慎弯下了腰，梅子趴到他的背上……

刚刚伸手要开门，屋外传来了敲门声。五妹紧张地缩回了手，望着叶阿祥。

"别吭声，走后门。"叶阿祥轻声吩咐道。

黄慎他们从豆腐坊的后门出来，刚要跑出巷子口，突然停住不跑了，人僵在了那儿—— 在他们的对面，猴三领人拦住了他们的去路。

猴三带人将麻袋蒙着的梅子扛到了胡四姨的卧室。屋外传来二更的梆子声。

"去晚了一步,她就溜了。"猴三兴奋异常。

"待会出城时,走水路。"胡四姨嘱咐道。

猴三点头道:"小的就是这么想的。现在是二更天,三更时分就动身,值巡的我已经打发好了。"

胡四姨给猴三一个示意,猴三明白,来到梅子面前掀开了蒙着的麻袋。梅子的嘴里塞着手绢,双手、双脚都被麻绳缚着了。

胡四姨走到梅子的跟前,假惺惺地喷着嘴道:"喷喷喷,那么嫩的小脸,晒成这模样了,不说是梅子,走在大街上,妈妈我都认不出来了。"

胡四姨说着用手去抚梅子的脸,梅子怒目避过。

胡四姨愣了一下,想发火,但她抑住了,仍涎着笑脸道:"看看,多日不见,就不认妈妈了?你知道这些天妈妈是多么地想你吗?我养了你,给你吃给你穿,你就这么待我,说走就走,说逃就逃,也太没有情份了……"

"现在妈妈要送你走,也让你走个明白。"胡四姨说着从胸襟里掏出那份卖身契出来,递给梅子的跟前蔑笑道,"你以为从岳家跑走就没事了?这东西在妈妈手里,你就是跑到天边,你也是妈妈的人……"

梅子怨忿至极,抬起被缚的双脚朝胡四姨扫去,猴三及时扶住了踉跄后退的胡四姨。

胡四姨怒火中烧,甩开猴三冲上前狠狠打了梅子一个耳光:"贱货!老娘给你个好脸色,你倒不识个好了!"

猴三凑到胡四姨的耳畔说了些什么,胡四姨点头称是,遂示意打手,打手执麻袋强行给梅子套上了。

胡四姨嘱咐猴三道:"去金陵的路上多加小心,别露了馅。"说完刚要将梅子的卖身契交给猴三,门外传来了异常的喧哗声。

"嗯？怎么回事？"胡四姨鬼灵地收起了卖身契，侧耳听了下，吩咐猴三道，"去看看！"

被打得满身血污的黄慎被一个看护推搡着："出去，出去！你也不看看这是什么地方！"

"我，我要见你们胡四姨，胡四姨你出来……"

"胡四姨是你喊的吗？再给我耍赖，我就要用棍子了！"

黄慎与看护正拉扯着，猴三走了过来："怎么回事，怎么回事？"

"三爷，你看这个无赖，口口声声要见四姨。"看护道。

猴三一见是黄慎，心下已经发了怵，周围又开始涌上来围观的嫖客，只好装作不认识黄慎，漾着笑脸假作慈悲地："哦，一个穷要饭的，给他一点碎银两，快打发他走！"说完掉头就走。

"猴三，你别走！"黄慎喊着冷不丁推开了看护冲过去死死拉住了猴三。

嫖客们开始热闹起来。钟文奎由他的护卫和湘莲搀扶着，嘴里哼唱着刚才学会的小调"……二月里思想沙拉拉子唧当，沙拉拉子唧当，叮得唧当叮得唧当沙拉拉子哟，哎哎哎哟，水仙花开送与我情哥……"走过来。

见门厅里乱哄哄的，钟文奎停止了哼唱，醉醺醺地问道："怎，怎么回事？"

他的贴身护卫关切地说："老爷，你就别问那么多了，回去歇息去吧。"

猴三恶恨恨地封住了黄慎的衣领："大正月里，你非得让我发火是不是？"

黄慎毫不畏惧地："你不把梅子交出来，我今天跟你就没个完！梅子，梅子呢?! 你把梅子交出来！"

"啪啪！"猴三扇了黄慎两个耳光，接着一通拳打脚踢。

"住手！"胡四姨喊着跑了过来。

"四姨。"猴三刚刚喊了个四姨，脸上就挨了胡四姨的一个耳光。

胡四姨呵斥道："大正月，你就破我红月楼的门风！来呀，快将这位落魄的先生扶到后面去，好生招待。"

黄慎刚要说什么，胡四姨凑近他的耳朵说了点什么，黄慎随着她去了。

"嗯？刚才他说什么来着？梅子？"醉意的钟文奎潜意识被调动了起来，"怎么跟我的小女一个样的小名？"

"天下重名的多着呢。老爷，我们不是派人到江西去找了吗？您忘了？"护卫提醒道。

"唔，唔。"

"老爷，我们快走，让人发现您不好。"护卫给了湘莲一个眼色，两人拖着钟文奎出了门厅。

胡四姨引黄慎到了密室，让了座，随即好言好语地说：

"先生听我慢慢说来，你的意思老身明白。说句透心的话，我也被岳家折腾怕了，不过，先生想要我家的梅子，也不能偷偷摸摸就弄走了。现在我愿意放手，那也得说个价吧？黄先生也是个知书达理的人，你说呢？"

说着她媚媚地笑了，等着黄慎的回话。在胡四姨的如意算盘里，这些书呆子好打发，骗过了这个时辰再说，等他反应过来，梅子的人已经让她贩到金陵去了。

"梅子已经是个自由人，你不要拿这个来讹我。"黄慎蔑笑道："你要是不把她交出来，我就告官，告你一个强买强卖民女罪！"

"黄先生，事情恐怕没你说得那么简单吧？"胡四姨见黄慎软的不吃，那张脸很快就拉下来了，"我胡四姨也是走南闯北的人，叫你唬住了还在扬州这地面上混事？看你是个老实人，我也不欺负你，给你看样东西……"说着掏出了梅子的卖身契给黄慎看。

黄慎见了，惊愕地："这东西怎么还在你手里？"

"这你就不要多问了。"胡四姨得意地收回了那张契文，转手交给了猴三，"猴三，把它收好了，别丢了，等黄先生筹好了赎身金，这东西就归他……"胡四姨阴阳怪气地说着，给了猴三一个眼色。

猴三领意地："四姨放心，这东西我不会丢了的。"说完走了。

"哎，也许梅子天意就不该是我留的。"胡四姨假惺惺地说，婉转地撵客道，"黄先生，你想好了，再来好吗？今天我还忙着……"

黄慎固执地缠住了胡四姨："不，现在我就和你谈……"

猴三刚把梅子放到轿子里要抬走，麻三贵就领着一帮人赶到了。原来叶阿祥在街坊邻居中声誉极好，听说他干女儿被红月楼的人抢了，大伙儿一哄而起，上百人拥着叶阿祥连夜跑到衙门敲起了鸣冤鼓。麻三贵当即就发了令箭，想想这等事衙役的班头不一定能治得住那个骚娘们，于是自己亲自出马到了红月楼。

麻三贵自从岳文成招亲那阵子受了胡四姨的轻薄，一直怀恨在心，正找不到机会泄这股子火，现在找上门来了，你说他麻三贵逮着了把柄不出一口气就能放手了吗？他吩咐班头把同知赵怀沙，通判吴子坤连夜搬到衙门来。

"四姨，这事要有个公断，是不是？"麻三贵开场道，"所以我特意把赵大人、还有吴大人从被窝里拽起来。你看怎么个了法？"

"我有这张东西，她梅子就还是我的人。"胡四姨理直气壮挥舞着梅子的卖身契。

麻三贵阴笑了下："四姨，我们给你面子，你就识点相，免得大伙都下不了台。"

"麻大人说得对。"吴子坤一边帮腔道，"岳文成花了那么多的银两买下了梅子，谁个不知道？"

"那箱礼金是我带着岳家的人送上门的，四姨没忘吧？"麻三贵提醒道。"第二天，你送梅子到岳府，见了我和吴大人就跟没见似的，还记得不？"

赵怀沙举了下黄慎上交的协约单："你私下与画师黄慎订了协约，让人家以画赎梅子，岂不成了讹骗？"

"以大清例律，就这一项，就当判你三年牢役！"麻三贵得意地说道。

胡四姨不吭气了，泄了气的皮球一般。

"麻大人、赵大人，我说个处置办法，你们看行不行？"吴子坤与麻三贵挤了下眼。

麻三贵点头道："行啊，你就说吧，处理完了，本官还要回家睡觉去。"

吴子坤不紧不慢地说："岳文成是叛贼，照大清例律，他收买梅子的赎金应当由四姨交出来充公……"

胡四姨叫了起来："你说什么？那是他出事前买下的，你凭什么要我充公？"

"大胆！"麻三贵狠了起来，道："你说我凭什么？凭老爷我这身官服！你要是不服从官断，我就治你的罪，投你下大牢！"

胡四姨愣了一下，知道自己被人家摆弄了，但只好认倒霉，嗓音也萎了下去："那你说吧。"

"岳公子给了你多少本官也不问了，你呢，拿出一千两黄金，三千两白银；梅子交到扬州府官卖。也就没你的事了。"麻三贵直到这时才感觉出了一口恶气。

胡四姨闻之一屁股赖到了地上，哭道："我哪地方得罪了你们，你们这么合起伙来整治我一个弱女子啊，我哪来的那么多的金子银子啊……"

守在衙门外的黄慎等得不耐烦了，刚要和叶阿祥领人往里闯，身后传来许恩曼惊喜交加的喊声：

"阿慎——"

黄慎扭头看去，家妻与金农、板桥、汪士慎、高翔等一大帮好友朝他这边急急走来。

　　"你都把我急死了，走了这么久也不见你回来。"许恩曼快嘴快舌地说道，"妈急得在家哭，没法子，我匆匆找了板桥这些兄弟。"

　　板桥道："我们找到叶老伯的豆腐店，才知道出事了，匆忙赶了来。"

　　"阿慎没事，梅子完了。"汪士慎敏感地说："官府抓了她，会不会以岳家叛贼的妻妾名份治她的同谋罪？"

　　"不像。我在这里等到现在了。赵同知那里我也递话了。"黄慎叹说，"最最讨厌的是梅子的卖身契还在胡四姨手里。"

　　"哦？那也就是说，她还算是红月楼的歌伎？"板桥眼睛亮了起来。

　　黄慎道："没错。我给你们看样东西。"说着从口袋中掏出了一张协约单。"这是我和胡四姨谈定的以画赎人的协约书。"

　　这时，同知赵怀沙从大门里出来，黄慎他们迎了上去。急切地："怎么样？赵大人？"

　　赵怀沙笑道："行了，麻三贵他们好象与胡四姨有什么不对劲的地方，处理得特别爽快。"随后他压低嗓子说，"岳家那件事谁也不要提了，麻三贵他们要的是钱。"

　　板桥问道："我们出多少张字画？"

　　赵怀沙说："吴子坤刁，他不问多少张，只提出要卖够一万两再放人。"

　　"这个混蛋！心这么黑！"金农骂道。

　　赵怀沙息事宁人地说："好了，我看就这么定了，先救人要紧。诸位回家准备准备吧，明天一早就在衙门口开市！"

4

　　衙役的锣响了起来。

成百上千的观众从四面街衢朝扬州府大门口涌了过来。

扬州府大门口的旗杆上，绑缚着将要被官卖的梅子，她的嘴里塞着手绢。在梅子的脚下，一溜摆着几张长条桌，上面放着板桥他们送来的将要被拍卖的画轴。

一个衙役站在高台上宣读着扬州府官卖梅子的告示："大家听好了，扬州府告示！扬州府主断官卖，官卖事项如下：红月楼歌伎梅子自愿从良，红月楼主事胡四姨自愿出让梅子从良，画师郑板桥、黄慎、金农、汪士慎、高翔自愿拿出字画二十幅，卖足一万两成交。官卖开始！——"

衙役念完狠劲地敲了一下大面锣！

锣声震天，人声鼎沸。

板桥、黄慎等人，还有叶阿祥、饶五妹等人均在下面紧张地观望着。衙役们开始打开画师们的画轴，然后站到高台子上，在高大的院墙上一字儿排开挂起板桥、黄慎、金农、高翔、汪士慎的字画，李鱓、李方膺留在小玲珑山馆的几幅精品也搬出来了：郑板桥的《松菊兰石四屏图》、《荆棘丛兰图》……黄慎的《执蒲钟馗图》、《荷鹭图》、《东坡玩砚图》……汪士慎的《虬松竹石图》、《墨梅图》……高翔的《兰谷图》、《深春卧雨图》……金农的"漆书"和《瘦马图》、《月华图》、《菩提古佛图》……李鱓的《空香沾手图》、《柳蝉图》……李方膺的《双鱼图》、《花卉册》……

人们大饱眼福，啧啧连声：

"哎呀，不得了，几个画师把他们的最好的家底子都拿出来了！好好好，好啊，第一次见到这么多的上品之作。"

"这个姑娘真是有福气，这么多的画师出面保她一个！"

"看了这些字画，我不吃饭都行！可就是买不起呀。"

"你见过这么多的上品吗？玲珑山馆那么财大气粗，一下子也收不走。"

梅子两眼看着黄慎，还有那些一直把她当小妹的心地慈善的兄长们，说不出话来，头沉沉地低了下去，两滴珠子一般的泪水干干净净地砸在她的脚面上。

钟文奎在两个护卫的护引下，来到扬州府对过"仙茗楼"二楼的临窗雅座。府衙前的瑰丽壮观的场面吸引了这位痴爱字画的老将军，他从一个护卫手里接过长筒望远镜，将那些精品一一扫过。看到郑板桥这些人的字画，钟文奎打心眼里佩服这些字画的精美绝伦，但同时他的心也揪疼了起来，想当年，就是因为这些人的字画，害得他家破人亡，妻离子散，虽说那是自己仗义执言惹火上了身，今天想起这些往事，还是禁不住在心底骂了一句："妈的，莫非今天又会撞上鬼？！"

"李鱓、李方膺都是宫廷官员，他们的字画怎么也到了扬州？"

没人应他的话，他这才反应过来周围没有能与他对话的人，实在有些扫兴。

来了一个茶倌，一面抹着茶桌，一面饶嘴饶舌地献着殷勤："老爷今天选中了这块宝座，真是不枉这份茶钱。扬州府今天官卖扬州最最标致的歌伎，老爷你瞧瞧，这位置多好？看得一清二楚！"

钟文奎将望远镜从院墙上拿开，转向了被称之为扬州城最最标致的歌伎，这女子这么面熟！他的心底深处如同被蜂子蛰了一下……

"茶倌，歌伎叫什么来着？"

"梅子，梅子啊！"听客官那么凶狠的口气，茶倌吓了一跳，惊讶地说，"客官连红月楼的梅子都不知晓？你是第一次来我们扬州吧？"

护卫道："废话少说！老爷问你什么，你就应什么！"

"是是。"茶倌一面心里想这些人怎么这么横气，一面唯唯诺诺道。

"这叫梅子的是何方人氏？"钟文奎盯视着茶倌问。

"江西。呃，对，江西。"茶倌道，"我听人说她是被人贩子贩来扬州的。"

"下去吧。"钟文奎的心跳加快了。

茶倌没听真切,随口"啊"了一声。

"下去!"护卫凶恶地道。

茶倌吓得连声道:"是是。"

钟文奎招了下手,护卫甲贴近了钟文奎的嘴边……

官卖的锣声响了。官卖的主事摇头晃脑地唱道:"好了!你们都看好了,一边是红月楼的歌伎钟小梅,一边是郑板桥这些大画师的字画,卖字画的银两赎出当今走红的美歌伎,一买一卖,公平合理,由扬州府主办,谁先出起价?"

"我!"一个年青的商人喊道:"我出五千五百两,统买了!"

掌锣的衙役敲了一下锣。

主事有滋有味地喊道:"五千五百两统买!还有谁出比这更高的价?"

"六千两!"一个中年商人鼓足了底气喊。

掌锣的衙役又敲了一下锣。

"六千两!"主事一面唱,一面眼睛扫视着黑压压的人群。"有压过六千两的吗?"

有两个广东过来的商人兄弟在一边合议着:

"准备一万两跟他们拼。"哥哥说。

弟弟说:"一万两拿得出,就怕老父他……"

"怕什么?这些字画一年后就是二万两!"

"阿哥你把着就是了。"

"八千两!"钟文奎带来的人隐在人群中唱道。作为宫廷大员,便装的钟文奎不想把事情闹大,顺利的话,用一笔钱把女儿赎走,一了百了。话说透了,女儿遭了难,不能当众让受难的女儿再受什么意外的刺激。再说，女儿作了歌伎，露身份摆平这件事对他来说也不是什么光彩的事。

赎银上了八千两，好戏出来了，顿时人声鼎沸。

掌锣的衙役继续敲了一下锣。

主事的嗓子也上了精神："八千两！八千两还有人要吗？"

那个小点的广东人说："阿哥，超八千了……"

"不管它。"哥哥道，"超它！"

"八千五百两！"弟弟加码喊。

锣声又响了。

扬州府大门口唱价声不断。板桥他们在下面屏息等候着一万高价的出现，心里忐忑不安。

"会卖到一万吗？"汪士慎几乎不敢看场面的事。

"成败在此一举了。"板桥说。

"扬州的商人有这么多的钱吗？"黄慎大惑不解。

金农轻轻笑了一下："哼，你们放心，我早看好了，今天这架势，会成功的。扬州商人猎奇斗胜天下闻名，此时不抖抖威风更待何时？他们会走火入魔的。"

金农的话音刚落，钟文奎的人喊出的价扶摇直上："一万两！"

锣声响。

"一万两！"主事同时跌破嗓子。

广东老大气愤地骂了一句，说："妈的，老子今天就要跟扬州人斗一斗，阿弟，彻底压倒他，开喊一万三千两！"

弟弟还没喊出口，钟家人的匕首已经双双抵到了广东兄弟俩的腰眼上了。

"一万两，还有没有？一万两，有没再要的了？好，一万两成交！"主事在喊，显然他的精神头也到了极限。

掌锣的狠狠地敲响了定音锣！

饶五妹高兴地跳了起来，和板桥他们一起涌到了梅子的脚下。

钟文奎的人来到新师爷面前，将钟文奎的纸条交给了他。

主事说："这是一万两银票？我要验一下，你们再……"话没说完就愣住了。原来那张银票上盖着的竟是赫赫江南道的大官印，主事哪见过这种阵势呢，额头上的汗水顿时就沁了出来。

"这，这是怎么回事？"

"少费话，我们要人不要画！快点吩咐！"

"哎咿，慢，慢！"主事吓得脸早就变了色，他屁颠颠地跑到已被松绑的梅子面前，护住了梅子，对黄慎他们道："你，你们不能带走她……"

黄慎急了眼问道："怎么回事？字画卖掉了，为什么不让我们带走人！"

正说着，一大群扬州守备军冲入人群，把老百姓，还有板桥哥几个与梅子隔离开，如临大敌般将梅子保护起来。

气喘吁吁的主事跑到衙门里议事厅，给静候等喜的麻三贵递上了江南道的银票，凑近麻三贵一阵耳语，又指了指两位钟文奎的人。

麻三贵大惊，半天说不出一句话来，只是目瞪口呆地望着吴子坤。吴子坤感觉到了异常，连忙从麻三贵的手中取过那张银票看起来。

麻三贵和吴子坤匆匆忙忙跑出衙门，这时钟文奎在扬州守备的护卫下刚从茶楼上下来。

"总督大人，扬州知府不知您大驾到了扬州，请恕罪。"麻三贵道。

"总督大人，小的听候吩咐。"吴子坤道。

钟文奎没去理睬这两个爬屁虫，望着被带过来的梅子，成熟的女儿变得更美，却有一种逼迫人的冷，女儿已经变得陌生，他几乎不敢去认她了。

"梅……子，孩子……"钟文奎轻唤了声。

梅子不敢相信眼前发生的一切，只是静静看着这个在她心目中曾经格外高大的父亲，她在极力恢复年幼时的记忆。

"女儿，不认识你的老爹了？"钟文奎亲情慈爱地望着梅子。

经历过极限磨难的梅子百感交集。钟文奎走近梅子，慈爱地伸手抚着梅子的秀发。

梅子终于难以抑制地喊了一声"爹——"扑进钟文奎的怀中。

"没事了没事了，都过去了。"钟文奎强忍着一股冲动，轻拍着梅子的后背说，他的泪水落了下来，落在女儿的发丛里，润了进去。

当天下午，前来迎接钟文奎的官船纳彩展旗驶进了扬州的南码头，船头威风凛凛地竖立着"江南总督"的招牌。码头前涌满了前来欢送的扬州府一干官僚和地方的豪商富贾。地方组织的民乐队锣鼓锁呐一起响，格外的热闹，格外的动听。

打扮一新的梅子被护卫们带上了船。钟文奎从船舱里走了出来，亲切地将她揽进自己的前胸。

钟文奎的贴身卫士趋前轻声请示道："大人，启锚吧？"

"启锚。"钟文奎轻声令道。

"不。"梅子从钟文奎的怀中挣出，道："爹，你把女儿留在扬州吧？"

"为什么？"钟文奎大惑不解。

"女儿的心在扬州啊！"梅子急切地说道。

钟文奎笑道："好好好，你先随爹到金陵，剩下的事慢慢说来行不行？"

"爹……"梅子无法拒绝。

钟文奎再次发令道："启锚！"

"启锚！"

船下的官员们、地方名流们纷纷作揖以别："总督大人，保重——"

钟文奎抱拳回礼。

大船缓缓离岸了。

"梅子——"远处黄慎一路高喊，和他的那帮好友们跑了过来。

听见了这熟悉的喊声，梅子心悸，惊抬头。

"黄大哥——郑大哥——"梅子喊道，要往岸下跳，眼疾手快的卫士一把抱住了她，梅子挣扎着。

"梅子，梅子!"钟文奎生怕女儿出什么意外，"你要干什么?"

黄慎冲动地跑到了水边，板桥和高翔一把没拉住，黄慎的一双脚踏进了水中。

看着大船上可望而不可得的梅子，黄慎撕心裂肺，却又是那般的无奈："你不能走，梅子——"

梅子拼命从卫士的胳膊中挣脱，跑到船头，扑通跪了下去，两行泪水潸然而下，无奈地嘶喊着："黄大哥，黄大哥——"

这声音真真有穿透力，所有的声音都没有了，和着她的只是一阵压过一阵的江涛声。

第 十 九 章

1

乾隆是个喜好奇思异想的帝王，在他周围的人如果成天无所事事，他会觉得生活里缺了点什么，就象圆明园的莲花池，本是死水一潭，那天他心血来潮，要让池子里的水活起来，说来也奇，那水一活，莲花早开了半个月，迟谢了三十天，你就甭提乾隆的那份高兴劲儿了。总之，无论是治国安民，或是逗乐玩耍，他自己闲不住是小，他会让他周围所有的人都跟着他忙得团团转。有一天，他突发奇想，宫廷里的王公大臣成年累月深居简出，内廷生活不免单调乏味，闹个让他们体尝体尝宫外平民百姓游庙会逛集市的情趣多有意思？于是着令在圆明园福海之东的同乐园开设了一条宫中买卖街。

按照乾隆的设想，宫中买卖街有古玩字画斋、当铺、茶店、酒肆、饭店、码头等，凡当时集市上有的珍宝奇货，在这条街上都能买到。买卖街的开店者，大都由宫中太监承担，也挑选城外各店铺中声音洪亮、口齿伶俐者充当。太监们可以在买卖街上化装成商人小贩、市民、夫役，有的推车挑担，陈市列货，开埠迎船；也有的说书卖艺，买卖商品；还有的在酒肆茶店内划拳行令，喝茶谈天；甚至有的太监还假扮窃贼，施展剪绺之技，然后当场被擒，由"司法""监察"官吏将其扭送"监狱"；适时还表演民间婚丧嫁娶的场面。无奇不有，恰是一幅民俗生活风情图。

宫里传话来说，今年是买卖街开市第一年，皇上乾隆亲临大驾，特赐王公大臣在乐园观赏过戏曲后，率众同来买卖街，竞相购买商品，或云集酒肆、饭店大吃一番，逍遥快乐，怡情悦意。令人称奇不绝的是，皇上御旨，他与王公大臣、皇亲宫眷们莅临买卖街时，街上的"行人"不许"大礼迎驾"，要像街市上老百姓的举止一般无二，倘有犯规者，将当众杖罚二十禁棍。这恐怕也是乾隆追求的那种"泄意放达"吧。到了嘉庆四年，乾隆皇上去世，他所特设的这个宫中买卖街才由此停止。

时值新年正月，买卖街开市兴旺，吆喝声、报账声、核算声、讨价声……众音杂沓，此起彼伏，热闹非凡。乾隆此时有滋有味地假扮成一个算命道士扛着个幡旗在买卖街上东游西逛着，谁人也没在意他。

买卖街"好客楼"临河而立，是个花亭式的建筑，很讲究。好客楼的掌柜是乾隆的贴身太监安宁假扮的，此时他抱着两个画轴进了后房，这里是料理烹饪的场子，显得有些凌乱、光线黯淡。

"雅慧，雅慧"安宁喊着找着，烹饪师傅说："雅慧在库房里。"

安宁跑到库房说："雅慧我这么喊，你都听不到？"

雅慧正在搬运着一个大菜缸，听见安宁的责怪，没好气地说："喊，喊你的魂哪！"

安宁立马拉着的脸就转好看了，嘻笑着凑上前去亲了她一口道："嘿嘿，发这么大的火干什么？"

雅慧是安宁的"菜户"，长得颇为风情，条子也好。何为"菜户"？宫女与太监在皇宫中地位最低下，尤其是众多的宫女，十多岁便被选入宫，除极少数幸运者被皇帝看中外，其余都从事着卑下的杂役。青春年少，情窦初开，然而宫中禁律森严，她们的自由受到极大的限制，整日生活在无聊寂寞之中，为了填补空虚的内心精神世界，寻求真爱，历代宫女们曾有过种种爱的方式。但宫中缺少真正男人的世界，就更不用说获得真正男人的爱了。于是宫女与宫女、宫女与太监之间便产生了一种畸型的性爱和情爱的生活方式，这就是"对食"和"菜户"。宫女之间自相结为夫妇称"对食"，宫女与太监之间结为夫妇称为"菜户"。

安宁在雅慧的身上肆意地"蹂躏"着，雅慧任其所为，她的手由于搬运东西弄脏了，只好半举着。安宁的头拱到了她的胳肢窝挠到她痒痒了，她才半羞半嗔地推开安宁的拥抱：

"好了没有？开市了，待会就有客人上门，前厅收拾好没有？"

安宁没有尽兴，嘻笑着又搂了上去，这时传来乾隆的咳嗽声。

安宁见门口站着个道士模样的人，好事让他给搅了，大着嗓门道："不看正忙着吗？待会儿再来！"

乾隆笑道："你躲在一边做好事，别人看还看不得吗？"

安宁惊道："皇上？是你吗？皇上？"

"你仔细看看，是不是朕？"乾隆拿去了头上的帽子。

安宁与雅慧双双给乾隆跪了下来："皇上恕罪，小的……"

乾隆笑道："哎，起来起来，今天是买卖街开市，不分君臣，何以这般模样？怎么，这是你的'菜户'？"

安宁老实交代道："是的，皇上。"

乾隆感兴趣地盯视着雅慧，心想以前怎么就没见着这水灵灵的美人儿呢，想着也就声调不一样了："叫什么来着？"

雅慧作揖道："禀皇上，贱身雅慧。"

乾隆用他柔软的大手抚摸了一下雅慧娇嫩的脸："嗯，长得不错，水灵得很，啊！""谢皇上褒奖。"雅慧脸色绯红，低下头去。

随心所欲，适可而止，乾隆的浪性大多是很有度数的，他及时收回了花心："好了，你们忙吧，我各处走走。"

安宁、雅慧："皇上慢走。"

乾隆走了，安宁喜滋滋地："皇上都夸你了，我安宁真是有福份啊。"

说着也学起乾隆的模样去摸雅慧的脸，雅慧一把打开了他的手。"去你的，就你这德性，还学皇上的势子？！"

"嗳，雅慧，我又采买了两幅画子，你看怎么样？"说着展开了它。一幅是郑板桥的《风竹图》，一幅是李鱓的《松藤图》。

"不都有了吗，你怎么还要买？"雅慧问道。

安宁有点神秘地说："你不知道，为这两个人的画子，最近如意馆有人连着在皇上面前说小话。哎，不知怎么地，我见着就是喜欢，买卖街开市，来街上的都是朝中有声望地位的王公大臣，我挂了它，让他们趁酒兴品字画，听得点真话。说不准什么时候皇上问到我什么，也不至于当哑巴那么没水平啊！"

"瞧你，精得就跟猴样！"雅慧在安宁的鼻子上戳了一下，嗔笑道，"难怪皇上那么喜欢你。"

"来，帮我递个凳子，我把它挂上去。"说着搂了雅慧的腰走出库房去。

允禧与李鱓、鄂尔泰一行三人从一只小船上下得船埠，兴步买卖街。鄂尔泰兴致勃勃地说：

"皇上设此买卖街，可谓别裁心意啊，令人耳目一新。"

李鱓借题发挥道："这就象我们作宫廷画，画风清丽工秀、摩古逼肖，一个模式，久而久之，也就腻烦了。换个花样，感觉就是不一样。"

"李大人扬州一行，回宫后变了个人啊？"允禧笑道，"画风在个人，何以强求？"

李鱓苦笑了一下说："亲王，恕臣直言，赏画的与作画的，心境何以同日而语？"

"你是在说我呢？"允禧假嗔地说道。

"亲王在家设下郑板桥的清竹斋，不就是郑板桥的酣畅淋漓的潇洒浑脱之趣令亲王望而不舍吗？"李鱓由衷地说。

"李大人言之有理。"鄂尔泰道，"我听说为扬州的字画你与蒋大人当着皇上的面争执过一通……"

允禧挥手打岔道："我们今天不谈字画，尽兴游街。"

"对，对。尽兴游街。"鄂尔泰及时打住了话头。"我们找个酒肆痛饮一通如何？"

"好啊，我请客。"允禧喜道，"去'好客楼'酒宴联句、吟诗唱酬一番，不知二位意下如何？"

李鱓、鄂尔泰刚要附和，传来乾隆幽默的调侃声："好啊，见着我在这儿，也不算上我一份？"

众人回首，找说话的人找不着。"谁啊？"

"在这儿呢。"乾隆道，他就站在他们的身边。

一见算命道士打扮的乾隆，允禧惊道："皇上。你怎么这身打扮？我都认不出您了。"

"要的就是让人认不出，认出了，就没意思了。"乾隆得意地笑道。"还记得小时候我们在一起玩钟馗捉鬼的游戏，我扮钟馗，你扮小鬼，我换了一身打扮把你逮着了，你嚷着说不算数……"

"你赖账，说钟馗会变化。我就没想起来小鬼也是可以变化的，要不，你也逮不着我。"允禧温情地忆着儿时的趣事。那份委屈的神态尤如当年，引得众人大笑了起来。

"皇上……"允禧刚要说什么，被乾隆挥手打断了。

"哎咿，我现在是算命先生，不要喊我皇上。"乾隆此时连"朕"也不说了，显得好不自在，笑着建议道，"我说啊，你们也穿上老百姓的衣着，混在人群里感受一下，别有风味，情趣异常啊。"

众人附和笑之。突然一队兵士攒着一个"贼"从石桥那边跑了过来。

"有贼？"李鱓惊道。

乾隆笑道："啊，都是假的，热闹不热闹？"

兵士攒贼攒到了乾隆他们呆的这条街上，整街道两旁的地摊乱了套。糖人儿摊子挤翻了，碳火泼得蓬灰飞扬，糖稀淌了一地，灯罩子碎掉几个，大都摊子的物件在乱奔的行人脚下成了一堆废物。一个"小摊主"抓住了一个挑着担的"农民"，要他赔他的物件。两人互不相让地吵了起来：

"你的眼睛长到后脑壳了，赔我的灯罩子！"

"皮、皮在树上，六在店透！美得你来！"扮农民的小太监是扬州东乡人，说话的发音是很怪的，"赔"读"皮"，"肉"读"六"，"里头"两字合成一个音，读"透"。吵架时的用词从他们的口中出来，是很俏皮滑稽的。

李鱓要上去拉架，被乾隆一把拽住了，"让他们吵，多有意思啊！"

摊主看农民那份神态，感到莫大的凌辱，一把封住了东乡人的领子，狠劲地说："什么皮啊六的，你再说一遍！"

"皮在树上，六在店透。"东乡人挣脱了对方咬着劲说。

卖灯罩的摊主是个二十来岁的小太监，脾气火爆，"大爷今天就跟你骠上了！走，上衙门去！"

"走秋（就）走，怕你不活绳（人）！"

两人扭将起来，这时跑来一个和事的中年人，拉住了两位，"来来来，两位都松了手，小三子，这位乡人并不是有意要踢你的摊子；你这位乡人呢，脚还在人家的物件上，就别赖那份账。人家也是个苦人儿，小本打穷的，看在我六麻子的份上，赔他点碎银子，多少是你的意；小三子，你呢，就认倒霉，有什么法子呢？呛唏乱喊地不顶事儿，对不？"

"我说，先生就是六麻子？做铁匠的六麻子？"东乡人反过头来对中年人感兴趣地问道。

"没错，粗人就是铁匠六麻子。"

"哎呀，我可找到你的绳（人）了！"东乡人抓住中年人的手，"麻师傅，瓦嘎（我家）爷爷就信你的铁匠活，跟（今）年一开春秋（就）吩咐我进城买你的货，我摸嘎几次了，秋（就）是找不到，说是缎子街钱庄隔壁隔，侧（这）哪来的缎子街沙。"

中年人笑了："这不就是缎子街吗？"

东乡人说："问了，都说是多子街，没绳（人）说侧（这）是缎子街啊？"

"多子街就是缎子街，'缎子'的谐音字是'断子'，多不吉利啊，顺其意反用之，就变成多子街了。"中年人和善地解释道。

东乡人不停地点着头，说："侧（这）一说秋（就）明白了。麻子师傅，看你的面子，我秋（就）皮（赔）他两钱银子。"

中年人拍着东乡人的肩膀："你是个爽快绳（人）！你要什么，跟我来。"

中年人、农民、摊主一起来到乾隆他们跟前，道了个万福："皇上，让您受惊了。皇上新年安好！"

原来这一拨子主是宫廷戏班子的，他们识破了乾隆的打扮，几个伙计一合计，临时编了个逗趣的乐子闹给乾隆开心。

"好好，你们扮演得太好了！"乾隆从愣神里拔出来，连声赞道。突然想起什么，回头问李鱓道："李爱卿就是扬州人啊！"

"是。皇上，微臣就是扬州人。"李鱓道。

"他们的扬州话地道不地道？"乾隆问。

李鱓笑说："很是地道。"

中年人说："见皇上在这，即兴吵起来，讨个热闹。"

"吵得好，有味道，有味道。"乾隆说着大方地从背褡里掏出一些碎银子来，散给众人道，"这是我今天算命得来的，赏给你们。"

"谢皇上奖赏。"三人谢道。

"去忙吧。"乾隆说。

"是。"三人各自忙各自的去了。乾隆重新陷入沉思。

"皇上，您在想什么呢？"允禧道。

"你们想过没有？这吵架劝架里边大有学问呢。"乾隆感慨地说道，"治国安邦的学问也就在这里边了。"

"是吗？"允禧无法超越这份思维跳跃。

乾隆笑着拍了下允禧的肩膀："嘿嘿，走吧，你别跟着费那份脑筋了。"

2

"好客楼"临河的窗户边隔了扇嵌有"嫦娥奔月"的大红漆屏风。雅慧在墙角的一个高台子上娴熟地弹奏着古琴曲《唐风歌》，以助客人雅兴。

乾隆等四人进了隔扇后面刚刚落了座，蒋南沙与翰林院、国子监的一帮文人墨客便进来了，他们径直往隔扇这边走来，酒保端茶跟着进了隔扇，见此处有人，他们便朝墙角处的那个座席去了。

蒋南沙没落座，却盯住了酒楼里悬挂的一幅字画，那是郑板桥的《风竹图》，上有题诗："干少枝稀叶又疏，清光也复照窗书，万竿烟雨何能及，引得秋风拂草庐"。

蒋南沙喊道："堂倌，堂倌！"

店小二跑了过来："来啦来啦！先生要点什么？"

"待会儿再点酒菜，你先给我说说，郑板桥的《风竹图》是谁拿来挂上的？"

扮演店小二的小太监道："禀大人，这些字画都是我们家掌柜的从城外琉璃厂街采办的。"

"这种布衣画匠的东西也值得拿到宫中买卖街来？"蒋南沙不无轻佻地说。"来来来，诸位请看，这就是李鳝一再推荐给皇上御览的郑板桥的大作。"

"哦？"翰林大学士杨士民讥嘲道，"这种字画与蒋大人的画作如何同日而语？郑板桥当拜蒋大人为师才是。"

"让我收他为徒？"蒋南沙蔑笑道，"等他来世吧。"

随行的几个官员附和着笑了起来。

听蒋南沙他们的戏言，在柜台里盘账收钱的安宁不满地翻了一下眼。

隔扇后面的李蟬坐不住了，忿然欲起，被允禧一把拉住了。"你要干什么？"

李蟬眼睛里喷着火："士可杀而不可辱！"

允禧作了一个佛揖道："阿弥陀佛，进一步火冒三丈，退一步心平气和也。"

乾隆见之笑了起来："禧叔，我低估你了，你很懂得禅理，更懂人学啊。"

"皇上夸奖。"允禧道。

"告诉过你不要称我皇上。"乾隆笑道，"现在我是一个道行不深的道士。李蟬，记得曹孟德与刘玄德煮酒论英雄吗？"

李蟬望着乾隆不知其何意。

酒保在乾隆的桌上摆上了数碟小菜和水酒。

乾隆接着道："刘玄德那时依附于曹操，生恐曹操谋害，成日躲在后园种菜浇水，曹操煮酒请了刘备，酒至半酣，曹操探道：'玄德久历四方，必知当世英雄。请试指言之。'玄德掩饰道：'备肉眼安识英雄？'曹操说了：'哎呀，休得过谦嘛。'无奈，刘备胡乱点了袁绍、袁术、刘景升这些个他都看不上眼的人搪塞曹操。曹操果然上了他的当，击掌笑道：'此等碌碌小人，何足挂齿？'刘备佯装道：'谁能当之？'曹操指着刘备，后又指了指自己：'今天下英雄，惟使君与我也！'刘备大惊失色，手中的筷子不觉落到了地上。这时巧值大雨将至，雷声大作。玄德从地上拾起了筷子，佯装惧色讪笑道：'雷声太大，失态了。'曹操大笑道：'怎么，你怕雷声？'玄德说：'圣人都怕烈风惊雷，何况我呢？'轻巧地将真情掩饰过去了，曹操从此不再疑心刘备。倘若刘玄德不善韬晦、心气过甚，与曹操争高论低，还有他日后的东山再起吗？"

允禧、李鱓、鄂尔泰闻之，莫不在心中暗自佩服乾隆读书之会用，用意之精巧。

李鱓作揖道："草民谢仙长点化，吾当铭刻在心。"

"嗯，这话我爱听，我爱听。"乾隆喜道，"来来来，喝酒喝酒！"

蒋南沙他们酒意入酣，杨士民指着一幅蒋南沙的《山水图》奉承道："我说蒋大人，你的这幅山水图真可谓深得赵孟頫之神韵，几可乱真啊。"

随行官员附和赞之。

蒋南沙得意非凡地卖弄道："以元人笔墨，运宋人丘壑，而泽以唐人气韵乃为大成。康熙先帝有训，'银勾运处须师古，象管挥时在正心'；先帝还说，'性理宗濂洛，临摹仿鹅群'。象李鱓那种人，不韬光养晦，低首下心，何以得到作画真谛？"

众人附和道："大师所言极是，所言极是！"

乾隆这边也无心饮酒联诗了，闻蒋南沙那般狂言，就连心性极好的乾隆也差点动真气了。

允禧不服气地言道："哼，所言如此偏颇，何为作画真谛？先帝之言，岂容他这般断章取义？"

乾隆用眼色制止了他的盲动，笑道："知之为知之，不知为不知，知无不言，言无不尽嘛。"

"'似扇晚风消暑气，不教夜雨滴愁心。'"国子监的官员常曦唱着李鱓的《墨荷图》上的题诗，讥嘲道："嗯，李鱓的诗还是那么回事，可他的字画实称不上什么？我看简直就是满纸涂鸦，不忍目睹啊。"

几个文臣肆无忌惮地笑了起来。

"他小小李鱓，不就是仗着先帝给他的画子说过的一句话吗？现在越来越不是他了，跑了一趟扬州，不知哪根筋乱了……"蒋南沙端着酒杯醉醺醺地道："你们看看，这幅《墨荷图》跟郑板桥这个丑八怪的《风竹图》有什么两样？满纸狂野之气，放纵霸傲，哼，老夫见着就生气！"

"酒保酒保——"杨士民招来了店小二。

"大人，有何吩咐？"

杨士民指着墙上的李鱓和郑板桥的画道："这两幅字画，蒋老大人见着就生气，将它拿了去！"

"这……"店小二为难地支吾着。

蒋南沙蔑视地："作不了主是不是？叫你们掌柜的来。"

店小二回头喊道："掌柜，掌柜！"

掌柜安宁一直在听着蒋南沙他们的议论，早就不那么耐烦了："什么事，说吧！"

店小二不敢放大声："蒋大人要让你过来一下。"

安宁走了过去，装伴地作出一副笑脸来，话音里带着说不出是讥嘲还是歉意的奉承："啊哟，是蒋大人您哪，小的一直没瞧见您，多有得罪，多有得罪啊。有什么事，您老尽管吩咐。"

蒋南沙指着墙上的画子，"你去查查，这两幅画子是多少银两买来的，我把它们买下了。"

"啊哟，您买它作什啊，贵着呢。"安宁调理蒋南沙道。

蒋南沙的老脸此时不要也得撑着了："说吧，多少我都买下了。"

"这是小的亲自采办的。"安宁道，"五百两一幅。"

"从哪买的，这么贵？"蒋南沙嘀咕了一句，不便多说，咬着牙取出一千两的银票来说："取下吧。"

"小的听从吩咐。"店小二应声去搬板凳下字画。

"蒋大人真是爽气，不好意思，收钱了。"安宁将银票塞进衣兜里，不无冷嘲热讽地说："蒋大人海量，他们都能作您的弟子，连他们的字画您也揣摩呢？"

听着屏风外的打趣斗嘴，允禧三人看着乾隆的颜色。乾隆笑道："你们都看着我干什么，喝酒啊？"

允禧附和道："喝喝。"

乾隆说："我们说好的来饮酒作诗，我们行个令吧？"他的语调发飘，显然心情不好。

允禧能感觉出来乾隆的心情，但他不敢多言："悉听仙长尊意。"

"就以悲愁喜乐为令如何？"乾隆道。

没等三人应和，那边的声音吸引了他们

此时，店小二将郑板桥的《风竹图》和李鱓的《墨荷图》取了下来交给了蒋南沙，蒋南沙将画子丢到了墙角，道："这种字画只配在墙角睡觉。"

"既是破烂，留它作何用？"常曦道。

"言之有理，言之有理！"蒋南沙道，说着随手将酒洒在了上面……

如此当众戏辱，大失士大夫之斯文。

"堂堂宫廷文臣，实在有辱斯文！"乾隆终于忍不住了，咬牙切齿地说。一股莫名之火腾然而起，突然却换成了一副亲善的笑脸，将允禧召到自己的跟前："你过来，我跟你说话。"

允禧知晓乾隆惯于恶作剧，一旦出现这副面孔，那就是他的鬼点子已经形成了。允禧凑近乾隆的身边笑道："您说怎样调理他，我听您的吩咐。"

乾隆道："还记得钟馗捉鬼里双簧审鬼怎么审吗？"

允禧道："记得，您半句，我半句。"

乾隆喜道："对对……"接着凑近允禧的耳朵轻声交待了一番。接着对李鱓他们道，"你们坐着别动，酒照喝，菜照吃，朕与亲王去玩玩。"说完与允禧走出屏风去了。

此时，蒋南沙这边取闹得正在兴头上。

"酒保，酒保，这盘鳝鱼有味道。"杨士民高声喊着，他所说的鳝鱼是针对李鱓的"鱓"字来的，"臭臭臭，换上一盘来！"

蒋南沙从墙角拾起画子来，"杨大人也真是，有味道好办，扔掉便是了！"一面说着一面将那盘剩下的鳝鱼倒在了取下的字画上。

乾隆这时来到了蒋南沙的身后，和其它一些围观的人站在一起观热闹。

"李鳝，鳝（鳝）李（离），鳝乃水中之物，从哪里来，还从哪里去也。"蒋南沙抱着用字画包裹的残羹剩菜跑到窗户边扔到窗外的河里去了："去吧！"

字画"扑通"一声落入河水中。

河岸上的人都不知发生了什么事，惊异地望着酒楼这边。

杨士民凑着热闹说："蒋大人，这一下你解气了吧？"

蒋南沙一脸快活："解气，解气……"

站在蒋南沙身后的乾隆轻声言道："解气乃丧气，大人厄运就要到了。鳝入水，得道便可成仙啊……"

蒋南沙回头寻找是谁在说这番话，只见一个老道模样的算命先生从他眼前闪过，瞬间愣住了神。蒋南沙是个精通易经的妙手，老道如此释意，让他云里雾里。

杨士民这帮老臣在喊："蒋大人，怎么啦？来喝啊，我们接着喝啊！"

蒋南沙不顾众人的喊声，朝道士走去的方向撵过去。安宁一把拦住了蒋南沙："哎呦，蒋大人要上哪去啊？"

"刚才见过一个道士模样的人吗？"

"见过？你找他作什么？"

"他是何方道士？还是我们宫里谁假扮的？"

安宁笑了，神秘地说道："蒋大人还不知道吧？这是特请的宫外高士，算命算的可灵了！"

"快快告诉我，他到哪里去了？"蒋南沙急急地说。

安宁惊讶地："哎呀，他真是灵啊，刚才他还跟我说了，有个姓水的大人要来找他，莫非就是大人您?"

"扯哪去了? 我本姓蒋，何来得水?"蒋南沙道。

安宁戏言道:"这就是大人的差误了不是。大人属狗，是金命。属相里金生水，大人命相里生水啊。"

说着安宁紧张地与蒋南沙耳语了什么，蒋南沙顿时疑疑惑惑了起来。

"我，我这就去。"蒋南沙说着腿儿不是自己的一样往库房那边去了。

杨士民纳闷地喊住了安宁，醉惺惺地问:"哎哎哎，掌柜的，谁把蒋大人喊去了?"

"不，不知道。"安宁说着掉头就走。

3

"好客楼"库房里，道士打扮的乾隆盘腿坐在一堆烂腌菜缸前，他的面前置放着一个小方桌，桌上燃着一支宫里用的红蜡烛，还有三炷大香，屋子里本来就黑，加上现在的香烟，更是烟雾袅绕，阴森可怖。蒋南沙颤着小腿来到门口，没敢往里跨步，眯着小眼往里瞅，却什么也看不清。

乾隆与隐蔽在他身后腌菜缸里的允禧一句话分作两句地唱起了双簧。

乾隆说:"下界来的小鬼是不是……"

允禧说:"……清宫的翰林大学士蒋南沙?"

一个神仙两种声音，蒋南沙顿时吓得膝盖就软了，扑通跪了下去:"大仙神明，罪孽就是蒋南沙。"

"你犯了天规……"乾隆说。

"……必遭杀身之祸，知不知道?"允禧跟着就上。

蒋南沙的脑袋捣蒜一般地叩着:"不，不不不知道。求，求求大仙指指点迷津。"

"你是嫉妒鬼、小气鬼、馋死鬼……"

"……短命鬼、操事鬼、贪婪鬼。"

"是是是，我再不嫉妒，再不小气，再不操事，再不贪婪……"

"记不记得本大仙刚才给你说的偈语……"

"……记不记得？"

蒋南沙拼命地回忆着："记，记得。解气乃丧气，大人厄运就要到了。鳝入水，得道便可成仙。是这样的吗？"

乾隆说："你的命中劫数未到……"

允禧不知后面该怎么说了，用手拽着乾隆的后衣襟："下面该说什么了？"

乾隆盯视着蒋南沙，不能回头。

允禧没法往下接，干脆自编自说道："……要想逃出劫数，只有一法……"允禧又牵了牵乾隆的后衣，乾隆打去允禧的手，他自己的身上却掉下一样东西来：玉如意。

乾隆用脚将玉如意踢到一边去了。但蒋南沙此时已看到了那东西。二十年前的一件往事快梭似的窜到他的眼前——

蒋南沙夹着画笔纸张从御花园经过，一群小公主、小宫女哇哇叫地从堆秀山的山洞里跑出来。

蒋南沙拦住一个小宫女："怎么啦？你们这是怎么啦？"

"鬼，鬼……"小宫女惊恐不安地指着堆秀山的洞口说。

蒋南沙望去，阿哥弘历和小皇叔允禧从洞里跑出来，满面涂得漆黑的小弘历挥舞着手中的玉如意大声喊着："哎哎哎，别跑啊，我这钟馗审鬼还没审完呢！"

蒋南沙没想到二十多年后，乾隆爷竟用儿时的戏法调理到他头上来了。心下暗忖道：若不是老夫笃信地狱天堂，哪会吓成刚才那份模样呢？不过，话说回来了，他蒋南沙明知道皇上和人串起来捉弄他，但他就是有天大的胆子也不敢将乾隆的把戏戳穿啊。

一失口点白了，岂不是找死吗？

"大胆鬼头，在琢磨什么坏点子！"乾隆这时也顾不上唱双簧了，一个人嚷了起来。

蒋南沙吓得打了一个激凌："没，没想，大仙要老……"

"老什么！"乾隆断然呵斥道。

蒋南沙本想说"老臣"，连忙改口道："老鬼，老鬼如何能逃得此难，求大仙指点。"躲在乾隆身后腌菜缸里的允禧捂着嘴巴偷偷地笑。

"鳝入水，可得道成仙，老鬼属金，生水得水。"乾隆蛊惑道，"唯有下得水去，也可得道成仙啊！"

"啊？"蒋南沙倒吸了一口冷气，皇上今天要他入水自尽，是在赐他于死呢，他浑身冷气直冒，牙齿打着颤道，"这，这这这，蒋某……"

"本大仙有一法可让你逃出此难。你若不想归西，你可将落水的字画打捞上来，可得功补寿。听懂了没有？"乾隆道。

"懂，懂。"蒋南沙抹着脸上出来的虚汗，心想皇上不是开玩笑呢，他是动真格的了。

"懂了，那就去捞出那两幅字画吧！"乾隆挥了下手中的拂手。

蒋南沙颤颤巍巍地起身走了。乾隆与允禧开心地捂着嘴大笑了起来。

蒋南沙举步艰难地来到临近"好客楼"的河边，往河里探视着。

杨士民从后面走上去，拍了一下蒋南沙的肩膀："我说蒋大人，这么久，你跑这儿来干什么了？哎，我在问你呢？你在找什么啊？"

蒋南沙看了对方一眼，有气无力地问道："记得我刚才把画子扔在哪儿了吗？"

杨士民哈哈一笑："蒋兄，你是哪根筋乱了呀……"正说着看到前方什么，指着河水的下方喊道："看，那画子漂上来了，在那儿!"

蒋南沙往河水的下方走去。

这时,河岸的两边开始围上了人。

蒋南沙来到字画漂浮的地方,立住不动了,寒风凛冽,围观的人都缩着脑袋拱着袖笼。

蒋南沙迟疑着不想跳,口中念念有词,但听不出他到底在念叨些什么。

乾隆不知从哪儿冒了出来,站在蒋南沙的身后轻声道:"字画没碍着谁,都下了水,你就更应该下了。你不下,画子哪能上得来呢?"

乾隆说着,蒋南沙也不敢回头。乾隆猛不丁暗下推了蒋南沙一把。"去啊,下去啊。"

蒋南沙鬼使神差般,"扑通"跳入河中。

那张画子在蒋南沙的前方漂着,蒋南沙想抓就是抓不到,他那笨拙的样子惹得两岸的围观人哈哈大笑。

杨士民那帮戏辱他人的老臣一个个心里打着颤,静悄悄跑到河边来,冲着乾隆跪下了。

安宁领着一帮小太监将水中扑腾欲沉的蒋南沙打捞了起来。

蒋南沙抖抖索索地跪在乾隆的脚下,浑身濡湿,嘴唇青紫,牙齿不停地打着颤。

"宫中买卖日不分君臣,你好好的跪什么?起来呀。"乾隆讥笑着说道。

"罪臣不敢起。"蒋南沙就差没哭了。

"朕往日听说你总是没事找碴欺辱李爱卿,一直不相信。"乾隆站了起来,"今日得见,信了,信了。"

蒋南沙称罪道:"圣主慈悲,恕罪臣酒后狂言。"

"哼,看在你是朕师长的份上,饶尔一遭。"乾隆掂量了下言道。"记住,此等有失礼仪的言行下次别让朕再遇上就是了,否则,定不饶过！"

蒋南沙刚要谢恩，乾隆打断了他："你别急着谢恩，那两幅字画是多少银两买来的，你交出三倍的罚银来。"

"罪，罪臣遵旨。"蒋南沙头上的虚汗直冒。

乾隆的脸色很难看："你们这帮跟着起哄的大臣，看看，哪有一点儒家的模样？若不是新年时节，朕要一个个严办，今日且饶过了。"

"臣知罪，谢皇上饶恕。"

乾隆抛了下手中的佛手："滚吧！"

"是是，罪臣滚！"

4

"哎，你们说说蒋南沙那帮东西像不像个缩头的王八？"允禧领着鄂尔泰与李鱓走进清竹斋，兴奋地比划着，"不踩不伸头。皇上踩了他一脚，哎，他的头就出来了，滚吧！是是，我滚我滚！"

鄂尔泰附和着笑了。

"开心，开心啊！"允禧笑着，见李鱓的脸色不太对劲，惊诧地问道，"李大人，你这是怎么啦？拉着脸不开笑，这口气出得还不够本？"

"亲王，我笑不起来啊。"李鱓真切地说道，"气虽是出了，可往后，小鞋就够我穿的了。"

允禧睁大了眼睛："皇上都发了话，他还敢放肆？"

"你说他不敢？"鄂尔泰替李鱓说道，"如意馆大多是他蒋南沙的弟子，他歪个鼻子斜个眼，什么事都出得来。"

李鱓苦笑道："我算是看透了，也算是受够了……"

女侍端得清茶上来……

"如是这般……"允禧好心地说道，"有机会我给皇上进上一言，你换个衙署供职算了。"

"谢亲王好意。"李鱓礼道，"承先帝洪恩，相中微臣的字画，因画及人，破格擢拔。李鱓平步青云，入南书房行走，进如意馆。本意竭力效忠朝廷，但他蒋某人一统画苑天下，容不得微臣带进一点师法造化、写心写意的宫外画派新风，他们在干什么？师古人之迹而不师古人之心，他们是在把画风引入绝境啊！仕途官阶我想不想要？想。朝廷皇家之贵，我舍不舍得丢？舍不得。但让我李鱓跟在古人后面亦步亦趋，不去越雷池一步，我作不到，哪一个朝代流传后世的惊世之作不是变化中找到它的归属？"说着他指了下满室的板桥清竹图说，"象这些，还有亲王、大人没有见到的，他们的画中生机，让您爱慕不已，这就是生命，生命啊！可他蒋某，蛊惑皇上把他们冷到了一边，我李鱓于心不忍，更为当今画风叫屈啊！"

"来来来，喝点新开封的'碧螺春'。"允禧笑着打着哈哈道："消消火气，啊！"

"亲王原宥微臣的不恭。"李鱓长舒一口气道。

"看你说的，你的直脾气谁都知道。火气发过了也就算了，别闷在心里就行。"允禧笑道。

"亲王说的在理。"鄂尔泰道，"我揣摩着，李大人与蒋南沙裂痕之深，已不是个人之间的存见。都知道蒋某是个气量小的人，大多不愿露痕迹就是了。"

"怎么可能呢？"允禧道，"怎么说都可以，但字画还是要作出来让人看的啊，怎么可能不露痕迹？"

"知人知心，亲王、鄂大人宽解我，李鱓不胜感激。"李鱓拜谢道。"求变乃微臣崇信之宗旨，宫廷供职令我得以目睹历代艺苑珍宝，京师内外走动，尤是扬州之行，当今画风勃然生机更令我瞠目结舌，唯恐赶之不及。故尔辞意已坚，离开如意馆，求亲王替我在皇上面前呈禀缘由。"

李鱓说完掏出辞呈来到亲王面前作了一个深深的揖。

允禧与鄂尔泰都愣了。

允禧接过李鱓的辞呈，看了一眼："年前你就和我说过此事，当真不能……"

李鱓说："微臣三番五次掂量利害得失，夜不成寐。皇上待我洪恩如山，微臣实在开不得口，求亲王成全我意，万勿推辞。李鱓终生不忘。"

允禧与鄂尔泰对视了一眼，"既然李大人去意如此坚决，我也不好再说什么了。"说着接过了李鱓的辞呈。

"给亲王添麻烦了。"李鱓道。

"成与不成，我作不了主。"允禧道，"我会尽力向皇上禀明你的处境，还有你的志向。"

李鱓抬头看着郑板桥的一幅《乱竹乱石图》，上题款道："掀天揭地之文，震电惊雷之字，呵神骂鬼之谈，无古无今之画，原不在寻常眼孔中也。未画以前，不立一格，既画以后，不拘一格。"

"我很佩服板桥的说道。我一直在琢磨这一句，"允禧指着李鱓正看的那幅《乱竹乱石图》说道，"'未画以前，不立一格，既画以后，不拘一格。'山石狂乱苍劲，枝叶纵横恣肆，这是板桥的画品，也是板桥的人品，师古而无古，独树其帜，伟丈夫板桥也！"

"亲王所言，令李鱓铭刻不忘。"李鱓道。

允禧道："我只是道出板桥之万一。"

李鱓兴奋不已，疾步画案前，稍思，作画《松藤图》，题诗道："庭前老干是吾师，撑天立地古今情。"

蒋南沙圆明园买卖街落水捞画，连惊带吓，又有寒气加身，病倒在卧榻上一连三天起不了床。这天，后宫传话过来要他即刻去太后寝宫给老人家画像，蒋南沙起不来，但他不敢违抗老太后的旨意，让管家背着自己进了紫禁城。

往后宫去的甬道口,杨士民从他们的身后撵了上去:"蒋大人,蒋大人——"

背着蒋南沙的管家驻了步,蒋南沙木然回首,呆呆地看着对方,一句话也没有。

"蒋大人,您这个模样,上哪去啊?"杨士民问道。

"太后让我去画像,不敢不去啊。"蒋南沙的牙齿打着颤,"有事吗?"

"我听说,罚银你把它交了?"杨士民问道。

"交了。"蒋南沙无力地说道,"皇上有旨,臣敢抗旨不遵吗?"

"那这事也不能就算了。"杨士民盅惑道,"大人所言所为没错啊!"

"好了好了。"蒋南沙苦笑着说,"你就让我留个脑袋吧。"

"大人所言差矣。"杨士民笑了,拿出一个画轴展开道:"你看看这是什么东西?"

杨士民拿着的是那幅被酒污了的《墨荷图》。

蒋南沙惊道:"你怎么把这个收回来了?"

"你再看看上面的题句。"杨士民狡黠地笑道。

蒋南沙扫眼图上的题句:"似扇晚风消暑气,不教夜雨滴愁心……"

"看出什么了吗?"杨士民问道,"他为什么烦躁不安?他为什么愁心难消?身为皇上的近臣,御画师,他如此宣泄心中的不快,是对宫廷的不满,是对皇上的不恭啊。大人对这样的字画辱之污之,何罪之有?……"

蒋南沙愣愣地看着画子,愣愣地看着杨士民,不敢再有更多非份之念,他给整怕了。

"皇太后不是让您给她画图像吗?您何不请她出面?让皇太后替您道个委屈,皇上会加罪于你吗?"杨士民出主意道:"凭您在太后身边的面子,也不能受了屈没声音了呀?"

"谢杨大人指点迷津。"蒋南沙邪恶之心顿起，吩咐管家道，"你把画子接过来，带着。"

寿康宫座落在慈宁宫西边的寿康门内，是皇太后、皇太妃们起居的地方。

蒋南沙进到孝圣皇太后寝宫的时候，孝圣皇太后正在由宫女修妆。老太后的皮肤已经松弛，粉啊脂啊的往脸上涂了一层又一层。梳妆台上置放着宫粉、胭脂、沤子方、玉容散、霍香散、栗茯散等化装美容品，这些化装品大都由江南三织造从苏州、杭州、扬州等地采买的。

老奸巨猾的蒋南沙为了不打搅太后的雅兴，拦住了要进屋禀报的宫女，忍着身上的巨痛在大堂里静静地等候着。

孝圣皇太后涂脂抹粉毕，问道："蒋南沙来了吗？"

宫女刚要应答，寝屋外传来蒋南沙的问安声："太后吉祥！"

"起来吧。"皇太后走出寝屋，"你看我这妆行不行啊？"

管家扶起了跪在地上一时起不来的蒋南沙。蒋南沙看了一眼老太后，牙齿打着颤奉承道："太后漂，漂亮。看，看上去就象三十来岁。"

"是吗？"太后美滋滋地笑道，"有蒋大人说好，那就一定是好了。嗯？你怎么说话打颤？冷？"

"是是。受了点风寒。"蒋南沙不敢贸然道出事情真相，掩饰地说。

"哦，能画吗？"太后问道。

蒋南沙忍着膝盖里钻心的疼痛说："没，没问题。"

皇太后端坐好了，蒋南沙端起作画的架势，没动笔冷汗就顺着脊梁骨下来了，画着画着他的腿剧烈地抖将起来。实在熬不住了，终于颤巍巍地乞求道："太后……"

皇太后的脸拉着，问："何事？"

蒋南沙请罪道："臣欲跪在地上画之，不知可否？……"

"这是为什么？"皇太后大惑不解问道："莫非跪在地上画得好些吗？"

蒋南沙苦笑道："臣双腿风寒，实无法站立……"

皇太后感动了："爱卿辛苦了。"

蒋南沙跪倒了地上开始画。画着画着他的手又开始抖了起来，笔毫无章法地弄脏了画面。

蒋南沙吓得叩头道："太后……"

摆着姿势的太后扭过头："又有何事？"

蒋南沙哭笑不得地说："罪臣该死，画得不好，能让我再换一张纸吗？"

皇太后发现了蒋南沙的异常，惊讶地问道："爱卿今天是怎么啦？浑身都在颤抖啊？"

蒋南沙叩首道："臣昨日落水，风寒病发了，所以才是如此。"

皇太后关切地问道："为何落的水？这么冷的天气……"

"太后……"蒋南沙说着痛哭了起来，"求太后为罪臣作主啊！……"他的时机把握得真是地道。

皇太后觉得事有蹊跷，说道："何事如此伤悲？说来听听，老身为你作主便是了。"……

5

允禧为李蟬的事去了养心殿，正遇乾隆读书闲暇，竟再次与允禧开心地说笑起买卖街的事：

"我俩配合得天衣无缝，啊，要不是朕的玉如意掉出来，朕还要多多逗弄他一会。"

允禧说："他一定看出来了。"

乾隆笑道："看出来他也不敢放肆啊，是他的错，他心里发虚

· 538 ·

呢！"

允禧见乾隆的心情好，遂将李鱓的辞呈递了上去。

乾隆问："这是什么？"

"李鱓的辞呈。"允禧小心地说。

"朕不是给他出过气了吗？"乾隆有些不解地说道，"他还有什么不满意？"

"皇上，能容臣细细道来吗？"允禧道。

"你不用说朕也清楚。这帮文臣，哎……"乾隆苦笑着丢下李鱓的辞呈道："李鱓是先帝选中的，在南书房行走也好，在如意馆也好，都是不错的一个儒臣。朕不能为他们之间的这点分歧就放走他，先帝在天有灵，也会责怪于朕的啊。"

允禧理解乾隆的仁政，叹了一口气道："李鱓是个很不错的儒臣，可就是脾气太孤傲了。我怎么劝就是没多大用处……"

正说着，安宁匆匆进殿禀道："皇上，皇太后驾到。"

乾隆、允禧刚刚起身，孝圣皇太后在一帮贴身太监、宫女陪伴之下，进得殿来。

乾隆跪曰："儿拜见母后！"

允禧跪曰："臣拜见太后"

孝圣皇太后脸色不太好看，拖着腔说："起来吧。"

乾隆察颜观色道："母后今日好象心情不大好？"

"那要问你了。"皇太后道，"蒋南沙在买卖街落水是怎么回事？"

"是谁告诉母后的？"乾隆惊道。

"你堂堂一国之君，竟然玩起儿时的恶作剧来了。"皇太后生气地说道，"成了什么体统！"

事情到了这一步，乾隆只好和盘兜出："母后，听儿慢慢道来……"

"我不用听。"皇太后愠怒地挥了一下手，道："就凭蒋南沙那般年纪，你也得手下留情哪！"

见太后动了真脾气，乾隆、允禧都不吭声，索性装聋作哑。

"为了李鱓的字画，就罚了人家三千两，你也太过份了！退给人家，要不我跟你没完！"皇太后气乎乎地说："李鱓胆大包天，竟敢揣掇皇上对他不满意的老臣下此毒手……"

"太后。"允禧急忙道，"此事乃允禧一人所为，与皇上、李鱓无关。"

"你少废话！"皇太后道，"谁能做得出来，我心里明白。李鱓目中无人，狂傲自大，设下圈套戏弄老臣，念在先帝的份上，我要你即日把他赶出宫去！"

说完拂袖而去。

乾隆与允禧面面相觑。

乾隆摇了摇头，叹了一口气道："现在是不准他还乡，也得让他还乡了。"

他到书案上落了座，朱笔在李鱓的辞呈上写上了这样的御批：李鱓为臣效忠尽心，鉴于其辞意甚坚，准其还乡。

写完之后，稍思片刻，吩咐安宁道："安宁，传朕的旨意，准南书房行走，如意馆李鱓辞职还乡。李鱓在位期间，恪尽职守，为政清廉，赐白银一万两……"

"喳！"

晌午饭过后，安宁携两名小太监，抬着装有赏银的木箱前往李鱓官邸宣读圣旨。

"奉天承运，皇帝诏曰：南书房行走，如意馆李鱓自愿辞职还乡，鉴于李鱓在位期间为臣恪尽职守，为政清廉，特赐白银一万两，其中三千两归还如意馆馆臣蒋南沙字画赔偿金。钦此！"

李鱓叩曰："谢皇上恩宠，吾皇万岁万岁万万岁！"

安宁将圣旨交给李鳢，尔后打开木箱，道："李大人，这是皇上的赏金，您点个数。"

李鳢随意地："公公，不用点了，谢谢您。"

安宁凑近李鳢轻声道："皇上也是没法子，李大人多多保重了！"说完便走人了。

李鳢拿着那份不伦不类的圣旨，心想从康熙到雍正再到乾隆，二十多年辛劳，得到的就是这一纸褒奖，这些赏银里，还要莫名其妙拿出三分之一作"罚银"，哎，替皇上代过，也是最后一次向皇上尽忠吧，他苦苦地笑了……。

第 二 十 章

1

古历二月初二龙抬头这天是鄂尔泰的寿诞日,今年他六十整,喜入花甲,在后花园的天一堂设家宴款待慎亲王允禧等王公大臣。宴前,鄂尔泰引导着众人在他的花园里观赏着盛开的梅花。花园的亭榭里有歌伎弹奏着琵琶曲……氛围显得格外雅致、疏淡。

鄂尔泰指着一株雪白的梅树道:"这丛梅花,我将它命名为'飞雪'。"

允禧说:"莫非是根据皇上的那首'飞雪'诗而来?"

"正是。"鄂尔泰笑道,"皇上信口拈来,可入画,可吟唱,'一片一片又一片,三片四片五六片,七片八片九十片,飞入梅花都不见。'沈大人,可记得最后一句还是您续貂的吗?"

沈文悫点头笑道:"那是皇上开句开得好。"

"自从那年以后,此丛梅花每每花开四度。"鄂尔泰道。

在场的人闻之赞不绝口:"都说梅开三度便是好梅,四度开之,必是大大吉兆啊……"

正戏说着,有长随太监唱道:"皇上驾到——"

回首间,只见乾隆披着一件全黑的丝绒披风,精神抖擞地来到了后花园。

人们匆匆下跪山呼万岁。

"爱卿啊,这么好的梅园,你都没有邀请朕来看过,还让朕自己摸上门来。"乾隆玩笑地对鄂尔泰说:"存心深园锁秀啊?"

鄂尔泰慌慌致歉："皇上，臣……"

"啊，不用多说了。"听见隐隐入耳的弹曲声，乾隆笑道，"朕只是玩笑而已，何必当真呢？听说爱卿今日六十寿诞，有宴有歌，朕正好清闲，赶来听歌，没迟到吧？"

"不迟不迟。"鄂尔泰作揖礼道，"便宴小唱，臣不敢惊动圣驾。"

乾隆轻松地笑了，随口问道："歌女弹的是什么曲子？"

"扬州传来的《道情十首》，是根据郑板桥的词而作，待会让歌女给皇上唱来听听。"鄂尔泰道。

"哦？传得挺快啊，京都的歌伎都会唱了。"乾隆看似不经意地应了一句。

"禀皇上，这首《道情》化用了唐人诗句，抒隐遁江湖，怡情山水之意，清疏淡雅，意境超越，却又通俗上口，能收雅俗共赏之妙，故尔传唱极广。"鄂尔泰极有兴致地介绍道。

"有这么好？寡人待会一定要仔细听听。"乾隆闻曲虽动了真神，但他似乎无心深究。他的目光注意到了花园里的一栋屋宇上，门楣上有款："求墨堂。"

乾隆雅兴悠然，轻声念道："'求墨堂'，这是爱卿的书屋？"

"是。皇上。"鄂尔泰应道。

乾隆没说什么，径直迈步往里，众人紧随而去。

十丈见方的书房中，满壁悬挂的都是扬州画师们的画作、书法墨宝。乾隆见之，为之一震。

"爱卿对扬州画师的画作也是如此醉心？"乾隆不露声色地说。

鄂尔泰小心地应道："这幅《松石图》是回归故里的御画师李鱓所作，还有山东兰山知县李方膺的这幅《苍松怪石图》……"他很想回避特别地提及"扬州"或扬州人，免得听话人里有人不必要的猜忌。

乾隆想了下问道："这个李方膺，是不是福建按察使李玉宏之子？"

"正是。"

"寡人只是听说他会作画，这还是第一次见到。"乾隆说着观摩了起来。

"李方膺的字画与李鱓一个样，他们的画风与扬州画师的画作一脉相承……"乾隆转身对众臣说道，他从那些个画作前一一走过去，"要么清幽冷峻，迷漫着一种不食人间烟火的孤傲之气；要么淡冶飘逸，悠然自如之中带有一种，啊，一种只可意会，难以言表的嫉世调侃的意味；要么纵横恣秀，咸精其能，铮铮不驯跃然纸上；他们的书法也好，或是画子也好，造意独辟，古拙奇异，把它们放在一起观之，咄咄逼人之气扑面而来，欲挥之而不去！朕说的对还是不对？"

鄂尔泰自觉皇上语调中有那么点嗔意，连忙跪了下去："皇上，臣无意将这些画风一般无二的画作聚放在一起惊扰龙心。实属巧合，请皇上圣察。"

"哎呀呀，爱卿何故如此呢？起来起来。"乾隆嘀嘀地笑了起来，虚虚扶了下，继而轻松地言道，"寡人也只是一时兴起，随意评说而已。谁喜欢什么，谁又不喜欢什么，那是萝卜青菜，各人所爱的事儿了。啊？"

乾隆的轻松幽默自然解脱了大伙儿，于是引得一片笑声。

"哎咿，爱卿，朕不明白了，"乾隆不解地问鄂尔泰道，"你从哪谋得如许之多的扬州画？……"

鄂尔泰说："启禀皇上，这是微臣的同年、新任两江总督钟文奎帮微臣张罗的。"

"哦……"乾隆戏言道，"寡人明白了，难怪当初爱卿那般替钟文奎说话呢……"

鄂尔泰张口结舌："皇上……"

见鄂尔泰张惶得可爱，乾隆开心地笑了。

进来一个家人，向鄂尔泰禀道："大人，宴席准备妥当。"

"知道了，去吧。"鄂尔泰挥手让家人退下去了，继而作礼道"皇上，请入便席。"

乾隆说："你和诸位爱卿先行一步，朕与慎亲王有要事商议。"

"皇上，臣等在屋外静侯。"鄂尔泰说完与众臣退出。

"李鱓离京归乡了？"乾隆关切地问道。

允禧没料到皇上第一句竟说的是这等"大事"，几乎不知云里雾里了："临行他来辞别，说是要到山东、河南、江西、安徽游历一遍，尔后回扬州老家。"

"这一下遂了他的愿，可以自由自在地和扬州那些个狂傲不羁的画师们日夜为伍了。"乾隆的话意里有说不出的意味，"知道朕要说什么吗？"

允禧懵懵懂懂地摇了摇头。

"朕决意微服去扬州。"乾隆道，"谁也别告诉。"

允禧睁大了双眼，惊讶地道："皇上，您这是……"

"心血来潮是不是？"乾隆笑道，"记得你给朕说过，南巡打点沿途铺张，劳民伤财。这让朕想起当阿哥时巡视山东，济宁府明明大旱欠歉收，百姓饥饿逃荒，集市上硬叫粉饰得五谷丰登、鸡鸭成群。朕入继大统，头一回下江南，就一路招摇，何以察得民风吏治？"

"可……"允禧暗忖，京都前去扬州，千里之遥，万一在哪里冒出个事儿来，那不是拿大清社稷开玩笑吗？于是他婉转地劝说道："皇上，既是微服，周边去得山东、河南足矣，何必一定要到扬州呢？"

乾隆大笑了起来，说："那你就不知晓朕的心思了。扬州富甲天下，鲁北、豫中的穷地要去看一看，江南、东南的富都自然也要观一观。看这情势……"他指着"求墨堂"中赫赫醒目的扬州人字画，"你和大臣们对扬州的什么东西都是这么情有独钟，难免勾得朕遐想连翩，欲壑难填了！"

2

　　乾隆做事历来习惯在内心酝酿久日，一旦成熟，那就是谁也挡不住的了。在他做阿哥的时候，直隶总督为扬州人的字画受到了先帝亲臣蒋南沙的弹劾，不多久，又有允禧拉他去碧云寺看郑板桥的清竹图，对诗书琴画颇有造诣的他从那时就感觉到了南派字画独有风姿的魅力；随后他登基作了皇上，力排众议派了李鳝去了扬州，那也是他心中对扬州字画存有好印象的延续。渐渐宫廷里分派别宗，对扬州人的字画各持己见、褒贬不一，乾隆作为一国之君，喜好什么，不中意什么，轻易不能把话说绝了，虽然他的倾向性已经很明白，不说绝就还有他保留的余地。亲自到扬州，亲眼去看一看扬州的人文地貌，感受一下扬州的风土人情，或许能逮着些许扬州字画富有活力的源头之所在。乾隆心中存谜，想揭开这个谜也就是情理之中的事了。他下了决心，烟花三月下扬州，多妙的主意多妙的季节啊。忙忙碌碌把手头的大事处置交代完，转眼就进了三月。

　　这天一下朝，乾隆把安宁召到一边，突然告诉了便服出巡的事，安宁傻了，却又兴奋得不行。入夜，安宁按照乾隆的吩咐，召集了六个护卫长，一汉一满两个宫女，汉族宫女就是乾隆新近喜欢上的雅慧，满族宫女叫格沁沁，一个个头高挑，皮肤白皙细腻，身材丰满怡人的十七岁姑娘。他们在养心殿后殿换装的时候，慎亲王允禧赶来了。

　　格沁沁新奇地问雅慧："扬州是什么地方？"

　　雅慧兴奋地说："皇上带你去的地方，准是好地方。有你乐的。"

　　安宁忙不迭地往屏风上递着老百姓的衣着行头："雅慧，你还不快去侍候皇上，都什么时候了！"

　　雅慧应声跑到屏风后面去，不一会就听乾隆的叫声："快快，脱了这么多，还真冷得慌。"

雅慧平日看惯了穿朝服的乾隆，此时见乾隆穿了民服，觉得好好玩，开心地扑哧笑了起来。

乾隆忘却了寒冷，一时兴起，抓住了替他着衣的雅慧的手，把她抱进怀里。

屏风后面没了说话声和笑声，谁都明白那是乾隆在做好事，不吭声。只有安宁有时敢讲话，当然是要有艺术的空间，要不然他也是要吃不了兜着跑的。安宁看了一眼允禧，允禧不置可否地笑了下，安宁壮了点胆子：

"雅慧，你快点，别冻着了皇上。"

乾隆猛省，丢开了雅慧。不一会，商人打扮的乾隆从屏风后面走了出来，喜滋滋地问道："怎么样？"

"不赖，这个行头真不赖。"安宁打量着说，"活脱一个商家子弟。"

乾隆笑道："允禧这么个主意不错。迎送铺张不说，让朕看到的民风吏治没一样是真格的。这身打扮好，谁也认不出，入了朕的眼，看谁造得了假。"

大伙笑了起来。

允禧禀道："皇上，密谕已下到沿途各地，前脚和断后的护卫均已安排妥当。"

"嗯。"乾隆满意地点头道，"哎，一行出去，男的男，女的女，名份就是南下采办丝绸，别弄差乎了。"

"这就跟唱大戏的一样，角儿分派了，各司其责。皇上您是主子，亲王爷是管家。"安宁拉过雅慧和格沁沁道，"奴才和这两个听使唤的女婢就是主子的跟随。"

乾隆又冒出个念头，道："角儿分了，称呼也得顺了，朕大名就叫德隆，德公子；亲王叫喜子，是我的管家……"

紫禁城里的承乾宫是东西六宫之一宫，皇后富察氏就住在承乾宫中。明代，皇后居中宫，即坤宁宫；到了清代，皇帝和皇后仅新婚之夜在坤宁宫住一宿，平时皇后择东西六宫某一宫居住。

此时，二十刚出头的皇后富察氏晨起没多久，正由宫女经营着梳洗、打扮。皇帝的夫妻生活跟草民百姓的不一样，他们不睡在一处，何时到一起，那就是要皇上的一句话了。

妃子范娟娟慌神地跑来，说皇上微服南下去了。性格贤淑但天资柔弱的富察氏顿感天要塌了一般，傻愣在梳妆台前了。

富察氏雍正五年被册封为乾隆的嫡福晋，婚后与弘历的感情一直很好，深为弘历宠爱。弘历继位立号乾隆，她被册立为皇后，是乾隆的贤内助。乾隆评说："宫闱内政，全资孝全皇后综理。皇后上侍圣母皇太后承欢朝夕，纯孝性成，而治事精详，轻重得体。自妃嫔以至宫人无不奉法感恩，心悦诚服。"

见皇后没了声音，范娟娟不免有些惶惶，哭说道："皇上，皇上他什么也没跟臣妾说，就走了。"

"你是他的宠妃，他会一点风儿也不漏给你吗？"富察氏不无讥讽地说。

凌琳为他的兄长惹恼了乾隆，乾隆一气之下把她贬为宫女，继而又着人把她撵出宫去了。她的位置就由范娟娟顶上了。

受了富察氏不冷不热的指责，范娟娟好生委屈："娘娘不知，凌琳那么受宠，皇上都将她贬出宫了。皇上要做什么，臣妾不敢多说一句多余的话……"想想伤心，哭得更上劲了。

富察氏不置可否地笑道："这有什么伤心的？我等女流家，就是要心甘情愿地听从皇上的摆布。对他做的，对他想的，不要猜三想四。"

"谢皇后娘娘点拨。"范娟娟收了哭声，说："娘娘，皇上出走这么大的事体，还是说给太后去听吧，她能作得主啊……"

六神无主、冥神迷意的的富察氏似乎在茫茫天宇中拽到了一根救命草，慌慌吩咐道："对，对，怎么就没想起这一茬呢？还愣着做什么，快去准备啊！"

宫女应着慌慌地跑开了。

富察氏和范娟娟匆匆来到寿康宫皇太后的寝宫，太后听了皇后和范娟娟妃子抹着泪的叙说，顿时怒容满面。即刻懿旨军机处、礼部、吏部等部衙的大臣。

被召来的大臣跪伏在皇太后的面前，一个个吓得不敢吭大气。话说回来了，皇上他要一个人悄悄地走，要去什么地方，皇上不跟他们说，他们无从知晓，也不敢过问啊。

"这么大的事，你们竟敢瞒着我，你们的眼里，还有没有我这个皇太后？！……皇上一意孤行，你们做大臣的就没一个到我这里来禀报一声。"太后怒气冲冲，掼下手中的烟袋，"你们是在拿大清社稷开玩笑！皇上有个三长两短，我拿你们的脑袋是问！"

大臣们谁也不说话，一个个硬着头皮装傻。

太后知道火发得再大也无济于事了，缓了一口气道："说吧，皇上微服出京，沿途护卫是哪个部衙安排的？"

"启禀太后，是军机处。"军机大臣唯唯喏喏地说："皇上只要了六个随从，臣以为万岁不会走远……"

"不要多说了。军机处、吏部、礼部派员赴各省督察，火速加强护卫。"太后干练地吩咐道，"皇上既是微服，总是有什么念头，你们就不要轻易惊驾了。"

众人俯首唯诺："臣遵办！"

太后挥手道："退下去吧。"

见大臣们退走了，富察氏与范娟娟伤心的泪又下来了。

太后扫了两个小女人一眼，嗔道："别再哭了，没一点拿得起的架势。"想想口气软了些，叹道，"哎，皇上也是人，宫里呆久了，也腻得慌。大男人有大男人的主张，着微服要自在得多，既然做了，那就随他去了。扬州……扬州在江南什么地方，就那么吸引人？……"

3

一只在扬州南码头行驶靠港的大船上，允禧伴着乾隆迎风而立。

安宁轻声道："主子，扬州到了。"

乾隆他们都没吭声，静静地观望着。

码头一个显眼的高处，立着一块写着"税"字的大招牌，招牌下面肃立着执刀的衙役，一个叫赖开运的税政官翘着二郎腿吸着水烟袋。两个衙役从一只大货船上将一个绰号"瘦豇豆"的瘦高个老板带下了船，来到赖开运的面前。

赖开运阴阳不调地说："说吧，怎么回事？"

"多交三百两，我没想到啊。"瘦豇豆苦着脸说："赖老爷，您听小的说，我不是抗税不缴，而是我在安徽的宣州遇到了大风，多歇了几日，银两用光了……"

这时，乾隆一行下船经过收税处，乾隆刚要站住听听，被安宁小声地劝走了。

"有我老赖在这里。"赖开运不着恼不生气地笑着说："你这生意就开运。你的一船货放在这里。税银呢我老赖替你交，你就不用操心了，啊！"

瘦豇豆几乎要哭了变腔道："老爷老爷，青天大老爷，求求你放我一码子……你宽限我一阵子，我到城里把这幅祖传的画子卖掉了来缴税行不行？"

赖开运看着他手中的画轴，白眼翻了下道："去吧。"

瘦豇豆兴奋地作揖谢道："谢谢，谢谢大老爷开恩！"忙不迭地跑走了。

乾隆领着人来到了扬州的繁华区多子街，看见孟潍扬的"静心斋"幽雅别致的招牌，刚刚举步要进，街那头传来一阵锣鼓声，街道两旁的人群顿时纷纷后撤，乾隆他们垫步望去——

八个衙役鸣锣开道，八个吹鼓手吹着唢呐，八个衙役抬着一个蜡制的大仙桃，后面是一溜衙门里的大小官员，浩浩荡荡走了过来。

"嗬，真热闹啊！这是干什么？"乾隆问身边站立的一个商人打扮的大胖子道。

"知府家老太太七十大寿，连这个你都不知道？"胖子看了一眼乾隆，"你是外地来的吧？"

"正是。知府的老太太做寿，造这么大的排场？"乾隆不解地问。

胖子上下看了一下乾隆，笑道："看你也是个经历过世面的人，这个都不懂？知府，一方父母啊，他想干什么就干什么。你知道为这个寿庆，他找老百姓刮走了多少？"

"多少？"乾隆笑道，"最多一万两撑死天了。"

"哈哈。"胖子乐了，"光我的商号一家就走了一千两，全城的你去算好了。"

"啊！"乾隆张口结舌。"那你就心甘情愿地交了？"

"交，不交怎么办？"胖子气恼地说，"限你三天，你就不能过了第四天，要不就把我的铺子给封了。"

"哦？"乾隆吃惊不已，"这么张狂？一个知府的老娘做个寿，摆这么大的谱？"

"这几天，你不出扬州就能看到，他们要摆场子、唱大戏，大闹三天，比皇上南巡还要热闹！"胖子道。

"哎，我说……"乾隆刚要接着问什么，一个声音截住了他的话头："胖子，胖子，哎呀，我找你腿都找断了！"刚才我们在南码头见过的那个倒霉的商船老板瘦豇豆从远处的人群中挤过来。

"啊哟，瘦豇豆！哪阵风把你给吹来了！"胖子热情地迎了上去。瘦豇豆神秘兮兮地把胖子拽到一边去了。

乾隆觉得新鲜，趋步上前想听听，允禧一把拉住了他："主子，少说多看。我们定的规矩。"

"对，对对。"乾隆笑道，"少说多看，少说多看。"

瘦豇豆给胖子看过一张字画，见乾隆探头过来，匆匆收了起来，遂与胖子咬着耳朵，各自伸着手指暗下扳着价。

乾隆一行从多子街逛到了画市，看过黄慎的画铺，又来到了汪士慎的画铺前。汪士慎正静心给一个顾客画着一幅《顽猫图》。一见汪士慎的铺名，乾隆止步，仔细地打量起汪士慎，脑海里浮现出李 鱓 给御花园铺设的石子图来。

"汪士慎不是画梅的吗？"乾隆小声地问身后的允禧道。

允禧激凌了一下回了神："啊？呃，是，是啊。"

汪士慎听到了，抬头看了一眼，道："画梅就不能画其它吗？先生要什么，我都可以画来。"

乾隆礼道："先生的梅我见过，清淡秀雅，疏香冷气，可谓上手。"

"承先生夸奖了。"汪士慎生性内向，一旦激动起来了，有他独特的表达方式，"你等等，等我画好了这幅猫，我画一幅雪梅送给你。"

"不不不，我不是那个意思，你做你的生意……"乾隆连忙举手拦道。

"好好好，你就别多说了。"汪士慎笑了："文人再穷，不在乎这一点点。先生如此看重我的梅，那就是我俩前世有缘。知画知音，足矣。"

乾隆与允禧对视了一眼，说："尊敬不如从命，不客气了。"也就没走了。

顾客急了："师傅快点画，我要赶着去送人。"

"好，这就好了。"汪士慎说完落上最后一款，拿起他的印章……

"汪师傅"传来一人咋咋乎乎的喊声。众抬头看去，刚才乾隆在多子街见过的那个胖商人拿着一幅画轴领着那个倒霉蛋瘦豇豆跑了过来。

汪士慎一面钤印一面很随意地问道："赵胖子，什么事这么急赳赳的？"随即将钤完印的《顽猫图》交给顾客。

顾客说了声"银两付过了。"便走了。

"汪师傅，"商人赵胖子兴奋地展开了手中的图："你看，我弄到什么了！"

乾隆眼睛睁大了，惊道："唐伯虎的《秋风纨扇图》！"

汪士慎惊异地看着乾隆："先生，你也知道？"

乾隆掩饰地笑道："这上面不是写着吗？"

汪士慎知道他是在掩饰，便不多问，"啊啊"了两下便转向赵胖子，"你是什么意思？找我鉴定真伪？"

"对呀！"赵胖子说道，"你给我看看是真的还是假的？"

汪士慎歉意地笑道："你也是挣钱挣糊涂了，古画鉴定金农是头块牌子啊！"

"我跟你的关系不是更亲近些嘛，嘿嘿……"赵胖子见旁边站了那么多的人，没再说下去。

"开价多少？"汪士慎问道。

赵胖子指着身边的瘦豇豆道："他要我三千，我不鉴定哪敢下手买啊？"

"这么着，我带你见冬心兄，让他给你看。"汪士慎对乾隆他们道，"对不起，我去去就来。"

说完领着赵胖子和那个卖画的瘦豇豆走了。

乾隆给了允禧他们一个眼色，跟了过去。

汪士慎跑到金农画铺，将字画交给金农咬耳说了些什么。

赵胖子点头哈腰礼谦地趋身说："金大师，您给看看这是真的还是假的。讨您的一句准话，嘿嘿。"

金农不作声不作气地翻眼看了下那张市侩的丑脸，随即低头看字画去了。

乾隆与允禧交换了一个眼色。

突然一阵粗暴的吆喝："走！走！走开！"扬州府的捕头孙威亲自领着一群衙役挥舞着器械驱赶着围观的人群。

瘦豇豆和赵胖子护起了那张画子："你们，你们这是要干什么？"

见乾隆这边起哄，一帮护卫便衣早早将乾隆夹在中间退到了一边。

安宁劝道："主子，我们先回客栈歇息吧？"

乾隆毫无惊色地笑道："不用，看看热闹有什么不好？"

孙威不失礼节地说："金师傅，人家收了麻大人恭请的寿帖子，都去了麻府，独独你们几个，不见人影儿，大人只好让我带人来请了。"

"知府老娘做大寿，与我有什么相干？"金农轻蔑地笑了一下，"我一天不画画写字，一天的口粮钱就没有。"

孙威无奈地陪着笑脸说："金师傅，你就带个头，给我一次面子行不行？"

这边说着，那边衙役押着黄慎、高翔过来了。金农忿然道："哼，你们请人就是这么个请法？"

"怎么没见郑板桥？"乾隆惊异地问道。

允禧用手指压在嘴唇上"嘘"了一下，不让他再多舌。

"郑板桥的家里死了人。"孙威啐了一口唾沫说："他想来大人都不会让他来，你们几个少一个也不行。"

汪士慎一屁股坐到了地上："我就是不去，你把我杀了？"

黄慎与高翔也说"我们就是不去"。随之坐到汪士慎一起去了。

"你，你们！"孙威气得咬牙切齿，"我现在是笑着给你们说话，别惹我发火。"

　　金农笑了："你发你的火，我做我的生意。"

　　孙威给顶撞得面色发青，将手一挥道："来人哪！"

　　衙役班头跑到前面来："孙头，怎么说？"

　　孙威上了台下不来了："你领着人把他们几个的画铺全封了，从今日起，禁止他们再开业！"

　　"是！"班头接令刚要走，只听得一声"慢！"吓得打住了步子。

　　原来是乾隆一边看着情急了，陡然喊了一声。

　　孙威上下打量着乾隆："嗬，你是哪路子神仙，好大的嗓门啊。"

　　乾隆并不动气："有话好商量，为何动不动就封门呢？"

　　孙威蔑视地笑道："看你也是个体面人，你不叫封铺子，行啊，你有本事让他们起来跟我走，我就听你的。"

　　乾隆要动身往前去，被安宁、允禧拦住了："主子，你就少管点闲事儿吧。"

　　乾隆将他俩拨到了一边："去去去，没你们的事。"说着走到汪士慎他们跟前，耳语了一阵，他们从地上起来随乾隆进了金农的画铺。

　　乾隆给哥几个劝道："我看大家都不要意气用事了，去了，有酒有肉，先吃了再说嘛。"

　　"你真是一个好商家，算得真是清楚啊。"金农不无讽刺地说道。

　　"冬心兄，这是我的朋友，你能不能客气点？"汪士慎转对乾隆歉意地说道，"先生，你看，把你也卷进来了，真是莫名其妙。"

　　"不碍事，我就是喜欢热闹的人。"乾隆笑道。

　　"你们是老乡？"见乾隆一副商人的打扮，黄慎判断道。汪士慎是徽人，徽人里从商的多，黄慎如此说，是有他的道理的。

　　"你看他是商人，就以为是我老乡？"汪士慎说。

乾隆说："我俩刚刚认识。"

"还没问先生尊姓大名呢。"汪士慎道。

乾隆礼道："免尊姓德，德隆。你们呼我德公子便是了。"

"德公子，谢谢你为我们几个斡旋。"汪士慎作了一个礼道，"要不，这铺子门让他们一封，没有几百银子去送礼，门面就别想再开了。"

"哦？"乾隆惊道，"要这么多？皇上下旨禁止贪污行贿，他们就这么当作耳边风？"

"山高皇帝远。皇上他下他的旨，下面照行不误，皇上他能知道什么？"金农转而对大伙说："这么说，还是老实点，都去了吧。要不，收不了摊子。"

高翔不那么情愿："哼，搞成习惯了，往后他要是不花钱的活，你都得去，否则他就派人封门啊。"

"说的也是。"汪士慎道。"板桥要是在就好了，他的点子多……"

孙威等急了，使唤衙役敲起了铺子门："快，快点，我们孙爷等急了！"

乾隆转着脑袋点化道："我说还是去好，只有去了，才能见机行事啊。我听说过你们戏弄岳文成的事，何不故技重演？"

"哎呀，老乡，你真是个能人！"汪士慎拍了乾隆的肩膀叫了起来，接着又对黄慎喊道，"这主意太好了，冬心、阿翔、黄老瓢，我们再露一手！"

黄慎道："那次是要掉脑袋，逼急了，才有了主意，这次不一样，是在家门口，闹大了，他麻三贵随便找个岔就能让你几个天天哭爹喊娘……"

金农说："走，少说点！他要什么，我们给他画什么就是了！"

4

孙威领着几个画师进得大门去，麻三贵迎了过来："啊呀呀，几位大师真是难请啊！来来来，里边请，里边请。"

门外的客人手拿帖子不断地往里进，乾隆他们站在一边观望着。

允禧说："主子，看样子，你还想进去。"

安宁说："人家都有帖子，咱们没有，咋进啊？"

乾隆笑了一下没言语，却径直朝大门走了过去。

大门口，除了守卫的衙役，还有个老先生模样的人坐在一张桌案后面，旁边站着吴子坤，乾隆刚刚到大门口，就被守卫拦下了。

"没帖子，要从吴通判那儿过。"守卫说着指了下桌案那边。

"先生，进门贺个喜，还有个什么说道吗？"乾隆走过去问老先生道。

"知府有令，今日进府的除了扬州的体面豪绅，就是文人墨客，先生没有帖子，那就要过我这一关。"吴子坤客气地说道。

"你要多少钱？"

"不要钱。我出个上联，先生对出来了，便可进去了。"

"先生请出吧。"乾隆没犹豫就说道。

吴子坤看了一眼乾隆，道："先生听好了。'春风放胆来梳柳'。"

吴子坤说着，那个老先生用笔记录着。

乾隆笑了一下，稍思便道："'夜雨瞒人去润花'。"

"……好功夫，先生你不是个商人吧？"吴子坤吃惊地看着乾隆。

乾隆浅浅笑了一下："这不是你的东西啊？通判大人。在我的印象中，这是画师郑板桥先生的啊？"

吴子坤不吭声了，直直地盯着乾隆，半晌才说："你连这个也知道？"

　　"这个你就不必细问了吧？你按协约办就是了。"乾隆戏言道。"我还有数位家人要随我进去，你看……"

　　"这……"吴子坤诡谲地转动了下眼珠子，"这恐怕不合适，就是按协约，也是您一个人进啊。"

　　"这么着，我们来个一对一，刚才是你出我对，现在我出你对。"乾隆谈条件道。"我出个对子，你要是对出来了，我和我的家人一个不进；你要是对不出来，你就得高抬贵手。"

　　"行！"吴子坤想了一下，自负地道，"高士请了。"

　　"这次朕南……"乾隆反应快，"下"字没出口，慌慌打住了，改口道："啊，这次遇到一个叫郑南的先生，他是江宁的一个进士，陪我南下来扬州，路过横塘，横塘是此地有名的烧酒产地，我就出个上联，先生听好了。'横塘镇烧酒'。"

　　"哈哈……就是这？"吴子坤笑了，心想你连个事儿都说不清，还能编出什么花梢来。

　　"先生，你就出这种对子？"吴子坤身边的那个老先生不无献媚地说："你知道我们扬州府的吴通判是什么人吗？雍正年间的举人。"

　　"举人？"乾隆的眼光俯视着，浅浅地笑着。"吴举人你请了。"

　　吴子坤竟然语塞，陷入了苦思，对不出了。

　　老先生见状，起身将吴子坤拉到一边，说道："大人，让老朽来吧？"

　　"你来，你能得不轻！"吴子坤恼恼地横了他一眼，"你想过没有？他的这个对子出绝了。'横塘镇烧酒'，初看应对并不难，但是每个字的偏旁刚刚好按木、土、金、火、水五行排列，我是没法对了。"

　　老先生想想，点点头，佩服至极地摇头晃脑道："好，实在是出得好；对，实在是对不出……"

吴子坤对不出，又不敢张扬出去，只好谦让乾隆一行大摇大摆地进麻府。进得院子，乾隆放眼看去，整个宅院布置得富丽堂皇，客人们一个个珠光宝气，雅韵非凡。他刚要迈步进花厅，税政官赖开运拿着一幅画轴在门口截住了麻三贵，麻三贵听完他的耳语，显出惊异之色，继而跑进花厅，不一会拉着金农匆匆忙忙地从里边跑出来，径直往书房那边去了。

乾隆见之起了疑心。

允禧问："怎么啦？"

乾隆说："走，那边去看看。"遂尾随跟了过去。

麻三贵拉着金农进书房关上了门。

乾隆跟到这里止了步，抬头望书房的上楣，门楣挂有一块镶金题匾，上书："巨苞斋 李 鲡 题"

乾隆一看就笑了。

允禧不解地问："主子笑什么？"

"你看到这块匾了吗？"

"这块匾怎么啦？"允禧注意到了李 鲡 的题名落款，笑道："这个李 鲡 真是有失身份，竟给小小知府说上这样的奉承话。"

允禧的理解与乾隆的释义相去甚远，乾隆侧过脑袋，合了下眼帘浅笑道："噢，我倒想听听你对这'巨苞'两字的解法。"

允禧不假思索地说："'巨'为'大'解，'苞'取孕育之意啊。"

乾隆乐了："不不不，离题万里，离题万里了。这文人，啊……骂人不带脏字，透在骨子里呢！'巨'解为大不错，这'苞'字呢，你把它拆开来读读看，是不是'草包'？他在骂人家个大草包呢！"乾隆说完刚要大笑，猛丁意识到场合不对，捂上了嘴蹑足走到窗户那边去了。

允禧看着那块匾细细品味，忍俊不禁扑哧笑了。

乾隆用手指抠开了窗户纸，窥视书房里，麻三贵展开了唐伯虎名扬天下的仕女图《秋风纨扇图》。金农见图大吃一惊：

"大人的这幅图从哪弄来的？"

"这你就不要问了，我刚刚到手。"麻三贵得意的神色溢于言表，他指着字画说："你给我看看是真的还是假的就行了。"

爱画如命的乾隆耐不住了，急急走向书房的的门，敲了起来。麻三贵开了门，不耐烦地挥手道：

"去去去，宴庆还没开始，前面去，前面去！"

乾隆指了下里边说："我找冬心先生。"

金农一见是乾隆，连忙介绍说："大人，这是我的好友，京都的德隆先生。他也是一个鉴赏大家啊。"

"哦？"麻三贵连忙露出了笑脸："是外地客，来来来，也一并帮着看看我弄来的新物件。"

此言正中乾隆下怀，稍事寒暄，随金农、麻三贵来到书案前。麻三贵重新展开画轴。

画轴上有题诗：

> 秋来纨扇合收藏，
> 何事佳人重感伤。
> 请把世情详细看，
> 大都谁不逐炎凉。

金农读完诗，说道："短短二十八个字，道尽了一个红尘女子行世悲怆的凄凉，言到意尽，言到意尽啊。看这诗，是唐伯虎的。"

麻三贵急促地问："那画子呢，当然就是唐伯虎的！"

金农神秘地笑了一下："叫我怎么说呢？……"

麻三贵急得脸通红："嗨咿，是真的是假的，你说一声不就行了吗。"

"假的，这是假的。"金农不疼不痒地笑道。

乾隆急道："哎，这怎么是假的呢？"

金农拦住了乾隆不给他往下说："好好好，你就别多说了。我说个道理，麻大人就信了。唐伯虎作这幅图，那是明正德年间的事。烟花三月，唐伯虎和他的好友张灵乔扮乞丐游虎丘山时与南昌名伎崔莹邂逅，张灵与崔莹一见钟情。崔莹回到南昌以后，张灵为她思念疾亡。崔莹听说以后，风尘千里找到唐伯虎，在张灵的墓前，她读着张灵的诗稿，喊着张灵的名字放声痛哭，唐伯虎不忍卒听，只得徘徊于田野间，等他回到墓前，崔莹已经自缢了。他感慨至极，画下了这幅《秋风纨扇图》。"

对风流野史极富鉴赏品位的乾隆听到这里，情不自禁地鼓起掌，细细品味着其中的韵味说："好，好啊。好一对纯情男女……"突然他想起了什么，"那你怎么说这幅画子是假的呢？你看这落款，还有这钤印。"

"问题就在钤印上。"金农让乾隆搅得没法子，只好胡诌道："德公子你有所不知，我读过唐伯虎的一本自传，里边说到他作画钤印的事。在这个时期，唐伯虎并没有启用'江南第一风流才子'的钤印，这幅伪作虽然摹仿得逼真，但作伪者并不知道这一点，他失手了。"

乾隆也让金农说糊涂了，麻三贵看着乾隆，正巧此时乾隆糊里糊涂地点着头。

乾隆不放过金农，道："我看，他的用笔还有用墨……"

金农生怕他又冒出个什么难题来，连忙打断道："这些都好办，不信的话，我就可以现场临摹一个局部给你们看。"

"哦？"乾隆来了兴趣："那你作给我看看。"

屋子外，吴子坤匆匆来到书房，喊道："麻大人，麻大人，怎么搞的,客人们都到齐了,都等你,你怎么躲在书房里不出来了!"

麻三贵开了一个门缝,将脑袋伸出半个来,陪笑道:"你就帮着张罗下,我这就来!"说完头缩了回去,门又关上了。

吴子坤嘀咕着:"搞什么鬼名堂!"看了一眼在一边议论的允禧他们,走了。

屋子里,金农临摹出《秋风纨扇图》的一个局部,乾隆观之击掌言道:"金大师真不愧为大师,像,酷像!"

这一说像不要紧,那边麻三贵彻底泄了气叹道:"这么说,这幅东西是假的啰?"

"大人你说呢?"金农不再多说。"这画是谁拿来骗你的?"

"赖开运,他扣了人家的货,人家就拿这东西来抵押。"麻三贵给自己撑脸道,"赖开运想拿这种东西来送贺礼,哼,他看错人了,这张画子即便就是真的,廉政拒贿,本官也是要退走的!"

"如果这幅唐伯虎的失传大作是真品,你会退?"乾隆盯着问道。

"那还有假?"麻三贵头颅拧直了说。"你在扬州地面问问,我麻三贵是什么人?钦差凌枢大人拿走我的失传唐代巨砚,我眼睛眨过没有?就冲这皇上送了我扬州知府的头衔。"

金农憋不住笑了开来。

乾隆气得直咬牙,心里骂道:"这个专吃猪头肉的大草包!"脸上却漾着不疼不痒的笑意应和着:"哦,哦哦。"

5

赖开运呆站在花厅前等候着麻三贵的奖赏,没想到麻三贵气冲冲地将字画扔给了他,挥舞着手,令家人将他赶走了,乾隆与金农远远地看着这一幕,两人对视一下笑了。

乾隆疑心地问金农:"那张字画是真还是假?"

"德公子是好眼力,那是真的。"金农笑道,"我要是断了那是真的，人家祖传的物件就要成了麻三贵的囊中之物了，这不是明火执杖地活抢吗？"

"嗯。"乾隆恍然大悟，点了点头说："好，好啊，你做了一件难得的大善事。"

"这些家伙搜刮得太多了。"金农不无得意地说，"只要找到我，我绝对不会让他们得便宜。"

俩人笑说间，大厅那边鼓乐骤起，客人全齐了。麻三贵小步跑来，拉着乾隆一道进了大堂。

大堂正中，一字儿排开大红绸布蒙着的画案，四个姿色俱佳的歌伎扮成的女侍站立在旁边，显得气派非常。

麻三贵进得大堂中央，拱手作揖道："各位，现在本官给大家引见一位新客人，他就是从京都来我麻家作客的皇家大商家德隆公子！"麻三贵这种人，别的本事没有，拉虎皮作大旗给自己撑脸面，那是他的拿手好戏。

乾隆气度非凡地进场与众人拱手相见。听说是京都来的皇家大商人，所有的人新鲜地伸长了颈脖，又是鼓掌，又是交头接耳，兴奋异常。

一位女侍端了椅子给乾隆在画案前落座。允禧看呆了，私下与安宁道："主子真有一套。"遂领着众人挤到乾隆的身后去。

麻三贵接着说："承蒙各位豪绅、文人雅客用力捧场，三贵老母七十大寿贺庆现在开始！"

麻母被搀扶了进来，上座落了座。

掌声中，有人大声地发问道："麻大人，听说有人献了失传的唐伯虎名画给老太太作寿礼，也拿出来让我们饱饱眼福啊！"

麻三贵止住闹哄哄的声音道："本官为政清廉，这是国宝，麻某怎能中饱私囊呢？！我已经打发人退回去了！"

在场的人有谁会相信他的那一套鬼话呢，明知道是人前鬼话，但还是一个个张着大嘴，喷涌着满嘴的誉词美言，生怕说迟了一步。

乾隆与允禧笑说：“这个麻三贵真有能耐，嘴巴和屁股眼倒了个个儿……”

允禧悄悄问乾隆：“主子，刚才你在书房看了什么新鲜，闹那么久？”

乾隆给了他一个眼色，示意他看前面。

麻三贵给老母叩首道：“娘，为了给您老人家作七十大寿，孝儿给您请来了扬州最最出名的大画师，现场给您献画！”

麻母有些耳背，说话的嗓子特别的大：“三贵啊，刚才你给娘说了，有幅唐伯虎的画子献给我，画子呢？”

麻三贵为掩盖其丑，无可奈何地说：“妈，你就别问那么多了行不行？我请人现场画给您画还不行吗？”

“不！”麻母就死活要那幅唐伯虎的画子，“我要唐伯虎，我要唐伯虎！别的我不要！”

众人笑哄了起来，有人喊道：“对，唐伯虎好，老太太是秋香来世投的胎！”众人大笑了起来。

麻三贵哄了老太太，又转过身来对全场的客人无奈地笑着说：“老糊涂了，嘿嘿，跟小孩子一个样，一个样。”

满堂的客人笑弯了腰，他们中有的是善意的，有的是开心的，有的是讥嘲的，也有的是泄忿的，不一而足。

金农、黄慎、高翔、汪士慎带着笑意大大咧咧走进场子，艺伎们掀开了画案上的大红布，为画师们摊开纸张，执墨研墨。

黄慎现场画出了《东方朔上寿图》，图中东方朔脸型酷像麻三贵，手中捧着一盘寿桃；画中央端坐着一老媪，脸型酷似麻三贵老母。麻母见之，乐得嘴都合不拢了，说：“这个好，这个好！这就是唐伯虎的吧？！”

“对，这就是唐伯虎画的！”麻三贵哄着说。“你别急，马上要在上面写贺寿诗。”

麻母道:"好,好呀,快写!"老人家今天开心,她明白这种场合她为中心,兴奋得不能自己,说起话来随心所欲不关口。

"冬心乃扬州大名士,请金冬心为画子作上贺诗,如何?"黄慎道。

麻三贵好生高兴,道:"黄先生原是本官家中的教书先生,久不登门,已是画名大增;若讨得金大师墨宝,黄画金题,着黄金之意,天合,天合之作啊!"

"黄金好,黄金好,就要黄金了!"麻母跟着大声说道。

"我,我作不好啊,嘿嘿,难为我了。"金农实在不愿为堂上这个丑老妇留下笔墨。

麻三贵拿起笔硬塞到金农的手上,笑道:"金师傅你不要蹩眉,你的诗才谁人不知?成诗必惊人,有创新之意。来来来,不必过谦啰。"

"既然如此,金农也就冒昧放肆了。"说完喝干了手中的酒,稍思笑道,"写了?"

"写啊写啊!"众人屏息观之。见大人们如此热闹,调皮的大龙、小龙、小凤挤过人群围了上来。

金农在画上写上了诗句:

这个老妪不是人

全场惊呆,就连懂诗善吟的乾隆也不知道此时此地金农为何作出这样的诗句了。

小凤歪着小脑袋念着白字道:"这个老妪不是人。爹,老区是个什么东西?"

"去你的!"麻三贵拍了小凤一巴掌,他的脸拉着,对金农嗫嚅道:"哎,哎……金师傅,你这……这是……"

乾隆知道今天有了好戏,揶揄地说道:"哎咿,麻大人,金师傅既然书之,总是有他的道理,这就叫语不惊人誓不休嘛,下面的一定……"

乾隆的话音未落，金农已落笔写下了第二句：

养个儿子会做贼

小龙傻傻地说了句："阿奶的儿子就是我爹爹。阿奶是不是？"

麻母没等麻三贵反应发生了什么事，惨叫一声倒了下去。

第一句与第二句合起来，将麻家母子骂得狗血喷头，可谓前无古人，后无来者了。

全场乱套，真是哭的哭，笑的笑。

麻三贵气急败坏地大叫道："来人啦，把这，把这个恶人给我抓起来！"

麻府的打手一拥而上，将金农反缚了起来。金农笑道："德隆兄，这是你让我写的。你看，我还没写完呢，就待我这样了，你说说这是公道还是不公道？"

"德，德公子，你说说此事该如何了断？"黄慎急了眼，不知如何办好了。

"我说麻大人，金师傅既为麻老夫人而来，我想他总不该是存心来与麻大人过不去的。我看，还是让他把诗句写完了再作定论为好。你看呢？"乾隆不紧不慢地说道。

"哼！今天我麻某看在皇家人的面子上，开怀放量。"麻三贵咬牙切齿地说，"放了他，我要看看你金大师怎么收这个场！"

金农揉捏着被弄痛的手腕，一面说着："你们也太狠了，想把我的手拧断是不是？对不起，这字儿没法写好了，将就一点了。"

说着在第一句"这个老姬不是人"之后填上了一句新句：

天上仙女下凡尘

众人惊色，竟然一时没了反应。

"好，妙！"乾隆轻轻地，由衷地说道，继而大声道："妙啊，妙笔生花，变枯为荣！好一个老姬不是人，又好一个仙女下凡尘！"说着鼓起了掌。

大龙快活地叫了起来："我奶奶是仙女，是仙女！"

举座为乾隆之赞语而鼓动舌簧。麻三贵整个人傻了，在众人的捧说下，他只顾嘿嘿地笑着。

"冬心先生，第一句你是天衣合了缝，你这第三句如何作合啊？"乾隆感兴趣地问道。

在场的人无不为之新奇，都想知道个结局，七嘴八舌了起来："是啊，怎么个结局？""人和仙能合，贼又和什么合呢？"

"这个'贼'就难圆场啰！"

"别说啊，人家不是在琢磨嘛！"

黄慎与金农说着什么，金农似乎并没有应他，不作声气地举笔在砚池里舔着墨。

金农笑道："黄兄，我要是不写好这一句，坐牢事小，只可惜了你的一张大作。"

金农说完，提笔在第三句"养个儿子会做贼"的后面添上了这么一句"偷得仙桃献母亲"

于是全诗遂成了：

> 这个老妪不是人，
> 天上仙女下凡尘。
> 养个儿子会做贼，
> 偷得仙桃献母亲。

"好！"全场哗然。乾隆惊叹至服，轻言意重地说道："心裁别出，蹊径独辟，言到意尽，真可谓绝笔千古啊！"

"德公子过奖过奖了，金某为了讨碗喜酒喝，差点没进班房，你就别笑话了。"金农笑道。

乾隆转身对麻三贵道："看到没有，看了这首诗，我都想去得道成仙作贼了！"

听了乾隆这诙谐的打趣，在场的人无不哈哈大笑。

麻三贵惊喜交加，拿着画子闯开众人，大声地喊着："妈，妈——"原来只顾看金农写诗去了，早把麻母闲搁在一边，此时她已昏厥在那儿。

"妈，妈，你是怎么啦？"麻三贵摇晃着母亲。三个孩子也跟着上去摇晃着。"奶奶，奶奶……""阿奶，阿奶……"

麻母终于给摇晃醒了，麻三贵喜滋滋地道："妈，诗写好了，写好了，我念给你老人家听听。"

麻母强撑着眼皮看了下画子。

麻三贵拿着画子给他的母亲看，一边念一边说："这个老妪不是人，天上仙女下凡尘。你不是人，是天上的仙女，懂不懂？养个儿子会做贼，偷得仙桃献母亲。儿子是个贼，偷来仙桃孝顺您老人家。这诗这画就是画的我们母子俩，写的我们母子俩。太好了！"

麻母有气无力地笑说："好是好，就是我受不了。"说完就头一歪，倒了下去……

乾隆与允禧无声地笑了。

金农、黄慎等人捂住了欲笑不能的嘴。

第二十一章

1

天刚朦朦亮，睡梦中的金农给一阵敲门声闹醒了。打开门一看，却是刚刚认识的"德隆"公子和他的管家"阿喜"，他揉着惺忪的双眼说："嗯，是你们？"

"就让我们站在门口？"乾隆笑道。

金农醒了神："啊，请请。"说着打了个深深的哈欠。

"跟你说笑的，我们不进了。"乾隆道，"你这个地方真是难找，我们整整找了一宿。"

"有什么急事吗？"

"说急也急，说不急也不急。"乾隆注意到了金农的衣着，关切地说："你快去加点衣服，跟我们走，路上说好吗？"

看样子象是有什么急事，金农不好意思怠慢，随便披了件衣服就和乾隆他们出了门。

凌晨的街市，空空荡荡，出早铺的在利索地下着门板，门板的"吱呀"声在静寂的街面上传得格外的远。

金农领着乾隆、允禧从街那头走过来，他们的身后零零星星出现了扮成乞丐、行人的护卫们。

原来这个神经兮兮的德隆公子一早搞醒金农还是为了昨天的那幅唐伯虎的字画，他说他想了老半天，觉得不把它买下来，过了这村没有那个店，可惜。于是一夜都在找他金农，直到天亮，金农听了好生感动，天下竟有这般珍爱字画的。别说一早搅了他的好梦，为这种识得真货的友人就是去死又何妨？

允禧担心地说："金师傅，这画子不会让什么人搞走啵？"

"不会。在扬州这块地盘上，只要是听说我金农鉴定过的伪作，谁还敢买？"金农的语气十分自信，说完他怨怪地对乾隆说："德隆公子，不是我说你，你也显得太生份了。那张字画你想要，说一声，昨天我就设法给你留下了，反正你是用钱买人家的，又不是象麻三贵这号人，要了不给钱。"

"一开始人家是和赵胖子谈生意的，我要是插一杠子，显得不地道啊。"乾隆知情达礼地说。

"那是你不会作生意了。"金农道，"赵胖子出三千，你出三千五不就抢过来了吗？"

乾隆开心地笑了："你说的也是。"

金农笑道："亏你还是个作商人的。"

允禧怕乾隆说下去会露馅，连忙补话道："我们家公子哪会作什么生意，生意上的事，不就是靠我这个管家吗？"

金农畅意地说："昨天我作鉴定，你乱插嘴，差点露了馅，让我好着急。落到谁的手里，也不能落在麻三贵的手里。"

乾隆不解地问："这话有什么说道？"

"当然有，你知道这个无赖是凭什么爬到知府的位置上来的吗？"金农气愤地说道，"靠行贿捐了个通判，又用扬州府的官银买了失传的巨砚行贿给钦差。为这事，整个扬州城闹翻了天。郑板桥写词文讽刺吏治腐败，还给弄到京城里去了。皇上不知道究里，以为巨砚是贡物，奖赏麻三贵作了知府。皇上珍爱稀世珍宝，却让这个蠢材沾了巧。"

"哦，这里边还有这么多的故事……"乾隆自吁，没往下多说。

金农浅浅笑了一下，说："皇上说是要南巡，我看也是走走看看，那些个朝廷命臣一个个把他糊得团团转，他还蒙在鼓里。"瞥见允禧蹙起的眉头，金农打住了话头，"我说得太多了。"

"不多不多，我听得有滋有味。"乾隆兴趣上来了，"唐伯虎的画到了他手里，你说会怎么样？"

"怎么样。"金农浅浅地笑了一下，"看来你是不懂，贪官，什么叫贪官？贪到手了，他再送上去，皇上一高兴，再给他官加一级。到那时候，受害的就不是一个扬州了，那就是一个省了。"

"金先生是个明眼人哪！就是说话直率了些。"乾隆心下赞许金农说的在理，但不便多表态，掩饰地打了个哈哈道："那是官场上的事，我们不多说了。南码头还有多远？"

金农指了下前面说："哟，说说就到了。喏，过了那个小亭子，拐个弯就是。"

金农领着乾隆来到南码头时，瘦豇豆的货船上下灯火通明，人声鼎沸，似乎他的货物已出手，杂工们从船上将他的货物搬运到岸上。

赵胖子咋咋乎乎地指挥着停放地点："对，对，就放这儿。哎，哎哎，那边放正啊！过来过来，放这儿！"

瘦豇豆哭丧着脸埋着头蹲在江岸边上，显得孤零零的。乾隆走过来，一眼就看见了瘦豇豆，低声对金农说："就是他，在那儿！"

金农走近瘦豇豆："哎，老板，你好啊！"

瘦豇豆缓缓地抬起头，一副苦脸："我好什么？货给人家抢了，哎……"

乾隆诧异地问："怎么回事？"

"税金缴不起，只好低价盘给赵胖子了。"瘦豇豆没精打彩地说，"你找我干什么，那张画子就是你一句话，没人要了。"

乾隆急急地说："字画还在？！"

"在，你想要，五十两银子拿去。"瘦豇豆说。

乾隆急不可待地说："在哪，快快领我去！"

"在船上，你跟我来吧。"瘦豇豆说着起了身。

货船上货物已下完，显得空荡荡的。乾隆他们随瘦豇豆进了船舱。瘦豇豆从床头的一只木箱子里拿出了那幅画子交给了乾隆，乾隆展开一看，长长地舒出了口气。接着收起了画轴，对允禧示意了下，允禧掏出一张银票给了瘦豇豆。

"这是我们家主子给你的，你收好了。"允禧交代说。

"不就五十两吗，有什么收不收的……"瘦豇豆拿到银票话没说完，眼珠瞪直了。

乾隆说："四千两，少不少？"

瘦豇豆扑通给乾隆跪了下来，泪水刹时就下来了，语不成声地说："大，大恩人……你，你们是哪方的菩萨？……"他的头往地上捣蒜似的上下来了五、六趟。突然，他不顾乾隆这些人，发疯似的奔出了舱外。

乾隆给弄懵了："他怎么啦？"

"德公子，你救了他的命了。"金农笑道。"没想到你出手真大方啊。"

瘦豇豆从跳板上摇摇晃晃跑下来，一面高声地喊道："胖子，胖子，你停停，停停！"赵胖子惊异间问："豇豆，怎么啦？"

瘦豇豆气喘吁吁地道："货，货不卖了，我，我有钱了！"

"你发了什么神经！"赵胖子讥讽地笑道，"你缠我买下这批货，现在你又从哪冒出来的钱？"

"我，我的唐伯虎，我的唐伯虎有人要了！"瘦豇豆激动得语无伦次。

"什么?!"赵胖子几乎不相信自己的耳朵，"你那幅假画卖掉啦！"

"对。对呀！"瘦豇豆道。

"哎呀，豇豆啊豇豆，你不要说翻脸就翻脸啊。"赵胖子蛮不讲理地翻了脸，"你的字画骗卖给谁我不问,这货,我可是买定了！"

"我不卖了还不行吗？"

"不卖也得卖。我买定了！"

跟过来的乾隆看不过眼，说了话："哎，我说这就是你的不对了，人家的东西不愿卖了，你不能强着人家卖啊。"

赵胖子这时看见了乾隆，明白了："啊，原来是你们在捣鬼啊！金师傅，字画是假的，这是你说的，你们骗了麻大人，又私下来收买，我要到麻大人那儿去把你们告了！"

瘦豇豆掏出一张银票来，说道："胖子，闲话少说，这是你给我的钱，现在一分不少还给你，我俩一清二楚了。"

"没么容易！"赵胖子推了瘦豇豆一把，将眼一横，凶狠地道，"别忘了，这是扬州的地盘，你得问问我的弟兄答不答应。"赵胖子这边说着，那边他带来的杂工们已经围了上来。

"看不出来，你还真横啊！"乾隆笑道。

赵胖子咬牙切齿地道："知道就好，今天爷爷连你一道教训了。来呀，上！"

杂工们冲了上来，一场混战。赵胖子哪里知道，朝廷内务府的刑捕高手都在人群里呢！不消一袋烟的功夫，他的人全给打爬在地上了。

乾隆的脚踏在赵胖子的脑门上，浅浅地笑道："说，退不退货?！"

"退，退。"赵胖子歪着脖子说，"小的听爷爷的。"

乾隆掉头领人走了。

赵胖子抹了下嘴角的血迹，不解地望着乾隆走去的方向道："妈的，刚刚没见着一根毛影子，怎么一下子冒出这么多的人来，撞着神仙了?"

2

乾隆买下了唐伯虎的名画，心境格外的舒展，提出要往大明寺一游，金农只得陪同前往。乾隆笃信佛事，名画得手，天意所成，更有大明寺方圆闻名，理当还愿朝拜。一路穿行，天宁寺、真武庙、火星寺、昙花庵、准提庵、小司徒庙、九莲庵相联作伍，梵宇中间小径通幽，林木蔟拥，钟鼓声、诵经声隐隐传来，更增添了一份佛家圣地的肃穆。

或许是到了佛地，乾隆猛丁想起了画僧石涛，关切地问道："石涛的画作现在难得一见，他好吗？。"

"大师年逾七十时手臂有疾，不便提拿物件，就辍笔荒耕了。"金农说。

乾隆感慨万分："他是一个不甘落伍的人哪！到这时候，也服了命了。"

"人走到尽处，就什么都放得下了。"金农接着反问道，"德公子，你说呢？"

"那是那是。"乾隆于雍正十三年归依佛门，是个地道的佛家居士，你说他什么不懂？"无而生有，无为而无不为。更何况大师根深叶茂，一代宗师呢？"

金农闻之，诧异地看了乾隆一眼："闻德公子所言，你不像个做生意的商家啊？"

"不像？那像什么？"乾隆打着哈哈遮掩了过去。

"冬心——"黄慎从他们身后追上来。

"黄老瓢，什么事这么急？！"金农问道。

黄慎抹了把满头的汗水，"我满城找你，你跑到哪去了！石涛大师快不行了……"

"啊！"金农大惊失色。

一行人掉回头，匆匆赶到天宁寺附近的大涤堂，此时石涛大师卧病在床。高翔、汪士慎跪在石涛的病榻前聆听石涛谈画论人。金农、黄慎、乾隆、允禧先后悄悄地走了进来，金农拿着唐伯虎的画轴《秋风纨扇图》欲上前说什么，被乾隆用手势拦住了。

石涛问起了给麻三贵老母作寿图的事。

"听小僧们回来说,你们几个给麻三贵家老太太画了寿庆图?"

高翔小声地说:"那是被逼得没法子。不过,我们也不会让他白沾了便宜。"

石涛告诫道:"画名重要,人名更重要。为好人解难,积善积德;为歹人作兴,天理不容。不要失了笔啊……"

高翔说:"师傅你放心,我们会谨记的。"

见石涛缓气没言语,金农将唐伯虎的画作递给高翔,高翔明白,展开了图给石涛看。

"师傅,这幅图你还能看出是谁的吗?"

石涛微闭的眼亮了起来:"这是从哪弄来的?失传二百多年了……正德初年,唐伯虎画完它,就被江西宁王朱宸濠弄到南昌去了。宁王谋反,唐伯虎出走,这幅画子从此失踪……"

金农与乾隆、允禧对视,乾隆满意地点了点头。

高翔说:"师傅,你看这是真迹吧?"

石涛看了他一眼道:"要不,老衲费这份口舌做什?"接着他缓了一口气,问:"板桥他没来?"

高翔说:"板桥的小儿得天花过世,他回乡下安顿去了。"

"哎,旦夕祸福啊……"石涛轻言叹说:"他今年要去京都赶考,老衲恐怕是送他不得了……"话没说完就晕了过去。

在场的人抚摸的抚摸,呼喊的呼喊。一阵轻轻的佛乐、唱经声从天宁寺那边隐隐传过来,给人一种不祥的预感。

石涛睁开了眼,气力不接地说:"跟他说,万事不可太要强……你们也一样……他表妹那件事,老衲为他着想……将慧智移送到外地去了,迄今于心不安……你们,任何时候不要言称与老衲有何瓜葛……老衲……是前明皇室亲族……带累你们……死不瞑目啊……"说着说着他静静地合上了眼。

众人惊而无语。乾隆与允禧对视了一下,没说什么。

高翔静静地说:"先生归西了……"

得知石涛大师的噩耗,板桥一边服侍因失子而卧病在床的郑郭氏,一边心绪不安地抓三丢四。

细心的郑郭氏看出了其中的蹊跷,从病榻上往起挣了挣,缓声地说道:"板桥,看你心神不宁的样子,好象有什么事瞒着我?"

板桥长叹了一口气说:"我实在不忍心跟你说。"

"有事就别放在心里。"郑郭氏道,"是不是扬州那边要找你?"

板桥沉痛地道:"石涛师傅走了……"

"啊!"郑郭氏惊讶地睁大了眼,"这么大的事,你还闷在心里不说。你赶紧去啊!"

板桥快步到了床跟前,半蹲半扶,疚意万分地说:"淳儿刚走,你又病倒了,我怎么忍心……"

"你真糊涂。"郑郭氏痛苦地说,"现在家里就剩我一个人了,有什么不好打发?去吧!"说着推了板桥一把。

板桥往门口走了一半,回身道,"我让家侄过来陪你,你的病好了,就让他把你送到城里来。"

郑郭氏感激地说:"你去吧,我会张罗的。"

板桥马不停蹄从兴化赶到扬州城,找到高翔,请他作陪来到野外石涛的新坟,亲手将摇拽飘拂的招魂幡轻轻插在坟头上。看着哗哗作响,仿佛人语的招魂幡,板桥哭了:

"先生,我来晚了,都怪我不好。您安息吧,您的心思板桥知道,板桥不会再惹事了,作安份事,做安份人。您安心地去吧,先生。"

说完他趴在地上叩了三个响头。

高翔轻声道:"先生临终还在说,那件事他说了你,到死都于心不安。"

板桥知晓那是指的王一姐的事，泪水盈上了眼眶，"不，若不是先生一席话，我会沉溺酒色，贻误终生。先生……"他发自内心深处地轻唤了一声，头颅再次深深地叩到了地上……

3

石涛的后事操办的很简单，按佛家的礼规办理的。乾隆以佛家居士的身份捐赠给超度法事的大明寺五千两白银，寄崇敬之意。人生云烟，拂之即逝；干戈之怨，化之即了。就石涛抑郁之怀，乾隆不免唏嘘一番，过后也就淡忘了。细心的允禧有心让乾隆从纷繁的闹事中摆脱出来，有意安排了瘦西湖游事。

画舫是临时租来的。一般的画舫长一丈多，宽约六尺，只有船头、船尾和一个中舱。而这只画舫足有二丈多长，宽约八尺，除了中舱还带了一个后舱。中舱内摆有一张八仙桌，四张藤圈椅，游人可以在船上打麻将，也可以品茗。船上备有茶叶、炊壶、茶具，还有花生米、瓜子、点心碟儿。船头船舱里另放有四张躺椅，顺边躺下，可共赏湖光水色，也可对面而躺，促膝谈心，恬静怡然。

紧挨着码头，是一条曲折迂回的茅顶水榭，半在陆上，半在水中。长长的水榭临湖开窗，隐约可见榭内坐了不少的人，凭栏品茗听曲。悠扬的丝竹声，还有男男女女的歌声曲声。

画舫停靠在码头边，船头有歌伎轻弹着古琴，幽雅舒展的琴声从她纤巧的柔指间淌出来。

掌桨的船姑娘顾水仙上身着大红印花褂，下身穿藏青细纺布裤，围一条白色绣花围裙，脚蹬绣花直贡呢单鞋，皮肤皙白，眉清目秀，额头上刘海齐眉，一条长长的独辫子拖在胸前，辫梢子用西洋红头绳结扎，顶发两边用赛璐璐半圆软梳别着，梳背上发根内别了一排红黄间杂的小绒花，人显得格外的清秀。

乾隆与顾水仙说着话，被她的美貌所倾倒，看着人家凝脂般的玉颈纤胸，目光竟然收不回来。

允禧走近前唤道："主子。"

"嗯，金农他们来了？"乾隆道，眼光没怎么收回来。

"没来。"允禧见乾隆心思还在撑船女身上，暗自笑了，说："主子，外面风大，进舱吧？"

"啊，不。"乾隆道，"风大好，湖光山色在外面看，一览无余。姑娘你接着说，这船是你家的吗？"

"哪里，我只是个帮工。"顾水仙道，那只丹凤眼朝乾隆挑了一下，笑道，"老爷问这么多干什么？"

"嗬嗬，我感兴趣的都想知道。"乾隆说着伸手到了顾水仙的后脑勺上，"别动，绒花插歪了。"他的手指有意无意地触摸了一下人家的颈脖。

顾水仙嗤嗤笑道："老爷真是个……"

"真是个什么？"乾隆盯着人家问。

顾水仙不好意思地低下了头，"不说了……"

乾隆看着姑娘羞涩的娇姿，动情地说道："人都说扬州美，确实是美，山美水美人更美啊。"

"主子，金农他们来啦。"允禧从舱里出来，指着岸上说。

湖岸上，金农匆匆往画舫这边走来。

乾隆收回目光，对允禧吩咐说："管家，给姑娘十两赏银。"

允禧看了一眼乾隆，没多说，取了一锭银子给了顾水仙。

顾水仙作礼道："谢老爷。"

乾隆笑道："回家买个玉梳子别在后发梢上，人就更美了。"说完往船头迎金农，回头望姑娘笑了一下。

允禧暗自好笑，便说："主子，天底下什么力量最大？"

乾隆不假思索地说："水。水能载船，也能翻船。"

允禧笑了："似也不似。"

乾隆反问道："那你就说说'不似'吧。"

允禧诡黠地笑了一下道："下人以为是'女人'。"

"女人？"乾隆不解其意，"何以见得？"

允禧回头看了撑船的顾水仙，神秘地说道："嘿嘿，女人能把龙眼锁住，女人能把龙颈子扭弯啊。"

乾隆悟了过来，"你好大胆子……竟敢戏弄主子。"

允禧笑道："佛偈道：'色即是空，空即是色'，空对空，何苦来哉。"

正说着，金农与汪士慎、黄慎上得画舫，见到乾隆作揖连连道歉道："我等家宅离此甚远，来晚了，请仁兄多多鉴宥。"

乾隆惊道："你们是走来的？"

"是啊。"金农笑道，"乘轿舒服，可那是我们两天的饭钱哪！"

"哦？几位师傅真是会过日子啊。"画师们这般贫穷，这是他乾隆万万没有想到的。乾隆心下暗惊之余，不露声色地打着哈哈道，"请请请。哎，还有一个高翔呢？"

"我去找了，他家铁将军把门。等不及了，算了吧。"黄慎说。

没等到高翔，画舫往瘦西湖莲花桥漫游而去。几盅酒下肚，在西园曲水长大的金农怀古之情大发，说道：

"德隆兄弟，看见那城角和它对面的小土丘了吗？那土丘叫扫垢山。清兵攻打扬州时，明将史可法在这儿守城，多铎亲王在扫垢山上架炮，轰踢了城墙，冲入城里，史可法在小东门被乱军杀死。多铎亲王佩服史可法的多智骁勇，派人将他的衣冠葬在梅花书院内，这就是有名的扬州史可法衣冠冢。"

乾隆闻之点了点头。

这时，板桥与高翔从瘦西湖的河岸上经过，突然他看见了什么……

画舫上，金农与乾隆说着什么，他们身边站着允禧，还有汪士慎和黄老瓢。看见乾隆，板桥大吃一惊，脑海里浮现出皇上当堂审案的画面来。

高翔问："怎么啦？"

板桥喃喃而语："皇上到扬州了。你看……"

高翔顺着板桥的视线看去,画舫上的金农正与乾隆说笑着,高翔"嗨"了一声,笑道:"你发什么神经? 那是京都来的商人,麻三贵家闹寿庆我们还在一起呢。"

"哎呀,你们都上当了。皇上亲自审过我的案子,看到吧,站在他身边的那个,就是我的好友,慎亲王允禧啊! 我们在一起饮酒作诗,无话不说,就算皇上我看走了眼,慎亲王我不会认错啊!"板桥急得没了章法。

见板桥如此认真,高翔相信了。"那,那如何是好啊? 金农他几个不知究里,和他搅在一起,迟早要惹事。"

"不就是这么说吗。"板桥道:"皇上微服出访,他金农一个大炮筒子,什么牢骚话他都敢说,弄不好在皇上面前犯了什么大忌,岂不是死路一条?"

高翔着急地说:"那怎,怎么办?"

"怎么办,只有想法子把他们从皇上身边搞走。"板桥说,"你呢,到画舫去……"

"啊! 让我去?"高翔胆怯地瞪大了眼睛。

"不是你去还是我去?"板桥明白高翔的心境,安慰道:"别怕,他皇上也是人,你装得跟没事一样不就是了吗?"

板桥说完推了高翔一把,说:"去啊!"

说着把高翔推出树丛,他害怕地又钻回树丛。板桥急了眼道:"你想干什么? 丢下冬心他几个兄弟不管不问了?"

"你别说了,我去还不行吗? 就当我不知道这回事……"高翔壮了壮胆,讪讪地走了。

见岸上高翔姗姗来迟,金农大声嚷了起来:"阿翔,你跑哪去了? 就等你一个人。"

画舫靠了岸,高翔上船,心神不宁地看了眼乾隆。

乾隆说:"就你一个人难请,来来来,罚酒三杯!"

高翔不敢多说什么，"罚罚罚，我认了。"他的膝盖是软的，傻乎乎地只知喝，他在壮胆呢。

黄慎笑他那蠢样，说："阿翔，你跑到哪儿去了，我找你找的好苦。"

高翔知道了乾隆的底细，愈发不敢正眼看他，结结巴巴地对乾隆身边的金农说："冬心，我，我跟你说件事……"

金农刚要起身走，被乾隆一把拉住了，问道："什么事当着我的面不好说？"

"就是。"金农应声道，"有什么事你就说吧。德隆公子又不是外人。"

"高先生，你的脸色不大好，遇到什么不愉快的事了？"乾隆体谅地说。

"啊，不不不。"高翔紧张得额头上出了汗，"我遇到一个好友，他的一幅字急于脱手，让我找冬心鉴定。"

乾隆乐道："我当是什么大事呢，难得把你们请来玩玩，这事以后再办。"说着对允禧说，"管家，让船姑娘开船吧。"

允禧应道："是。"

高翔去了没动静，竟然画舫开走了，急得板桥在树丛边连连趑步，一边骂骂咧咧："这个没用的阿翔，真是半个和尚拉得起放不下！"

远处树下，走来一位老者，他扛着一根钓鱼杆，竿头上晃悠着一个精致的小鱼篓。板桥的眼睛一亮，朝老者奔去。

"老人家，求你帮个忙行不行？……"

"新鲜，我能帮你什么忙？"

"你随我来，我跟你说……"

板桥说着将老人拽到一丛灌木后面去了。不一会，板桥着了老者的装束晃悠着尾随画舫而去。

此时，乾隆一行在船舱里品评着维扬小吃，画舫船头弹琴女柔软的纤手下流淌出清雅淡悠的扬州道情。高翔坐在乾隆身边如扎针芒。平心而论，不能把哥几个拽下船，怪罪不得高翔，人家花钱费时请了你，你不明不白地就开溜，这算什么事？更何况乾隆是什么角色，什么事能逃得过他的那双眼，闹不好，小事成大事，更糟。

这时，传来了板桥的唱诗声（扬州道情调）："青山隐隐人寒冬，秋尽风冷草凋心……"

扛着渔具的板桥戴着一顶花了边的破草帽远远地随着画舫，一边走一边唱道："……二十四桥月人房（谐音"防"）何处吹箫寻玉人。"

乾隆已经注意到了岸边的歌声，好不奇怪地自语道："'青山隐隐水迢迢，秋尽江南草未凋。二十四桥明月夜，玉人何处教吹箫。'"他情不自禁地回头问金农道："唐代大诗人杜牧的诗章，这个钓鱼人为什么这样改来唱？有什么说道吗？"

金农没注意岸边的歌声，很随意地说："啊，他唱的是扬州道情，在我们扬州这地方，稍有些墨水的人都会这一手，也是抒发胸怀吧。"

乾隆闹明白缘由，觉得这种表达方法十分的别致，有斯文气，感慨地说道："到底是文化古城啊，连垂钓的人都这么有斯文气。有趣，有趣啊。"

大伙开怀笑了起来。

高翔给金农示眼色，金农没反应。汪士慎注意到了高翔的神色，给黄慎示意。

见金农还在乾隆身边那么亲热，板桥急了，自言自语道："这几个木头瓜，怎么一个也没听出来？"

他脑袋转了下，在调门上作了处理，怪声怪调地再次唱了起来。

心细入微的汪士慎听出了什么，他悄悄拉了下座边的黄慎，示意他到一边说："阿慎，你过来下。"

黄慎随汪士慎来到船头。汪士慎说："听出岸上唱诗的人是谁了吗？好象是板桥。"

黄慎大惑不解地说："是他，这小子什么时候回的扬州，不来跟大伙照面，又在闹什么鬼呢。"

汪士慎说："你注意他唱出的诗尾，他唱的是一首隐尾诗。"

黄慎经历过画市测诗，对藏头隐尾诗似乎格外地敏感："连起来是不是'冬心防人'？"

"正是，'冬心防人'。"汪士慎琢磨着说："让冬心防谁？板桥到底什么意思，有什么话不好说，干什么装神弄鬼的？"

"板桥作事不会瞎折腾，一定有什么原因。"黄慎估猜说："高翔那模样，一准知道点什么……"

另一边，乾隆听了板桥的怪调，不免惊讶地问："他怎么怪声怪调的了，什么意思？"

"哦，这是他心绪不好。"金农说。"心绪不好，自然调门就怪异了。"

乾隆乐了，逗趣地说："嘿，这扬州的怪事真不少。你能听出他心绪不好，也是知音了。"

"冬心。"高翔着急地打短说，不能把他搞下船，看着他不说过头话也是一个样啊，"我们陪德隆公子游玩，能不能说些有诗意的东西。"

"高先生不要多言，我想听冬心兄弟说说。你接着说，你凭什么说这唱诗的渔翁心绪不好？"

船头。黄慎吩咐船姑娘说："水仙姑娘，拜托你靠下岸，我们有急事要办。"

"昏官当政，扬州迟早要家败。"金农不无讥嘲地说，"知府什么德性你也见过了，哼，当今的皇上真是有眼无珠……"

允禧连忙插嘴道："嗯，金大师，你说话要……"

乾隆暗下阻止了允禧。

"你们是皇家商人，我也不怕你们捅给皇上听……"金农负气地说。

正在这时，黄慎与汪士慎来到船舱里，听见金农的阔论，汪士慎大声地咳了一声。

乾隆惊回首。

黄慎机警地说："啊，冬心，我们叫船姑娘掉头靠岸了。"

"为什么？"

"岸上的歌声真是闹人，与德隆公子吟诗作画一点雅兴也没了。阿农，还是你上岸去说说，叫那人别再唱了。"

"就是，唱得我们的客人一点雅兴也没了。"汪士慎接腔道。

"挺好，那个渔翁唱得挺好。"乾隆说，但没有阻止更多的。

画舫再次靠近岸边。

汪士慎借机推了金农一把，说道："阿农你去呀！"

板桥已经知道金农上了岸，但他仍在唱。

金农一面说着："唉咻，钓鱼的，你能不能不唱了。"一面拉了下没理睬他的板桥。

板桥草帽下的一双大眼狡黠地笑了，金农呆了，"啊？怎么会是你？你在搞什么鬼？"

"我不这么闹腾，你能下船吗？"板桥说，"我问你，知道你陪伴的是什么人吗？"

"京都的商人啊。"金农道。

"他哪是什么商人，他是乾隆皇上！"板桥道，"你还蒙在鼓里呢！"

"啊！"金农大惊失色。

板桥说："不把你从皇上身边支开来，还不知道你会出什么事。"

4

这天一早，麻三贵府邸麻母的卧室里，出了一件稀奇古怪的事，黄慎画金农题诗的那幅《东方朔上寿图》，在晨光映射的斑驳树影中，形成一道神秘莫测的阴晕。

麻母刚刚醒来，恬静地望着挂在她对面墙上的寿图，脸上露出满足的笑意。

黄慎作画刻意留下的"润笔"渐渐显露。麻母以为自己花了眼，眨了眨眼皮。

画子上的"东方朔"脑袋成了一个马蜂窝，"老母亲"的脑袋成了一个骷髅头。

麻母睁大了眼，天！遇着鬼灵了，她的身子瑟瑟地颤抖起来。一个女侍进屋，开门带进的风将画子掀动了一下，仿佛鬼神舞蹈一般。麻母惊悸地哼唱了起来。

女侍问道："老太太，奴婢侍候您起床。"说着就要去扶她。麻母惊恐地直颤，女侍当她是摇头不愿起，便说，"您现在不起，奴婢把院子扫完了再来。"说完便走了。

女侍出门又是一阵风，那个骷髅"哗啦"抖了一下。麻母不能控制自己要去看它，却又吓得魂飞魄散，这边刚颤着手拉起被头蒙了脸。不一会，又鬼使神差般的露出一只眼。

光影在骷髅上爬动着，麻母承受不了这种折磨，嗖溜一下钻进了被子深处，蜷起身子打皮寒一般剧烈地抖动着。

麻三贵喊着"妈"推门进来，一面说："寿图送来了，我还没有看……"话没说完，惊愕地发现老太太在被子里打着颤，连忙疾步上前，摇晃着老太太问道："妈，你这是怎么啦？"

麻母颤抖着没回声，麻三贵使劲地掀开被子头，露出了麻母的脑袋，麻母哼哼叽叽嘴巴歪了怪瘆人的，她嘴角流着口水，神色呆板惨白，整个脸几乎都变了形。

麻三贵着急地扶起了老太太,一面喊着:"妈,妈这是怎么啦,你说话啊!"

麻母说不出话,惊惧地大睁着眼,看了一眼对面的墙上,脑袋耷拉着倒到麻三贵的怀里去了。

麻三贵大惊,顺着老太太刚才的视线看去,顿时呆愣了。片刻,他着了魔一般推开了怀中的老太太,鬼嚎一般惊叫着"啊鬼,啊鬼!"夺门而出。

麻三贵从老太太房中踉跄着乱步跑出来,女侍喊着"老爷,你怎么啦?"迎上去要扶他,但被麻三贵推开了,他像没头苍蝇一样跌倒了又爬起,直到撞到了回廊的大柱子上,倒下没了声音。

三姨太惊恐地见到了这一幕,好不容易醒过了神,惊叫道:"出事了,来人啦!"

一个院子的眷属、家人,大的小的呼拉拉跑了出来,一下乱成了一锅粥!

昏迷的麻三贵被抬到了老太太的卧室,一家大小老少围着一个七老八十的老郎中,静静地看着老郎中给老太太号脉,老太太躺在三姨太的怀里。麻三贵躺在大太太的怀里,但一时还没顾上他。

老郎中说:"脉相细弱,嗯,来来来,我来看看她的舌苔。"说着探身趋前,用手扒开老太太的嘴巴。

老太太突然睁开了眼,她的昏眼里,老郎中成了字画中的骷颅,她惊叫道:"鬼,鬼!"

三姨太死命按住了挣扎的老太太,老太太喊完又倒下了。

老郎中惊悸未消地问道:"老太太好像是中了什么邪了,宅子里昨晚可发现有什么异物?"

姨太们摇着头。他们所有的人都没有发现墙上的那张画子。老郎中百思不解:"这就怪了⋯⋯"说着示意他的小徒弟给他抹汗。

大太太急道:"老的治不好,先看老爷吧。"

老郎中苦笑道："老太太好不了，老爷也好不了啊。老爷的身子骨硬着呢，没事，让他睡一会。"

这时候，吴子坤来了，见麻家乱成一锅粥，惊问道："出什么事了？"

三姨太未说先哭道："吴大人，灾祸，我们家遭灾喽…"她这时猛然看见了墙上的骷颅，呆愣片刻，落了魂似地惨叫了一声昏厥过去。吴子坤一把扶住了她。顺着三姨太惊神的视线看过去，他想起了老太太寿宴上的事来，不屑一顾地笑了一下，道："哼，不治他们一下，他们越来越不是自己了！来人，把黄慎、金农他们几个给我抓来！"

惊吓亲生老母这件事大大惹恼了麻三贵，那天参加寿庆的几个画师一个没有幸免，他们的画铺被查封，人被抓进牢。

麻三贵执意亲审此案。他被人扶着一瘸一瘸地上得大堂，在堂椅上没坐稳差点摔下去，摸到了惊堂木拍了一下，大喝一声："来呀，给我押上来！"

大堂下，手持水火棍的衙役分立大堂两旁。

画师们被押上大堂。麻三贵见到他们，火就不打一处来，"说吧。"麻三贵往椅子后面蹭了蹭，坐稳了，"你们为什么要作弄本官，还有我的家人？"

金农哼了一下道："那要问你自己，你最好从那把椅子上滚下来！"

"放肆！"麻三贵气急败坏地说道，"本知府历来宽厚待人，没想到，没想到你们这帮刁民竟敢将本官的宽厚当作好作践，肆意戏弄，今天本官要看看你们如何逃得大清律法的制裁。师爷，把罪证摆出来给他们看！"

师爷章元杰在大堂中央摊开了破败缕烂的字画。站立两旁的衙役忍不住捂住嘴嗤嗤笑起来。

"说！你们是怎么在字画上作了手脚的！"麻三贵恶狠狠地说。"招！你们老实招了，你们在牢狱的日子会好过一点。"

"纸张是你麻家的，笔墨也是你麻家的，字画成了这副模样，我们都觉得脸上无光，火还没处出呢。"金农冷冷地笑道。

"麻大人，你让我们给老太太压岁钱，我们也掏了。"黄慎揶揄地说，"你让我们作字画我们也作了，今天这么大张旗鼓地请我们来，我们还当是来喝回请酒呢。"

汪士慎、高翔忍不住扑哧笑了起来，公堂上的所有人跟着憋不住哈哈全笑了。

"笑，笑什么！"麻三贵气得脸色发青，颤着嗓子说："你们没尝过掉泪的滋味。来，来呀！各打五十大板！"说着抽出令签丢了出去。

堂外传来了"大人，大人"的喊声。麻三贵抬头一看，是那个丧气的税政官赖开运和赵胖子。

赖开运喜颠颠地跑近前禀道："大人，禀，禀报一个好消息！"

"什么好消息？说啊！"

"下官征税所得的那个唐伯虎是真家伙！"赖开运激动得不能自己。

"什么唐伯虎不唐伯虎的?！"麻三贵早把古画那茬子事忘到九霄云外去了。

"您老人家忘了？"赖开运急了，"老太太寿庆时下官送来的那张古画……"

"那不是假画吗？"麻三贵想起来了。"金农鉴定的啊。"

"啊，对对对！"赖开运快活地拍起了手，"大人真是好记性。他妈的你……啊，不不不……"跟着狠狠地打了自己一巴掌，"他妈的我上当了！那是真家伙，让金农的朋友，那个皇家商人德，德隆公子用四千两银子搞走了。"

一听这话，麻三贵腾地从堂椅上弹了起来，道："什么?! 你说的是真的?"

"有半句假话，大人拿下官的脑袋是问!"赖开运赌天罚地地说，"不信，大人问赵胖子，他一本清账!"

赵胖子哈着腰趋前道："大人，税政大人说得全是真的。草民亲眼所见，不不不，亲手……"

"别说了!"麻三贵打断了赵胖子，唤道："来人!"

一个衙役应声道："小的在!"

麻三贵又抽了一根令签："去，到客栈去给我把那个什么德隆不德隆的公子，还有他的一干人等全都抓到大堂来!"

"是!"衙役得令而去。

几个画师被打得皮开肉绽重被拖上大堂来。麻三贵拍了一下惊堂木说：

"大胆刁民，现在知道本官的厉害了吧? 你以为本官就没法子治你们了? 哼!"

章元杰小声地问："大人，判书怎么写?"

"别急，待会等那个什么德隆公子抓来了，这两案子放在一起判，一块治他们的罪!"

一杆子兜出了这么多的开心事，麻三贵心情舒畅了许多。

此时，乾隆带人来到扬州府对面的"仙茗楼"。上午出游瘦西湖，那几个画师不知怎么回事，不象前两天那么近乎，分手时，乾隆再次邀请，要在"仙茗楼"作东，金农似乎有什么心事，几个人商议了老半天，勉勉强强答应了。可现在左等不来，右等也不来，从茶倌的口里才知道是扬州府把他们抓了。

"麻老爷平日要人家的字画，张个口从来都是白拿，人家当然不愿给他家老太太的寿庆作画。一般老百姓还没这个本事作弄他，哼，我看哪，没把他气死，气死了，扬州少了个祸害。"茶倌抹完桌子走了。

想想上午他们几个的举动，原来是和知府麻三贵结了冤家。哎，早说啊，也不至于闹到这一步。

临街的窗户正好俯瞰楼下的扬州府，只见大门口前手执刀枪的衙役分立把守，如临大敌。

"凭这点小事就随便抓人，还有王法吗？"乾隆着恼地说。

"主子，小不忍则乱大谋。"允禧劝解道，"为几张庆贺的字画，扬州知府能把金农他们怎么样？"

乾隆眯缝起眼睛道："你的好友郑板桥不在里边是不是？看你说的多轻巧。能把他们怎么样？你说能把他们怎么样？麻三贵的操行如何，你难道没领教？没让我逮着把柄，要不然，要不然……"

扬州府大门口，板桥混迹于围观的人群里焦急万分，猛丁抬头发现了茶楼上的乾隆，慌忙抽身离开了人群。

茶倌上楼送来茶水，递了一张纸条给立在一边的安宁说："楼下一个先生让下的传张字条来。"

安宁看过，没敢多说什么就呈给了乾隆。乾隆展开纸条看，只见上面写着一首诗：

> 恶吏歌舞喜称豪，
> 百姓黯颜惨泣号。
> 小人不倒朝风灭，
> 放生君恩等宣诏。

他轻声念完，突然意识到什么，大声地问道："安宁，那个送茶的茶倌，他的人呢？"

安宁指着楼下道："他给了奴才这个，好像见不得人似的匆匆下楼去了。"

"快，快给我找回来！"

"是！"安宁忙不迭地跑下楼了。

允禧还在纳闷呢："怎么回事？"

"哼，这个郑板桥。"乾隆不无恼意地将那张纸条扔给了允禧，"他真会使激将法！"

允禧看了诗，惊喜地说："对，没错，这是他的字！他认出皇上了！"

安宁急急地跑上楼向乾隆禀报："主子，奴才找遍了整个茶楼，没见那个茶倌的影子。"

"行了，知道了。"乾隆挥手打发了安宁，转身对允禧浅浅地笑道："那几个画师说的一点没错，他的点子就是多。既不来拜见朕，还要让朕出面救他的朋友们。有一手，真是有一手。"

"郑板桥是个很幽默的人。"允禧小心地进言道，"他若是公开拜见圣上，岂不是什么隐秘都没了吗？他也是为了主子的安全才这么做的。他真是一个有心人啊。"

乾隆点了下头，笑道："说得有理，你放心，我不会降罪你的朋友的。"

"谢主子宽仁大度。"允禧道。

乾隆指着允禧手上的纸条道："郑板桥是个很敏锐的文人，他能从这件小事上引发朕去联想民风吏治，聪明！扬州这个知府，当时朕怎么就一时糊涂，没考官就下旨让这种人混上来了呢？"

允禧望着乾隆不敢接话，突然说道："哎呀，主子，我有主意了。"

"什么主意？"

"主子微服私访不就是为了考察民风吏治吗？"允禧轻声言道，"何不藉此机会好好地考评一下扬州地方的吏治呢？"

乾隆说："朕正是此意。"

一阵清脆的锣声传来，乾隆、允禧下望，一个衙役鸣锣开道，"狱犯送监喽——"一边敲着锣一边喊着走。一帮衙役押着金农、黄慎、汪士慎、高翔从衙门里走出来。

这边还没转过神，那边又乱哄哄一片，只见几个捕快拽着挣扎的雅慧与格沁沁往大堂走来，那卷用黄绫罗裹扎的古画被一个捕快手提着当木棍抽打着雅慧。乾隆一见眼睛就出了火。

"阿喜。我们走，到府上去。看看这个麻三贵是怎么审的案子。"乾隆说着径自往楼下走去。

允禧把安宁召到跟前："你去张罗一下，主子要惹事儿。"

安宁："是。"

赖开运接过唐伯虎的画子，将它摊开放到麻三贵的公案上。麻三贵得意地看了下古画，蔑视地看着在堂下跪着的雅慧、格沁沁。

"说，你们的主子呢?!"麻三贵皮笑肉不笑地问道，"他跑的跟兔子似的，不要你们这些婊子了!"

"你才是婊子!"雅慧朝麻三贵唾了一口。

格沁沁眯缝着眼，冷嘲地说："姓麻的，就怕你骂得出口，到时收不回去。"

"嚯，京城来的，见官不怕啊!"这麻三贵，真真一个蒙着眼的叫驴不怕虎，"待你们的德公子来救你吧。来呀……"

麻三贵刚要吩咐衙役掌那两个俏女人的嘴，门卫跌跌爬爬跑进来禀报："大，大人，门口出，出事了!"

"出什么事？胆敢取闹公堂的，给我统统抓起来!"

扬州府大门口，一队武装整齐的守备军快速地占领了扬州府大门口。

对大门口发生的事情一无所知的麻三贵审得还在兴头上呢。"来人，这两个辱骂本官的泼妇，一人掌嘴五，五十……"说到这里他愣住了。

大堂门口，乾隆带着允禧一干人站在那里没说话。

麻三贵不敢相信自己的眼睛，往前仔细辨认了下，拍了下惊堂木道："大胆刁徒，自投罗网来了！舍不得这两个小姐姐是不是？还不快快给本官跪下！"

"大胆麻三贵，还不快快下来迎接皇上！"安宁圆睁怒眼。

也该麻三贵死到临头了，他竟然将"皇上"听成了"皇商"，就这时候还在理要横，说："哼，皇商，好大的口气，不就一个皇家商人吗，吓唬谁呀？行骗的商人，竟敢骗到我麻……"

乾隆笑了一下道："麻大人，看在你请了朕一顿酒的份上，朕与你礼尚往来，你把这个看清楚了再说话！"说着从腰间摘下了皇帝御牌扔了过去。

麻三贵接着看，章元杰凑近看，两人筛糠似的颤抖了起来。

乾隆转身旨谕："来人！"

大队的旗军一涌而入。一见这阵势，全大堂的三班六房一应跪下了。

安宁连忙上前去扶起了受屈的雅慧、格沁沁。

麻三贵的小腿肚打着颤，跑下大堂扑通下跪，"皇，皇上……"没喊完就晕倒在地上了。

乾隆下旨道："麻三贵贪渎自肥，鱼肉百姓，沽恶犯乱，拖下去斩了！"

"喳！"两个旗将上来，将吓晕的麻三贵拖下去了。

麻三贵突然醒了神，喊了起来："皇上，我麻三贵有什么罪？您还没审呢！你不能乱杀无辜啊——"

"这个蠢货！"乾隆气得骂了一句，接着唤道："安宁。"

"奴才在！"

"传朕的旨谕，麻三贵家眷、亲族发配黑龙江为旗人之奴！扬州画师金农、黄慎、汪士慎、高翔无罪，即刻释放归家！"

"遵旨！"

接到朝廷皇太后的懿旨，金陵江南道总督钟文奎火速派员四处查讯，得知皇上留踪扬州的消息，他一面八百里快递进京，一面亲自率领一只庞大的船队前来扬州迎接乾隆。

听说皇上要走，百姓们都自发地赶到江边来了。乾隆便服御驾扬州，为百姓伸冤，除了地方一害，百姓无不拍手称快。此时的乾隆虽已皇袍着身，但在百姓的心目中，他和凡人没有两样，自发组织不期而遇的几支民乐队和龙狮队争相比试着，热闹非凡。

乾隆站在船队的跳板前，与前来欢送的金农他们说着热情话，突然他一眼瞥见了藏在人群中的郑板桥。

乾隆戏谑地大喊道："郑板桥，你还藏什么？还不快快出来拜见朕！"

郑板桥慌忙出了人群跪拜道："草民郑板桥叩见皇上！"

"起来起来！"乾隆笑道。

"草民谢皇上宽宥之恩！"

乾隆脱口念起了板桥的诗作："'恶吏歌舞喜称豪，百姓黯颜惨泣号。小人不倒朝风灭，放生君恩等宣诏。'"接着说道，"写得好，写得好啊！好一个郑板桥，你很会装糊涂用心计，不错不错很不错。朕听说你今年要参加京试？"

"是，皇上。"

"朕等着你金榜得中。"乾隆笑道："不过，记住了，下次再如此待朕，朕就要治你一个'躲着皇上不拜见'的罪名！"

板桥诙谐地接了一句说："皇上，要是大清律令最后一条写上了，草民也就不敢了。"

大伙开心地大笑了起来。

"皇上，动身吧？"在船舱里张罗的允禧从舱里出来请乾隆上船，一眼看见了板桥，愣了一下。

板桥看见了允禧，连忙上前道："亲王，我……"

允禧连忙笑着堵住了他道："哎呷，什么都别说了。你的一切，你的朋友都跟我说过了。"

"皇上！——"汪士慎冲破人群，老远就举着手高声大喊。他的手里拿着一幅画轴，由他的妻子崔继慧搀扶着瘸着腿走过来。

汪士慎来到乾隆身边，递过画子嘿嘿笑道："皇上，记得你到画市上，我答应过送给你的画子吗？"

乾隆好不高兴，拍了拍汪士慎的肩，说："记得记得，怎么不记得！言必信，信必果，你是真君子啊。"

汪士慎不好意思地说："还什么真君子，我都差点忘了，真是罪过。"

乾隆想起了李 鱓 说过的笑话，幽默地笑道："给一个大男人送字画，你老婆不会罚你的跪吧？"

汪士慎睁大了双眼问道："啊？皇上怎么连这个也知道？"

乾隆大笑起来。

汪士慎望着乾隆，嘿嘿傻笑，孩子一般。

第二十二章

1

一身僧尼打扮的一姐远游普陀归来扬州,经普陀妙音庵裁定,慧智佛业有成,同意她回归清竹庵。一姐瘦了,没有过去那般清润,憔悴的眼神看人时淡漠无光,白皙的肌肤裹在宽大的浅灰色尼袍里显得格外的苍白,当年活泼跳跃的身影取而代之的是飘逸而稳健。用佛家人的话说,她进道了。

人无欲,锁住了叫有了"定势"。观音山八十八岁高龄的灵空师太养了一只逾千年的巨龟,巨龟静如处子,通体碧玉色,清亮晶莹。那年一姐远足普陀前,怡莲师太带她到观音山拜见灵空师太,灵空将一姐领到那只巨龟前,语重心长地说:"她之所以长寿,原因在于它的定势好。"说着她又带着一姐看了一个百年龟,那是一只用铁丝拴在树根下的一个老龟,听到人的脚步声,它烦躁不安地欲挣脱铁丝的捆绑,灵空就势说道:"定势未到,心烦意躁,何以得真气?"

一姐悟到这是灵空说的一个禅理,便说:"大师说的是个大理,做人就要讲究一个定势,定势修行的好,可以生'慧',可以生'能'。无有定势,便无有慧与能。"

灵空师太点头笑了,抱起玉石一般的巨龟要一姐与她亲热亲热,一姐把手放在她的头上,她睁着漂亮的大眼睛动也不动。

那年一姐入庵为尼,板桥成天神思恍惚,萎靡不振。石涛的婉言训诫深深刺到他心灵的最致命处,他也发过誓不在女色上耽搁青春年华。那一阵子，他确实做到了不去想她，埋头学业，苦于画事，沉默寡言。他的字他的画也因此注上了苦涩的印记，失去了活力，缺少了生机，自然也就卖不上好价钱。这种尴尬的局面缘自什么，金农、黄慎哥几个都心知肚明，为了分散板桥的忧郁，时时丢下手头的事陪他郊游、唱诗，用心可谓良苦矣。殊不知，男女情事这东西，一旦染着它，犹如燃着了浇了油的干柴，不烧成灰是止不住的。只要一姐她的人还在扬州城，清晨弥漫的氤氲薄雾，夕阳滞留的幻谲云霞，静夜倾泻的月光便无处不在传送着她的身影、气息。有一天，汪士慎出局做茶道，高翔受托前往金农家去邀板桥，几个老友过份的热情，终于让板桥忍不住了，他吼了起来：

"你们不要给我做戏了，我是什么人我自己知道，告诉你们吧，哪一天我都想偷偷去看她，你们这样做，我受够了，求求你们，你们走的远远的，不要理睬我，我要一个人，哪怕一个人梦里和她在一起……"

板桥语无伦次的嘶吼让老友们面面相觑，无所适从。

石涛听说这件事之后，与怡莲师太商议把一姐远调普陀妙音庵去了。从那以后，板桥似乎死了心，他也明白是几个老友私下与石涛合伙做的鬼，万般无奈，回了一趟兴化老家，安顿了家小，背着书上了焦山。

石涛大师仙逝前，不知出于什么心态，又特意悄悄请求怡莲师太把一姐从妙音庵调回扬州来，没等一姐远足归来，他老人家已经魂归西天了。石涛对灭欲戒性的忏悔之意跃然言表，怡莲虽不敢苟同，但她还是遵照老人的心愿力促一姐回归扬州了。当然，这些内幕一姐是永远不会从怡莲口中得知根底的。

一姐潜心修行，着实改变了许多，山灵地气赋予了她清心寡欲的飘逸，更多了一份漠然冷眼的孤傲。她来到久违的清竹庵门口多情地伫望逗留时，怡莲师太从庵房里出来，猛丁看见一姐，惊喜地道："慧智？……"

"师傅！"一姐亲切地喊道。

怡莲师太上下打量着一姐，"一年多不见，又长高了！"

这边师徒两人亲热着刚进西禅房，那边板桥就急匆匆赶到了清竹庵。

听见庵堂里粗重的脚步声，怡莲探头寻望。

"施主找谁？……"板桥的身后传来怡莲师太的问话声，板桥惊回首，一见是板桥，怡莲大惊："怎么会是你？"

"我来找一姐，啊，不，我找慧智，我有话要跟她说……"

换了一身干净衣服的一姐兴冲冲地出来，听见庵堂里有说话声，止了步。

"施主是怎么知道慧智回到扬州的？莫不是……"怡莲生疑地说。

"啊不，师太不要误解了。"板桥知道怡莲疑心到一姐身上了，"我在画市上听人说的，说慧智从外地远游归来了。"

"归来你也不能见她。"怡莲师太生硬地说，"慧智已经入道，施主再来打扰，必会破了她的苦心修行。"

板桥请求道："师太，求求你了。我要离开扬州了，只跟她说一句话还不行吗？"

"不行。"怡莲道，"出家人讲究的就是清心寡欲。"

"你也太不通……"板桥想说不太中听的话，但他突然止住了，只是气愤地"哼"了一声便拂袖而去。

板桥刚要出清竹庵的大门，身后传来一姐的喊声："板桥——"

"一姐……"看着有些陌生的一姐，板桥有些呆木。

"有什么你就说吧。"

"我要进京殿试去了。我是来告诉你……"感觉到了一姐的漠然，板桥欲言又止。

"告诉我什么？"

"一旦高中，我要把你接出庵去。"板桥说这话已经感到自己的底气不足。

"我已经这个样子，你还不死心？……"

"你以为我板桥不中用是不是？……"板桥的一颗火热的心沉到无边无沿的深渊里去了。

"阿弥陀佛。施主没有别的什么事，小尼回庵了。"一姐说着返身进了庙，不知何时站立门旁的怡莲师太关上了庙门。

"佛普度众生，没让你无情无意啊。"板桥诧异一姐的变化，语意中带着说不清的无奈。

但板桥万万没有想到就在他进京赶考离开扬州城那天，一姐藏在远处树林的隐蔽处，一双凄楚哀怨的泪眼默默追寻着他的踪影。"系你一颗心，负你千行泪"描述的或许就是这种欲爱不能万般无奈的心境吧。

一姐六根不净，这是怡莲无法预料的。浮眼芸芸众生，男女情爱乃罪孽之源，所有的罪孽可以万劫不复，独独这个源头你不能灭了，真要是灭净了，这供奉香火的男女信徒们也就没有了呀。

2

板桥进京参加三年一度的抡材大会，金农则是被皇上亲荐博学鸿词科考，两人结伴而行，辞别了众位友人，北上去了。

这天他们踏入山东地境，来到两山之间的一个豁口处，陡见得远处山野火光冲天，狼烟四起，甚觉奇怪。

板桥乐道："哈哈，冬心，我们进了火焰山了。"

金农惊异地说道："好好的山林果木，放火烧了多可惜。这儿的老百姓乱了哪根筋？"

"恐怕不是老百姓乱了筋吧！冬心，你看那边……"板桥指着前方道。

山弯没径处，五、六个村民在两个官府衙役的看押下从山弯拐角处走了过来。

板桥和金农与这帮人群交错擦肩而过，他们没敢言语，只是回头疑惑地看了看过去的人群。就在板桥他们走过山弯小道时，他们的身后传来了一阵喊杀厮打声。

村民们混战中夺过了衙役的刀枪，杀死了衙役，尔后作鸟兽散撒腿跑走了。

惊悸的板桥和金农从草丛后露出脸张望时，周围已是静寂无声了。他们窃窃舒展了一口气，相互对视了一眼。

"都说山东匪民多，我算是见识了。"板桥紧张地说道。

金农拿起了藏在草丛下的包裹，说："快走吧，免得惹事生非。"

两人刚刚转身要走，山涧下传来一声疼痛难抑的呻吟声，板桥情不自禁地打了个激凌，问："听到有人哼吗？"

金农指了个位置回道："好像是在那儿。"

正说着，山涧下的声音更大了，"啊哟！"

板桥与金农下得山涧，拨开灌木丛，只见溪流边一个黑大个半身躺在溪水里，一条淌着血的伤腿卡在两块尖削的石头缝里不能动弹。他的身边有一把从衙役手中夺来的腰刀。

"先生救救……救救俺……"黑大个的手里逮着一只癞蛤蟆，气力萎软地说。

板桥、金农连忙上前，一个拽住黑大个的身子往后挪，一个小心地托着他的腿，将他从石缝里弄出来。

"俺的腿筋给砍断了。"黑大个乞怜地说，"求求先生好事做到底，帮俺弄点草药来。"

板桥愣了："这荒山野岭的，我们上哪去……"

"不不不，先生的背后就有。"

板桥、金农不敢相信地傻望着山坡的灌木丛。

"看到那棵带白花花的草吗？你把它连根拔了。"

板桥指着一株高 3、4 尺，花长 3、4 寸的植物道："你说的是它？"

黑大个点了点头。

"刀伤用它能治得？"

"行。"

板桥将花草递给黑大个问："这叫什么药？"

"闹羊花。"黑大个接过花草，一面将它与癞蛤蟆一起碾碎敷在了刀伤处，一面说，"华佗当年就是用它给关云长刮骨疗毒，孙二娘用它作蒙汗药打富济贫……"

"啊，我知道了，这就是有名的曼陀罗花，学名叫洋金花。"金农道。

"学问上的说法俺不知道，只知道羊子不能吃它。"黑大个敷好伤腿，由衷地谢道："多谢两位先生搭救，俺周鲁生今生今世永远也不会忘！"

慌着要翻身下跪，板桥、金农连忙拉住了他。

"哎，你这是干什么？"

板桥关切地说："我们送你回家吧。"

周鲁生神色黯然地说："俺这样子回去了，也是送上门的羊羔子。"

"你们为何要杀了当差的？"金农不解地问道。

"哎，一言难尽。"周鲁生长叹一口气，蹙起眉头说，"看到烧山的大火了吧？俺这村子几家钉子户抗着没烧，他们罚了款不说，还差恶役逼着俺们来烧山。这不是逼急了吗！"

"这好好的山林，要烧它作什么？"金农疑惑不解。

"俺也闹不明白。"周鲁生说，"说是啥垦荒造地，官府里叫烧哪儿，你就得烧哪儿，要不，就是对抗朝廷。"

"哦……"金农与板桥对视了一眼。

"那你不回家，怎么办呢？"板桥问。

周鲁生苦笑了一下，说道："风吹草籽儿呗，落哪是哪了。听说邻县的兰山县令好，俺奔那儿去。"

板桥热情地说："兰山的县令是我们俩的朋友，我们顺道要从那儿过，带你去……"

"不不。俺一个大粗人，得巧不能造孽。"周鲁生连声拒绝，急言道："先生你们赶路吧，要不官兵来了，你们也脱不了干系。"

板桥与金农还在犹豫，周鲁生发了火，"你们两个书呆子，走啊！"说着顺手操起了身边的那把刀。

板桥、金农吓了一大跳，知晓周鲁生并非恶意，只好拱手作别道："周好汉，恕儒生无礼，多多保重了。"

见那两个走了，周鲁生憨憨地笑道："书呆子！……难怪当年宋时雨一个穷文人，那么多的武将服了他。"

3

从京都辞官归家的李鱓从河北、河南一路漫游，为了拜会画友李方膺，特地绕道山东兰山县。这天他带着仆人和简单的行装刚到兰山县驿馆歇下，就听见馆外一片乱哄哄的叫嚷声，仆人回报说馆外刚贴了一张警告兰山县令的告示，百姓见了为他叫不平呢。一听友人李方膺惹了事，李鱓没敢歇息就往馆外跑去。

驿馆的山墙上新贴了一张王士俊的总督令，上书："烧山垦荒乃本督院报经皇上钦定的新政，兰山县令李方膺一意孤行，抗令拒行，为整肃吏治，严明律法，本总督限令兰山县三日内必须全境推行新政，否则，以'欺上瞒下、对抗新政'罪论处。"

一队人马簇拥着一乘官轿浩浩荡荡鸣锣开道开进了驿馆的院子，打头的差役举着"督察大人""肃静""回避"的招牌。

李鱓觉得挺热闹，鄙夷地笑道："嗬嗬，势头闹大了，明令不算，大员又跟着来了。"

督察蔡明是总督王士俊派下来督察兰山毁林垦荒的大员。他下榻到驿馆一个带客厅的套房里，与李鲟隔一个院子。

馆里的女婢兰花送茶水侍候，见蔡明正在脱官服换装，不好意思地低下了头。

"老爷，你需要什么尽管使唤小女。"

"叫什么？"蔡明亲切地问着，走到兰花的跟前盯视着她。

兰花羞赧地回道："兰花。"

"这个名字好。我前几次来没见到你嘛。"蔡明道。

"我是新来的。"

"多大了？"

"十七。"

"和我的小妹一般大。"蔡明热情地说道，"初次见面，我送你一样东西……"蔡明说着径直走到套房里边去了。

"不，大人，不行不行。"兰花拒绝道。

"过来。"蔡明掏出一个玉坠子道，"别怕，我送给你东西，谁也不敢把你怎么样。过来啊……"

兰花胆怯地走了过去，没等她接东西，手就被蔡明逮住了，挣也没有挣脱，那张形厂型的脸蹭了上来，兰花急得想哭，一只火烫的手将她的裤带扯了去，蛇一般探进了她的下腹……兰花剩下的只有泪水洗面了。

又是一桩说也说不清的人间孽债。

李鲟听馆里的女侍兰花说，住在隔壁院子的督察大员是蔡明，嗔笑地骂了一句"这小子，混得不赖啊。"李鲟与蔡明是同年学友，李方膺这边遇到麻烦了，给这位老学友说说，让他高抬贵手理所当然。即使没有李方膺的事，知道他来了，也该相聚一叙。

李鲟大咧咧地独闯蔡明的住处，进到堂屋刚要敲门，兰花披头散发哭着从卧室里跑了出来。

"哎，兰花，怎么啦？"

胸襟敞开的兰花望了一眼李蟬，大哭着跑走了。

蔡明从里屋出来，一见是久日不见的李蟬，高兴地张开了双臂，"啊呀，李大人，怎么在这里遇到你了！"

"你……"李蟬气得眼珠瞪多大。

蔡明明白李蟬欲言又止的意思是什么，酸溜溜地笑道："哦……我当是好大的事呢，兰花姑娘是不是李大人新结识的相好？不是，就不要动这么大的真气。"

李蟬眼一横，气愤异常地骂了句："畜牲！"骂完掉头就走。

"有意思。"蔡明摇了下头道："这么个怪脾气。"

兰山县丞苏雪骋为推行新政的事召集齐了各乡的里正，随即前往李方膺家请他出来说话。李方膺正在书房俯身画案临摹郑板桥的清竹图。

书房正面墙上悬挂着郑板桥的大幅《清竹图》，对联是郑板桥用他的六分半书体写下的："竹风和得民情声""春雨润罢百姓家"。

李方膺随意地问伫立在一旁的苏雪骋："郑板桥是我在上任之前结识的扬州画师，他送给我的这幅字画我一直奉为至宝。"

李方膺话中有意，苏雪骋心中有数，但他现在急的是总督的明令如何执行的事，李方膺不急不慌，他也没法子，只好作出沉稳的样子道："是是，大人的字画下官以为不在郑板桥之下……"

"哈哈，这你就大错特错了。"李方膺爽朗地笑了，"板桥的字画，意深境远，本官能学得一半就是天份了。"

"大人……"苏雪骋支吾地说道："各乡、村的里正都到了，还有蔡大人，都在议事厅候着您呢。"里正相当于现代的乡长、村长一类的最末一级官员。

李方膺还剩下最后几笔，没说话。

"大人，您就别赌这口气了。总督大人的政令今天是最后一天了……大人违抗新政，反对毁林垦荒已成了总督大人的心病。日子久了，恐怕……"苏雪骋见李方膺不吭气，谨慎地规劝道。

李方膺画完丢开笔，一面洗手一面随意地说："你说的这些我都知道。今天我将人召集来，不是要下令烧山的。"

"那……"苏雪骋不敢多言，"蔡大人那边怎么应付？"

"刚才我走在路上还在琢磨这件事。"李方膺看了一眼老实的苏雪骋，道："苏大人，不知你信不信得过我李某？"

"大人看你说的，我这么大的人，连个好歹都分不清吗？你想怎么做，我都跟你站在一起。"

李方膺凑到苏雪骋耳边悄声地说了些什么。苏雪骋紧张地说："那怎么行呢？不不不，不行不行。"

李方膺固执地说："听我的没错，就这么定了！"

在议事厅等人等着了急的蔡明问下方的里正："李大人的家离这里有多远？"

没人吭气，你看我我看你地装傻。

蔡明刚刚要发火，东乡里正闷不叽叽地冒了一句："步走，也就一泡牛尿的功夫吧，大人合着眼尿个试试……"

"扑哧——"所有的里正憋不住，哄堂大笑了起来。

"你！……"蔡明话没说出口，传来了李方膺热情的招呼声："啊哟，是蔡大人啊！哪边的山火太大烧着了你，躲兰山乘凉来了？"

"笑话笑话。"蔡明讪笑着说道，"李大人，总督大人委派下官来督察，我也是不得已啊。"

"你也看到了，各乡村的里正遵您的吩咐都来齐了。"李方膺说道。

"见到了见到了，总督的限令还是管用的，啊？"蔡明狡黠地笑了一下："李大人，女儿嫁人，娘老子总是要嚷上几声的。你这父母官哭也哭够了，舍不得女儿也得嫁啊？"

蔡明这一句话说得俏皮，骨子里也是够损的了。李方膺让他呛得半响没话说，脑子里转悠着如何应付差事。于是讪讪地陪着笑，没章法地搭着腔"是啊是啊"，嘴里没头没脑地说道："女儿也是皇上的，下官也是皇上的，什么都是皇上的，莫非不是一家子？不心疼是不是？……"

李方膺无意之中说出的敷衍话却一下子克住了督察大员，蔡明不愧是个官场上机灵透顶的人，连忙漾出笑脸找了个下台阶："说得好，说得好。女儿是皇上的，怎么打扮也是皇上老子点了头的，我等跑腿的，张罗着事儿就是了，你说呢，李大人？"

"蔡大人今天不看到兰山的青山绿水冒出烟来，是不会打道回府的喽？"李方膺的一双鹰眼冷冷地盯视着蔡明。

下堂的里正们显出慌乱的神色。

蔡明自知李方膺的脾气怪异，后台又硬实，不好与他较真儿，于是便说："李大人你说了算，下官重任在身，哪怕你就是烧一座山，也是在总督令的限期内烧了山啊。我这督察也好回去交差啊……"

"有你这句话就行。烧，一定烧！"李方膺字铮句凿地说，"下官这就安排。"

下堂的里正慌慌议论了起来。

李方膺道："蔡大人，我与苏县丞商议好了，他安排各乡的里正放火烧山，下官陪同蔡大人到本县的制高点棋盘山去登高俯瞰，你总该放心了吧……"

各乡的里正急得大叫了起来——

"李大人，不是说好了不烧山的吗？怎么又变了卦呢！"

"李大人，你不能说变就变啊！"

……

"别吵了！"李方膺低吼了一声，下堂的人群顿时哑了口，"都给我听从苏大人的调遣！"接着作了一个"请"的手势："蔡大人……"

4

棋盘山座落在兰山县以东十多华里的地方，山上杂树为多，山顶有块十多丈见方的平地，靠山崖的地方有一座不大的山神庙；三、四株古松，古松下有一个八仙桌大小的青石棋盘，传说是当年苏东坡落难时途经兰山独自下棋的地方，棋盘山由此得名。从这里，可以纵览兰山县方圆数十里的村落、丘岭。山顶的小路旁竖着一块界碑：兰山县。

板桥与金农来到棋盘山的顶端，眺望远处，长长地舒了一口气。

"冬心你看，好一个青石棋盘！……"板桥惊叫着快步来到那块棋盘跟前珍爱地抚摩着。

"当年苏东坡不得志，京城受贬，途经兰山时，在此孤零零地一个人下着棋，还吟哦了一首诗：'世上嚣嚣名利间，独临棋局老青山。心游万里不知远，身与一山相对闲'。苏翁远离逐名争利的京城，心疲神伤，在这儿找到坐隐忘忧的一方净土了。"金农坐到板桥的对面侃侃而谈。

板桥由衷地赞道："你真是一个万事通，佩服佩服！"

金农笑道："你就别高抬了，找点水喝了赶快走吧。"

李方膺带着一帮巡查的官员来到棋盘山山顶。他遥指前方一片连绵起伏的青山绿野说道："蔡大人，你看，绿树葱茏的这边是我兰山县；百废待垦的那边是邻县。你说句公道话，烧山毁林，对，还是不对？"

"李大人，我们现在不说这些行不行？"蔡明只想交公差，他哪有心思去顾得什么公道啊母道的，现在能把李方膺哄得开烧了，他也就大功告成了。说着他吩咐道："来人，拿棋来。"

衙役将备好的围棋放到了棋盘上。

"李大人，请。"蔡明兴致勃勃地邀请道，"博弈共处，乐而忘忧。等山火烧起来了，权当夜半赏灯了，啊？"

"请。"

两人的情绪都不错，各怀一胎。

板桥与金农从棋盘山山涧喝完山泉，沿着山溪的羊肠小道往山下而去，板桥透过林隙发现了什么，站住不动了。

"冬心，你看。"

金农奇怪地问道："怎么啦？"

板桥警觉地说："你看山下……"

山脚下，几十个人蚂蚁似的搬运着柴草，这里一堆，那里一垛。原来这是苏雪骋按照李方膺的旨意，带领着各乡的里正们挑柴担草焚烧棋盘山。李方膺的意思很明确，你不是要烧山吗，我烧给你看看，至于什么后果他不想。在他固执的脑袋里，老百姓赖以生存的家园不能失，欺负了老百姓，遭天咒，挨祖宗骂。

金农大咧咧地说："嗨咿，老百姓烧火粪，大惊小怪。"

"不对。"板桥指着山势的周边说，"不可能这么大的范围烧火粪！快，这是烧山！快往山上跑！"说着也不等金农有什么反应，拉起他折身往山上跑去。

这边说着，那边山下的火势已经往山上风卷而来……

板桥与金农狼狈地从山下跑上山顶的时候，李方膺正与蔡明纹枰对坐，厮杀得不可开交。守卫的护卫拦住了板桥和金农，"干什么的！滚开！"

板桥慌张地喊着："起火，起火了！"

蔡明回首大声地问道："怎么回事！"

"大人，这两个……"护卫应道。

护卫胳膊拦住的板桥看见了李方膺，板桥喊道："哎哎哎，李……李兄！"

蔡明问李方膺："这两个人你认识？"

李方膺连头也没抬回道："下棋别说话，说话是王八！"

蔡明苦笑了一下："好好好，不说不说。"

护卫们将狂喊乱叫的板桥、金农往山下撺去。

"你们别撺了，我们都跑不了啦！山火烧上来了！"板桥叫喊道。

护卫们看着山下凭借风势急拥而上的火焰，傻了眼，他们丢开板桥和金农，变了调门儿地大喊着奔向棋盘处："大，大人，大事不好，火烧、烧上来了……"

李方膺嗔怪地呵斥道："别说话！滚！"

"是！滚。"训练有素的护卫竟然也就缄口不言了，悻悻地走了。

蔡明对面的悬崖那边从山涧底下腾出了烟团，疑问地问道："这儿怎么会有烟？"

李方膺心里有数，硬是不吭声。

板桥与金农深一脚浅一脚慌乱地也不知往哪走，烟雾呛得他们泪水也出来了。板桥气愤地骂道："李方膺这个不长眼的混蛋，连我们都认不出来了！"

山火"劈劈卟卟"烧上了山，浓烟包围了山顶。山上的人全部乱了套，没头没脑地跳窜着乱喊着……

板桥与金农被火势逼得往山上安全的地方一退再退。就在这时李方膺跑了过来。

板桥惊喜地喊起来："方膺，方膺！"

李方膺跑到他们跟前，说道："快跟我走！"拉住他们就跑。

李方膺带他们跑到一个悬崖处，钻进了树丛，不见了身影。

棋盘山山顶上，蔡明在护卫的帮衬下，龟缩进不大的山神庙里去了。

山神庙里，满屋子烟雾，蔡明和他的护卫们在山神庙里乱窜一气。

吓破了胆子的蔡明撅着屁股钻进了山神菩萨的底座里，半个屁股还露在外边颤抖着，一块砖瓦落了下来，砸在他的屁股上，他惊恐地惨叫了一声，屁股也摆平了⋯⋯

火舌狂乱地舔舌着山神庙，但由于周围没有可燃的东西，山神庙没有烧着。

天意，该他蔡明不断子绝孙。

李方膺带板桥他们进的是一个很奇特的大山洞，里边有钟乳石，有小溪。

"你喊我的时候，我不能应，不让这个龟孙子吃点苦头，他还以为兰山的老百姓好欺负。"李方膺精神矍铄地说："来，洗洗，爽快爽快！"

板桥猜问道："这场山火是你策划的？"

李方膺笑而不语。

金农瞪着大眼担心地说道："总督府下来的督察，要是烧坏了，你怎么交待？"

李方膺浅浅地笑道："烧不坏他，我给他留了地方。"

板桥悟过来了说道："山神庙？对，山神庙！"

李方膺说："不这么折腾他一家伙，他怎么知道我李方膺这个人？"

说起这次山东地境推行烧林垦荒的事，李方膺忧忿地："什么叫烧林垦荒？就是把好山烧了，在山上挖地种粮食。好好的地不种，莫名其妙地在种荒地。你问干什么这么做？我也在问，为什么？说透了，就是这群当官的当腻了，没事找事做，害了老百姓不说，他们还向皇上去报功，他的政绩如何如何，一套又一套。这是他们做官的学问，哎，怪气，就这些人，皇上就吃他们那一套，他们的官位越爬越高。对不住，撞到我李方膺了，我就是不睬你那一套，官司打到皇上那儿去我也不怕。"

板桥明了李方膺护民爱民的一片心，小心地说道："你说的这些我全明白，现在是你遇上了一个不明事理的糊涂官僚了，怎么办呢？"

"你说他糊涂？他说你糊涂！"李方膺冷笑了下说，"一个个削尖脑袋想花招招邀功请赏，哼，害起老百姓来他们一点不糊涂。"

过去了一个多时辰，听庙外的声响小了些，护卫看了下庙外，山火已经灭了，漫山遍野袅袅漂浮着烟氲。

"出来，都出来，没事了！"

护卫们一边喊着一边跑到山神的神座下去"救驾"。他们轻轻拍着蔡明的屁股喊道："大人，大人……"

蔡明杀猪般地叫唤着就是不出来。

护卫们一不作二不休，拽住他的两条腿，狠劲地将他拖了出来。蔡明满面血垢和蜘蛛网，两眼发直，护卫们见了，忍俊不禁偷偷捂着嘴一边笑去了。

蔡明到处乱找着，嘴里叫着："我的，我的官帽，我的官帽呢……"

一个小个子趴在地上伸手到了神案底座下，如同鸡窝里掏鸡蛋一般掏出了蔡明的官帽，高兴地喊道："大人，找到了！你看。"

蔡明抚着烧没了帽翎的官帽沮丧地说："这，这这，成了秃毛鸡了！"

护卫们终于忍不住，扑哧大笑了起来。

李方膺看了下天洞，道："山火灭了。走吧，该下山了。从那边出。"说着领着板桥与金农往洞外走去。

"慢，方膺兄。"板桥指着李方膺的官服道："你这么干干净净地下山，督察大人一见，明摆着这场事故就是你暗下一手张罗的了。"

"说的在理。"李方膺暗惊道。

"这套官服你得报废了。"板桥作了个鬼脸道，"快，你把它脱下来。"

棋盘山山脚下，护卫们扶着瘸了腿的蔡明，差役们抬着被烧毁的两乘官轿狼狈地由山上蹒跚而下。

蔡明突然想起了什么问道："哎，李大人呢？"

护卫、差役们你看我，我看你。

蔡明嗔怪地说："你们光顾了我，怎么就把李大人忘了呢？！他，他不会有什么……""大人，你看！李大人下来了！"有人喊。

众人往山上看去，李方膺拄着拐杖由板桥、金农搀扶着一瘸一瘸地从山道上下来，他们三人的衣服褴褛、一条一条地挂着布条条，他们的脸上黑包公一般；李方膺歪戴的官帽干脆就不见了帽翎。

蔡明迎着李方膺，乐了起来，笑道："李大人，李大人，你的样子比我好不到哪去嘛……"

"若不是这两位相救，我就被山火吞了去了。"李方膺指着板桥、金农说，接着脸色突变，厉声地问："这是谁干的，我要拿他的脑袋是问！"

这句话激起了蔡明的无名之火，"一定是苏雪骋！临走的时候，说的好好的，我们到棋盘山，他怎么就把火烧到我们这儿来了呢？用心太毒，太毒了！他是想一把火将我们全烧了去！"

李方膺不忍心将责任全丢到苏雪骋那儿去了，连忙佯装醒悟地说道："我想起来了，莫非他听错了，我说我到棋盘山，他听成了火烧棋盘山。"

蔡明揣摩道："'我到棋盘山，火烧棋盘山。'……"

李方膺道："蔡大人，别琢磨了，到家什么都明了了。来呀，起轿！"

说着与蔡明坐上了破败不堪的官轿……

回城的路上，蔡明捂着脑袋打瞌睡，衙役过一个水沟，轿子歪了一下惊醒了蔡明。

蔡明眼睛眯缝着看着远处，青山绿水，分外妖娆。他有些不解地自语道："嗯，这是怎么回事？……"

一个精明的老护卫凑近蔡明的耳朵轻声说："大人，小的说句不该说的，我们出来的时候，乡里的里正们都在县衙，说是安排他们回去烧山的，你看，这周围怎么没一处冒烟啊？"

蔡明疑惑地揣咕道："是啊，就算是棋盘山烧了，别处也该烧啊？怪了……"

"会不会是李大人他……"老护卫看了下尾随在后的李方膺，谨慎地说道。

"别说了！"蔡明说完把眼睛合上了，不再理睬他。

蔡明的轿子到了城门口，刚要进城门，蔡明突然吩咐道："停，停轿！"

李方膺见对方停了轿，不解地问道："蔡大人，怎么啦，进城啊。"

蔡明作揖道："李大人，下官这就告辞了。"

李方膺佯装惊奇地道："哎呀，大人这一走，下官给大人备下的酒席怎么办？"

"不必了，谢谢。"蔡明不阴不阳地笑道，"万一大火烧了酒楼，我就没地方躲了。"

"既是这般，下官也就不强求了。"李方膺作揖道。

蔡明吩咐道："起轿，打道回府！"

"起轿——"

目送蔡明远去，板桥不无担忧地说："方膺，他看出问题了……"

"这是迟早的事。"李方膺置生死度外地笑说道。想起什么，吩咐说："两位兄弟，小弟怠慢了，你们先到我府上去，娘子在家，你们自报家门就是了，她对你们的大名早已如雷贯耳。我呢，是恶人也好，是善人也好，超前给皇上奏上一本再说。我办完了事就回家。"

板桥与金农理解李方膺的心境，没说的，自行找李家的府邸去了。

5

李方膺三步并作两步赶到衙门，苏雪骋早在那儿等着了。两人遇着什么也没说，伸出拳头擂了对方一下，开怀地笑了。

"没把他烧死吧？"

"烧死了，我也不回来了。"

"那火，大的吓人。"

"过瘾！"

"现在怎么办？"

"就咱兰山没烧了。抵抗新政的罪名反正落下了。我现在就给皇上写折子。"李方膺深情地看了一眼苏雪骋，"罪过我李方膺一人担着，你写个辞职书放我这里，赶快带着一家老小逃难去吧。"

"李大人，你也太小看我了。"苏雪骋瞪大了眼，不高兴地说。"你是为了谁？大伙心里一本账。跟着你干事，痛快，死了也心甘。"

李方膺对这老伙计了如指掌,那说出来的话一个字没得假。他激动地伸出双手一把抓住苏雪骋的臂膀动情地摇了摇,说:"谢了!"

他俩来到县衙密室,合议了下,由李方膺执笔写道:

"圣上明察:山东兰山县令李方膺斗胆弹劾河南总督王士俊。王士俊在任期间,置民生大计于不顾,强令各县虚报无粮,加派病民;继尔硬性规定每县的烧林开垦目标和期限,废农鬻业,民不聊生。百姓怨声载道,请命无门。微臣不敢妄附粉饰,助纣为虐,贻地方扰。屡屡上书抚台、总督,不得恩识。无奈越级禀奏圣上,恳请圣上查证王士俊借烧林垦荒之虚名,而成累民之实害……"

站在一旁的苏雪骋惊讶地道:"李大人,给皇上直接上书,这样写就彻底得罪总督大人了……"

"不是我这样写,而是他这样做的。与其不疼不痒,不如捅破天窗。"李方膺坦然地笑了一下,说:"你我身为朝廷命官,不为社稷不为民,枉顶了个乌纱帽,不如撞死棋盘山!苏大人,此事既然闹大了,就不必忧心忡忡。"

苏雪骋说:"李大人,下官的意思迂回一点,到时还有个退路,不至于……"

"你别说了,你想说的我也明白。这种事闹到这一步,不是你死,就是我活了。"李方膺轻松地笑道:"官印拿来。"

苏雪骋打开一个大柜子的大铜锁,从里边取出了一块大红布包裹的印盒。

李方膺在奏本上落上最后一笔,取过县衙大印盖上。注上火漆印"八百里急送!"

送走了快奏,李方膺踏实了一些。为了不让苏雪骋担负过多的责任,他再次劝导苏雪骋带家小离开兰山,无奈苏雪骋铆上劲了,就差没翻脸。还是为他想,李方膺说服他打发家小远走他乡,这次苏雪骋没坚持，正巧妻舅周鲁生也在，好言好语哄骗家妻，说过了这阵子风头，他就到南边的姑姑家找她老小，家妻听了他的话，和周鲁生依依难舍地走了。

李方膺安排好一切，等他回到家，天已经大亮了。

听说相公回来了，李方膺之妻陆娟与在府上等候了一宿的李鳝、板桥、金农迎了出来。

几个画友一见，相互稍愣了下，即刻大声地惊唤道：

"板桥！"

"方膺！"

"李鳝！"

"冬心！"

他们快步相迎，快活地拥抱了起来！

"看你们几个汉子，就跟小孩子一般。"陆娟笑道："方膺，从昨夜到现在，他们几个兄弟硬是不吃不喝，一直等到现在，也不知道你什么时候回来，酒菜凉了热，热了又凉……"

"这还用问吗，快快热了来啊！"陆娟慌忙吩咐女婢秀秀烫酒热菜去。

李方膺作了一个"请"的手势，热情洋溢地说道："酒席稍侯，诸位仁兄坐，请坐！请上座"

"茶，好茶，上好茶。"李鳝接口道。

"你怎么知道这典故？"金农诧异地问。

李方膺说："有他郑板桥在里边，什么事传不出来？"

那年，板桥与金农到焦山去游玩，庙里的小和尚不认识他们，不经意地说："先生坐，这就给你们上水。"正说着，老和尚回来了，一见老和尚与板桥他们那么客气，小和尚似有所悟，连忙改口道："先生，请坐，小僧这就给你们上茶去。"老和尚听了，说："慢，你知道这两位是谁吗？他们就是大名在外的郑板桥和金农啊。用好茶。"小和尚连忙再改口："是，师傅。先生坐，请坐，请上座。小的这就上茶，啊不，好茶，上好茶。"见小和尚忙得不可开交，板桥、金农与老和尚笑了。

"嗨，焦山的小和尚不知道，出了这么件笑话，传得满天下都知道。"板桥调侃地说，"说起来又是另一个笑话，你说你是个什么了不起的人物，可你走到大街上，这人吧，就跟蚂蚁似的忙忙碌碌，各抢各的食，谁认识谁啊。所以呢，别把自己看得有多高多大，想让人家认得你，认不得呢，心里还难受的慌，累不累啊？"

板桥说的是个大实话，俏皮的很，里边藏了做人的道理。

李方膺将几位挚友引进一间与书房相通相连的小厅堂，众人一面落座，一面谈笑着。

李方膺拉过陆娟说："来，见见，这是我跟你说的郑板桥、金农！这是我的妻子陆娟。"

清秀的陆娟娇嗔地瞥了他一眼，"还用你说，我们都叙了一宿了。"继而对友人热情地说："过去听方膺说你们大闹扬州城、名扬紫禁城的故事，我还以为你们是……"

"三头六臂的大妖魔！"板桥接话道。

大伙开怀畅笑起来。

"哎，说句良心话，有时想想当这么个官做什么，真不如上街头卖画来得自在。"李方膺发自内心地叹道。

李鱓善意地笑道："你这儿不想作这个官，板桥、金农两位仁兄还在削尖脑袋往里钻呢。"

板桥真诚地说："皇粮有什么不好？总强似月月没有周济的苦日子啊。"

李鱓笑道："皇粮好是好，就是要学会两条。一、要会做条狗；二、要学会心黑手毒。"

李方膺做了一个勉强的笑脸说："你，我，我们是这块料吗？"

笑声中，金农不无担忧地说道："方膺，我们担心你再这么抗下去，总督大人就要亲自来兰山了……"言犹未尽之意显而易见。

"哼，充其量撤了乌纱帽啵。"李方膺浅笑了下说道："我不能官迷心窍，作伤天害理之事，那才是千古罪人了。"

说话间，女婢秀秀将热好的酒菜端上了桌。

李方膺举起手中的酒杯说道："来吧，喝个早酒，闹个新鲜！"

酒过一巡，板桥望了一眼一直没吭声的李鱓，道："鱓兄是宫廷里出来的，你给李兄出出主意啊……"

李鱓猛丁将酒杯掼在桌上，"我没更好的主意，已经闹到这一步了，索性再闹下去，不能屈服。要不然，方膺在王士俊的手里就没命了。"

板桥说："你的意思……闹到皇上那里去？"

李鱓望着板桥，又望望众人说道："板桥精明，'生当为人杰，死亦为鬼雄'！死在王士俊手里，不如到紫禁城闹个天翻地覆，找世人要个公道！"

"实话告诉你们，昨夜没有归来，就是给皇上写奏折去了。送走了我才回来的。"李方膺终于憋不住，说了他的秘密。

"好！仁兄你怎么不早说呢！"友人们兴奋地擂起来桌子。

听见了厅堂那边传来的喧嚷声，陆娟担心地吩咐身边的秀秀道："秀秀，你去看看那帮老爷子，让他们别喝多了！"

秀秀遵嘱来到书房礼道："老爷，夫人说让你们不要喝多了。"

李方膺憋着个大红脸说："知道了，让她少操心。我的朋友在府上住下不走，你把房子张罗好就是了。"

"是，老爷。"秀秀应声退去。

李鱓回忆道："王士俊烧林垦荒，这事我知道。我在出宫前，王士俊给皇上呈报过此事，他到南书房来吹牛，说皇上点了头，好多大臣都吃惊。"

"哦？"板桥和金农都吃惊了，他们毕竟离皇上太远了。李方膺听此完全是另一种反应，他将手中的酒杯划了一下说："别听他王士俊胡吹八道，他干坏事，心里发虚。"

李鱓推回了李方膺的手，"兄弟别把皇上看得那么十全十美，他也有断错事的时候。"

"皇上断错事我李方膺也是这么干，就跟你刚才说的，找世人讨个公道！"李方膺直着眼说。

"对，公道……公道……"板桥有些醉意地说着，摇摇晃晃起身往书房去了。

李鱓惊异地问道："他要干什么？"

金农摇了摇头道："不知道。恐怕是手痒了吧。"

李方膺也有些醉态说："走，看看去。"

书房里，板桥兴笔作画，嘴里一面含混不清地哼说着什么。

李鱓问："板桥，你在泄什么愤呢？……"随意地拍了他的肩膀，笔在宣纸上多下了一笔。

李鱓刚要道歉，板桥笑着拦住了他，"干什么，存心要让我多画一块顽石。"说完在多余的墨滴上，一笔勾出一块青石来。

这是一幅《荆竹图》：荆棘丛生的竹林下丢着一顶花翎官帽。题诗中道：

> 任尔来缠身，　　明节灵石中。
> 闲看岁月人，　　良情属高风。

李方膺会意："知我者，板桥兄也。"

众友舒心地大笑不已。

李方膺从画案上取出一幅画来说："我也给你们看样东西……"说着从书架上取出一个画轴，在画案上展开了它：这是一幅山水图，名《齐鲁清艳图》，图中清山绿水掺以弥漫的浓烟，一片秀色殆尽无遗。

李方膺说："这是我昨日画的，讨教了。"

"好，好！醒人耳目，震聋发聩！"板桥赞道，继而信口吟道：

"忧忿灼灼横风吟……"

"但闻啼声无啼人……"金农接道。

李鱓道:"山光水色蒙浊时……"

"谁能解我画中情?"李方膺激情难抑,"解我意,板桥、金农、李鱓诸君也!"

众友高兴地开怀大笑了起来。

李方膺突然发现了什么击案叫好道:"别动别动,刚才我们哥几个说什么来着?'忧忿灼灼横风吟,但闻啼声无啼人;山光水色蒙浊时,谁能解我画中情?'联起来,不是再好不过的诗题么?作得画子,心境烦躁不安,无以成诗题之,今日得救,今日得救了!"

不放心的陆娟由秀秀陪同来到了厅堂的大门口,见几个汉子其意融融,不忍心拂去他们的兴致,便站在那儿没进了。

李方膺兴致勃勃地跑到厅堂里拿了四杯酒跑回书房,递给众人道:"来来来,为我们的联诗解意干杯!"

"干!"

陆娟笑了。

6

蔡明的官轿攒星赶月,一路风尘来到了总督府所在地济南。早晨的大街上,杳无人烟。

河南总督王士俊着晨服在后花园里练着剑术,许是注重练术的缘故,虽已年过花甲,但履步有弹性,说话若钟鸣。

一个家奴跑来禀道:"禀大人,按察院蔡明大人求见。"

王士俊没收剑,缓缓地道:"这么早……"刚说到这里,突然收剑睁开了微合的眼,"让他到花厅等候,我即刻就到。"

花厅里,等候的蔡明一见王士俊来了,慌慌起身拜曰:"学生拜见大人。"

"坐吧。"王士俊瞅着蔡明的那副落魄相,惊异地开门见山道:

"你怎么搞成这个样子？"

蔡明这类官，一有机会总是要好好表现一下子的，明明是有充分时间回家换掉褴褛官服再来拜见的，但他不这样做。只见他哭丧着脸道："大人，兰山一行，差一点就见不到恩师了……"

"怎么回事，慢慢说来。"王士俊将女俾送来的茶水往他的面前推了下，轻声细语地说道。

蔡明抓起茶杯咕咚咕咚喝完了茶水，噎着脖梗说："学生一到兰山，到处找不到李方膺的人，大人你说他在哪里……"

"在哪？又在闭门作画？"

"哼，红楼里听歌看舞。"

"这个没长进的畜牲，老夫一定要告诉他父亲！"

"学生好不容易找到他，拿总督令要挟他，他才不得已作了安排。"

"呃，这不挺好吗？不管他乐不乐意，只要按我的新政做了就行。"王士俊耷拉的脸开了笑。"你是看烧山燃着了官服？好，好嘛，本官赏你三套新官服！"

"不，大人，不是这么回事。您听学生说……"蔡明苦笑不已，"他……他让学生到棋盘山观看烧山，说是让我看了放心，回来也好向大人禀报。我没有疑心，就上了棋盘山，结果，我所圈定的山他一个没烧，却一把火烧着了棋盘山。大人，学生是死里逃生啊！"

"啊？！"王士俊惊诧不已，"他，他李方膺竟敢这么摆弄我派出的督察大人？"

"他有什么不敢？"蔡明上了道，索性一路信口雌黄，"他仗着他老子和皇上有私交，连总督大人都没有放在眼里……"

"此话怎讲？"王士俊盯视着对方问。

蔡明委屈地说道："下官被烧成这样子，他一口水没让我喝，就撵我回济南。他还说，还说……"

"还说什么了？快说！"

"还说，就是总督大人他来了，我也照样放火烧他……"蔡明一面说一面偷觑着王士俊。

王士俊闻之，一言没发，将手中的茶杯掼在了地上！

第二十三章

1

时值暮春,难得一见的雾障悄悄在凌晨时分笼罩了兰山城,大雾将三十米开外的景物缠上了模糊昏晕的帐幔,黑黝黝的兰山城若同漂浮在半空中的古城堡。

城门楼上出现了一盏红灯笼,游丝一般移动到了楼亭那儿停住了,看不见人影,却有两个守城兵勇的说话声透过弥漫的雾帐传过来:

"这是雾,还是毛毛雨啊?"

"不是雨,是大雾。"

"新鲜啊,往夏天走的日子了,还有这大的雾。"

"俺也正想说呢,李大人连着赶走了上头来的大官,会不会……"往下的声音就听不见了。

两乘官轿到了城楼下,城门严严实实地关着,此时离开城门的时辰还早着呢,跟轿的听差立在城门楼下威风凛凛地叫道:"哎咿,上面守门的,王大人来了,开城门!"

原来是河南总督王士俊巡视来到兰山了。河南总督管辖河南、山东两省,势子大着呢。守城门的兵卒哪知道这许多呢,一面嘀咕着"还有这样狠巴巴喊门的",一面回话道:"什么王大人不王大人,拿通关的片子来!有片子过关,没片子在外面呆着!"

坐在轿中的王士俊听了,大动肝火,小小的兵卒也跟那个县令一个样,难缠不好说话,居然还向他要片子,心底的火气不打一处来，掀开轿帘大喊道："本官王士俊，片子就是我，我就是片子！"

城楼上，一老一小两个兵卒小声说：

"他说他姓什么？"

"我也没听清。"

"问清楚，再那么狠巴巴的就是不给他进！"

小的探头问道："你说你姓什么？哪个衙门的？"

王士俊的听差刚要发火，蔡明下轿拉开了他，大为光火地喊道："妈的，总督大人到了，姓王，王八蛋！"

王士俊脸色拉了下来冷冷道："蔡明，你过来。刚才你说什么啦？"

蔡明懵懂地说："下官告诉他们姓王，王……"突然意识到了什么，痛悔地跪下了，"奴才该，该死！"

板桥半途中救下的黑大个周鲁生拄着拐杖来到苏雪骋府邸大门前，狠劲地擂了起来。

一个家奴打开了门，刚要发火，一看来人，惊讶地说："舅老爷！怎么是您？！"手忙脚乱地扶住了他。

苏雪骋披了一件衣服匆匆从屋里开门出来，一面问道："是谁呀？"

家奴说："老爷，是我们家舅老爷。"

苏雪骋见周鲁生的模样，大惊失色，忙问道："小弟，你又闯什么祸了？"

"姐夫，待会说好吧？我要喝水。"

苏雪骋将周鲁生引进客厅，听他叙说邻县烧山的惨局。

周鲁生声情切切地道："姐夫，老百姓把山都烧了，往后的日子怎么过啊？"

苏雪骋什么也没说，轻轻拍了拍周鲁生的肩膀说："好了，好了，你说的这些我明白，可上面有令，怎么办呢？不少县都拿眼睛看我们兰山，我们兰山眼看着也是抗不住的。你说的这些不要跟你姐姐说，她会吓坏的。等风头过了，你就给我到南边去……"

一个家丁来到客厅门口禀道："老爷，总督大人到了驿馆，让您和李大人立马就去。"

苏雪骋吃惊地道："总督大人到了？"

天还没亮，总督就到了，可见他对兰山的局势关切之深。苏雪骋不敢丝毫怠慢，匆匆会同李方膺直奔驿馆。

王士俊冷不丁突然袭击，李方膺预感凶多吉少，没敢惊动那几个友人，只和妻子打了个招呼，拿着那幅《齐鲁清艳图》就出了家门。

李方膺问："总督大人是何时到兰山的？也没事先给个信？"

"一大早到的，下官也是刚刚知晓。"苏雪骋说，"这次他没带多少人，就二十几个护卫。"

"哦？"李方膺说，"他是一个讲究排场的人，这次怎么啦？"

"蔡明也到了。"苏雪骋又说："总督好象憋了一肚子的火，上来就抓了两个看城门的，要下官惩治他们。"

李方膺与苏雪骋到了驿馆王士俊的寓所，双双落座后，女侍兰花上来送茶，王士俊借势松弛道："都说兰山的姑娘不错，刚才送茶水的就算是兰山的美姑娘了？"

"不，大人你说错了。兰山是有名的出美人的地方，只是你没见到就是了。"李方膺轻言细语地笑道。

"哦？"王士俊兴头十足地问道："我的府上缺少女婢，方膺能否张罗几个？"

"没问题，就怕姑娘家的上人不肯出手啊。"李方膺佯装为难地说道。

王士俊不解地："这是为什么？"

李方膺浅笑一下不紧不慢地说道："不为什么，听说要毁林造地，老百姓人心慌慌，准备度荒年哪。荒年来了，什么东西好卖？美人儿好卖。到那时候，下官给大人留心着就是了，花个几两碎银子就能买一个……"

王士俊心里暗忖道："好你个李方膺，你绕了个大半天，就是设着套子笑话老夫啊！"

主子没放脸，他身边的"狗"却蹿出来了。蔡明抢在王士俊的前面呵斥道："你……李方膺，你好大的胆子！连总督你也敢戏弄？"

"下官说的是人之常情。"李方膺不卑不亢，绵里藏针地说道，"大人，总督大人他也是人，下官与他唠唠家常，没气着他老人家啊，你说我哪儿说的不得体了？"

王士俊早已气得就差咬他李方膺一口了，碍着身份，他强抑着内心的涌动，掩饰地打开茶杯盖，缓缓吹拂着……

见王士俊不作声，蔡明的气泄下去了一多半，但嘴上仍不饶人地道："李大人，唠家常就唠家常，你怎么将总督大人托你引介女婢的事与荒年卖女的事扯到一起去了呢？"

"蔡明啊，你能不能少说点了！"王士俊轻咳了一声，沉悠悠地打断了蔡明的争气斗狠。

李方膺给王士俊作了一个揖："大人，方膺自小敬重大人若同父母，能在麾下为朝廷效力，甚感荣幸之至。依方膺对大人的贴肤之情，深知大人爱民若子。烧荒垦地，劳民伤财，百害而无一利，大人定是受了何方小人的蛊惑，一时迷了心窍。方膺冒以亲情相求，求大人收回烧林垦荒之成令。"

李方膺一番感人肺腑的委婉陈词令在场的苏雪骋震惊、激动。蔡明惊诧而无所适从地望着不作言语的王士俊。

"恩伯，这是晚辈昨日画就的一幅《齐鲁清艳图》，也许您会感兴趣。"李方膺从茶几上拿起画轴递给了王士俊。

城府极深的王士俊一面看画一面在心下颤笑了一下，暗道："哼，乳臭未干，就学得这般刁钻巨滑、工谋心计。看来，你是存心与老夫作对到底了，行啊，我自会有法子周全你！"

李方膺对他的新政置若罔闻，影响了一大片，不治住他，王士俊的新政就无法推行。但碍于李方膺父辈的面子，他又不能操之过急，暂且隐下了心底的不快，阴阴地笑了，作出大度的模样道："这幅画子画得好，等到来年荒山野岭到处一片绿时，爱侄再给老夫画一幅《齐鲁浊涤图》如何？"

"晚辈当然乐意效劳。就怕兔子不拉屎，荒山连根草也立不住啊。"李方膺悠悠地说。

王士俊的老驴脸上出人意料地漾出了一副可亲的面容来，亲切地说："方膺啊，你还是小时候那个样子，脾气怪怪的，大人怎么说，你就是不听。还记得你八岁生日吗，老伯给你带了两只精贵的画眉鸟吗……"

李方膺高兴地接口道："记得记得，你把它们关在笼子里，我说它不会飞那就不叫鸟……"

王士俊说："你硬是不听话，打开笼子让鸟儿飞走了。"

文人斗狠，抑扬顿挫伤了骨头不见血，这是高手。这一老一少的佯装轻松的对话，打开了现场僵冷的气氛，大家各自心怀一本账地大笑了起来。

2

兰山"云宾阁"里整个二层楼，就中央放了一张宴请的八仙桌，歌伎弹出的古琴曲在屋子里幽雅地回旋着。蔡明在前引路，将王士俊、李方膺、苏雪骋引到了楼上。

李方膺吃惊地说："这里怎么变成这个模样了？"

"这是老夫安排的，怎么样，式样醒目吧？"王士俊得意地说。

"请。"

"恩伯来兰山，本应方膺出面，何劳您这么费心呢？"李方膺落座道。

"老夫煞费苦心，不就是想让爱侄退让一步吗。"王士俊示意举杯，又佯作轻松地说道："你看看，兰山一个县抗令不行，多少县跟在你后面看风头。令尊是老夫的同年，我才一而再，再而三地对你恩情倚重，你可不能恩将仇报啊……"

"大人，家父是家父，我是我。"李方膺发现了王士俊的居心不良，连忙打断了对方的话道："方膺虽是小小七品，也不能枉为一方父母。若是为了乌纱，小的可以做出比烧林垦荒荒唐一百倍的事儿来。"

王士俊听之哈哈大笑了起来，接着叹了一口气道："新政难啊，连我同年的子弟都这样不听我的话。可想而知，当年王安石施新政为何那般遭人嫉恨了。"

"大人，强我烧林垦荒，恕小的难以从命。"他从腰间取出了衙门的钥匙放在桌上，"除非大人拿去我的乌纱帽。"

王士俊拿走了钥匙，浅浅地笑道："老夫要的就是这个。"接着就翻了脸，"来人，给我拿下！"

旁边守卫的护卫一拥而上，将李方膺绑缚了起来。在旁的苏雪骋惊呆了。

李方膺叫道："大人，你不能这样，你不能这样啊！"他毕竟还是嫩了点，上当了。

王士俊将钥匙轻轻丢到了苏雪骋的面前，说："苏大人，取出县府的大印吧。"

苏雪骋犹豫不决地拿起了钥匙。

被拖到楼梯口的李方膺挣脱护卫的绑缚，回首大声地喊道："苏大人！"他的话没有说出口，就被护卫拖走了。

苏雪骋木然地望着李方膺被带走的方向。王士俊以为苏雪骋是给吓坏了，阴阴地笑道："苏大人，只要你张榜行令了，兰山的县令就是你的。"

苏雪骋憨厚地笑了下，"大人，俺心里哪不想要那个官位？可俺的良心舍不得拿去喂狗啊……"说着将手中的钥匙又轻轻丢回到桌上。

"土包子，给好不识好……"王士俊低声咕哝了一句，惨然地笑了，继而神经质一般地大笑了起来。

准备启程的板桥与金农因等候李方膺回来辞行而没能走人。李鱓从客栈过来给他们送行，见李方膺没回，奇怪地说道："怎么回事？方膺给我说的，一早把你们送上路，他再处理其它的事。"

"总督大人昨夜到兰山了，天没亮就把方膺叫走了。"板桥道，"不会出什么事吧？"

"总督到兰山了？"李鱓谙熟官场之道，一听说总督亲自到了兰山，暗忖：此非好兆头，波未起风先到，凶多吉少。但他不愿让板桥他们耽误行程，故尔掩饰地笑道，"这个王总督与方膺的老父是同年进士，不看僧面看佛面，他不会把方膺怎么样的。我看你们就不必等方膺回来告辞了，启程走吧。"

金农道："李兄说得有道理。板桥我们去和夫人说上一声，也是一样啊。"

"走。"板桥应道。两人拿了行装，带上了客房门，与李鱓一同往李方膺后书院走去。

"鱓兄，你何时动身？"板桥问道。

"我今日去看看棋盘山，明日往泰山去。等你们考完回扬州，我也到扬州了，到时听你们的好消息！"李鱓热情地道。

李方膺的卧房是在一个独立的小院子里。板桥他们来到时，陆娟与使女秀秀正吩咐着两个衙役将两匹马拴到院中的石榴树上去。

李鱓招呼说:"夫人,板桥、金农来与你道别。"

"方膺临走时说,让你们稍候,要不了多久他就回来了。"陆娟指着石榴树边的马匹道,"他给你们备好了上路的马,走起来就快多了。"

板桥礼道:"如此盛情,我们真是不知如何相报了……"

陆娟亲切地笑道:"你们亲如兄弟,说这种见生的话,方膺听了是要生气的。"

"恭敬不如从命。谢过夫人了。"板桥与金农双双作揖道。

李鱓笑道:"好了,你们在此等候方膺,我就不远送了。"

陆娟连忙喊道:"李大人,你也别走,到棋盘山的轿子方膺也作了安排。秀秀,你带李大人去,轿子在衙门院子里等着。"

李鱓不好意思地说:"夫人,让你们操累了。"

正说着,一个家奴没命地跑进后书院,惊恐地大喊道:"夫人,夫人!"

陆娟一下就跑了神,惊诧地问:"出什么事了?!"

"老,老爷他……被总督大人抓起来了。"

"啊?"众人吃惊。

"他们把他抓哪去了?"陆娟急急地问道。

"在……在大堂受审。"家奴道。

陆娟稳了下神道:"你,你别慌,再去打探……"

"是!"家奴没听完就跑走了。

李方膺、苏雪骋都是硬汉,王士俊不敢夺印下告示,逼得他无奈,只好来硬的,动刑。李方膺、苏雪骋被打得皮开肉绽,奄奄一息。王士俊举手示意止住了施刑。

周围是兰山县的所有大小官员们,他们被逼而观,个个心惊肉跳。

王士俊拿起一摞写好的文告和那一串钥匙，低沉地说道："文告谁拿去盖印？……不怕死的，就同你们的县令、县丞一样，站着进来，躺着出去！谁出来掌印？"

县衙的机构很简单，除了县令而外，属下只有县丞、巡检、典史几个正式官员。典史是分管缉捕、监狱的官吏。

听到王士俊的呵喝，一个年长的官员缓缓站了出来，王士俊以为他是来接钥匙的，没想到他一声没吭趴到李方膺他们一块去了……

王士俊顿时愣住了。他瞄着了一个清瘦的年青官员道："你，是不是巡检?!" 巡检是守关的下级武官。

年青官员出列，看了一眼王士俊，只蔑视地笑了一下也没说话，就趴到地上了。

其它的小吏不待王士俊说话，纷纷趴到了地上。

这些人的骨肉他妈的都不是娘生爹养的?王士俊又恼又气，嗓子眼象似被什么堵住了，话也说不圆圈了，"你们，你们全都是一群疯子，疯子！统统押人大牢!"

这时，一个叫嘎子的衙役出来说话了："总督大人，这个印没人盖，俺嘎子替您盖。他们，都是有家有小的，您就把他们放了吧。"

王士俊笑了，终于有人给他下台阶了，"嘎子，好一个嘎子。老夫今天给你一个面子，除了两个领头的，其余的不计其过。"

"李大人、苏大人也要放了。"嘎子的嘎劲上来了。

"你去盖，盖了都好说。"王士俊哄说道。

嘎子望了他一眼，信了他的话，拿了钥匙往边房走去，蔡明领着两个护卫跟了过去。

李方膺抬起血迹模糊的脸，想喊但喊不出……

嘎子来到密室，用那把钥匙"咣铛"一声开了密柜的大铜锁。

他取出大红布包着的大印放到桌案上，打开了红布。

"李大人，嘎子是为了你啊！"嘎子痛心地大喊了一句，举起铜铸的官印，对准扶纸的那手指狠狠砸下去！

"夫人，老爷被押进大牢了！"

听到这消息，陆娟眼前一黑，身不由己地往后倒去，板桥、金农惊呼着"夫人"抢步扶住了陆娟。

女婢秀秀吓得哭了起来。

"秀秀，光哭管什么事?! 帮金先生一把，快把夫人背进房去！"李鱓指挥道。

秀秀止住哭跑向金农这边，板桥刚要上去帮衬，李鱓一把拉住他，急急地道，"板桥，这边你别管，跟我到县衙去！"

走到小院门口时，李鱓回头又交待了一句："冬心，夫人这边交给你了，赶快找个郎中来！"

"你们走吧，我会张罗！"金农说着背负起陆娟。

"我们到县衙做什么？"板桥边走边问道。

"我辞官王士俊不知道，去看看，能不能凭我的一点老面子把方膺弄出来再说话。"李鱓说。

两人来到县衙大门口，大惊失色。只见各乡村的百姓们在里正的带领下，四方云集县衙大门口，听说县令李方膺为了乡亲们的利益，被总督抓起来了。他们一呼即应，声势逼人地跪求王士俊放了县令大人。板桥与李鱓来到一高处，远远观之，心魄为之震撼。

"百姓……真是好百姓啊！"板桥感动得说不出更多的溢美之词。

"方膺身为一方父母，能赢得这么多人的心，真是不容易。"李鱓道。

板桥心潮涌动,叹道:"为官到此,足矣!"

李鱓神思飞逸:"顺民者昌,逆民者亡,古来如此,无一例外。王士俊身为封疆大臣,学富五车,才高八斗,他应该明白这个道理。"

被困在县丞大堂里的王士俊何尝不明白李鱓说得那番道理呢?但他的身份、他的地位容不得他对小小百姓作出哪怕一丝一毫的让步。

蔡明从大门外慌慌张张地跑进来禀道:"大人,出不去啊,外面人山人海,里三层外三层,就是调来一千兵马也无济于事……"

王士俊一见蔡明那模样,气不得恼不得,低沉地嗔道:"慌什么?!"

"是,小的不慌,小的不敢慌。"蔡明稍稍稳了下神,小心地进言道:"大人,能不能给兰山的百姓先让个步?……"

"怎么个让步?"

"放了李方膺。我们先走人,尔后再来个回马枪……"

"……不。李方膺不能放,兰山的百姓就是他李方膺娇宠坏了,老夫不拿他是问拿谁?!"王士俊否定了蔡明的主张。

蔡明急得都要哭了,劝说道:"恩师,别的我都不在乎,就怕您在这困得太久了,没吃没喝……"

"够了!"王士俊恼火地打断了蔡明的话头,"你把老夫看成什么人了?为了江山社稷,头都可以不要,如此紧要关头,你还谈什么吃啊喝的!"

蔡明愣了半晌说不出话来,冷不丁冒了一句:"是,不吃不喝。"

衙门外,一个拎着满篮鸡蛋的白发老太领着一帮携带着食物的媳妇姑娘直闯县衙大门,口口声声要见李大人。

护卫蛮横地拦住了她呵斥道:"站住!什么李大人张大人!滚开,臭娘们!丧门星!"

妇女们愤怒地包围了护卫，泰山盖顶一般骂了起来：

"你这个没良心的畜牲！你是个什么东西！"

"你家没老娘?！啊！""缺德带冒烟的王八羔子，你骂谁？回家咒你老娘去！"

"你才是丧门星，俺兰山没请你来，滚回你的老家去！"……

护卫一下急了眼，拔出了腰刀。

妇女们愣了一下，白发老太胸一挺道："小畜牲，有种的往这儿捅！"

发了昏的护卫一刀刺向了白发老太。

全场愣住了。

在一边观望的板桥吃惊地叫了一声："出事了！"

忿怒的人群中有人高喊了一句："打死他！打死这个混帐东西！"

人群鼎沸，鸡蛋、竹篮、木棍……只要人们手中有的，一古脑儿砸向了护卫，门口的护卫冒着雨一般砸来的物什敲开了大门……

守门的四个护卫狼狈地冲进了门，有两个刚刚进门就扑通一下倒在地上不省人事了。

王士俊见之惊悸地踉跄了一下，被眼疾手快的蔡明一把扶住了。

3

朝廷外奏事处位于乾清门外。王公百官或外任官员若有事奏报皇上，须写折子呈递外奏事处，由外奏事处官员根据内容的轻重缓急登记列序，送乾清门内的内奏事处，再由内奏事处的御前大臣或太监转送皇上。

李方膺的八百里快递到了外奏事处，值勤的官员正巧是王士俊的好友、翰林大学士曹连中。

曹连中打开黄绫奏折夹板，一见文书，吃了一惊，匆匆丢弃到一边去了。这一幕恰巧又让来此叙事的鄂尔泰瞧见了，鄂尔泰不露声色地走了过去，一面搭着话一面说着："曹大人，忙着呢？"随手将李方膺的奏事夹板拿了起来。

曹连中连忙要夺鄂尔泰手中的奏折，鄂尔泰戏谑地让过了，就是没给他说："随便看看不行吗？"

曹连中几近要发火，但还是忍住了，说道："大人对下官有什么看不过眼的地方，下官改过就是了。"

鄂尔泰虽说官极一品，但现官不如现管，曹连中归属外奏事处，也是皇上的心腹机构，不是那么轻易好得罪的。鄂尔泰就是明知道他曹连中做了什么手脚，说他多少还要讲究点分寸。

"怎么，不快活了？"鄂尔泰一面说笑着一面快速地在奏折上瞄了两眼。"哦，我明白了，原来是揭露你好友的折子啊，难怪你忙不迭地扔一边去呢。"

曹连中讪讪地笑着，自己给自己找了个下台阶道："一个小小的知县，越级控告总督大人，他不是自己找死吗？我这是救了他，你说呢？"

"对对，曹大人仁爱之心，谁人不知？"鄂尔泰掩饰地笑道。

曹连中松了一口气说："大人，今天晚上微臣请客了。"

"白吃，当然乐意。"鄂尔泰虚虚地应承道。

夜幕笼罩了兰山县，但志坚心齐的兰山百姓围着兰山县衙，一个也没走。过节用的大灯笼悬挂了起来。

东乡的里正大声地喊着："西乡，西乡的黑狗子！"

叫黑狗子的西乡里正，一个活泼的年青人拨着人群挤过来："轮到我们了？"

东乡里正说："轮你们乡了！快去！"

"写万民书，这个主意好！是谁的点子？"黑狗子问。

东乡里正说："就是那两个书生。"他指了下在衙门前一张桌子前登记忙碌的板桥和李鱓。衙门前，堆积如山的食物封死了县衙的大门，有两条大竖幅贴在大门两旁，上书："为民清官李方膺""肝脑涂地陪伴您"

金农好不容易从人群中挤了过来，一面感慨地说道："山东的老乡心真齐啊！"

"夫人那边怎么样了？"板桥急急地问道。

"没事了。我让她写了封家书。"金农将信函放在桌子上道，"给方膺父亲的，能不能想法子送走？"

"全乱了套，我们是睁眼瞎子，这儿又全都是老百姓，待会再想法子吧。"板桥见黑狗子过来了，急忙拿笔舔墨。

黑狗子来到板桥、李鱓的跟前大咧咧地说："你们两个书生真真的了不得！真真的了不得！"

李鱓笑道仿山东腔说道："你们才是真真的更了不得！"

一句话说得全场哄笑了起来。

板桥问："哪个乡的？"

黑狗子说："西乡的。从俺黑狗子写起，写好了吧？俺兄弟叫三毛。"

山东话中的"毛"近似"猫"，板桥听岔了："怎么都是狗啊猫的？"

"不对不对。"黑狗子急道，"毛，猫，猫，毛，不是一回事。猫毛的毛，不是毛猫的猫。"

这个绕口令说绝了，板桥眨巴着大眼，众人捧腹大笑！

一个姑娘上来给李鱓和板桥面前的大碗里倒茶水。笑得连茶碗没端牢，掉在地上摔碎了！

昏暗的大堂里，所有的人口渴肚饥。

护卫中有人跳出来对蔡明说："大人，让我们冲出去！"

"胡闹！"蔡明熊道："找死！光想着你自己，总督大人怎么办？丢，丢在这儿?!"

护卫们萎萎地不吭声了。

"蔡明啊……"躺在椅子上的王士俊有气无力地喊道。

"大人，小的在这儿。"蔡明连忙跑了过去。

"按你的主意办……"王士俊微合着眼道，"让他们领头的进来，我要和他们谈……"

"是！大人。"

蔡明刚要走，王士俊又喊住了他，用心歹毒地吩咐道："领头的……你，你给我记住他们的相貌……回头再来算这个账！"

蔡明闻之，心里打了寒颤，顿时脸色都变了，声音颤颤地答道："是。"说着调头走了。

看见一个人从院墙上冒出了头。人群中有人喊："有人要跑！在那儿！"

上了墙头的蔡明刚要说话，石块飞弹一般飞了过来，蔡明慌忙埋下了身子，在院墙里边喊："乡亲们，你们不要砸，我有话要说！"

板桥、李鱓制止了人群的围攻。

板桥说："有什么话，说吧！"

蔡明颤巍巍地露了点头喊道："让你们领头的进来，我们总督大人要跟你们商议！什么话都好说！"

王士俊等不及了，牢骚地说："蔡明办事太不中用，这点小事，有什么好商量的?"

蔡明这种时候也不听王士俊的了，他怕死，面对这么多的人众，一句话不对路子，排山倒海的人流就会压过来，到那时，你就是再大的官也没用了。只要能让他离开兰山这鬼地方，现在你让他做什么他都会答应的。

大门被人群堵死了，板桥、李鱓、金农与各乡村的里正、族长只好从院墙上翻过去，随蔡明进了大堂。

板桥等人在王士俊周围坐下了。王士俊拿眼静静地巡睃了下，缓缓地道："谁是领头的？"

"我们没有头。"板桥笑了一下道："百姓们推举了我们几个来和大人交涉。"

"你是一个聪明人。"王士俊阴阴地笑了，"老夫不会拿你们怎么样。说吧，你们这样取闹，目的是什么？"

"如果大人这样跟我们谈话，我们只好走了。"板桥说着就起了身。一见板桥起身，所有的人都站了起来。

"慢慢慢，有话好商量嘛。怎么说走就要走呢？"蔡明赶快出面打圆场道，一面紧张地在王士俊的耳边嘀咕了起来。

王士俊无奈地听从了蔡明的忠告，叹了一口气道："说吧，你们有哪些条件？"

板桥说了大伙事先商议好的条件："一、兰山不烧山毁林；二、放出李大人、苏大人；三、立即将兰山的万民书八百里送皇上。"

"没了？"蔡明问道。

"没了。"板桥道。

蔡明看着闭目不语的王士俊，小心地喊着："大人，大人……"

王士俊睁开了眼说："都应了。"

4

乾隆打开了一级督抚王士俊八百里火急传递到京的特用报匣，一见万民书和奏折，莫名心火"腾"一下就上来了。他扔开这些东西，立起身来，在养心殿的屋子里没方向地乱步串动。

乾隆的躁动不宁，令前来呈送奏折的内奏事处官员颤瑟不已，他将眼睛乞求地抛向了御前宠臣安宁。

安宁小心地趋身说道:"皇上,有什么惊扰龙心的事,您先搁下。《英华殿菩提树诗》石碑用满汉两种文字已刻好,工部、礼部请皇上前去御览……"

"这种非政务的事不要……"乾隆刚要发火,但他抑制住了说道:"堂堂一个封疆大臣被区区一个小县的百姓围了起来,说出去真叫人大牙都要笑掉!"

安宁再也不敢多言了。

乾隆稳住了神,下旨道:"传朕的旨谕,河南总督王士俊携兰山县县令李方膺速速到京听候审处。"

内奏事处的官员领旨退下了。

乾隆处事下语是非常精确的,他在旨谕中没有一处用到过激的或者胁迫性的措辞。

乾隆的御旨一到,李 鱓 知道事情有了转机。不管后果如何,至少李方膺的脑袋暂且保住了。事情到了这一步,冲突不能再扩大,他和板桥、金农动员百姓们给传旨的御林军让开了道。

着黄袍马褂的传旨太监进了兰山县县衙大堂,宣旨道:"河南总督王士俊、山东兰山县知县李方膺听旨——"

王士俊、李方膺双双跪曰:"臣王士俊听旨。""臣李方膺听旨。"

"奉天承运,皇帝诏曰:河南总督王士俊推行烧林垦荒新政,朝野议论颇多,兰山受阻非乱民滋扰。着河南总督王士俊、山东兰山知县李方膺速速到京,听候审处。钦此。"传旨太监宣读乾隆圣旨道。

洞开的县衙大门里,传旨太监与一队御林军领路,将李方膺、王士俊带了出来。

当李方膺一瘸一瘸地出现在大门口时,全县的百姓呼喊声地动山摇。

板桥、金农、李鱓与陆娟在人群中呼喊着李方膺。陆娟的高声频越过喧闹的呼喊声,让李方膺的目光投向了他们这边。

见到这帮冒死相救的亲人和友人,还有这些与他血脉相通、休戚与共的山东父老,李方膺双手报拳,泪水长流……

审案之前,乾隆在养心殿事先召见了王士俊。王士俊进殿跪曰:"臣王士俊叩见皇上。"

乾隆不吭声。

王士俊不敢抬头。

李方膺立候在军机房丹墀西槐树下等候觐见,他抵抗新政的事已在朝野上下成为议论中心。大学士朱轼、包括等大臣、王爷从此路过,朱轼指着李方膺对他们说:"看到槐树下的那个年青人吗?他就是劝阻王士俊烧林垦荒的兰山知县李方膺。"

众王爷、大臣驻足而望,欲见而挤不上前的大学士包括以手掩额远望道:"就是那个瘦而长,眼睛很有神的那位吗?"

"就是他。"

"李玉宏这个儿子真是有出息啊!"

养心殿里,憋了一肚子火的乾隆终于发了话:"说吧,堂堂一个封疆大臣,竟然落到如此丢人的地境。怎么回事?"

"李方膺违抗圣命,带领百姓聚众抗上,臣不得已将其拿获……"王士俊一面说着一面偷察皇上的脸色。

乾隆突然想起了什么,说:"朕印象中他是福建按察使李玉宏之子,会作画,朕赐他赴山东任职,是这个李方膺吗?"

"是,陛下。这就是他讥讽新政的画作。"

王士俊将李方膺所作的《齐鲁清艳图》递呈了上去。

安宁接过,在乾隆面前展开了那幅图。乾隆缓缓读起了画上

的那首诗:

> 幽怨灼灼横风吟,
> 但闻啼声无啼人;
> 山光水色蒙浊时,
> 谁能解我画中情?

"好,好啊。画在人在,忧政忧民之情跃然纸上了。"乾隆不见此图便罢,一见反而对王士俊的新政有了谴意:"齐鲁就是被爱卿治理得这般清艳吗?"

王士俊委屈地说道:"皇上,臣推行烧林垦荒的新政是报请皇上恩准的……"见到皇上的神色,他收口不敢再往下说了。

"朕就是让你这样烧林垦荒的?"乾隆反问道。

王士俊慌了神,口齿不灵地连连辩解:"臣误解了皇上的圣意,臣该死。皇上,臣为了治理一方,用尽苦心,臣推行烧林垦荒的新政李方膺的一幅画子就……"

"一幅画子?"乾隆鄙视地瞄了下王士俊,浅浅笑道:"画乃心成,你没见人家没比你少费心?"乾隆的话说得极有分寸。

乾隆的话不左不右,不偏不倚,令王士俊无所适从,自知言多必失,干脆闭口不语了。

"李方膺现在何处?"乾隆问道。

王士俊回应道:"微臣已将他押解来京,正在军机处门外等候圣裁。"

"今日就不召见了,明日朕要亲审此案。"乾隆轻弹手臂道,"好了,跪安吧。"

翌日,乾隆御驾紫禁城乾清门,亲审李方膺一案。

所有在京的王公大臣都上了朝，似乎一个不缺。乾隆强作轻松地说道："朕今日亲自过问山东兰山百姓围攻河南总督一案。传兰山县令李方膺进殿。"

安宁唱喏道："带兰山县令李方膺——"

李方膺进殿叩曰："山东兰山知县李方膺拜见吾皇，吾皇万岁万岁万万岁！"

乾隆也没发话让李方膺起身，便说："王士俊……"

王士俊慌慌出列应道："臣在。"

乾隆不紧不慢地说道："你和李方膺是谁说啊？"

王士俊作礼道："皇上，此案由臣的新政引起，臣先陈述了。烧山垦荒是臣……"他想说此事禀报过皇上，得到过恩准。但他多了一个心眼，昨日皇上的微词他已领教过了，倘若暗中与皇上较上了劲，岂不是自掘坟墓吗？于是他话锋急转改了词道："这是臣自作主张在山东推行的新政，山东连年缺粮闹饥荒，烧山垦荒可解决燃眉之急。"

"皇上，山东不缺粮。"李方膺禀道，"缺粮只是有些人伸手向朝廷索要救济的藉口。就以兰山一个县来说，每年强行谎报缺粮上万石，臣历年拒报，但收到的朝廷报文仍然声称缺粮万余石，这就让人纳闷了。为此臣联想到烧林垦荒与其之间的微妙关系，越级给皇上八百里奏报……"

"你给朕有过奏折？"乾隆打断了李方膺的话头问道。

李方膺言之凿凿地："是，皇上，时间不出十天。"

鄂尔泰出列道："皇上，臣在外奏事处见过李方膺的紧急奏折，当日值勤的是曹连中大人。曹大人与王总督私谊深厚，但视国家政事如同儿戏，隐私纳垢，臣以为就是欺君瞒上。"

乾隆愠怒地唤了声："曹连中。"

曹连中出了一身冷汗，颤着小腿出列道："臣在。"

"李方膺的紧急奏折在哪里？"

曹连中舌头不灵地说："臣以为知县状告总督,越级……越级,不合章程……就没登记转呈了。"

"速速取来!"乾隆道。

"是。"曹连中说完跑出大殿去了。

乾隆说："接着说吧。"

"皇上,李方膺所说的那是荒年报缺,他不缺人家缺,拿他的补人家的是有这种事,这与李方膺所说的谎报是两码子事。"王士俊自知情势对他不妙,狡辩道。

李方膺不理睬王士俊的那一套,接着说道："皇上,总督大人王士俊不顾轻重缓急,冒出个新政,各县人均地亩足以让百姓忙碌的了,烧山而得的荒地何人去种?"

王士俊禀道："皇上,如果按照臣的新政办,垦出的山地种上玉米、高粱,每年可多生产三十万石粮食。李方膺领头抵抗新政,这三十万眼睁睁就泡汤了,臣当然要拿他是问。为了大清之本,臣抛却与李方膺之父同年之谊,任天下人耻骂凌辱。皇上,臣一片忠心苍天可为作证啊!"

乾隆是个易为情感所动的帝王,王士俊的一番剖白在他的心底激起了阵阵涟漪,左右矛盾不已。望着跪在下方的李方膺,他还记得钦定他为官那日的谈笑风生。在这种交织着情感与国家利益的复杂心境下,他睁开了微合的眼帘,静静地询问道："李方膺,你有何话说?"

李方膺铮铮有词道："能否产出这些粮食姑且不论,光就毁坏的山林,三十万?就是三百万,三千万又何以抵得?林毁土失,土失灾来,民力凋敝,何以为继?皇上,先祖之训,天行之道,不可违啊!"

李方膺的肺腑直言震动了乾隆。

王士俊一下子慌了神,额头上沁出了汗珠子,膝盖一软就跪了下去:"皇上,李方膺非但不认罪,却信口雌黄,危言耸听,扰乱圣聪……"

"你别说了!"乾隆打断了王士俊的话头,转对李方膺道:"李方膺,你接着说下去。"

李方膺不假思索地说道:"康熙先祖在他的《几暇格物编》中有言,'水养木,木养土,土复而养水。生生相息,断一不可。疏以待之,乃天象地气毁矣。'"

乾隆吃了一惊,他研读康熙的遗作可谓是到家的人了,怎么连这段至理名言都没见过呢?他不无疑惑地问道:"先祖在那本书中是这么说的吗?"

李方膺应道:"先祖训诫,微臣不敢有半字篡改,第二十三卷第六篇第三十页便是。请皇上御核。"

乾隆沉思了一下唤道:"嗯。朱轼。"

翰林大学士朱轼出列应道:"臣在。"

乾隆吩咐道:"着御书房即刻送来先帝的那本《几暇格物编》。"

"臣遵旨。"

这时,曹连中取来了被他扣压的李方膺奏折,安宁接过转呈给了乾隆。

见皇上审势偏倚,辅佐总理大臣鄂尔泰、大学士朱轼、包括及李玉宏同党纷纷出班奏保李方膺,对王士俊毁林垦荒新政提出了难以辩驳的质疑,他们的异议巧言攻击,将王士俊置入一个尴尬万分的境地。

大学士朱轼道:"山东兰山县令李方膺官位卑微,然一身正气,为江山社稷,为百姓黎民,将身家性命置之度外,可敬可佩。身居高位的河南总督王士俊大人一意孤行,贪功邀赏,倘若全国仿效,大好河山岂不是漫天烟雾,满目苍痍了吗?"

众臣纷纷点头称是。王士俊慌神地偷觑周围……

大学士包括出列跪奏道:"皇上,先帝深谙养农之道,王士俊违先祖之教诲,出于一时的心血来潮,好大喜功,硬性规定烧林垦荒目标和期限，达数月之久。百姓不能正常从业，农事荒废，危害甚重。臣以为当以大清社稷为重，重重惩治那些妄尊自大、谎报政情的不法之徒，无论他的身份、地位有多高！"

王士俊满头汗水也顾不上擦拭，深深地低垂着大脑门。

鄂尔泰出列奏道："皇上，李方膺身为一县之微臣，急民之所想，忧民之所忧，数次劝解大总督，足见其胆魄过人，忠贞可鉴。臣以为忠不得奖，罪不得罚，何以清政服天下？皇上明鉴。"

朱轼将从御书房取来的康熙的《几暇格物编》，翻到第二十三卷第六篇第三十页折好呈给乾隆。白纸黑字，毋须多言了。

李方膺审时度势地掏出一本事先预备好的奏折："皇上，臣有一本要奏。"

乾隆应允道："呈上来。"

安宁接过了李方膺的奏折递给了乾隆。

李方膺道："微臣弹劾河南总督王士俊。王士俊贪图功名，涂炭民生，置天理民生于不顾，冒天下之大不韪，枉自下令烧山毁林，遗患大清社稷，百姓民不聊生、怨声载道，实属罪大不可赦也。"

王士俊急道："皇上，李方膺身为罪臣，本当诛之。哎，怎，怎么都倒过来了呢?！"

乾隆权衡再三，下旨道："王士俊以烧林垦荒之名，行谎报扰政之实，失策害民，罢王士俊河南总督职，摘去顶戴花翎，交吏部待查。"

上去一个御前太监拿去了王士俊头上的顶戴花翎。

"山东巡抚刘日璋身居重任，不能如实禀呈实情，致使荒唐新政贻害地方，渎职不可恕，即日罢职，还乡为民，永不录用。"乾隆造下御旨。

又上去一个御前太监拿去了山东巡抚刘日璋头上的顶戴花翎。

"大学士曹连中玩忽职守，护私误政，罪不可赦，交大理寺追究审理！"

曹连中颤巍巍地自己取下了顶戴花翎。

"山东兰山知县李方膺忧政忧民，一身正气；为民请命，不避斧钺，断然拒绝推行荒唐的所谓新政，忠贞清明，实为群臣之表，赏白银一万两，黄马褂一件。调吏部选任安徽知府衔。"

"原兰山县县丞苏雪骋晋升为兰山县令，余本案在押人员一律无罪释放，赏银百两！"

乾隆一口气说完了对烧林垦荒一案的处置意见。令所有在场的官员为之欣喜、震惊。

第二十四章

1

天要下雨，从昨天到今天老天一直阴沉着脸。凌晨时分，雷公玩了家伙，那霹雳钻进屋子里就象在人的头顶上开了花，北京城的老老少少没惊醒的恐怕没几个。性子憨奄的闹明白怎么回事后，又接着入了梦；个性火烈的、心底存事的，再也合不上眼了。天明的时候，空气里弥漫上一层湿漉漉的东西，没多久，一声霹雳裹挟着耀眼的电花穿过紫禁城的上空将黑沉沉的天幕撕开了，密匝匝不断线的雨帘平平静静地把烦躁干枯的大京都彻彻底底地涤了个透。

乾隆一宿没怎么睡踏实。审阅过总理大臣、本年度首席读卷官鄂尔泰和大学士、副读卷官蒋南沙呈送来的殿试主试题《璇玑玉衡赋》，他怎么琢磨怎么不舒服。龙座刚坐稳，天下该治理的事太多，人材的更替朝哪个方向引导，它的形成是对先帝留下的机制给予冲击还是维护填充，一盘棋怎么下，全维系在他一人了。既是我一人独尊，我要给世人作什么？那就指靠这批人材的选定了。人都说一朝天子一朝臣，道理或许就在这里了。《璇玑玉衡赋》是什么？从天下云集的才子里找出一批咬文嚼字的之乎者也的老学究来？乾隆思绪连翩，提起朱笔钩去了《璇玑玉衡赋》试题，用什么作为主试题，他也一时没有主意，等明天让鄂尔泰和蒋南沙再去商量吧。京试迫在眉睫，却连试题都没定夺，这在历代朝廷恐怕是未曾有过的事。一开始是防备试题泄露，现在是担心出题不准波及到选才有误。人看这皇上威风，可这龙椅不好坐啊。乾隆躺在龙床上辗转反侧，久久不能入睡，夜深的时候，迷迷糊糊刚入睡，一声霹雳在他的龙床头炸开了，他一个激灵弹坐了起来，寝宫的太监进来了，见皇上呆坐在那里，趋身上前问了安，慌忙去端了莲子鹿茸汤侍候了。他再也不能入眠，起床踅步于案前，随后索性抽了一本《资治通鉴》翻看起来，累极上了床，没等睡实，天就亮了。又是一声惊雷，天破了，他醒了，睁开惺忪的双眼，第一眼瞄见了置放在御案上的一个画轴，他朦朦胧胧记起这是昨天审案留下的李方膺的那幅字画《齐鲁清艳图》，朦朦胧胧有了一种感觉，以它作京试考题如何？对对对，就是它！说不出为什么，就是有那种感觉，天意！

　　乾隆翻身起床，即刻传旨召来了首席读卷官鄂尔泰道：

　　"这是李方膺的《齐鲁清艳图》，朕很喜欢，图文并茂，心到笔到，堪为政鉴明心之上品。本次殿试，就以它为题，看图作赋。别忘了，将先祖的那段训诫'土养木，木生水……'附上。"到这时，乾隆似乎明白自己为什么要这么做了，说完这话，他长长地吁了一口气。

　　鄂尔泰心悦诚服地说："皇上圣明。此题表象谈艺，内涵说政，顾其表不能深辟，只其里不能溢美。"

　　乾隆交代说："其它的试题不变。"

　　"臣遵旨。"鄂尔泰说。

　　安宁来到批阅试题的乾隆身边轻声地禀道："皇上，福建按察使李玉宏求见。"

　　乾隆轻松地笑了一下道："他一定是为李方膺来的。真快啊！让他进来吧。"

　　安宁唱道："李玉宏觐见——"

　　李玉宏淋了雨，落汤鸡一般，他匆匆进殿叩拜道："福建按察使李玉宏拜见皇上。"

乾隆心里有数，故意不露声色地问道："爱卿这般模样进京，有何要事禀报？"

李玉宏一本正经道："臣有一本要奏。"

乾隆接过李玉宏的奏折看都没看，道："你说吧。"

李玉宏言词恳切地道："皇上，小儿李方膺在山东兰山聚众闹事，围攻总督，罪孽深重至渊，请皇上从重惩治，切莫姑息。臣平日教子无方，懈意失礼，招致今日灾祸，臣甘愿受罚，恳请皇上裁过。"

鄂尔泰惊愣地看了看李玉宏，又转眼去望乾隆。

乾隆本想留下一手戏戏李玉宏的，没想到他正儿八经地负荆请罪来了。一开始乾隆是给他闹槽了，越听越不是那么回事，听到末了终于忍不住大笑了起来说："李玉宏，李玉宏，你是真不知道，还是假不知道？"

趴在地上的李玉宏睁大着双眼，整个人发了槽，忙道："皇上，罪臣不知道您笑什么？"

"你起来吧。"

"罪臣不敢起。"

"朕让你起，你就起。"

"子不教父之过，子造罪父有责。罪臣不愿皇上在此大事上宽施仁政……"李玉宏趴伏在地上说。

乾隆见李玉宏如此迂腐，真是笑不得气不得了。想想也是，人家千里迢迢赶来京都，也没去打听周旋，就慌忙跑来请罪认罚了，可谓忠心昭昭，这样的忠君之臣有什么话说？想到这儿，乾隆的脸上漾出了慈祥的笑意来，语调和缓地说道："爱卿，不要再说了。兰山一案朕已亲自审理。李方膺为朕之江山社稷舍命护佑，功不可没。朕已着吏部将其选任安徽知府衔。现在你听明白了没有？"

李玉宏抬起木然的双眼，木然地点了点头，木然地说着："谢皇上浩荡龙恩……"他叩拜下去的头没起得来，整个人就瘫软在地上了。

"来人！"乾隆吩咐道，"快快将他送到宫值太医那儿去。"

李玉宏被小太监搀扶着走了。

"情法不容，他是心力交瘁，难以承负了。"乾隆不无感触地对鄂尔泰说。

李家父子一刚一柔，真是天地之别。不过这两人的个性乾隆都赏识。也许他们做人的方式方法不同，但对朝廷的忠贞不渝这一点是殊途同归的，既诚挚又是那么的可爱。

鄂尔泰佩服李方膺的人格、胆识，更赏识他的才气，那幅《齐鲁清艳图》画艺上无可挑剔，难能可贵的是那么准确无误地传递了作画人的心境和倾向。皇上慧眼识珠，钦点它为御考试题，令鄂尔泰激动不已。当然，皇上御点试题的事他不敢有丝毫泄露，却又欣喜有加，人在欲说不能的喜悦状态下，不找人说点什么，难受得不行，于是他想起了慎亲王允禧和李家父子，摆下宴席，邀请他们上门，一叙衷肠。

鄂尔泰笑谈起李玉宏在乾隆那儿请罪的窘状，大伙都开心地笑了。笑声中，鄂尔泰说道："皇上一开始也给闹懵了，还只当李大人反话正说呢。"

允禧说："李大人是先帝重臣，情份就是不一样啊。"

"此案若不是皇上亲自过问，事情恐怕不是这样了结了。不是老朽古板迂腐，年青人想事做事就是莽撞，这次算你命大，让你撞对了。"李玉宏说到这里，脸上还留着后怕的神态。

"父亲，你放心，我也不想为这个官了。"李方膺坦然自若，"我已经给皇上递了辞呈，请求回家侍候老母去。"

"方膺耍小孩子脾气呢。知道吗，你正处在官运亨通的节骨眼上。"鄂尔泰只当李方膺说了句玩笑话："皇上对你的《齐鲁清艳图》极为赞赏，说这是政鉴明心之作……"

没等鄂尔泰的话没说完，李方膺拍筷"腾"地站了起来叫道："完了！"

在场的人都让他的突然举动吓了一大跳。

"怎么回事？"允禧问道。

"光顾了自己保平安，害下板桥他们了！"李方膺痛苦不迭地说道。

允禧大惑不解地问："此话怎讲？"

"王爷你们不知，不说那幅图，我也想不起板桥来。他和金农两个人还在兰山等我的讯息呢。"李方膺说："此次兰山变故若不是板桥、冬心，还有李鱓他们暗中助我一臂之力，方膺早已尸解兰山了。"

允禧有所悟地说："原来是这么回事。我说呢，殿试就要开始，怎么到现在没见他的影子呢。"

"这几个朋友我知道他们的脾性，方膺不能安然无恙回兰山，他们就是放弃功名，也会为我安排家小的。这如何是好，如何是好。"李方膺焦心如焚。

"好好好，没事没事的！"鄂尔泰嘀嘀大笑了起来，"方膺啊，放心地喝酒！板桥他们一定到京都了。你也真是聪明一世，糊涂一时，皇上的旨谕一到兰山，他们不就什么都明白了？郑板桥他们不会那么笨，一定要等你回兰山。来来来，喝喝喝！"

"方膺比板桥老实，所以这么想。"允禧玩笑道。

众人轻松地笑开了。

2

前门客栈，殿试日近，学子云集京都。客栈更是忙碌，进进出出的学子们扛包背箱的、使唤仆从的、穷的富的、笨的灵的、老的少的啥人都有。各人说着本乡本土的方言，乍来初到，啥都不熟悉，难免着急上心火，于是大嗓门吩咐的、找人喊叫的、呵斥骂娘的，热闹非凡。

风尘仆仆的板桥与金农牵着马匹挤过熙攘的人群进了前门客栈，扯着大嗓门喊道："老板，老板！"

店伙计远远地一边应着"来啦！"声音刚落这人就蹿到板桥他们身边来，热情地接过了马缰绳，躬身作礼唱喏道："两位公子里边请哪"

板桥和金农应了鄂尔泰说的，兰山那段等候李方膺结案的日子他俩和李鱓没少受罪，成天提心吊胆，李方膺要是有个三长两短，他的家眷安排，后事处理一应都要他们出面，可怜的陆娟没经历过这种变故，惊吓得六神无主，虽不哭不泣，躺在床上就跟傻子一样，比任何一种悲伤更让人放心不下。那时，板桥和金农已下了狠心，不进京应试了。方膺的案子下来时，陆娟还没有缓过神，李鱓催促板桥和金农上路，还来得及，两人这才想起来自己出门是干什么来的。

匆匆上路，一路策马飞奔。老天保佑，赶到京城离考试日期还有两天。

洗漱之后已近黄昏，换了干净衣裳，板桥带金农到允禧府去，玩笑说要在那儿蹭一顿美味喂喂没了油水的肚子。走到允禧府附近的胡同里，板桥驻步不前了。

"怎么啦？走错路了？"金农问。

板桥说："路没错。可我觉得还是不去为好。"

金农很想见识见识允禧，所以有些不高兴："说好的，你怎么突然改了主意？"

板桥明白金农的心思，也不见怪，解释道："你不知道，这种非常时刻，举子串门是很招人眼的。现在的世道也说不清是怎么回事？越是清官门前的是非越是多。慎亲王为人正道，清廉光明，他总是说别人的多，说不定什么时候树了敌，我们外地客，冷不丁去串门子，没考上便罢，考上了，不准从哪条阴沟里冒出点臭气来，就够他王爷领受一阵子的。想想何苦呢？不就是见个面叙个旧，考完之后也一个样啊。"

"看不出你是这么个心细若妇的人。"金农轻轻地擂了下板桥的肩膀，笑道："你应该投个女人的胎。"

"今夜如何打发？"板桥戏言道。

"听你的。"金农道，"京都你比我熟。"

"走，到燕子楼听歌去。"板桥想了下道。"我作东。"

"去你的，你在我面前摆什么阔？"金农的家底子比板桥要殷实的多，出门在外他轻易不会让板桥破费。

燕子楼座落在前门大街大栅栏的巷子口，离前门客栈一里多地。时值各地举子汇聚，生意格外的好。板桥与金农来到燕子楼，只见灯红酒绿，美伎侑酒，举子们狂欢泄意，一脱常年闭门读书的儒雅。一楼客满，他们只得上了二楼的雅座间。

说是雅座，也只是多用了几道红漆屏风。一桌客刚刚撤席，赶巧让板桥他哥俩占上了。隔壁的客席格外的闹腾，板桥多留了些眼，一个个头不高但穿戴不俗的小胖子正与一帮同道举子嬉笑狂饮，听口音他们是从四川来的。那个小胖子，别看貌不惊人，背景可不浅，他就是大名鼎鼎的蒋南沙的外甥，姓苗名得福。

一个名叫招哥的歌女怀抱琵琶，坐在苗得福的身旁娴熟地变换着男女声弹唱着江南艳曲《卖卦调情》：

"（女）高叫一声先生又叫了一声哥啊，（仿男）唤你喊我做些什么呀，小娘子？（女）请啊问一声先生，麻城有多少路途先生儿来？（仿男）麻城路多，小娘子。（女）我的先生儿来。（仿男）我的小妹子……"

一个举子轻佻地说："得福，你让唱曲的换一个，老调老腔的不好听。"

苗得福调头给歌伎招哥挤着媚眼道:"哎,小姐姐,你给换个新曲儿唱唱,算我苗公子点的啦!"

招哥回了一个笑说道:"我弹《道情十首》,这是最新的了。"说完就换了调唱起来——

"老书生,白屋中,说黄虞,道古风。许多后辈高科中,门前仆从雄如虎,陌上旌旗去似龙。一朝势落成春梦,倒不如蓬门僻巷,教几个小小蒙童……"

板桥与金农刚端上酒盅,听见歌伎在弹唱自己的诗作,板桥为之一震。

金农诧异地说:"这不是你的《道情》吗?"

"正是。"板桥浅笑了下,"新鲜,这词儿传到京城来了,她要是再唱得调侃一点儿就好了。"

金农挑逗地笑了下说:"这姑娘看似一个聪明人,你去点教一番。"

"哼,出什么馊点子呢?"板桥诡黠地笑了。"你的坏心眼当小弟悟不出来?"

两人笑着端起了酒盅。

招哥继续弹唱道:"……吊龙逄,哭比干,羡庄周,拜老聃。未央宫里王孙惨。南来薏苡徒兴谤,七尺珊瑚只自残。孔明枉作那英雄汉,早知道茅庐高卧,省多少六出祁山!"

邻桌一帮醉酒的举子们在高谈阔论,什么人都不在他们的眼里。苗得福仔细辨听了招哥的弹唱,大嗓门亮着一口的川言问道:"喂喂喂,唱曲的小姐姐,你这唱得是啥子曲子?"

招哥停止了弹唱,应道:"禀少爷、小女唱的是扬州郑板桥的《道情十首》。"

"唱得我想哭。好了,姐姐别唱了,过来陪哥哥的酒。怎么样?"苗得福说着掏出了一锭银子放在桌上。

招哥来到桌边取走了银子礼道："谢谢公子。"

"不用谢。"苗得福轻佻地说，"待会儿我们几个才子吟出的诗，姐姐就拿刚才扬州道情的调儿唱给我们听，如何？"

招哥娇声地说："听公子的吩咐。"

苗得福闻到招哥身上的清香味，情不自禁地入了魔，就势将招哥拉到自己的腿上坐下了。"姐姐真是知情识礼的小乖乖。"

一个举子说："我听说这个郑板桥在扬州很出名，他的诗书画名气都不小。"

苗得福讥笑地"哼"了一下道："什么名气？字画我没见过，诗文你们刚才也听了，我看都是胡说，有如放屁。"

大凡怪异的人坯都一样，取笑别人，满足某种想为而不能为的阴暗心理，这是他们一种特殊的快感。

哄堂大笑声中一个举子信口开河道："别说郑板桥，都说李白的诗无敌吧？我看，也不过平平而已啊！"

另一个不甘示弱："郑板桥与三苏比，谁高谁下？我看三苏的诗文浅薄，还不如《三字经》！"

这帮家伙肆意作狂。邻座血气方刚的板桥坐不住了，金农见他要惹事，轻声地劝说道："板桥，一帮文痞，下三烂，大可不必较真。"

"你以为我跟他们动拳头？"郑板桥笑了一下："士可杀而不可辱。不调理他们一下，他们不知道自己到底是个什么了。"说着就势转过了身子，冲着邻桌声色不露地说："哎咿，各位仁兄，听了你们的鸿论，在下甚感新鲜，讨教了。"

几个狂生愣了下，苗得福不无儒雅地拱手相问："请，两位不妨入伙，一同豪吹如何？"

板桥起身走了过去，道："说起李白，三苏，我的学资浅了些，不敢枉评。郑板桥我尚且略知一、二，他是我的同乡，诸位肆意笑话他，不知凭的是什么？"

狂生们一时没了话说。其中一个低声地对苗得福嘀咕道："这个乡巴佬，出语不逊哪。"

苗得福浅浅地笑道："凭的是什么？凭的是我们的才学。"

"敬佩敬佩。"板桥作礼道："听刚才这位才子所言，几位要吟诗助酒。在下愿以郑板桥弟子之名份，与诸位斗诗赌酒，藉此给郑板桥讨个正名。如何？"

举子们看着苗得福，"得福兄，你来和他较量。"

苗得福受到抬举，越发的不是他了，只见他傲慢地从衣襟里掏出一张百两的银票来轻曼慢地丢在酒桌上，笑道："这是一百两银票，你能在上面写上一万个字，这张银票就归你了。"

"哈哈。"板桥戏言道："这是诸葛亮小儿时候的游戏，也上了殿试举子的雅堂？你不觉得羞的慌？"

板桥肆无忌惮地讥笑，不啻在苗得福的心上刺了一刀。

招哥哆哆地问苗得福："公子，这是诸葛亮小儿时候的游戏吗？"

苗得福气恼地推开了招哥，自己给自己找脸面："好，算兄弟过了我的门坎。说吧，怎么个斗法？"

"爽快！"一见对方入了套，板桥心下坦然了，漾着笑脸躬身礼道："是我先考你，或是你先考我，悉听尊便。"

苗得福哈哈笑了起来："这是你说的，那就对不起了。我先考你！一个对子一首诗。"

"随你的便，请。"板桥礼貌道，突然他伸出了一只手拦道："不，慢！输了赢了得有个说法。"

苗得福斗狠地说："输了就喝三盅酒。"

板桥乜了下眼，拿起一个大碗："三碗。"

举子们都呆了，好家伙，三碗，三碗那就是斤半的老白干啊！起初没声音，随即热闹了起来："好好好！这才叫过瘾！苗少爷，跟他拼了！"

苗得福嘿嘿一笑，慢悠悠地道："你真是个不知天高地厚的主，你知道我是谁？"

"先别说谁是谁。"板桥礼貌地回道，"应赌你就出题。"

"有种。"苗得福是个要面子的主，他能在这种场合下做软蛋吗？他咽下一口唾沫，盯视着板桥道："听好了，我出上联。一塔七层八面。"

举子们像啦啦队一样给苗得福叫好称妙。

板桥微微笑了一下，伸出五指张开的手朝大酒碗摆了摆说道："公子，你就喝吧。"

"哎，慢着！"苗得福瞪大了鱼目眼，"你没对出来，该你喝了！"

举子们跟着起哄："对，对啊！我们没听你对呀！你输了！喝喝喝！"

"克柔君已经联出下句了。"金农在一边轻轻敲打了一句，"你们都没有看出来？"

苗得福惊诧地道："我没听他说话啊！"

"他用手势让你喝，就是对出下联了。看到没有？"金农笑着比划道："伸出的五指，是不是'五指三长两短'？与你的'一塔七层八面'相对，还有比这更妥贴的下联吗？"

苗得福与众举子瞪目结舌，面面相觑。

有人沮丧地劝说道："得福兄，你就老老实实地喝吧。"

也有人觉得黄汤不是往他的肚子里去，越劝越当真。"喝喝喝，没话说！"

苗得福无奈，端起大碗酒"咕咕咕"灌进口中。

"好！酒仙在世！"当局的、邻桌不当局的都围上来了。

苗得福抹了下嘴角溢出的酒渍，勉强地笑了一下，硬着舌头说："酒……仙，诗圣是一家！听，听好了，现在你过我的第，第二招……作诗！"

"第二招我们要换个赌法。"板桥说道。

苗得福强笑道："可以，没，没问题！说，赌什么？"

"谁输了，谁就得把这张八仙桌买下来。"板桥指着他们用餐的大饭桌。"我输了，我买，亲自送到你住的客栈去。你输了……"

"别说了。"苗得福笑道，"我把它送到你的客栈去。"

"就是这个意思。"板桥道。"赌就赌个热闹，你说呢？"

"没错！"苗得福酒醉肚明，他转了个点子说："那这样，你来考我。"

"这是你说的？"

"我说的。"

"听好了。你做四句诗来，诗里要有十个一字。"板桥笑着问对方，"听清了没有？"

"不可能！"苗得福也没说别的，张口就嚷了起来，"这做出来的还叫诗吗？"

"这是你让我出的题。"板桥道。

"我没让你出这种没可能做的东西啊？"苗得福急了，问旁边的几个同行道，"你们谁能做得出？"

那几个都摇着头。

"按规矩，你不做，就是你输了。"金农道。

"别人让你做，你做不出，现在你让我来做，那不行！"苗得福耍赖皮了。一个举子在他的耳边咬了点什么，苗得福来了劲，"行，这题就算是我出的，你来做！"

"输赢你要认账！"板桥道。

"你去打听打听，我苗某是何等人！"苗得福豪爽地挺了下胸脯。

板桥喊道："店家！笔墨侍候！"

"来啦！"店小二早在一边看呆了眼，一听呼唤，钻出人堆撒腿就去了。

板桥一把将桌上的饭菜掀到了地下，店小二拿来了笔墨纸张，净桌铺纸。

　　板桥稍思，提笔挥之而蹴——

　　　　一个渔翁一钓钩；
　　　　一主一客一席话，
　　　　一轮明月一江秋。

　　"好，有诗有画有意!"金农脱口嚷道。

　　"不可能!"苗得福疑心地说："这里有十个一吗?"

　　"要不要掰着手指头数一数?"板桥讥嘲地笑道。

　　苗得福顾不得许多了，趴了上去真地数了起来，数到最后一个他定格在那儿不动弹了。

　　赌局这东西，老少无欺，输了就得认，没话说。苗得福被人扶了起来，又按下把八仙桌放到他的背上。你说一张桌子有多重?不就是羞人得慌吗!面色憋得猪肝一般的苗得福背负着八仙桌从二楼上下来，酒楼里的举子们见此奇观，哄翻了天。

　　八仙桌上贴着板桥的那首诗。一些调皮的举子看过之后，恶作剧地涂抹了乌龟、巴儿狗、秃毛鸡之类的字画撑着贴在桌子周边，一路撑着往回走。

　　苗得福在燕子楼出尽洋相的时候，蒋南沙着一身便装来到前门客栈，听说是找苗得福的，店伙计给他打开了一间豪华的客房道："老爷，那个叫苗得福的考生就住在这儿。"

　　正说着，店老板从他们的身后喊叫着过来了："小二，谁让你给生人开房的?"

　　一见蒋南沙的气度和装束，不是大官人也是大富商，店老板的脸瞬间就变了个形，躬身作揖忙不迭陪笑道："没看出是老爷到了，对，对不住。您找苗公子？……"

蒋南沙没见苗得福的人，一脸的不高兴道："他是我外甥。人呢？"

店老板堆着笑脸道："天黑就和一帮举子出去了，没说啥时辰回来。您老在屋里歇着。小二，快去送茶来。"

店伙计应声往楼下跑去。店老板跟在后面喊："要上好的茶！再带些点心上来！"

"知道啦！"

蒋南沙在苗得福的住房里焦躁不安地等候着。本想与外甥面授机宜交代一番，不想这个没出息的畜牲疯得连个人影都找不见，你说气人不气人！他取出一张纸刚想写些什么，楼下传来了喧闹声……

蒋南沙闻声走出房来，站在栏杆边朝下看去——

一帮文生举子裹挟着谑笑的声浪簇拥着一个被取笑的人艰难地将八仙桌背进了院子，楼上楼下，院前院后各个房间的举子都出来了。

背桌的人将那张桌子停放在院子中间，从桌子底下冒出大脑袋来，院子里的人原先不知道被捉弄的是谁，看清楚了，爆发出掀浪的笑声。这时，蒋南沙才看出被羞辱的人竟是自己的外甥，一股血涌上了头顶心。

苗得福累得气喘吁吁，征询地问道："放，放到哪儿？"

紧随其后的板桥说："行了，就放在这儿吧。"

一听这话，卸了重负的苗得福一下就瘫倒在桌子底下了。

板桥转身喊道："老板！老板"

店老板挤了过来："哎哎，先生有何吩咐？"

"这张桌子是这位苗大公子买下的，留给你作见面礼了。"板桥戏谑地说。

"多谢了!"店老板快活地回身喊道:"伙计们,抬走!"

被同乡们从地下扶起的苗得福突然想起了什么,无力地说道:"把那首诗给我留下。"

瘫软的苗得福被扶回了房间,这时苗得福看见什么,两眼瞪直了。

蒋南沙凶神恶煞地伫立在书案边。

醉酒的苗得福勉强地挤出了笑脸,说道:"舅舅,你什么时候来的?"

"你们出去!"蒋南沙撵走了送苗得福回房的举子们。

苗得福将手中的纸递上,"舅舅,这,这是证据……你,你要给外甥,报,报这一箭之仇……"

蒋南沙低声地吼了一声:"跪下!"

"啊,跪下?"苗得福说着扑通就跪下了,但他的酒太过量,竟一滩泥似地倒在地上不省人事了。

"孽子!"蒋南沙气愤地踢了他一脚,拾起那张纸,见了诗句后面的署名题款,恍然悟之,自语道:"郑燮,板桥……郑板桥?又是这个冤家对头……"

3

紫禁城太和殿,殿试由皇上亲自主持,故只设读卷官。读卷官一共八人,由皇上亲自选定。本届的读卷官除了首席鄂尔泰、副职蒋南沙之外,余下的由翰林大学士两人、院部大臣六人组成。

"监考的除了大人,还有哪些人?"这天退朝之后回家的路上,蒋南沙问凌枢道。

乾隆将凌枢贬黜之后,隔了一段日子,把凌枢安置到吏部侍郎的位置上,总算还念了一点旧情。张狂的凌枢从那以后学得乖多了,大事不敢问,小事不敢做,表面上给人一种老老实实、本本份份的感觉。

"大人你怎么问下官这些？有哪些人监考，你还能不知道？"凌枢奇怪地问。

"看你一天到晚耷拉个脑袋，瘟鸡一样，给你长点精神。"蒋南沙玩笑道："问你这些，是让你多长个眼睛。"

"大人什么意思？"

"知道这次你的冤家到了吗？"

"谁？"

"郑板桥。"

"……"凌枢想起了自己折戟扬州的往事，心里边就出血。

"不用我多说了吧？别忘了好好关照姓郑的那小子。"

"不消大人多交待，让他落到我手里，那也是天意。"

殿试的考试地点是在太和殿。

殿试这天，应试者都朝服冠靴在丹陛排立，王公大臣也齐集丹陛之上。这时皇帝光临太和殿，鸣鞭奏乐，之后由大学士鄂尔泰从殿内黄案上捧出试卷交给礼部官员，放到方便黄案上。应试者及王公大臣齐向皇帝行礼后，礼部官员开始发放试卷。应试者一一跪受，尔后按号入座开始答卷。

"王凯——"主持发放考卷的礼部官员唱名道。

叫王凯的举子出列跪受试卷被人领走。

"苗得福——"

苗得福跪受，被人领走了。

"郑板桥——"

郑板桥出列，跪受试卷。

郑板桥的大名在王公大臣里可谓人人皆知了，一听到他的名字，几乎所有的人都回头相望，轻轻地窃窃议论着；就连乾隆也在悄声地向他身边的安宁笑着说着什么……

王凯、苗得福、郑板桥——被领到他们的座位上，这是一个个如同当今的酒吧隔扇包厢一般的半封闭的格子间。

板桥看见试卷中有李方膺的那幅《齐鲁清艳图》，脸上露出了欣喜的笑意。

凌枢见板桥坐定了，幽灵一般走到板桥的身后拿起他的试卷看，"你的答卷纸多了。"说着不由分说地抽走了板桥试卷中的空白纸。

板桥奇怪得几乎叫了起来："哎，大人，你只给我留这半张纸，哪够答卷啊？"

"不许大声喧哗，要不就请你出去了。"凌枢阴阴地笑道："你不是在巴掌大的地方就能写出洋洋万言吗？半张纸还不足够了？"

专注于试卷的板桥这时辨清了凌枢的尊容，恍然悟之："哦，我想起来了，你是钦差凌大人？"

凌枢笑道："不错，好记性。都说名人好忘事，我看郑先生就不是这样的。不说了，做你的卷子吧！"说完扬长而去。

"哎哎哎，凌大人！"板桥大声喊了起来。

旁边监考的吏部尚书包括走了过来，呵斥道："喊什么?！大声喧哗要取消考试资格的。"

"大人，刚才那个大人拿走了我的试卷纸，我，我这怎么够答卷的？"他举着那不大的半张纸。

故事已经发生了，其中必有缘故，他包括一插手，后面引来的事就多了，还是暂且装聋作哑维持现状为好，于是说道："答卷纸人手一份，不多也不少。你就自己想办法吧。"临走又叮嘱了一句，"不要再出声了，免得轰你出考场就麻烦了。"

板桥捏着鼻子吃闷亏，无法再说什么了。

蒋南沙走到大殿的门口，凌枢悄悄迎了过去，给蒋南沙暗下点了下头。

板桥写完了那半张纸，再也写不下去了，急得他四处张望。

远远看着板桥束手无措的凌枢、蒋南沙对视而笑，蒋南沙心满意足地走了。一边，窥视着这一切的包括，心情沉重地摇了下头。

板桥抓耳挠腮，实在无法，用笔在衣袖上写了起来，刚写了"江山"两个字，发现太滞，无法着笔。汗水顺着他的颈脖子淌了下来，一滴汗水"叭嗒"落在平整的桌面上，他用手指去涂擦，汗水在桌面上留下了痕迹。或许是天灵昭示，"桌面""板凳"这些可移动的平面都是可以书写的呀！板桥兴奋异常，用衣袖抹干净了桌面，一点不敢耽误地速速写了起来！

苗得福抄完了他舅舅给他窃得的方便，得意地大喊了起来："考官，交卷！——"

包括走去收了他的卷，当他路过板桥的考间时，顺带看了一眼，没见人，奇怪地自语道："人呢？"探头看时，板桥正一屁股坐在黑黢黢的地上，在板凳上写着答卷最后的论叙，对外面的动静，他毫无所知。

收卷铃响了！

凌枢盯视着板桥的考间。所有的考生一一交了卷，独独没有板桥出来。

凌枢催促道："好了，全齐了！"

"不。"包括道，"还有。"

这边说着，那边板桥狼狈万分地从考间里扛着桌椅板凳走了出来。

凌枢惊诧不已地问："你这是什么？"

"答卷。"板桥愠怒地答道。

"违反考场规则。"凌枢阴笑道："这不是你为所欲为的地方，报废了！"说完一脚将写有答案的板凳踢飞了。

"你！"板桥瞪大了眼。

"我怎么啦？"凌枢笑道，"莫非你到今天才认识？"

站在一边的包括将板凳拾了起来，连同桌子唤人抬走了。

"哎——包大人!"凌枢喊道，"你把桌子往哪抬?"

包括平静地回道："这份卷子我收了。"

"你!"凌枢瞪大了眼。

"本官怎么啦?"包括浅笑着回道，"莫非大人不认识?"

凌枢气得连口水都咽不下嗓子，颈脖子憋得老粗。

4

考试结束后，由专门收卷官将试卷密封，运至文华殿，读卷官开始阅卷。根据答卷的优劣，读卷官在卷子上作出○、＋、一、△、×五等标识。每个读卷官轮阅后，由首席读卷官尽兴综合评议，拟定名次。尔后将前十名裹呈皇上，由皇上钦定。

首席阅卷官鄂尔泰逐字逐句阅读着板桥的答案，从纸上看到桌上，从桌面上看到板凳上，连声叫好。其它几个阅卷官给他叫愣了。

"你们都来看看。"鄂尔泰邀请道。

几个阅卷官，包括蒋南沙都围了上去。

鄂尔泰指点着桌子上、板凳上的几处地方，赞不绝口地说道："这，这儿，还有这儿!漂亮，漂亮!这篇策论出语奇峭，用词精美，通篇跌宕起伏、逶迤峻秀，闻其声如入其境，探其意如观其心!"

"这个考生是哪儿的?"阅卷官、左御史沙哈德问道。

"不拆封排名次哪能知道?"阅卷官包括知晓所有，装佯道。

"象这样的文章可以定第一名拆封了。"阅卷官、十三王爷说。

"拆。"沙哈德兴奋地说，"首席大人，拆开看看没事的，我们都认定他是第一名了，蒋大人，你说呢?"

"第一名我没意见。"蒋南沙哪不知道这就是郑板桥的试卷呢?但卷子已经到了鄂尔泰的手中，且已经得到众阅卷官的认可。不过，刁滑的他突然提出一个众人意想不到的问题："不过，这种试卷放到皇上面前，恐怕有失大雅。最好放到第十名二甲以后去，免得皇上……"

"卷子考生做出来的，我们只管阅卷，哪管得他怎么做？"沙哈德振振有词地说。"皇上也没规定不许这样啊。"

其他的阅卷官都支持他的观点。"我们只看卷面水平高低，其余我们一概不问。"

"既然诸位大人都是这等意见，下官也没什么话说。"蒋南沙妥协道。

拆封！

"郑板桥！"阅卷官们几乎异口同声地喊出声来。

随着内务府太监一声长唱："关城门喽——"各个紫禁城衙署的大小官员纷纷关门闭窗，出城而去。

御道上，蒋南沙与鄂尔泰并肩而行。

蒋南沙奸滑地暗示道："郑板桥大名轰动朝野，更何况他的文章真是令人钦佩之至，取他做第一名皇上不会有异议，你说呢……"

鄂尔泰也不是那种没有心计的人，蒋南沙说这种话，到底什么意思，他掂量着该怎么搭他的茬。

见鄂尔泰不说话，蒋南沙笑道："大人怎么不说话？"

"没话说。"鄂尔泰看着蒋南沙，不置可否地说："我在听大人说呢。"

"大人是首席阅卷官，排名次是您说了算。"蒋南沙话锋一转，套近乎地说道："你我共事多年，没有深交，也没有过什么恩仇计较。说句你不爱听的话，郑板桥的答卷交到皇上那儿去，凶多吉少。"

"此话怎讲?"鄂尔泰佯装平静地问道。

"那些桌椅板凳到了皇上面前,这不是戏弄皇上吗?就算皇上宽仁大度,心里也是堵着块什么……当然,我们可以把责任推到监考官那儿去,不过,郑板桥的第一名可就……"蒋南沙佯作轻松地解析道。

鄂尔泰说了一声:"哟。"

"怎么啦?"

"我拉了一样东西在文华殿。蒋大人,你先回吧。"鄂尔泰说完转身往回走去。

蒋南沙阴丝丝地笑了,他要的效果就是这个。

鄂尔泰匆匆返回了文华殿的大屋,匆匆摆开了板桥的试卷答案,匆匆找出空白纸张,亲自给郑板桥重新誊抄起试卷。

蒋南沙蹑手蹑足跟着鄂尔泰回了文华殿,他悄悄走近窗户,往里偷觑,不出蒋南沙所料,鄂尔泰正专注誊抄那份试卷呢。达到目的的蒋南沙轻松地走开了,但他没走几步,一不慎脚下被什么绊了一下,重重地摔倒在地上。

鄂尔泰听见异常声音,紧张地藏起了誊抄的纸张,打开了房门。

殿外,暗处的蒋南沙趴在地上不敢出大气。

鄂尔泰没发现什么,吁了一口长气,骂了声:"死猫!"合上房门进去了。

七天后,鄂尔泰到养心殿给乾隆呈上了本年殿试的合格考生的花名册。前十名中,除了郑板桥是第一名之外,苗得福竟然列在了第四名的位置上。当然,有谁知道这是蒋南沙一手泄题得来的呢?殊不知,天下让人不知晓的污秽事儿多着呢,不说做手脚的人善于瞒天过海,就是蒙在鼓里的局外人还帮着自圆其说,于是大千世界越来越污秽。

乾隆的朱笔点在郑板桥的名字上问道："这个第一名就是扬州的那个郑板桥？"

前来禀报的鄂尔泰道："是的，皇上。"说完将他誊抄好的板桥"试卷"递了上去。

乾隆阅之，脸上露出欣喜的神色。

安宁匆匆来到皇上跟前轻轻说了点什么，乾隆允道："让他进来。"

"喳！"安宁转身宣道："阅卷官蒋南沙觐见——"

蒋南沙狼狈地扛来了郑板桥答卷桌椅板凳。鄂尔泰见之大惊失色。

乾隆惊问道："蒋爱卿，你这是干什么？"

"皇上，这是郑板桥的答卷。"蒋南沙道，不自在地躲开了鄂尔泰犀利的目光。

乾隆疑惑不解地举起了鄂尔泰誊抄的那份卷子问："那这是谁的卷子？"

鄂尔泰连忙跪倒禀道："皇上，那就是郑板桥的答卷，这桌椅板凳上的也是郑板桥的答卷。据微臣所查，考试现场给郑板桥的试卷就没有考纸，我们收到的考卷就是这些桌椅板凳。微臣唯恐惊扰圣目，特意一字不差誊抄了一份禀呈，请皇上圣察。"

乾隆愠怒地说："发卷是怎么回事？即刻查报！"

鄂尔泰道："臣领旨！"

一看情势要走样，蒋南沙连忙跪拜道："皇上，臣以为，发卷的问题要追查，但郑板桥在桌椅板凳上书写答卷，也要当作戏弄圣上论处！"

乾隆明白蒋南沙的意思，浅浅地笑道："蒋大人，你的意思郑板桥可以在答卷现场要到考卷纸，他没要，而有意写在桌椅板凳上戏弄寡人？"

"是……呃，不是。"蒋南沙突然悟出了什么，连忙改口道，"考场有律，他，他要不到纸张……"

"既然蒋大人知道这些，莫非就是让郑板桥呆子一样坐在那儿，等候收卷铃响不成？"乾隆戏言道。

"臣，臣就没想那么多了。"蒋南沙支吾道，汗珠出现在他的鼻梁上。"臣想的不是这些……"他胆怯地说着，看了乾隆一眼。

"爱卿有何想说的，直言便是。"乾隆看出了他的心思。

"臣不敢胡言乱语。"蒋南沙道。

乾隆爽朗地笑了："说吧，朕恕你无罪便是了。"

"皇上，考题中的《齐鲁清艳图》您看出问题了吗？"蒋南沙小心地问道。

乾隆惊异地问道："什么问题？"

蒋南沙站了起来，走到悬挂在乾隆对面墙壁上的那幅字画前，指着上面的四句诗道："这四句诗是四个人所作，其中就有郑板桥的。"

"嗯？"乾隆不无奇怪地说道，"此言从何说起？"

"这四句诗是四个人的笔迹。"蒋南沙道，"郑板桥、金农、李鱓、还有李方膺。"

乾隆哈哈笑了起来说道："四人联手，天衣无缝，也堪称一绝啊，总理大人，你说呢？"

鄂尔泰应道："书画中作画与题诗合璧之作多得很，《齐鲁清艳图》是完美无缺的。"

"皇上。"蒋南沙作礼道："臣的意思不在这里，他们的诗画没话说。关键是在于……从这幅字画中，可以判断郑板桥他们一定经历了兰山变故。由此看来，没有他们，兰山变故闹不了那么乱。郑板桥的策论里，文理不错，但他的语气咄咄逼人，作为一介布衣，他涉政也太多了。臣以为，以文取人，可取，但此人天性惹事生非，不成熟，不可重用矣。"

一席话说得乾隆没了声音。突然他发问道："既然爱卿早知道这幅字画的题诗是他们四个人所作，为何早不言语？"

"臣与李鱓相争，碰了一鼻子灰，再也不敢轻易多言。"蒋南沙貌似委屈地说。

"你不喜欢他们的东西，对他们的画风笔法研习得还深透得很啊。"乾隆佯作轻松地笑说，一面提起了朱笔，轻轻将郑板桥的大名从前十名的名册里划去了……

这天，中榜的进士们被通知集中到了太和殿，参加乾隆亲自主持的宣布名次的典礼仪式，鄂尔泰宣读中榜的新科进士，板桥的第一名拿掉之后，苗得福的第四名移位到了第三名：探花。一听苗得福列在第三名，板桥的眼都睁大了。余下的唱诺在他的耳边恰似一阵阵轰鸣含混的山风，什么听不见，什么不知晓，就连自己身在何处也不知道了。

新科进士与王公大臣一道向皇帝行过三跪九叩大礼，礼部尚书包括恭捧大金榜放在彩亭内，送到东长安门外的宫墙上张挂上了，所有的举子们都涌过来围观。

连苗得福这种蠢而又蠢的庸人都能高中金榜，真真是天下奇闻了。这种背景竞争，中与没中，又有什么意义？

"怎么样？"望着呆若木人的板桥，金农预感不祥，但还是要问。

"不知道。我什么也没听清。"板桥呆呆地答。

金农知道遇到蹊跷事了，盯着板桥打破沙锅问到底。

"真败家！知道吗，那个草包苗得福竟拿走了探花，这里边出了大鬼了！"板桥说了原委。

"荒唐，是不是搞错了？"金农大惊。

"妈的！"板桥窝了一肚子火，"废物草包成了宝，这个世道不脏不乱才有鬼呢!"

　　金农突然笑了起来说道:"开玩笑了。我是说你是在开自己的玩笑。斗这种气,损寿伤元,何苦来哉。天下不平事,就你一个郑板桥遇着了? 好了好了,先顾顾你自己吧。"

　　说着不由分说拖了板桥前往东长安门外看黄榜。

　　从榜首一路往下寻,终于找到了,金农惊喜喊了起来:"板桥,你中了!"

　　板桥已经看到了,但他提不起情绪,冷冷地笑道:"没什么高兴的,才二甲第八十八名。"

　　这边说着,那边苗得福和几个他的狐朋狗友喧戏了起来

　　"王凯,你也中了!"

　　"有了有了,我们几个都上了榜! 哈哈!"

　　"苗少爷,还是你真格的行啊! 探花。我几个都抵不了你。"

　　"我说过了,别看他做得几首歪诗烂词,能不够他! 哼,动真格的还是我等聪明人!"苗得福瞥见了板桥和金农,话中有话地羞辱道。

　　胜者王侯败者寇,这种时候去跟人家斗嘴争狠,那就叫自讨没趣了。金农怕板桥上火惹出不必要的尴尬来,拽他出了人群:

　　"好了,你就别火了,能逮着一个进士就算你的福气了。"金农边走边劝慰道,"至少你可以吃到皇粮了,至于那些个老鼠、王八之类的,将来怎么糟蹋社稷江山,也不是你我烦得了那份神的。平平气,陪我去看看博学鸿词科考试的名单公布了没有。"

　　殿试与博学鸿词科考试一前一后。

　　太和殿前广场两侧,矗立着两座高大宏伟,式样与格局完全一致的建筑,它们就是东庑之中的体仁阁与西庑之中的弘义阁,在明代称为"文昭阁"与"武成阁"。博学鸿词科的考试地点是在体仁阁。

　　金农受乾隆帝钦点入京参考,自然引人注目。蒋南沙利用

《齐鲁清艳图》的题诗作文章，一箭双雕，连金农都给排斥在博学鸿词科考试之外了。

当金农和板桥在张榜公布的博学鸿词科考试名册里怎么也找不到金农的大名时，他们两个人从头到脚如同寒冬天浇上了一盆冷水。

板桥抑制住激忿的心情，说道："我明白了……"

金农无奈地笑了一下道："我好象也悟到点什么了……"

板桥说："说说看。"

金农说："你先说。"

"兰山的罪过转嫁给我们了……"

"我们给挤出来了……"

两个难兄难弟放肆地大笑了起来！突然，板桥的心口痉挛了一下，他止住了笑，捂住了胸口。

"怎么啦？"金农惊问道。

"没怎么，心口疼了一下，好难受。"板桥勉强地笑了，"从来没有过心口疼，有些怪。"

金农愣愣地看着他，迷惘地说："走，回去吧。"

你说是感应也好，你说是血脉相通也好，事情就是这么发生的。就在板桥心口疼痛的那一瞬间，地处千里之遥的扬州清竹庵禅房里，重病在床的王一姐忍受不了头颅的疼痛，含混不清地呼喊了一声"板桥哥"之后就昏死过去了。服侍她的小尼不敢跟怡莲师太说真话，只说慧智师姐快不行了。

板桥离开扬州没几天，一姐就病倒了，什么药都用遍了，就是不见好。一姐冥冥之中又做了一回索命小鬼拖她进地狱的怪梦，不过，这一次她没有从床上滚落到地上来，却是头颅疼痛得象似炸裂了一般，浑身发热，都想跳到冰窟里才解气。她预感自己的人生路不远了，放开了胆思念起板桥来，这种时候她不再有罪恶感，但是，奇怪的是，任凭她怎么想，板桥的身影就是不到她的梦境中来，微妙无形，寂寞无听，然后乃可以睹万物而廓清。远离对尘世间物欲追求和纷争倾轧，方有此超越，方可以走进这种平淡的意境。一姐寥寥无际，思无形，寂无听，不正是上苍无限自由宁静的特殊境界在召唤着她受难的魂灵吗？

怡莲师太和端着汤药的一个小僧尼走近王一姐的床前。

怡莲接过汤药，吩咐小尼道："把你的师姐扶起来。"

小僧尼过去扶起了一姐。

一姐微微睁开了眼。

怡莲关切地说："慧智，吃药吧？"

一姐眼里无光，缓缓地出着微弱的气息道："师傅，能喊我一声'一姐'吗？"

怡莲愣了一下，她在心底颤抖了。她无法抗拒这份人性的撞击，轻轻地喊了："一姐……"

一姐轻轻地露出了惊艳的微笑："谢谢师傅。师傅，我表哥他说了，一旦他中了金榜，他要接我出庵……您能答应吗？"

怡莲明白一姐的生命正在走向极限，她沉痛不已地道："只要你的病好了，师傅也就放心了。我会答应你的，好吗？"

一姐的眼睛里映出了异样的光彩，想喝怡莲送到嘴边的汤药，但她没喝进去，头一歪，走人了。一句话没留下……

第二十五章

1

这天，台湾府林善之知府携台湾特产"阿里山芒果"前往允禧府邸拜见，得见"碧竹斋"满壁辉煌，叹服感慨之余，定要索求"板桥作画亲王题诗"墨宝一幅，言称"高风亮节之作，带回宝岛，朝见暮伴，以砺同仁之志。"如此说道，乍闻之下，不知其人者，以为言过其实。殊不知，这位林善之乃朝臣后起之秀，亦是书画名家，更是允禧少时好友。允禧是明白他的浸儒之意，但眼下板桥的踪影还不知在哪里，无奈之下，忍痛割爱取下了三丈巨幅《擎天竹》赠给了林善之。

林善之前脚刚走，鄂尔泰就来了。见他行色匆匆的神秘模样，允禧不知发生了什么大事。

"何事这般紧张？"允禧问道。

"黄榜出来了。"鄂尔泰进了书房，随手关上了身后的房门，接着给允禧递上了一个册子。

"你不是跟我说过，板桥拿到第一名了吗？"允禧自觉虚惊一场，出了一口浊气犯疑地说，"怪了，板桥一直没到我这里来露面。"

"王爷，你看看这个名册再说话。"鄂尔泰指着册子说。

允禧一看，大惊失色，几乎嚷了起来："这是怎么回事？状元变成了二甲八十八名？谁捣的鬼？！"

"王爷，你千万小声点。"鄂尔泰紧张地看了下外面，降低了声音道，"我刚从皇上那儿来，此事一言难尽……"

鄂尔泰一五一十述说了祸起《齐鲁清艳图》的来龙去脉，允禧的脸色从红到青，从青到苍白，呼吸也短促了起来，一腔涌动的火气无法排遣，随手将手中的毛笔狠狠掼在了画案上！回首拉着脸道："蒋南沙施了什么迷魂药，皇上就那么听他蒋南沙的……"

"王爷，您也不要生这么大的气，皇上有皇上的心思……"鄂尔泰想了一下谨慎地辨析道，"以下官在场的感受，李鱓、板桥、金农他们在兰山与李方膺相会惹事，事情闹得那么大，惊动朝廷内外，迫于民心，皇上忍痛撤了封疆大臣王士俊，那也是不得已的事。其实皇上心里并不那么舒畅，不舒畅在什么地方？他说不出。经蒋南沙这么一捣咕，皇上的一腔闷气正正好就撒在板桥的头上了。"

"你说得有道理。"允禧轻轻点头道，"其实，我在皇上亲审兰山案那天就看出来了。"

鄂尔泰接着说道："李鱓在宫廷里与蒋南沙结了冤家，皇上的印象是他不安份，加上李方膺闹事，现在又知道板桥、金农也卷在里边，这好，一棍子下去全打了。"

"你说什么？"允禧露出惊诧的神色，"金农的博学鸿词科是皇上微服扬州时钦点的，还会出什么意外？"

"此一时彼一时。"鄂尔泰苦笑了一下，"金农的名字已经从博学鸿词的名册里拿掉了……"

允禧闻之，一句话说不出，郁愤异常地踱了几步，猛地拉开房门朝外喊道："怎么不上茶？！"

一个女婢慌忙地端来了茶盘，心焦口渴的允禧大喝了一口，烫得他喷出了茶水，茶杯失手掉到了地上。

鄂尔泰与女婢慌忙地去陪小心和不是。

允禧怒喊道："滚！"

女婢噙着眼泪道："是。"

允禧知道自己失态了，见鄂尔泰蹲在地下收拾着摔碎的茶杯，于心不忍地轻声说道："大人，你这是干什么？"

鄂尔泰见允禧的火气过去了，露了下笑脸说道："王爷您把佣人撵走了，我就当一回佣人啊。"

"笑话了。"允禧恢复了他平和的常态，"刚才我有些失态了。"

"一样。"鄂尔泰笑说道，"家人上饭，我连饭碗都砸了，没吃饭就来了。"

"你没吃饭？要不在这吃点？"允禧关切地说。

"不了。"鄂尔泰情绪低沉地说，"待会我还要到皇上那儿去呈报新科进士的署任名册。"

"板桥怎么安排的？"允禧问道。

"我私下想，板桥在名次上受到莫须有的贬谪，所以极力署任上给他补偿一些。"鄂尔泰说道，"名册上给他放到无锡作知县，那儿与扬州离得近，不影响板桥与扬州书画界的来往。"

"你考虑得真细。"允禧说着叹了一口气，"这也算是对他的一点安慰吧。"

晌午饭后，板桥手持进士录取绿头签进了吏部衙署，来找吏部官员领取任用派遣单，接待板桥的是大学士、吏部尚书包括。

进士绿头签是用白硬骨纸特制的，上半段为绿色，中间写有姓名、籍贯、录取名次等。包括从板桥手里接过一看姓名、名次，不由得多打量了一会板桥。包括也是本次会试会审官员，任用新科进士，作为吏部尚书，他更是举足轻重的人物。板桥的取第前后内幕他一清二楚，鄂尔泰与他打招呼，将他放到无锡任上，是他一手操办的。包括查了名册，竟没有板桥派遣任用的注册，他有些奇怪地悄声对旁边的两个官员说道："扬州的郑板桥，二甲第八十八名，你们查一查，是派到无锡任上的，怎么不见了注册？"

那两个官员看了一眼鼎鼎大名的郑板桥，礼貌地点了下头，打开了任用名册查找。包括来到那两人的背后，两个官员找了一通分别给他摇了摇头。

"不大可能啊，三甲第一百二十三名都任用了，二甲的能漏掉？"包括轻声地说，接着转身对板桥客气地说："你在这等一等，我到后面给你问一问。"说完朝通往后院的耳门走去。

板桥给外面做了一个手势。门外，等候的金农站在一个树荫下。

衙署内的一个小边屋屋门打开了，苗得福和蒋南沙走了出来。苗得福的胸前还挂着探花红花。苗得福的川音丝毫不改，川调的韵味在他这种不务实的纨绔子弟口中说出来，显得格外地夸张、让人忍俊不禁，只听到："我那一夜要不是喝醉了酒，这个状元准定就是我的。"

蒋南沙微笑着打断了他的话头："好了好了，回家去报喜，别忘了给你妈多叩几个头。"

"舅，看你说的……"苗得福的话没说完，一眼看到了伫立在一边冷眼相对的郑板桥。他下意识地看了一下自己胸前的大红花，抬起头来讪讪地笑了一下，继而恢复了他本性中的浮傲，嗓子大声热情而不乏讥嘲地说道："哎呀，这不是扬州的大才子郑板桥吗？现在是谁输谁赢哪？！"

板桥蔑视地盯视着他，没作声气。

苗得福走到板桥的身边，右手的小指撩拨了胸前的绸布红花挑逗地说："怎么，对我的这个大红花有兴趣？这辈子你恐怕与它没得缘份喽。"说着戏弄地将红花的一端飘带递给板桥，"送把你，留个纪念心里头不酸溜溜的呗？"

板桥笑道："别忘了从四川多带几个沙罐子来，要不然，下次和我打擂台，背回家的乌龟没东西煮！"

站在一边的蒋南沙气得面色发青，恼怒地喊道："得福，你太轻狂了！还不走你的！”

苗得福连忙应道："哎咿，我这就走。"说完朝板桥得意地笑了一下往门外走去，这一走不要紧，他胸前的大红花散了团，绕着他的脖子扯住了他！原来，他递给板桥的飘带还攥在板桥的手里呢！

苗得福一带劲，板桥的手一送，苗得福正正摔了个狗啃屎！

板桥笑道："你不是说好让我留个纪念吗？我正想拿回去拴我的小毛驴，可你又舍不得了。哈哈，真是小人一个。"

苗得福爬起来，讪笑道："我没说你，是我不小心摔着的。"瘸着腿走出门外。

在栅栏里边的官员也都给说笑了。

门外的金农捂着嘴笑看。

蒋南沙气得直翻白眼，却没法说什么，憋着一口气扭头进他的房间去了。

查询的包括大人从后面回来了，递给郑板桥一张纸单，声调流露着特意的关切："这张单子你留好，回家等候吏部通知。到时你凭这张单子来京就是了。"

"大人。"板桥有些急了，"这是怎么回事？你能给我说说，为什么没安排我的任用？"

包括只是含蓄地笑了下说："我只知道这些，其他的我就不知道了。"

金农迎着了沮丧的板桥。"怎么啦？安排得不好？"板桥没有回话，金农只好不再多言。

"板桥！金农！"允禧迎面走了过来。

"亲王。"板桥与金农施礼道。

"你们让我好等啊！怎么回事？到京也不招个面！"允禧一口气说着，发现情绪低沉的板桥脸色不对，连忙问道："到无锡的任职书拿到了？"

金农给允禧一个眼色，摇了摇头。

允禧预感到什么，快声快语地说了句："你们在这等着我！"说完就往吏部跑了去。

2

允禧在吏部问明了情况，转过头跑到养心殿找了皇上。见允禧述说事情时面色涨红的那副模样，乾隆开心地笑了，表情轻松地说："任上届满，郑板桥闲置回扬州等候。朕只能跟你说这些。你来就是为郑板桥的事？金农的事你不问问了？"

"不想问了。"允禧略显不快地说，"问也是白搭。"

没想到乾隆一点没生气，反倒爽快地笑道："皇叔真是一个重感情的人啊。你是怕下次到扬州人家不理睬你还是怎么的？"

乾隆说话的延伸性是很强的，本分的允禧哪是他的对手呢，不出三个回合就进了圈套，急急道："怎么会呢？我们是皇家人，他们能不陪着笑脸吗？怕就怕没了真心没了实意。"

乾隆敛住了笑脸，隐含告诫地说："对，你说得很对。朕没有你想得那么多。不过，你的脾气发完了就行了，不要纠缠在这里边。"

"郑板桥得中高榜，臣不明白为什么别的进士都任用了，独独排到他就届满待任？"允禧情绪激动地争辩道："还有，金农是圣上您在扬州私访时目睹了人家的才学，钦定他来京参加博学鸿词科考试的，为什么临近考试了，突然名册里没了金农的名字？臣糊涂了……"

"糊涂一点好。"乾隆笑道，"有些事情你不要弄得太明白，这样对你有好处。"

允禧忽视了自己的身份，脾性上来了，梗着脖子说："皇上，臣要是想弄个明白呢？"

"你和他们谈诗作画，朕管过你没有？朕取人选才，这是社稷全盘考虑的事，奉劝你不要过问那么多。"乾隆平和的神态里没露出一点愠怒的含义，但他的每一句话都透溢着瘆人的杀气，允禧哪能听不出来呢？他暗自出了一身冷汗，低下了脑袋不敢多言了。

见允禧一句话不说了，乾隆浅浅地笑了一下道："为什么不言语了？"

"臣在听皇上的教诲。"允禧学得乖巧了一点。

"嗯。"乾隆满意地点了下头，"国事政务，你不要问得太多，对你这样的书生没多大好处，你还是老老实实和那些画师们研习一些作画写诗的技巧。"

"皇上，臣能问一句不该问的话吗"允禧谨慎地说。

"问吧。"

"郑板桥二甲八十八名，不给诠选到任……"允禧学得聪明了点，拐了一个弯道问道："会不会是吏部的包括对郑板桥有什么成见？"

"包括怎么可能有意见？郑板桥的第一名是他报来的……"乾隆自觉失口，连忙打住了。

"皇上怎么说郑板桥是第一名？他不是八十八名吗？"允禧明知故问。

"朕刚才是怎么告诫你的？"乾隆拿话堵上了允禧的嘴。

允禧自知无法说服乾隆，乾隆有他自己心里的一本账，这本账他怎么可能掏出来给他看呢？

"皇上说了，有些事情糊涂一点好。"允禧老实地回答说。

"既然你这么真心待你的朋友们，朕就跟你明说了吧。"乾隆笑了，露出些许内心的想法："你和郑板桥处得比较久，至于你怎么看他，朕不过问。但郑板桥、金农那些扬州画师不是一般的画师，还记得那次扬州巨砚案，还有后来的岳钟琪一案，还有前不久的兰山变故……你都看不出来吗？这些惊动朝廷内外的大案，没他们掺和，有这么大的声势吗？他们智慧过人，却又生性好斗，自行其事，桀傲难驯，这些都是为官之大忌。朕即便是启用这些人，也要时间磨磨他的棱角。”

尽管允禧在情感上偏倚于板桥，但皇上指抒心中的秘密，不是没有他的道理，不当家不知柴米贵，他还敢再申辩什么呢？不过，他还是忍不住好奇地问道：“皇上，您说要磨磨他的棱角，这个时间要多久？”

“五年不启用……”乾隆口气清淡，然而却面带笑意地说，“五年后让他带着一幅楹联的下联到京来。”

允禧闹糊涂了：“皇上，您说的臣不明白。”

“寡人说个上联，别让郑板桥知道是朕对不出来的。”乾隆是个直性人，不隐瞒自己不会的东西。“这个上联是什么呢？你记好了。‘此木成柴山山出’。”

允禧复述了一遍：“‘此木成柴山山出’。臣记住了。”

乾隆轻轻弹了下手：“退下吧。”

“是。”允禧起身施礼道，“臣告退。”

“半个月后的博学鸿词科考试，你让金农参加考。”乾隆突然莫名其妙地冒了一句。

乾隆这种临时性的决定，并非是赏识或是要重用金农，而是出于面子上的缘故。允禧明明知道这是皇上给他的一种安慰，但他也只好郑重其事地敷衍道：“臣遵旨告之。”

允禧到鄂尔泰府上把皇上临时决定金农参考的事给他说了，鄂尔泰没多大的反应，只是浅浅地笑了一下说：“皇上取人用人有他自己的章法定规，谁也取代不了。板桥、金农和李鱓、李方膺是一路子货色，讨不得皇上的心。金农就是考到第一名又怎么样？结局不会比板桥好到哪儿去。”

允禧想了下说：“我看不一定。待会他俩来了，你别说话，我要看看金农是怎么想的。"

"他们来了，我不露面还不行吗？"鄂尔泰笑道，"我的话说在前头，金农不会像您这样实心眼的。"

正说着，家人来报："老爷，郑板桥和金农两位先生求见。"

"快快有请。"鄂尔泰接着对允禧笑道："王爷，我进房去了，不到时辰我不出来。"说完进到隔屏后面去了。

板桥与金农进屋时，允禧在佯装看墙上的字画，一见板桥他们进来，便吩咐道："来来来，快快请坐。"

有女婢上来献上了茶。

允禧开门见山道："冬心，告诉你一个好消息，皇上又特准你参加博学鸿词科的考试了。"

金农起身谢道："谢王爷费神操持。"

允禧说："哎咿，理所当然理所当然嘛……"

"紫琼仁君，我有一事不明白，皇上钦定过的事情，为何有反复？"板桥施礼道，"恕我等无礼，板桥有了进士名份，可连个任用资格都没拿到，冬心兄失而复得，结局又会如何？不得不让人想得更多一点。"

允禧开心地笑了下，指着板桥道："就你的事儿多，你说会如何？"

金农礼道："亲王，板桥机警过人，他说的全在礼数之中。冬心虽有人仕之心，却无作官之命。我想……我的头疼得厉害，我想博学鸿词科的考试我还是放弃的好。"

允禧惋惜地劝说道："你再斟酌一下，这是难得的机会。"

"机会大家都一样。"此时的金农经过京城风雨，已是悟透机理，看破人世，平和地笑道，"就怕结局不平等，何苦来哉。"

"那你回去怎么办？"允禧关切地问道。

金农朝板桥望了一眼，爽朗地说道："谢亲王挂心。我俩都想好了，回扬州还作我们的老行当，卖画为生。虽说清贫一些，但那份自由自在的乐趣，也是神仙比不得的。"

"卖画好！画子画得不好，卖不掉，你就没饭吃。"鄂尔泰手拿一个画轴笑着从隔屏后面走了出来，"这是最实实在在的。"

板桥、金农站起作礼："大人！"

鄂尔泰礼道："请请请，请自便！"说着拿出一个玉佩来，说："这是我表妹送给我的物件，听说冬心极擅鉴赏，能看看它是何年何地产出的吗？"

金农稍稍翻看了下，断言道："此玉佩乃宋徽宗年间新疆和阗产物，实为至宝。"

允禧与鄂尔泰对视了一眼，鄂尔泰佩服地说："佩服，冬心慧眼独到，果是惊人之才！"

"师长过奖。"金农致谦道。

"你再看看这个。"鄂尔泰说着展开了他手中的那幅画子道："这是老夫昨夜闲来画就的一幅不成体统的东西，胡诌了四行句子，就再也诌不出来了，金先生能否着意续貂？……"

画上的内容是：一只小船泊在柳荫下的一个小码头边，一个官人模样的人站在船头，似将远去，一个清秀的女子站在岸边，面带依依不舍之态。画中写了这么四句诗：东边一棵大柳树，西边一棵大柳树，南边一棵大柳树，北边一棵大柳树。

看过画子，金农往前推了一把板桥道："学生的诗作不如板桥，板桥来续！"

板桥嗔怪道："冬心，你开什么玩笑，总理大人着意在你，你怎么随便就退却呢？"

"板桥的诗我和亲王常常赏之，没有见过冬心的诗作，是一大缺憾矣，今日得缘，自然揪住不放了。"鄂尔泰笑道。

允禧说："总理大人把话都说尽了，你还推却什么呢？"

金农稍事沉吟，说道："学生冒昧，能否随意续之？"

鄂尔泰道："请随而便之。"

金农提笔稍思，续道：

> 任尔东西南北，
> 千丝万缕，
> 总系不得郎舟住。
> 这边啼鹧鸪，
> 那边唤杜宇，
> 一声声"行不得也，哥哥!"
> 一声声"不如归去!"

众人观之，连声叫好。允禧读了一遍，击掌而言："好！真是赏心悦目，潇洒放达至极!"

"知道吗？这就是五十年前，下官一介布衣进京赶考，情人表妹送我的情形。"鄂尔泰笑说。

允禧开心地笑道："大人还有这段风流韵事？这么多年没听你说过嘛。"

"王爷鉴宥。若不是冬心的诗句续得好，我哪会动之以情说出这些呢?"鄂尔泰笑道。

"大人，恕学生冒昧，你这画子恐怕还有另外一层含义吧?"板桥礼道。

一句话说得鄂尔泰顿时哑了口，瞪着板桥看了半晌，道："板桥，看看你能否说出我的心思?"

"真有它意?"允禧盯着鄂尔泰问道，鄂尔泰点了下头。

"这是大人送别我们俩，不，更准确一点说，是惋惜冬心的送别之作。"板桥一语中的地说。

"板桥……"鄂尔泰一手拉着板桥的手，一手轻轻地拍着板桥的肩，动情哽咽地说："难怪……"他想说"难怪皇上不敢用你了，你太聪明，万事看得太透了"，但他没说出口，堵在嗓子眼里，无奈地直摇着头。

允禧是真糊涂了问道："你刚才说'难怪'什么呀？怎么不往下说了？"

鄂尔泰抑制住自己的激情，极有分寸地说："我的意思是说，难怪冬心说板桥他聪明绝顶，他是真正的聪明啊！他把我的心思全看透了！"

3

三天以后，允禧与鄂尔泰等文友在卢沟桥长亭设便宴送别板桥与金农。允禧身为皇亲，知晓对官僚机构中不按名排序，是因为皇上的缘故，但他不能和任何人说。他许诺一旦有机会，会替板桥进言的。轻声对板桥说："你放心回扬州，我会尽力让吏部早早安排你的任用。"

板桥礼道："板桥不才，让紫琼仁君操心劳神了。"

"你这说的是什么话？"允禧假嗔道，"就是别忘了给我勤递书函。"

一边，鄂尔泰抚慰金农道："古人有言，天降大任于斯人，必先苦其心志，劳其筋骨……此处不留名，自有留名处……"

金农礼道："谢大人苦心点教。冬心谨记在心了。"

众人共举酒盅干杯时，允禧看着远处的山峦，不着痕迹地说出了乾隆的旨意："看到这山，我想起了一件事，那年我到西山去郊游，遇到碧云寺的云上禅师，他给我出了上联，到今天我都没有对出来。我以为只是我无能，没想到与我打赌的好友竟没一人对得出。不知板桥兄可对得出下联……"

板桥不明白允禧的用意，问道："什么对子，这么难人？"

"愿与我打这个赌么？"

"说好了赌什么？"

"我知道板桥兄的心性很高，才学更不用说了。"允禧笑道，

"你赢了，我自有说道。反正我输了不会象蒋南沙的外甥那样去背八仙桌啊！"

众人笑了。

板桥礼道："请。"

"听好了。"允禧道："此木成柴山山出"

板桥虽长于此道，这回却张口结舌，不知如何对好，想了半天没反应。

"真的没指望？"金农在一边轻声耳语道。

板桥摇头表示无能为力。

允禧沮丧地笑了下，他不能把皇上的底给卖了，惋惜地交待说："你回到扬州想，吃饭想，睡觉想，想好了立马就给我来书函。我会安排时间在北京迎接你。"

"安排时间？这是什么意思？"板桥百思不得其解，大睁着眼道，"就为一个对子？"

"没错，就是为一个对子。"允禧暗藏谜底，脸上是爽朗的笑意。

"仁君存心要和板桥打这个赌喽？"板桥心中陡然泛起一丝不快来，心想："他是看我对不出，存心要看我一次笑话了。"

"板桥兄，我愿留你在京，一直到你把它想出来为止。"允禧真心地挽留说。"听着，我不是说笑话。"

"不。"板桥的心里还留着那一丝不快，固执地说，"我知道你不是说笑话，但板桥今天露丑，心服口服，回到扬州，我饭不吃，觉不睡，也要把它琢磨出来。"

"你千万不要生气。"允禧善意地点破了板桥的心思，道："这不是打赌，但也是打赌了。我太爱这个对子了。更是为了要出了这口气，你对出来了，就是帮我出了气，你说我该不该将你接到北京来，好生庆典一番？"

允禧说得天衣无缝，板桥心头残存的不快悄然冰释，拱手作礼道："仁君放心，板桥接了这个赌。"

"一言为定。"允禧道。

板桥应道："一言为定！"

两人击掌为誓。

宴席再好有散时。众人说笑一通后，板桥与金农含泪作揖与允禧、鄂尔泰等人辞别上了马车。

车夫扬起了马鞭，马车缓缓启动了。

允禧的泪水顺着脸颊潸然而下。鄂尔泰见之，什么也没说，悄悄扭过头去。

马车远远地去了……

4

"板桥，回扬州第一件事做什么？"远眺能看见扬州城的时候，金农在马车里问板桥。

板桥不假思索地说："到清竹庵把我的表妹接出来，娶她为妾。这是我进京考试前给她许下的诺言。"

"尔后呢，作何打算？"

"憋了一腔的闷气，各处去走走，一来散散心，二来看尽闲花野草打腹稿啊！"

金农笑道："别腹稿没打成，却让闲花野草把你吞了去！"

板桥知道他暗指的是歌伎娼女，假嗔地擂了他一下，戏谑地笑道："清风不吹，种子不飞……"

两人自得其乐地大笑了起来。

板桥以二甲八十八名中了进士，作为出生于扬州水乡的穷书生，能在皇家擢拔的才人中占得一席之地，本是可以扬眉吐气的了，但晋升之道被莫名其妙地拦死了，这不能不说是一种难以言说的悲哀。金农虽说被荐入博学鸿词科的考试，但他的命运比板桥的遭遇更糟糕，连个考场也没进，就从仕途的舞台上给挤了下来。或许这是上天的旨意吧，如果他们都能在官场上一帆风顺，恐怕后来的扬州八怪里也就没有他们的大名了。

久别了，扬州！

不论外面的世界多嘈杂，温馨的扬州依然故我地沉溺在风花雪月的绵情软意之中，从热闹的水码头到僻静的民居小巷，从春风绿柳的瘦西湖畔到百花争艳的官邸红楼，莺歌声声，俚语侬侬。西山的佛庵区，一如既往，磬鼓悠扬，安详静谧。

板桥在金农家吃了午饭，便起身到清竹庵去了。来到清竹庵的大门口，听见庵堂里传来的清脆熟悉的木鱼声，他不能自持地眼睛潮润了起来，直到眼前的景物模糊了他才知觉自己失态了，自嘲地笑了一下，抬起双手用手指抹去了眼角的泪花花，步态蹒跚地上了清竹庵的高高的台阶。

板桥蹑手蹑足地走进了庵堂，见偏房中敲着木鱼的僧尼，没犹豫就轻声唤道："一姐，一姐，我回来了……"

敲木鱼的僧尼没有回头，板桥激情不减地道："一姐，你为什么不理我？告诉你，我高中了！知道吗？我高中了！我是来接你的呀！……一姐，一姐……"

敲木鱼的僧尼回过了头，却是怡莲师太！

板桥惊呆了，他很快恢复了常态，但话语里难免有些语无伦次，"嘿嘿，是师太呀，我看错人了。我是来接一姐的，我是她的表哥啊，您还记得不？"

"记得，怎么不记得。"年逾七十的怡莲苦苦地笑了一下说："施主，你来晚了……"

"啊！"板桥预感到什么不祥，"一姐她怎么啦？"

"慧智她到西天去了。"

怡莲师太说完没再理睬板桥，径自回身继续敲她的木鱼去了。

板桥急了，一下撞开了禅房的房门，冲到怡莲师太的跟前，一把拉住了她急问："师太，师太！这到底是怎么回事啊！"

"阿弥陀佛，罪过罪过。"怡莲合十作礼，悲痛地闭上了她那双漂亮的双眼皮大眼道："慧智思恋先生，积郁成疾，一病不起。前不久她终于挺不住，走了……"

板桥眼前一黑，倒了下去……面壁十年，好不容易挣了个进士，但未谋得实在的一官半职，这已经是刻骨铭心的讽刺了；到了扬州，本想与表妹一姐一圆情思梦，留给他却又是一姐一缕清烟。官场不得志，情场又失意，你让他怎不万念俱灰，焚心毁神？

这天夜晚，月上中天的时候，板桥在怡莲师太的照料下，恢复了神志。吃了一碗莲子汤，板桥执意连夜回老家去，怡莲师太不便久留，意外地提出一个要求来："老纳久闻板桥先生的大名，尽管慧智走了，但贫庵与先生也算是有了不解之缘，能否请先生留下墨宝一幅？"

板桥作礼谦谢道："一姐避难在此一方净地，承蒙师太多有庇护。板桥无有财宝相赠，留下难以启齿的几个字理所当然，理所当然。"

说完他提笔写道：

梦醒扬州一酒瓢，
月明何处玉人箫，
不爱乌纱爱红颜，
绝世风流郑板桥。

这幅墨迹在清竹庵悬挂出来以后，板桥与一姐飘逸绮丽的恋情在扬州一时传为佳话，清竹庵的香火也因此旺盛了起来。

5

五年过去了，转眼到了乾隆六年。

板桥自从失去了一姐，似乎对人生的热情冷却了许多，他与世无争，常人空门论佛参禅，经文唱和之中忘却世事的纷扰。这年刚刚过了正月，他没邀任何画友，独自一人出游泰山、西湖、黄山……秋风染叶，天气转凉的季节，他从黄山后山下来，经秋浦河入扬子江。途径江宁，听说供职鸿卢寺的晏斯盛出任江南布政使，驻节江宁，心血来潮去拜访了这位可称有着师座之分的新官。晏斯盛在乾隆元年板桥会试的丙辰科充同考官，他与慎亲王允禧、三朝老臣鄂尔泰关系拉得都是挺近乎的，他被外放到江宁来，虽说官职升迁了，但毕竟离开了紫禁城的宫墙。官场诡云多变，幻不可测，允禧、鄂尔泰他们不会有什么意外吧？板桥意外地想，这才身不由己地在江宁上了岸，寻到晏府上去了。

　　晏斯盛正与江苏巡抚曹仁说事，没料到板桥的来到，一见板桥，喜出望外地起身相迎道："啊呀呀老板桥，你怎么象个不沾家的百脚猫，我到江宁半年多了，竟找不到你的踪影，你跑到哪儿去了？"

　　"落魄江湖，四处游荡。"板桥瞥了一眼在座的曹仁，自嘲地笑了一下，作礼道，"学生听说师座升迁江宁，特来拜见。"

　　"啊呀呀，都这么熟了，还客套什么呀。"他打量板桥，一身皱里巴几的青布长衫，一双沾泥毛边的黑帮步鞋，隐隐的一股汗酸味顺着堂风朝他飘了过来，他稍稍皱了下眉头，漾开笑脸扇了下鼻子，说道："瞧你一身什么味儿，洗个澡，我有要事跟你说。"

　　板桥洗完澡从边厢来到花厅的时候，听见曹仁不屑的声音："他中进士五年了，一官半职没捞到，心情很不好，大人还是少与他……免得惹了一身骚，还说不出个冤屈来。"

　　"哈哈哈，曹大人的好意我明白，多谢点教。"晏斯盛说："他能不能有职位，那是天意人缘定下的，也不是我晏某能左右得了的。你说呢？"

　　虽说别人的私下议论没有什么指脊梁咒祖宗的难听话，但冷冷的话语不啻一把钢刃插进了板桥的心，退避争斗的他重又燃起了野兽般拼杀的血性。

本想在晏府歇息一二天的板桥，忍受了晏斯盛面上的虚情假意，收拾行装执意立马赶回扬州去。

"你这是干什么？"晏斯盛惊诧不已地说，"是嫌我没饭给你吃？"

"真到了没饭吃的时候，我再来师座的府上要饭吃。"板桥假戏真做地说，"师座要跟我说什么，学生洗耳恭听。"

"啊，是这么回事，我出京时去慎亲王府上辞别，王爷跟我说，别忘了问板桥那副楹联的下句作出来没有。他说整整五年了，怎么没听到你的动静？"晏斯盛带着回忆的神色绘声绘色地说，"我问王爷是什么样的楹联，他不说，样子很神秘，说你让板桥快快给我作好就是了。我也不便多问。"

板桥心里惊了一下，想起"此木成柴山山出"这句楹对来。原以为允禧是为了排遣他和金农的苦恼借话逗趣的，没想到还这么当真了。

"就这事？"

"就这事。"

晏斯盛一再挽留，板桥不从，只好吩咐下人给找了一只到扬州去的顺便官船，送他走了。

板桥一路劳顿，上船就埋头睡上了，一觉醒来，撩开窗纱看了下，江豚翻滚，鸥鸟嘶鸣，煞是热闹，眼见得扬州就快到了。他伸了一个懒腰拉开舱门往船头信步走去。

宽大的甲板上，一个豪华的凉棚里，几个富豪子弟诗酒之余，调戏起歌女香奴来。闻见年青人起哄的喧闹声，板桥不时地皱起眉来。

"看好了，这里是十两银子，我把它放下去，你能从水里捞上来，我赏你……赏你……我到摇梅院包你三个月，帮你老爹还欠下的税款。怎么样？"说话的公子哥儿高挑的个子，一身白色缎袍，白皙的月盘脸上暗红色的雀斑显得格外的醒目。他叫吴浩伟，扬州大盐商如今的扬州府知府吴子坤的大公子。吴浩伟用紫色手绢包了一锭成色足有十两的纹银，尔后系上一根鸡毛管粗细的红色香绳儿从船舷处放了下去。

香奴的嘴唇打着颤，几近哀求地说道："我不会水，我不要你的钱。"

"你不说你原来是个渔家女儿吗？这会儿又不会水了？你敢耍我？!"吴浩伟的脸色变了。见那几个公子没动静，他叱声道："你们都是死人哪，把她推下去啊！"

几个公子如同耗子闻见猫儿的呵斥，转而野狗一般扑向了香奴。可怜的香奴惊叫着绕着桌子跑了一圈，继而抱住凉棚的拉绳死也不放了。她哪里是几个男子的对手，那几个生拉硬拽地将她剥离了开来。男人们扬着戏谑的大笑抬起了她，正要把她丢到水里去，只听身后传来一声断喝："住手！"

几个公子哥儿没料到半路冒出个落魄老书生，一个个愣了神，半响没反应。

"你们还叫人吗？几个男子汉对付这么一个弱女子，亏你们披了一张男人的皮！"板桥怒发冲冠，连珠炮似地骂道。

从魔爪下脱逃的香奴若同受伤的小鹿一般瑟缩在一边扣着被撕开的衣裳……

"哟嗬，老东西，你是从哪冒出来的？"吴浩伟醒过了神，丢下手中的银两，朝板桥威逼了过去。

一个长着猴腮似的矮个攒了上去，凑近吴浩伟的耳边提醒道："老大，你忘了，这是抚院送上船的……"

吴浩伟想起了几个大官人送这个寒酸老头上船的情景，心底的十分怒气陡然间消散了一多半，"我说，我与这女孩儿玩，与你有什么相关？"

"你既然盯着问，我就告诉你。"吴浩伟冷笑了道，"他家摇梅院欠下官府的税款，这是他们家鸨儿送来孝顺我们的。这下，你该满意了吧？"

"欠官府的税款？就是这么了结法？"板桥惊讶万分。

"吴大人就是扬州府的大税官。"猴腮说。

板桥蔑视地"哼"了一下，讥诮地说道："既是这般，我倒要面见知府大人，好好讨教讨教了。"

"哼，我说小老儿，你好不知趣。你搅了我的好事，我没找你的碴你倒寻起我的不是了。"吴浩伟羞恼交织，隐含杀气地往板桥缓步走了过去。

"浩伟，别莽撞。"旁边的几个公子知道吴浩伟的为人歹毒，怕惹出人命案来，慌忙撵了上去拦住了他，悄声劝道："别看老头怪里怪气，但他的气粗着呢，没两下子，他敢这般沉稳？弄不好，这是上面微服私访的大官，你就闯大祸了。"

吴浩伟敛了怒气："就这么便宜了他不成？"

猴腮涎着笑脸道："大哥看我的。掏掏他的底，他若不是那块料，哥儿几个再把他扔到江里去也不迟！"

吴浩伟点了下头："嗯，那就听你的。"

"喂，瘦老汉，看不出你文乎文乎的，口气还不小。"猴腮走近板桥，轻慢地上下打量了一番，竖起大拇指道："你知道他老爹是何人吗？当今的扬州府知府大人吴子坤。"

"吴子坤？他吴子坤也成了知府了？"板桥不无惊诧地说。

听板桥的口气，吴浩伟张狂的气焰收敛了下去，问道："老先生与我老爹相识？"

"何止相识！"板桥哈哈笑道："在下让他往东他不敢往西，让他下河他不敢上山。"

口气如此之大，这对没见过大世面的吴浩伟来说，平生还是第一次闻说，那份刚刚积郁的怒气悄悄就没了影儿了，竟情不自禁地双手作揖大礼道："请大人宽恕晚辈不敬之过，小的讨教大人的尊姓大名。"

"不必过礼。称呼我郑老伯便是了。"板桥随口说道。

"郑老伯请上座。"吴浩伟礼道。

板桥傲气地道："不必了，扬州到了。"

抬眼看，秀丽的扬州城尽在眼底。

"郑老伯既然与家父是忘年交，晚辈冒昧相求，您能以扬州为题吟诗一首让我带回去吗？"吴浩伟多了个心计说。

"没问题。"板桥难以察觉地笑了下，戏言道："你老爹见了在下的诗，必会来找我的。"

吴浩伟兴奋不已，说道："哎呀，那就太好了！他一直说我没有出息，这次我要出息一次给他看看！"

"笔墨侍候！"板桥说道。

吴浩伟连忙跟在后面喊道："笔墨侍候！"

船舱里，一个小厮用托盘端来了笔墨纸张。

板桥取笔摊纸，画了这样一幅画：无人摇橹的小破船顺水飘流，小船的尾后，一根绳子拽着顶官帽。随后题上这么一首怪诞奇异的小诗：

> 小小一小舟，
> 小小水上游。
> 門門一声响，
> 東東到扬州。

望着难以看懂的画，还有诗中未曾见过的生僻汉字，几个公子目瞪口呆。吴浩伟面带难色地说："大人，你这画，还有你这写的字……"

"哦，这个简单。"板桥浅浅地笑了一下道："公子少不更事，带回去给你老爹吴子坤看，他学问高深，会教你的。"

吴浩伟拿着那幅字，茫然地点了点头。

吴浩伟兴冲冲地将板桥的字画送到他老爹那儿去了。吴子坤一看题款，惊道："郑板桥？他回来了？……"

吴浩伟指着题款道："爹，什么郑板桥？他叫郑克柔。"

"你懂个屁！郑板桥就是郑燮，就是郑克柔！"吴子坤上了心火，狠狠地问："你在什么地方遇到了他？"

"爹爹果然认识他！"吴浩伟兴奋地说，"难怪他的口气那么大。"

"他跟你说什么啦？"吴子坤问。

"他跟孩儿说，他让他往东他不敢往西，让他下河他不敢上山。"吴浩伟描绘地说，"爹爹，他是什么样的大官？他跟别人就是不一样……"

吴浩伟没说完，"啪"一声脸颊上挨了重重的一巴掌。他晃了晃晕乎乎的大脑袋，大着眼迷迷糊糊地问道："爹，我，我怎么啦?!"

吴子坤恼羞成道："没出息的蠢货！好话歹话你都听不出来？他那么笑话你老爹，你也就傻乎乎地认了？这幅字画是骂我们父子俩的，你也看不出来？"

"我，我以为他是便衣私访的大官，所，所以就信了他的鬼话。"吴浩伟委屈地说，"我还以为能和大官交朋友，爹爹会说我有了出息了呢。"

吴子坤让这个不长脑袋的傻儿子气得有话骂不出，他在琢磨着如何出了这口气，自语道："他在扬州好长时间没露面了，一定是远游回来了……"

"爹爹，他还跟我说……"吴浩伟欲言又止地说。

吴子坤问道："还说什么啦？"

"他还说你见了他的字，就会去找他……"吴浩伟嗫嚅地说。

"当然要找他！"吴子坤咬牙切齿地低声说："这些个狂徒，我会让他犯到我手上的！……"

吴浩伟一惊一乍地说："爹爹，我有主意了！"

吴子坤看了一眼吴浩伟，静声静气地说："说说看。"

"我看到那个姓郑的进了摇梅院，一定是找香奴的……"吴浩伟忆道。

吴子坤问道："香奴是什么人？"

"是……是摇梅院的看家歌伎，漂，漂亮极了。"说到香奴，吴浩伟的眼神就不对劲了。

吴子坤看出了其中的奥秘，眼一横道："你老实给我说，你在外鬼混些什么，怎么得罪了郑板桥的？"

吴浩伟吓得"扑通"一下跪在了地上嚷道："爹爹饶命，孩儿不敢说……"

"说！"吴子坤凶狠地说。

……

6

这一日，板桥拉高翔来到摇梅院听歌。十多米见方的花亭是一幢别致的连着雕花走廊的敞亭，依水傍池，池中有参半分伍的黄鲤鱼和银白色的鲤鱼，这是摇梅院的一大奇观，它有一个雅致的别称，叫"金银池"。沿池畔簇拥的各色菊花争相开放，花丛里漂浮出来的香气，沁心宜人。给他们弹曲的就是船上相遇的香奴。板桥特意点香奴，是同情她的遭遇，还是事发之后给她壮胆，或是两者兼而有之，只有板桥心里有数了。高翔是个不近女色的佛家居士，他与板桥对斟互饮中，一直不敢正眼看香奴一眼。板桥一见他那模样就想笑："西唐兄,香奴小女与当年的梅子相差无二,色艺俱佳,且知情达礼,何以不敢正眼看她？"

高翔双掌合十道："阿弥陀佛,非礼勿听,非礼勿视。我身为佛家居士,岂能犯忌胡为？当心中无伎才是。"

一听这话,板桥就乐道："好一个非礼勿听,非礼勿视！好,板桥听你的,不说了。只可惜冬心他们都不在,要不然,这就热闹了。"突然话锋一转,"西唐兄,你和冬心他们分手的时候,他们可说了何时回扬州？"

"不知道,士慎和黄老瓢西去到黄山,冬心和李鱓结伴南下到西湖,听说到了江宁还要拉上李方膺。"高翔叙说几位好友结伴远游的情况,尔后又责怪板桥道,"当时你一个人走,大伙那么劝你都劝不住……"

"都怪我,都怪我当时的心绪不好。"板桥自责地说,继而疑问道:"你怎么好好一个人跑回来了？"

高翔虔诚地说道："石涛师傅的墓地要整修,与工匠说好的时间,我不能不赶回来。"

高翔一直关照石涛的墓地,这在板桥他们心中很是敬佩不已的。"墓地整修何时动工？"板桥关切地问道。

"明日。"

"我也去,一定要等着我！"

"我会等你的,干了！"

"干了！"

两个好友干了盅里的酒。

一个歌伎来和板桥商量了点什么,接着将香奴换下来,香奴便走了。

"哎,刚才那个叫香奴的女子怎么走了？"高翔突然发问道。

板桥愣了一下,开心地笑了,善意地嘲弄道："刚才西唐兄还说要心中无伎,香奴一走,你就注意到了,说明你心里有了人家了，看来你还是没有脱俗啊！"

高翔稍稍愣了下，不无自遣地说道："诚如君言，高翔失仪了！"

两人心会地笑了起来。前院传来了喧闹声，两人止笑，疑问地寻声望去。

香奴没命地往板桥这边跑来，身着税官服的吴浩伟领着几个衙役在后面追赶着……

高翔紧张地看了一下板桥说："怎么回事？"

正说着，香奴已经跑到了板桥他们的跟前，不容板桥他们有更多的反应，香奴就小鸡躲老鹰一般藏到了板桥他们的身后。

吴浩伟一见板桥，好象发现了什么新大陆，叫道："哦，我说呢，香奴果然是让大人给骗到手了。大人真是情场老手啊。"

"住口！"板桥正色道："畜牲！有什么话你尽管说，今天本官人在此，那就容不得你为非作歹！"

没想到吴浩伟听了这话却哈哈大笑了起来说道："说的好，今天我倒要看看到底是谁为非作歹！……"

吴浩伟的话没落音，摇梅院的院主倩娘哭哭啼啼跑了过来，向吴浩伟求情道："吴官人，求求，求求你行行好，我不是有意不缴，真的不是有意不缴。前些日子我把香奴给您进贡过去了，不是说好的，免我半年的税吗？……"

吴浩伟脸一横："谁说免你半年的？你自作多情把香奴送给我，可你们家香奴碰都不让碰……"

"啊！香奴，你这个败家的妖精，你就这么不给我听话？！"倩娘说着就扑打了上去。

板桥与高翔夹在中间拉架，倩娘本来就是做戏给人看的，没抓打几下，就嚷嚷着调头求吴浩伟道："官人，这个不要脸的小畜牲，赶晚我再给您送过去……你大老爷是救命菩萨，你的贵手一抬，再宽限我两天，两天，行不行？"

吴浩伟眼一横，头一昂厉声说："不缴可以，作抗税论，罚款一万两。"

"这是为什么?"倩娘抹了下假意挤出来的眼泪,突然意识到大难临了头,"哇"一声又哭上了,"你要收我的税,又要我的人,还要罚我的款,你这还叫我活人啊!老娘我不要活了,这就跟你拼了!"说着径自埋下头冲向了吴浩伟,吴浩伟没防备她这一着突然袭击,真真象一匹占势的饿狼猛丁被老羚羊抵着了要害,扑通一声落进了池水里!

在场的人都被这突如其来的变故闹懵了。

吴浩伟还是一个不会游水的公子哥儿,只见他在水中胡乱地"扑腾"着,口里大口灌着水呜噜呜噜说不清词……

眼看着吴浩伟己经下沉了,倩娘倾嘶活叫地喊了起来:"出人命啦!"喊着叫着,这人却一溜烟儿跑没了影子。

让倩娘那么一喊,这边随行的两个税卒醒了神,一个个蛤蟆跳水扑进池塘救人去了……

不出两天时间,扬州城闹翻了天,所有和那个郑板桥有交往的商号、歌舞坊等等,不管主持的是什么人物,一概出血,他吴浩伟张口要多少,你就得给多少,要不,人让衙役逮到号子里去,一张写着"抗税者封铺"的封条就贴到大门上了。人说小小的税官吴浩伟哪来这大的本事?没有吴子坤作他的后台,他吴浩伟就是有十个脑袋,他也不敢这么胡作非为啊。这是吴子坤一手设下的圈套,用这种激将法,就能把郑板桥从人堆里招出来。吴子坤心里明白,郑板桥是个心性冲动,为人仗义的人,如果亲设"鸿门宴",不怕他不落井,但对他堂堂一个知府来说,声誉上未免要给人留下说道。他要让郑板桥自己走进窄胡同,自己掉进陷阱里去。既然你郑板桥敢与我吴子坤动心计玩花招,那就摊牌比试比试了。你郑板桥不是当年的郑板桥,我吴子坤也不是当年的吴子坤了,彼此半斤对八两。看来,吴子坤不在郑板桥身上出上一口恶气他是绝不会罢休的了。吴子坤着人在扬州城大施淫威,身为当事人的郑板桥一无所知，他与高翔正在天宁寺附近的山岗子上修葺石涛的墓地呢。

"先生，先生，不好了！"多子街"静心斋"的小伙计罗聘满头大汗跑了来。"我家老板给官府抓起来了……"

"阿聘，到底怎么回事？你慢慢说。"板桥说。

"官府的人满大街抓人，说是抗税。"罗聘喘着大气说："马家、冯家、摇梅院的妈妈倩娘给抓走了。还有先生写过招牌的'梅扬画坊'的老板，也抓了。"

板桥垂了下眼帘，惊诧地问道："哦？都是抗税？"

罗聘点了点头，大眼睛忽闪忽闪的，望着板桥讨主意。他十二、三岁，宽大的脑门上一头自然卷的细软的黑发，耳朵很大，传神的大眼睛生着长长的睫毛，女孩一样，天生的一副讨人喜的模样。他喜好字画入痴，家里没钱请师傅传教，送他到"静心斋"孟潍扬的门下作了徒弟。

板桥听了罗聘的话，沉吟半晌没吭声。

高翔从板桥的神态里看出了点什么，猜估地说道："你好象知道点什么……"

板桥左边面颊的肌肉痛苦地牵动了下气愤地说："哼，都是冲着我来的，事情是我惹的。西唐，说真的，我已经发誓不再惹事的，刚刚回来就……这事以后再跟你说吧，我得走了！"

高翔在他的身后喊道："唉咿，板桥你要到哪儿去啊！"

"吴子坤找的是我。"板桥头也不回地应着声，人跑出好远了。

7

晌午时分，两列衙役鸣锣开道，吴子坤的官轿从街市上招摇过市回府去。突然一个醉汉子手提一只酒葫芦摇摇晃晃斜刺里窜到街中心，裹进衙役的队列里，威仪的官队顿时被醉汉搅得七零八乱。气得衙役们用鞭子抽，用棍子赶，但就是撵不走。好奇的的人们呼啦一下子就围了上来，那开心的笑声比正月十五闹元宵还要热闹三分。

吴子坤怒言道："怎么回事？连个轿子也抬不稳？！"

"老爷，一个醉鬼在前面拦道搅阵。"随轿的章元杰说。

"赶走他！讨厌的东西！"

"赶了，赶不走。"

"哪来的大胆刁民！"吴子坤掀开了轿帘，一看傻了眼，搅阵的竟是郑板桥。他冷笑了一下道："停轿！"

这边停轿了，那边也不闹了，干脆就坐在了大街中间。吴子坤唤过师爷章元杰小声地吩咐道："去，告诉他，本老爷等他多时了。不管三七二十一，先以扰乱公务罪，当众打他二十大板再说！"

章元杰为难地说："大人，这，这合适吗？郑板桥是待官候选的大进士，小的不敢……"

"哼，待官候选，一待就是五、六年了，他在京城里还不知得罪了什么大官了呢！我看他这辈子就别再想当什么官了。"吴子坤讥嘲地说，"去，天塌下来有本官担着！你怕什么？"

章元杰没奈何地来到板桥的身边，轻声耳语道："郑大人，小的没法子，给吴大人传话，他说他等候你多时了。我说郑大人，有什么看不顺眼的，您就忍着点，别跟姓吴的计较，他正逮不着您的把柄，您再不走，他要小的当众打您二十大板。小，小的实在是不敢哪！您就给小的留个饭碗吧，求求您了……"

板桥望着章元杰，浅浅地笑了，醉言醉语道："你是一个说得过去的好人，没，没事，你，你告诉他，他，他敢打我二、二十板子，总，总有一天，我要打他五，五十大板！"

章元杰没法子，又跑了回去。

吴子坤恼怒地叱道："怎么回事，我让你打他的板子，怎么不动手？！"

章元杰进退两难，几乎都要哭了，只得如实禀报道："他让，让小的禀报老爷……"

"说啊！他要说什么？"

"他说你敢打他二十大板，总有一天他要打你五十大板！小，小的实在不敢在两个大人中间作恶人。"

吴子坤阴笑了一下说："好吧，本官亲自动手！"说着从轿子里走了出来。

"来人！"吴子坤来到板桥的身边，大声地令道："这个酒疯子拦道扰乱公务，重责二十大板！"

一群衙役不问青红皂白，按住板桥就打下了板子。

围观的百姓不忍目睹。有的小声惋惜道："这下郑官人吃亏了！""吴知府这人心太毒！"……

二十板子打过了，板桥被拖到一边，吴子坤刚刚喊出："起轿！"那边板桥又来到大街中间坐下了，大喊："冤枉！"

吴子坤转身讥诮地："说话了？我还当你成了哑巴了呢？有何冤枉，本大人愿接你的状纸！"

板桥笑了一下："笔墨侍候！"说着仰天灌了一口酒。

吴子坤心想我要的就是你的笔墨，让我逮着了你的把柄，不怕治不了你这个狂生。想着挥了下手，道："给他笔墨！"

板桥拿到笔墨，趴在大街的青石板上写了起来。

"扬州进士郑板桥状告扬州知府吴子坤，状告吴子坤之子吴浩伟，滥取税捐，鱼肉乡间黎民百姓，贪官无道之政，呜呼父子俩为奸，知而故纵法如烟！不放出被关押的所谓抗税人，此状一直告，告到抚院，告到总督府，告到皇上！

> 知府着服未半年，
> 百姓庶民泪涟涟。
> 苛捐多，悍吏毒，
> 贪官造孽到哪天？

围观的百姓里有人一面看，一面读着板桥的状纸，群众听完遂大哄起来。吴子坤的脸色青一阵红一阵，他万万没想到会当众受到郑板桥这般讽刺挖苦，再不下手，他的面子就无处搁放了。怒喝道："来人！郑板桥当众辱骂朝廷命官，带头抗税，公然对抗朝廷法令，收监囚禁！"

两个衙役冲上去绑起了板桥……

"不！——"在一边早就手心里攥了汗的罗聘似乎一瞬间心跳停止了，出人意料地大喊着冲出了人群，与衙役拚了命似的拉扯起来。

衙役没想到半道来了个"程咬金"，反应过来后，一把将他推倒在地，随后抢起手中的鞭子。高翔抢过去护住罗聘，鞭子带着尖啸声打在了高翔的身上……

第二十六章

1

两个衙役拖着被打得遍体鳞伤的板桥轻轻放在了狱房里的地铺上。左右隔壁被关押的囚犯们都默默地起了身，"静心斋"老板孟潍扬和"江风酒楼"的老板姜有财，一个六十岁上下的瘦老头，还有摇梅院的鸨儿邝倩娘，一个三十来岁的风韵犹存的老歌伎，他们焦切地扒在栅栏上，关切地看着这一切。

一个老狱吏打开孟潍扬的狱房门，招呼孟潍扬道："你，过来！"

老狱吏将手中一碗盐水交给孟潍扬道："这是盐水，你负责把郑官人的伤口洗一洗，出了事我拿你是问！"说完将孟潍扬锁进了板桥的号子里。

板桥的身上血肉模糊，惨不忍睹。孟潍扬噙着眼泪小心翼翼地用棉花蘸着盐水洗脱破衣烂衫与肉肤的粘结……板桥昏迷中痛苦地呻吟着，不自觉地抽搐着。

邝倩娘看得心里打颤颤，不敢再往下看，低吟了一声捂住了双眼；姜有财眼眶里转动着泪花花，没有血色的上下唇"得得得"地直打哆嗦。

孟潍扬洗到板桥的小腿处，见到白花花的腿骨露了出来，不忍心下手了。当他颤着手蘸洗上去，一带劲扯下粘牢的破布条后，板桥疼痛地惨叫了一声："啊——"板桥的额头上豆大的汗珠子瞬时就滚落了下来。

姜有财忍受不了心理上的冲击，痛苦不堪地叫了一声离开了铁栅栏，踩着碎步跑到地铺那儿，心绪紊乱地击打着地铺，嘴里"嗨，嗨嗨……"地不知嘟哝些什么，激动与沉痛的情感无法遏止地发泄着。

板桥轻轻"哼"了一声，冥冥之中意识到了生的世界，缓缓地睁开了迷濛的眼……

孟潍扬凑近他的耳畔轻声柔气地说："板桥……是我，你的老朋友孟潍扬……"

板桥朦胧中看到了人影，气若游丝："阿……孟……"

"阿孟在这儿……"孟潍扬哽咽着嗓子说，泪水潸然而下，"没事，没事了……"

一听说板桥醒来了，姜有财蹭一下从地铺上弹了起来，奔向栅栏处，失态地喊道："郑官人，郑官人！"

邝倩娘还有其它的人都跟着又惊又喜地喊了起来。

"你们轻一点。"孟潍扬怪道，转又对板桥道，"江风酒楼的姜老板。还有摇梅院的倩娘他们……"

板桥有气无力地说着什么，孟潍扬把耳朵凑近他的嘴巴辨听着，明白以后对姜有财说："他说，真是对不住你，还有其他的朋友，因为和他的交往，带累了大伙……"

左右牢狱号子里的囚犯们激动不已地大叫了起来："板桥师傅，你为我们两肋插刀……我们跟你交朋友，死了也心甘……""……郑官人，不管到什么时候，你都是我们的好朋友！……"

姜有财声泪俱下："郑官人，要不是为了我们，你哪会落到今天这个地步。是我们带累了你……"

"吵，吵什么！"典吏嚷嚷着陪同师爷章元杰一同走进狱房来。所有关切板桥的囚犯悻悻地各自散了去。

老实巴交的老狱差连忙趋身向前禀报："老爷，郑官人他人醒了！"

"知道了。"章元杰接着朝门外招了下手，立在门口的狱吏点了下头，高翔和马氏兄弟提拎着酒菜带着小罗聘走进来。

吴子坤街头杖责郑板桥，显然是要把板桥往死里整的。迫于街上老百姓的横眉竖眼，他吴子坤不敢当天就把事闹大。不过人家手里抓到了你郑板桥领头抗税的把柄，他胆壮啊，往下再要用什么毒招整治你就不敢说了。高翔急得失了神，金农这些老哥们都远游在外，只他一个人，怎么办？匆匆地从小巷里跑来，情急中他擂开了玲珑山馆紧闭的大门。也不知道中了什么邪，马家兄弟不知在哪中了风寒，双双躺在病床上，一听说板桥让吴子坤投到牢里去了，兄弟俩的病跑掉了一多半。

"知府轻易不敢碰板桥，准定是有什么由头。"马曰倌说。

高翔说："具体的我不是十分的清楚。我听板桥说，摇梅院的鸨儿邝倩娘想减税，把一个叫香奴的伎儿送去专门侍候吴子坤的大公子，正巧让他撞到了。回来以后，一连串的怪事就来了，衙门抓了好多税户，板桥一急，上街拦轿告状，这下惹大祸了……"

马氏兄弟不敢懈怠，连忙起床，带着病跑到吴子坤的府上去了。寒暄则过，落座。马曰璐机灵地打趣道："知府大人，我们兄弟今日匆匆拜见，没带见面礼，你看……"

吴子坤佯作大度地说："两位大财神还给我来这份客套。"继而换了面孔神秘地问道："是为郑板桥来的？"

吴子坤一语中的，马氏兄弟也不惊奇，只是点了点头。马曰琯道："大人也知道我们和板桥他们之间的关系，话就不要多说了吧？……"

"那是当然，那是当然……"吴子坤一面说着一面琢磨着如何打发这两位不能随便得罪的兄弟俩。"既然你们看得起我吴子坤，子坤也实不相瞒，郑板桥的案子麻烦大了……"

"为什么？"马曰琯急急地问道。

"我若治他一个领头抗税的罪名，那就得……"吴子坤虚张声势地说，"照大清律令，那就得发配边疆。"

马氏兄弟不明究里，不作声了。

吴子坤阴阴地笑道："两位要救郑板桥，只有一个办法……"

"请知府大人明示。"马曰璐说。

"你们都是我商场上的好友，要不我是不会让这个步的。这么着，看在你马家兄弟的面子上，我吴子坤让一招……"吴子坤卖了一个关子。"让他撤了状纸，给我吴子坤赔礼道歉，发誓不再跟我做对头。否则……"

"否则怎么着？"

"你们都是聪明人，还用我多说吗？抗税这一条的文章我太好做了呀。"

听了马曰琯的叙说，躺在地铺上的板桥有气无力地笑了下，说："两位仁兄的好意，板桥心领了，让我撤回状纸，还让我……哼，亏他吴子坤想得出来。"

摆了一张小方桌，上面的酒菜丝毫没动。马氏兄弟尴尬地坐在那里。

马曰璐轻轻地劝解道："鸡蛋别和石头撞，更何况人家现在用一顶领头抗税的帽子压着你呢？……"

"别听他吓唬，兜了他的底，见不得人的东西就多了。"板桥激动地咳了起来，大伙劝他别再说了，他摆了摆手，"不是我领头抗税，是他，是他吴子坤拿老百姓的血汗不当回事。你去查查，他哪年不巧立名目多收税款？朝廷让他这么做的？大清律法有这一条吗？他把自己看得太聪明……"

吴子坤确实是个聪明人，这一辈子他游刃自如就没吃过亏，当街杖责郑板桥他也是在以为万无一失的意念下下板子的，把郑板桥投到牢里以后，他后悔了。事情好起不好了，郑板桥敢与他当街作对，不会一点道理没有，自己有多少把柄捏在他手里尚不得而知。糊涂糊涂啊，聪明一世，怎么就一时糊涂了呢，别的刺儿头都可以惹，独独这个郑板桥不能惹，多少聪明人落到他手里被逼入窘境乃至于永世不得翻身。想到这里，吴子坤不寒而慄。情急之中，一个恶念升腾出来，干脆一不做二不休，先到道台那里告他一状，只要钟文奎关口一松，不杀他郑板桥用板子打也要将他送到西天去。

师爷章元杰按照吴子坤的授意写好了奏事，吴子坤看过认同道："对，对，就是这样。让总督大人报皇上，我看他郑板桥还能狂到哪去！"说完收起折子交给章元杰。

"大人，总督大人与扬州的画师过往甚密，小的以为这事还是大事化小，小事化了更妥当些。"章元杰小心谨慎地进言道。

"师爷此言差矣。"吴子坤打了个哈哈说道，"我就不信他有这个胆量为了那点私情，与朝廷的税法一争高低。他钟文奎当年就是因为这几个画师差点丢了性命，有其一还有其二吗？"

章元杰没话可说，但他实在不忍心郑板桥就此一跟头栽了起不来，竭力想挽回局面："大人，马家兄弟还在号子里劝说郑板桥呢，万一说通了呢？是不是缓一缓？"

"你也是聪明一世，糊涂一时。"吴子坤狡黠地笑说："我们和郑板桥他们交道了这么多年，他是什么个性你还不清楚？"

"说的也是。不过……"章元杰看到吴子坤审视的目光，陡然打住了话头。

吴子坤阴阴地笑道："说啊，你怎么不往下说了？看师爷的意思，你的心还搁在他郑板桥的身上？……"

"不敢不敢，苍天有眼，小的是怕，是怕老爷惹出不必要的麻烦，才，才这么说的。"章元杰指天赌誓，他的鼻尖上沁出了汗珠珠。

"师爷的好心我领了。"老辣的吴子坤没把章元杰的那点心计放在眼里，饶过则已。随口吩咐道："你到库房领两万两银子出来，我明天就到江宁去打点。"

"是，小的这就去办。"章元杰释然，领意去了。

2

空气中飘过来一阵潮湿的泥腥味，三两只飞的很低的燕子恐慌地从人们的头顶掠过钻进了巷子深处。似乎一切都是一瞬间发生的，街道上、巷子里沉寂的有些怕人。很远很远的地方响起了一阵隐约的雷声，乌云尚未布开，多子街这边起了一阵子怪风，先是门帘子摇摇晃晃，没等人们看清楚怎么回事，当街支起的遮阳布已经朝天忽上忽下地翻滚了起来，急急窜行的风头一会儿从东街直闯西街而去，一会儿自南巷横扫北道而奔，狂风过处，折枝碎叶、大人小儿的衣物、花花绿绿的纸张废旧……打着旋儿漫天飞舞，满世界一个混沌。等店铺伙计挨了熊醒过神儿去收拾店铺的门板窗栏，那风鼓起衣裤，睁不开眼，呼不上气，进三步退两步，遭罪呢。

一声长两声短的惊雷掠过之后，黑黑的天劈开了一般，街道上陡然白晃晃的，耀人的眼。有豆大的雨点砸下来，挨着它疼你一个愣神，凉你一个哆嗦。一眨眼功夫，南边忽忽悠悠荡过来黑压压一片雨帘，遮住了天盖住了地，屋檐上、树梢上坠下来万千条瀑布，不消半个时辰，街道上积满了水，汇成了河。一个小贩担着担子没命地踏过"小河"往城门楼跑去。

远远看去，城门楼的门洞里，挤满了躲雨的人群。远游归来的金农、李鱓、李方膺、黄慎、汪士慎浑身淋得透湿，挤在躲雨的人群中。

李鱓、李方膺前后辞官各自回了兴化和南通，闲来无事，李鱓跑到南通与李方膺叙旧，发现他声称供奉老母是假，实则龟缩在家中无所事事，方知他也是有意远离官场是非，感慨有之，两人越发投机。看了李方膺日益长进的画艺，李鱓笑谈道："方膺的字画狂肆无忌，要知道，这份才气本当是应该用在为民务政上的，可惜，可惜啊。"李方膺的傲气有了老友的赏识，自是激忿不已，提笔写道："波涛宦海几飘蓬，闭户关门学画工。自笑一身浑是胆，挥毫依旧爱狂风。"因画及人，想起当年一幅字画害了板桥和金农，李方膺慨声叹气："我等自以为是好官，板桥、冬心有了任所，不比我等逊色啊。可惜他们被我误了终身，想想内疚至极。"短吁长叹之际，冒出新念头，何不邀了扬州几位友人远足它乡，一涤胸中浊气，于是两人汇足盘缠，作东邀友。是年，高翔随大明寺的大英和尚去了五台山；板桥的妻子郑郭氏刚刚病逝，思前想后不便拖着他，这几个难兄难弟只好忍疼丢下板桥。不想，这一走就是两整年。

躲雨的人群中有人认出他们，热情地打了招呼，继而悄声告诉他们板桥被关了。

一阵小小的喧闹声从各个号子里传出，原来是金农哥几个落汤鸡一般来到了狱房。

"板桥——"哥几个扒在栅栏上亲切地唤道。

板桥在高翔、马氏兄弟、孟潍扬的帮助下，来到栅栏边："你们回来啦？"

李鱓说："我们在东城门听说了你的事，这就赶来了。"

"这个混蛋吴子坤，把你打成这个模样了？"

"这就叫苦其心志、劳其筋骨。"板桥一句打趣的话，把大伙逗笑了。

"士慎，你的眼睛怎么啦？"板桥注意到了汪士慎的一只眼瞎了。

黄慎说："他在峨嵋山中了瘴气。"

"远游在外，想老婆想的。"汪士慎回了一句打趣的话，大伙哈哈大笑了起来。

被感动的老狱差上前打开了号子门："师傅们进去坐着说吧。"

天放了晴，初夏的日头挤出了浓厚的灰色云层，温和地朝它永远无法理解的人世间布施着光和热。远处传来了带着笑声的人声和动物的喧嚣声，鸟儿钻出了林子，欢快的叫声由近而远去了。黑漆漆的牢房泻进来光亮，一下子所有的景物都有了清晰的轮廓。

"天晴了。"黄慎随意说了声。

所有的人扭头朝窗户外望去。

躺在地铺上的板桥默默地静望着窗外的竹影。一阵袅袅炊烟不知从何处漂浮而来，在竹林里形成团团雾瘴。突如其来的灵感震撼了他的脑神经！撑着劲想从地铺上支起身来。哥几个扶起了他。

"你要干什么？"高翔问。

板桥大声地喊道："快，快！快递个凳子给我！"

哥几个不知发生了什么事，慌慌乱乱地给他端过了一个长木凳。扶着板桥站了上去。

板桥扒在窗户上往外看去——

袅袅炊烟从竹林边沿的一个大户人家的烟囱里徐徐上升，经一阵微微的晨风吹拂，缓缓地往竹林这边而来……

板桥扒在窗户上一个人傻嗬嗬地笑了。

众人不知发生了什么事，惊诧不已地问道："板桥他怎么啦？"

"不知他看见了什么，就这个样子了。"

……

板桥回过身兴奋不已地嚷道："兄弟，我的好兄弟们哪，你们给我带喜来了，带喜来了，我有喜了！"

"怎么回事啊？"大伙丈二和尚摸不着头脑，愣愣地看着一个人高兴的板桥。

李鱓急了，大声说："嗨，我说板桥，你光顾了一个人高兴，什么事说出来大伙听听啊。"

"十年，十年啊！"板桥好不容易敛住了笑，前言不搭后语地说道："紫琼他考我，考我啊！今天终于让我破了他的谜底了！哈哈……"

"哪个紫琼？"汪士慎着急了，摸了下他的脑门说："你不是在说胡话吧？"

板桥根本没意识到自己是在牢狱里呢，他豪放地说道："青崖，嗯？我没跟你们说过？紫琼就是慎亲王，就是允禧亲王啊！"

"亲王考你什么啦？看你高兴的。"金农问道。

板桥的情绪开始稳定了一点，神秘地作了一个鬼脸道："他给我一个上联，'此木成柴山山出'，我憋了十年，整整十年哪！这该死的下联终于对出了。"

"快说说，下联你是如何出的？"汪士慎孩子般兴奋地说。

"'因火为烟夕夕多'！"板桥道。

汪士慎反应极快地赞道："好，妙！'火'为'烟'之左，'烟'以'因'为右，'夕夕'迭出一个'多'，对仗工整，意韵幽雅。其势落落大方！奇对一绝，奇对一绝啊！"

所有的朋友为板桥高兴，马家兄弟当下取了银两让老衙役上街买了酒菜，好好热闹了一番。

3

暴雨耽搁了吴子坤的行程，待他赶到江宁时，天已经黑了。绕道巡抚曹仁那儿，做了铺垫，等曹仁领着吴子坤跑到钟文奎府夜访时，钟文奎已经打着哈欠要睡觉了。

疲惫的钟文奎见他们的身后跟着抬了木箱的家奴，顿时脸就拉长了："你们这是干什么？"

曹仁解释道："这是扬州府捐赠给总督府修屋造房用的。"

"捐赠给总督府的，明天抬到总督府登记造册，抬到我私宅来干什么？"钟文奎的情绪稍稍缓和了一些。

曹仁陪着笑脸道："大人，子坤冒着大暴雨有急事赶来江宁，也是我不好，自作主张把他直接带到府上来了。"

"什么急事？说吧。"钟文奎道。

吴子坤将奏事的折子呈了上去，钟文奎接过看。曹仁把握机会，谨慎地进言道："子坤治理扬州，功绩昭昭，连续三次捐款给抚院和总督府……"

"这是两码子事，捐款归捐款，案子归案子。"钟文奎收起了折子，将它放在了茶几的一边，"扬州府将郑板桥的案子报到总督府来，是让我们往皇上那儿报？"

"是是。"曹仁连忙替吴子坤应道，"下官的抚院已经盖了大印，总督府的印章一盖，就可以报送皇上了。"

"曹大人既然盖了印，本案一定是查核过了。"钟文奎婉转地说道。

"查过，查过。不查，如何盖印呢?!"曹仁一口咬死了说，企望钟文奎早早盖印，"下官以为总督府过个手续就是了。"

"总督府如何处置，曹大人就不要过问了吧……"钟文奎假意地笑着，尽力缓和着现场的气氛。

"那是那是。"曹仁早已额头上出了汗，"下官不想让大人劳顿颠波，所以才如是说。"

"吴知府，凡事不要以为自己是最最高明的。你说是不是？……"钟文奎盯视着吴子坤道，实际上的话意是丢给曹仁听的。

吴子坤恭敬地说："是，是是。大人教诲，小的铭记在心。"

"我给你看样东西。"钟文奎说完走到内室去了。

"他一定发现什么啦!"钟文奎一走，曹仁就紧张地与吴子坤窃窃私语了起来。

"是不是我给你送的东西他发现了？"

"不会。"

正说着，钟文奎拿了一摞子信函走了出来，丢在茶几上说道："这些都是扬州地方上的名人名士告发子坤大人的状纸……"

曹仁、吴子坤傻了眼。钟文奎鹰一般的眼盯视着吴子坤。吴子坤的额头上的汗水顺着发际淌了下来。

钟文奎浅浅笑道："扬州知府私盐官卖，纳良为娼，苛捐重税，哪一条都是够得上死罪啊！曹大人，你说这起案子我钟文奎是接还是不接？……"

吴子坤脸色大变，扑通一下给钟文奎跪下道："大人饶命！"头埋着再也起不来了。

"大人，小的有话要说。"曹仁说着将钟文奎拉到了一边耳语了起来。

也不知曹仁用什么法子说通了钟文奎，还是钟文奎出于什么动机应允了曹仁，反正两人沟通了。曹仁精气十足地走过来拉起了跪着的吴子坤，道："起来吧。"

"谢大人恕过。"吴子坤作大礼道。

钟文奎拿起茶几上的奏折和告状信，道："这是一场糊涂官司，糊涂官司糊涂断。子坤为扬州地方也作了不少功绩，郑板桥虽待官候选，但他是扬州的名家，牵一发动全身。曹大人与本官商议，此案既不审理，也不奏报。我看也在情在理，你回去快快将郑板桥无罪放了就是了。"

"这……"吴子坤为难地说不出口。

曹仁嗔怪地说："这，这个屁啊，放个人不就完事了吗？"

"大人您不知道郑板桥的厉害，'请神容易送神难'，我不给他叩三个头，送也送不走。"吴子坤差不离就是要哭了。

一见他那个模样，曹仁和钟文奎禁不住喷口大笑了起来。

曹仁领着吴子坤前脚刚走，钟文奎的一个哈欠没收口，夜值的家奴急匆匆来报：

"禀大人，扬州来了一帮画师，他们自称是梅子小姐的老相识，请求大人接见。"

"真他妈的热闹，今晚不让我睡觉了。"钟文奎有些恼火，但一想这些画师救过自己的女儿不说，迄今为止，他们还真没来找过他什么麻烦。心知他们是为郑板桥，尽管事情已经打发了，还是客气一点为好。"你去让他们来吧。"

专程赶来给板桥说情的金农、黄慎、高翔、汪士慎、李鱓、李方膺，还有金农的徒弟小罗聘，一涌一屋子，见到他们，尤其是宫里出来的老臣李鱓，钟文奎在心下说，多亏没赶他们走，要不，这人做的也太不地道了，传出去多难为情啊。

"几位是来给郑板桥说情的是不是？"钟文奎开门见山道。

"大人，不是说情，是伸冤。"金农道，接着他拿眼睛看着李鱓。

李鱓取出一封信函来："钟大人，您先把这个看了再说。"

钟文奎打开信函，却是郑板桥写给慎亲王允禧的。里边附了一副对子。"'此木成柴山山出，因火为烟夕夕多。'"钟文奎看完信后疑心地望着李鱓。

"这副上联真是皇上亲自出的吗？"

李鱓笑了："他郑板桥就是有天大的胆，也不敢开这样的玩笑啊。"

"你们拿这个来给老夫看，是何意思？"钟文奎说。

"大人您不要误解。"李鱓接过话头说，"我们不是拿这个来要挟您，而是请求您动用快递从官道传到京都去。"

"啊……行啊。"钟文奎明白了他们的意图，不过，这般文人也是够厉害的，此举可谓一箭双雕，既暗喻了郑板桥与朝廷的特殊关系，又给钟文奎施加了解决问题的压力。

"高翔，你给钟大人说说板桥被抓的经过。"李鱓说，"我们这些人，出事的时候都不在扬州，只有他和小罗聘是当事人。"

高翔婉转地陈述道："三天前，板桥远游回归扬州，路遇官府的恶吏对百姓强行勒索，板桥不平，状告扬州府，被吴子坤当街杖责，并送进牢狱。大人，板桥为了令爱梅子，数次与扬州府抗礼不尊……"

钟文奎突然伸手拦住了高翔的话头："哪位是黄慎先生？"

黄慎说："我就是。"

钟文奎和善地说："我能和你单独说几句话吗？"

在场的人都懵了，不知怎么回事。黄慎用眼神和兄弟们打了招呼，起身和钟文奎往边厢里走去。

高翔的话头里提起了梅子，让钟文奎想起了黄慎其人。原来，梅子自从父亲东山再起之后，重新陷入了另一种人生困境，身子自由了，但精神不再自由。为了梅子的婚姻，钟文奎的心思也算是用尽了，左丞相的三公子、广东总督的小阿弟、十九王爷的大公子……皇亲国戚一路数下来，不下二十人，可梅子独守其身，一个不应不允，钟文奎就差没给女儿下跪了。他那里知道，在他罹难期间，梅子作为无依无靠的一介弱女子，其艰难处境他是怎么也想象不出来的啊。没有那帮扬州画师，哪会有她的今天，情寄扬州，那是自然而然的。可这些能跟他说吗？父女无法沟通，一直就僵持着，梅子眼看黄花已去，钟文奎急得热锅上蚂蚁一般，安插女婢去掏底，终于闹明白女儿的心思还在扬州的臭画匠身上。打，打不得；骂，骂不得，钟文奎只好找女儿摊牌，没想到女儿撂给他这么一句话："除非他亲口说不要女儿了。"

想到这儿，钟文奎狡黠地笑了下，今天这些扬州画师正巧为郑板桥的事求到他头上，何不就汤下面，一了百了呢。钟文奎领着黄慎在边厢的座位上落了座："请。"

黄慎纳闷地望着吞吐难言的钟文奎，说："大人有何旨意请明说。"

钟文奎略有些尴尬地说："怎么说呢？老夫只有一个小女，也许黄先生不知道……"

"大人不说，我怎么可能知道这些。"黄慎说，

钟文奎说："自古就有门当户对一说，黄先生你说是不是？虽说先生救了我家的梅子，我会在别的地方感谢先生救命之恩。但……若是让梅子嫁给先生……"

黄慎说："大人，我与梅子相处，并非看中大人家的富贵。现在事情已经到了这一步，我是一句多余的话也没有了。"

钟文奎笑了一下："先生的情谊老夫心里感激。现在梅子不愿嫁人，如果先生能当她的面说上一句话……"

黄慎震惊，万万没有想到多情的梅子为了他，到今天还是独身一人。说话的时候嘴唇打了哆嗦："……大人要我说什么话？"

"劝她嫁人。"钟文奎说，"亲口告诉她你对她死心了。若是你答应我，老夫对你们今天来谈的所有条件一应照办不误！"

"大人如此务政，这是我万万想不到的。"黄慎冷笑着说。接着他蔑视地看着钟文奎道："要说让我心中丢开梅子，除非我死了。"

钟文奎没想到遇到这么个难剃头的主，气得站了起来："郑板桥我可以让人放，但老夫永远不要再见到你们！"说完往主厅去了。

第二天一早，钟文奎来到梅子的绣楼。梅子在刺绣，父亲的喊声就当没有听到一样，只是眼皮微微合了一下。

"梅子，看爹爹给你带来了什么？"钟文奎热情地说，他的手里拿着吴子坤的那本奏折。

梅子冷淡地说："又是谁家来议亲？"

"梅子，说什么呢？"钟文奎陪笑道："我们现在不说你的亲事

好不好？你看看这是什么……"

梅子瞟了一眼，接过了钟文奎手中的奏折。

"……"看了奏折的内容，梅子惊呆了，睁大着双眼惊问道："爹，你要干什么？"

钟文奎见梅子终于对他的举动有了反应，心上舒坦了一大截，亲切地笑道："女儿的救命恩人，我能坐视不问吗？"说完拿过梅子手中的奏折一把撕了。

梅子惊喜交加，放下绣绷子站了起来，喊了一声"爹"跪了下去。

钟文奎连忙扶起了梅子亲切地说："梅子，你这是干什么？爹冒这么大的风险，还不是为了我的女儿吗？"

梅子莞而一笑道："爹，你骗谁？郑板桥真要是犯了什么法，你才不会保他呢。"

钟文奎抚着梅子的头发，叹了一口长气道："哎，知我者梅子啊！"说到末了竟嗓子哽咽了起来。

"爹，你怎么啦？"梅子关切地问。

"爹爹服了女儿了，我不能没有你啊。"钟文奎苦笑了一下道："梅子，这么多年，你连个笑脸也没给爹，今天终于看到你开笑脸了……"

"爹——"梅子动情地扑到了钟文奎的怀中。

钟文奎拍着梅子的后背，亲切地说："昨夜扬州的画师都来了，是为郑板桥来说情的。我让他们放心地回去了。知道吗，黄慎也来了……"

"嗯？"梅子离开了父亲的肩头，愣愣地看着他。

"这么看着我干什么？他亲口给爹说，梅子还没成婚他没想到……"

"后来他怎么说？"

"他能说什么。我悄悄打听，李鱓说他已经有新欢了。"钟文奎到底是老实人，连撒个谎都撒不圆。

"不可能，不可能！你能骗谁啊！"梅子瞪大眼睛朝他父亲吼了几声，扭身跑到床前坐下，想想趴到锦被上伤心地哭开了。

钟文奎本想借郑板桥的事讨好一下女儿，由此打开一个缺口，没料到弄巧成拙，反被迎头浇了一瓢冷水，呆了。

4

江南道八百里快递到了允禧手里，看过板桥的信函，他兴奋得就象过大年一样，马不停蹄当天就将板桥的那幅对子送到了乾隆的龙案上。

乾隆轻轻念道："此木成柴山山出，因火为烟夕夕多。"他念完了什么也没说，独自沉思良久。

送对子来给乾隆御览的允禧紧张地看着乾隆。生怕他有什么意外的不满意。

"你以为如何？"乾隆不动声色地问道。

"臣以为，臣以为……"允禧实在不敢说得太多，力争板桥上任，就靠这幅对子与皇上摊牌，成败在此一举，拘宥了不好，过头了也不好，你说他能不小心加小心吗？

"嗨，好与坏，你就直言嘛。"乾隆微微露了点笑脸。

"皇上，至少为臣没有这个本事对出这幅对子来。"允禧谨慎地说，"前因后果，章法工整……"

"接着说。"乾隆鼓动说，"说得好。"

"臣只能理解这么多了。"允禧谦恭地说，"请皇上御览赐教。"

"你刚才已经说得很不错了。"乾隆显然情绪很好，他拿起那副对子站了起来，又轻轻念了一遍，"果成因，因成果，互依互存……妙，真是天下妙对！"

见乾隆心情高兴，允禧进言道："皇上，还记得您十年前说过的话吗？"

乾隆先是一愣，继而和善地问道："十年前朕说过什么了？"

　　允禧作礼道："皇上给臣这幅对子的上联时，亲口这么跟臣说启用郑板桥他们这些人，要时间磨磨他的个性。臣问要多久时间，您说十年后让他带着一个对子的下联到京来。现在……"

　　允禧没说完，乾隆就开心地大笑了起来，说："皇叔记得真是清楚啊！你不提起，朕哪会想起这件事？怎么，郑板桥十年前的进士，到今日没有安排到任？"

　　允禧不敢对乾隆的疏忽有任何不满的表示，只是虔诚地说道："没有。恐怕是吏部疏忽了。"

　　乾隆笑了，其实他是什么都明白。允禧的小心恭顺，让他的自尊得到最大的满足，故尔心绪也是格外的好。他踱步思考了下，转身下旨道："着吏部安排郑板桥到任！"

　　允禧欢悦而不露声色地回道："臣遵旨照办！"

　　允禧刚要走，乾隆喊住了他，"皇叔，你等一等。说起郑板桥，我想起了另外两个作画的老倔头，李鱓给朕写了一首呈诗，看样子他在民间又呆腻了；还有那个李方膺，回乡侍奉老母已经十年，着吏部一并将他们安排述职。把他们安排得远远的，免得在朕的身边惹麻烦。"

　　允禧礼曰："臣遵旨。"

　　慎亲王允禧的信函送到了扬州府牢狱郑板桥的手中，他的信是这样写的

　　　板桥仁兄：

　　　　妙对收到并鉴赏，十年一对，天下诗坛绝事一桩，精绝 之道，确是无双！详情到京再叙，不赘。

　　　　皇上下旨吏部安排你上任，还有李鱓、李方膺的

述职,不日朝廷的命文即到扬州。我在京等候你,十年
前我说过的 那句话,还记得吗?
　　问相识的画友安祺!

紫琼崖道人

丁卯年六月初五子时

　　画友们聚首在一起你一句我一句读完允禧的信,一下子沉默
了,似乎空气凝固了一般。李鱓与李方膺对视一眼,转而与其他
画友几乎同时作礼,口气是那么的庄重:"板桥,恭喜啦!"

　　"嗨嗨嗨……"板桥眼眶里盈着晶莹的泪花,语不成句地说道:
"喜,喜喜,喜! 哈哈哈……"先是低徊而语,后继放开了声,他
那种泣血的笑带有半神经质的抽搐,令人不寒自栗。是啊,板桥
追求功名,有了功名却又无作为之地,能不让他伤心折志吗? 他
笑到末了,竟一屁股坐到地铺上发起愣来,泪水夺眶而下。

　　友人们惊异地围了上去。

　　这时,扬州府师爷章元杰领着一个钦命宣旨太监和几个御林
军进了牢狱的过道,太监扇了扇鼻子,女声女气地说道:"郑板桥
怎么给关到这儿来了? 扬州府发了什么疯?"

　　章元杰诚惶诚恐地说:"小,小的不知道。大人,李鱓和李
方膺都在这。"

　　"嗯?"太监惊讶地瞪大了眼。

　　"不不不,大人别误会,李鱓和李方膺是来看望郑板桥的,不
是全关了的。"章元杰陪着小心道。

　　太监一行来到板桥的号子前,众人正在劝解板桥。章元杰指
挥狱差赶快打开号子的锁链。

　　太监喊道:"扬州进士郑板桥、南书房行走、如意馆辞臣李
鱓、原山东兰山县令李方膺听旨——"

曹仁接到吴子坤的密信，说郑板桥还在牢里没出来，请求巡抚大人出面调停。曹仁心里打起了鼓，堂堂朝廷命官接旨不到任，却给关在大牢里，万一捅上去了，一查二查什么鬼事儿跟着就来了，到那时候，芝麻能成西瓜。这个郑板桥不是好惹的主，他想把小事闹大呢，若象当年钦差大臣凌枢那般，倒楣的就不是吴子坤一个，或许连同他也得栽进去。越想越后怕，忙不迭跑去找了上峰钟文奎。钟文奎也刚刚接到朝廷的官员署任通报，听说郑板桥迄今还没有给放出来，他的脸就拉了下来：

　　"怎么到今天还没放他？"

　　"下官也不明白。"

　　曹仁陪同钟文奎一路快马赶到扬州，住进驿馆不到半个时辰，吴子坤和他的师爷章元杰就匆匆赶来了。

　　自从接到朝廷的命文，又听说慎亲王还给郑板桥有私人的信函，吴子坤的脑袋"嗡"地一下就觉得不是自己的了，你说他能不乱了方寸？

　　钟文奎火气冲天，吴子坤和章元杰趴在地上不敢喘大气。

　　章元杰无可奈何地说："小的和吴大人什么法子都用尽了，他蹲在号子里就是不出来。"

　　"他为什么这么做？"曹仁急切问道。

　　"不知道。不知他葫芦里卖得什么药。"吴子坤带着无奈的哭腔，跟钟文奎、曹仁倒述着苦衷："两位大人在上，事情怎么都这么赶巧呢？要知道有这么多的事，跟谁过不去，我也不会莫名其妙地找他郑板桥的碴啊！"

　　"废话少说了，去看了他再说吧。"钟文奎吩咐说。

　　钟文奎想尽早息事宁人，来到号子里见到郑板桥第一句就冲着吴子坤来了声：

"吴大人，还不快快给郑大人道个不是。"

板桥拦住了趋身欲礼的吴子坤，不无冷嘲地说："不必不必，板桥职低位贱，哪敢劳驾吴大人弯腰躬背呢？"

众人捂着嘴巴嗤嗤发笑，拿眼说话不敢放声。

吴子坤卑谦地说："郑大人，本府宴席已摆好，略表歉意，请赏个脸。"这种时候他是什么歪点子也没有了。

"酒是好东西，吴大人的美意，哪能拂之呢？"板桥敛起了笑容说道："不过，今天当着总督、巡抚大人的面，有些个理要说说清楚，要不然，板桥宁可不去作那个官，也要在这牢里呆着。"

吴子坤知道板桥骨子里准定作的不是什么好文章，但朝廷命官老扣着，不能赴任，职责非同小可，只得咬牙认了。

"郑大人有何教诲，本府愿洗耳恭听。"吴子坤低三下四地应承道。

"板桥第一次写诗作画向贵大人讨教，你说我醉酒戏弄你；第二次拦轿替民喊冤，你再次说我醉酒戏弄你；你打了我，我什么也没说，写下状纸，嘿，你又说我戏弄你……"板桥盘腿历数道。

吴子坤一一点头认错赔礼，话全部倒过来说，揽过所有的罪责："这些我都认了，本府有罪，您就海涵包容了！……你就出来吧，我的板桥大人。"说着说着竟跪了下去。

吴子坤这一跪，让章元杰想到了什么，几乎手舞足蹈地叫了起来："大人，小的想起来了！那天街头杖责郑大人的时候，郑大人给小的说过，吴大人敢打他二十板子，总有一天，郑大人要还他吴大人五，五十大板！"

听章元杰说完，所有人的眼睛都朝着板桥看。

钟文奎心里明白这一切，起身把曹仁拉到一边说道："解铃还得系铃人。郑大人窝了这一口气，不出来，恐怕难平息这场风波啊……"示意曹仁出面调停。

曹仁走到吴子坤跟前说了点什么，又走到板桥跟前说了点什么。

"别的都不要,板桥只要求在他杖责下官的地方行个方便就是了。"板桥谑笑了起来:"说话不算话,何以为大丈夫?"

曹仁征询地望着一脸倒楣相的吴子坤:"吴大人……"

吴子坤哭不是笑不是地点了点头。

闻知总督钟文奎和巡抚曹仁亲自主持杖责吴子坤,整个扬州城炸了锅一样,看热闹的人群从各个街道口往多子街一个方向涌去……

杖责仪式在当年吴子坤肆虐作威的多子街隆重举行,钟文奎和曹仁站在"江风酒楼"的看台上。楼下的街道上围观的百姓人山人海。

"一、二、三……"从第一板子下去,就开始有好事的人数上了,渐渐随着杖责的速度,数数的人越来越多,兴奋的百姓们似乎不跟着参与进去,后悔就来不及一样。江风酒楼空荡荡的二楼上,板桥和画友们围在一张餐桌前,看黄慎作着一幅字画《弃梅图》:一幢锁了门的草屋前,酷似黄慎的一个远游浪人一根竹竿挑着一个包裹沿门前的小道远去。画面的前景是一株被弃冷的梅花……

"你什么时候答应他的?"板桥看了下窗外看台上钟文奎的背影。

黄慎什么也没说,友人们默默地对视了下。

"……二十七、二十八、二十九……"窗外百姓的起哄声此起彼伏。

黄慎在画上题上了诗句:萋萋草堂走王孙①,梅花孤悬无人

---

① 王孙,旧诗词中对男子的称呼。

问。杜宇^①声声谁领情？惜东君^②，雨打绣楼勿闭门。

这是黄慎劝导梅子出嫁的字画，其意融融，其情切切，众画友见之无不感慨万千。

板桥动情地说："老瓢，你这都是为了我啊……"

"板桥，怎么说出这等话来？"黄慎苦笑道："梅子与我门不当，户不对。自从他父亲接走了她，我就没这个念头了，这次钟大人来跟我说了她不愿出嫁的事，我黄老瓢不能莫名其妙地误了人家的终身啊……"

众人无话可说。街市上杖责的声音又传了进来："四十八、四十九、五十！"百姓的哄笑声鼎沸高扬。

看着被打得皮开肉绽的吴子坤被人抬走了，钟文奎与曹仁转身来到板桥他们身边，笑道："郑大人，你都看到了。还你一个五十大板。"

板桥作礼道："谢大人主持公道。"

黄慎将字画交给了钟文奎，说："大人，黄慎要写的都在里边了。梅子看了这幅字画，什么都会明了的。"

钟文奎展看了下，收起："谢黄师傅晓明大义。"

正说着，师爷章元杰上得楼来，跪曰："大人，这是吴大人让小的交给大人的。"说着递上了一份文书。

"这是什么？"钟文奎问道。

"这是吴大人他们父子的辞呈。"章元杰如实禀道："吴大人说了，今日遇到一个郑板桥，再来个张板桥、李板桥……他的小命就没了。"

钟文奎愣了一下，"哦"了一声，继而哈哈大笑了起来，所有的人都开心地笑了，曹仁心里边不是滋味，却也跟着好不尴尬地

---

① 杜宇，即杜鹃鸟。
② 东君，即春神。

陪着笑脸……

6

灿烂的夏天到了，天空是那么的蓝，云彩是那么的洁白，日
光是那么的明媚。静谧安详的热气给万千绿色的植物带来一种欢
欣的醉态，成团成堆的无名小虫积聚在一起跳着轻快的舞蹈，天
与地之间的一切都似乎笼罩着终年不散的绚丽风光。南方与北方
的区别就是大啊，南方的小麦扬了花，北方的麦苗还才刚刚分蘖，
慵懒闲散的麦花如一层轻淡的烟云静静地飘浮着，朦朦胧胧。

板桥与李鱓、李方膺前往京城领旨谢恩之后，李鱓去山东
临淄，李方膺到安徽潜山，天柱山下一个美丽的山城去了。板桥
署任山东范县，本当淳儿与家妻郑郭氏相继过世，兴化无记挂，不
知何故，板桥却一路风尘返回扬州，携着夏日的热情和朝气。说
起来也是天意作美，四十出头的老儒生，竟然就在这次无意的奔
波中，邂逅了一桩艳事，这真是书中自有颜如玉。笑话。

板桥从兴化老家带出亲家侄郑田做书僮，到扬州答谢友人们
一番，不忘绕道野外玉勾斜，给洪师爷与何清清磕了三个响头。
"玉勾斜土化为烟，散入东风艳桃李"，当年一启"砚石冤"，洪达
为他英魂逸飞，何清清他玉消香散，能不记住他们吗？哎，冷暖
人世独一个情字可以了得，悲欢千年岂一个愁字可以消得？做人
守本，糊涂不得啊。

虽说初夏的太阳不是那么火辣，瞧见那碧兰无云的晴空，你
会有一种温情的错觉，殊不知，远行的人在它不温不火的光照中
会烤脱几层皮来。板桥与郑田从洪达和何清清的墓地回到大路，一
路往北，走到饶家庄附近时，已近中午，人和毛驴都显得有些倦
意。农庄、原野在骄阳下安然恬静，不时有树上的鸟儿、还有庄
子里牲畜的混合声传来。

想歇息的郑田婉转地说道："俺叔，再往前走，就没庄子了，

牲口要喝水……"

"是牲口要喝，还是你要喝?"板桥笑道："以后跟我说话要直说，不要曲里拐弯，那都难受啊!还有，场面上要称呼我老爷，不要叔啊叔的，不合规矩。"

郑田调皮地改口道："是，叔。啊，不，老爷，小的想喝水，牲口也该喝点了。"

"机灵鬼!"板桥拍了下郑田的头，吩咐道："找个就近的人家歇息吧。"

"是哪。哎，老爷，前面那一家看起来干净。"郑田指着一个家院说道。

那是一个前有清溪，后有竹林的乡间人家。

板桥看了一眼，随和地说："听你的吧。"

两人走进了那户人家的家院。郑田喊道："有人吗?"

"谁呀?!"一个姑娘甩着大辫子跑了出来，她就是当年的饶五妹，如今她已经从十来岁的小姑娘长成二十多岁的大姑娘了。一见是生人，饶五妹止住了步子，一定神间，认出站在她面前的竟是她早已心生慕意的郑板桥先生，她的脸陡然间红了一个透，怯生生地问道："你们找谁?"

板桥大方地笑说："就找你。姑娘，讨口水喝行不?"接着又指着他身后的毛驴道，"哦，还有我的小毛驴。"

郑田忙说："还有我，我也要喝。"

饶五妹扑哧一下笑，道："你们兄弟俩真有意思，各顾各。你们堂屋里请。"

"你胡说什么呀，我是他的侄……"郑田情急中说话乱了套，"我是他的书僮，他是我的老爷。"

饶五妹望着郑田那份憨样，开心地哈哈大笑了起来。随即把他们请进了屋。

堂屋的屏门上挂有一副板桥的《清竹图》，两边是郑板桥的八分书，上联是"风来满池水"，下联是"云气一天山"。

板桥见这户人家的中堂挂着自己的字画，亲切之感油然而生。言语无形中也就多了起来。

"姑娘从何处看出我与他是兄弟关系？"板桥亲善地看着饶五妹，继而指了下书僮道。

五妹羞涩地掩口笑道："你们长得象呗。"

"我要是说他是我的小儿呢？"板桥说。

"板桥先生的小儿已经过世，是得天花走的。"五妹了如指掌地说道。

板桥大惊："你连这个都知道？"

五妹笑了一下说："我知道，什么都知道。"她一面端茶倒水，藉以掩饰内心的激动。殊不知，十多年前，自从板桥于何清清墓地动殇以情，便在五妹幼小的心灵里植下了慕羡的种子。这之后，为了梅子的事，娘舅叶阿祥把她召到城里去，板桥的踪迹一点一滴渐渐渗透她的心田，不知为什么，那感觉象蚂蚁一样悄悄地爬。梅子让他父亲带走以后，她想一直留在娘舅身边，可娘不同意，这些年，阿娘没少给她找婆家，古怪的是，她死活不愿嫁。今日得见郑板桥，她的心就象装进了一只小鹿，砰砰砰地撞了个没停。

面前的这个姑娘对他的家庭竟然如此了如指掌，令板桥惊讶无比继而问道："哦？那你说说看，你还知道郑板桥家的哪些事？"

"我不说了。"五妹突然止住了口，跑进房里去了。

"哎，姑娘，你别走啊。"板桥喊道，玩笑地说："再不出来，我要偷走你家的东西了。"

五妹拿了一个针线簸子出来，坐到房门角落里一个小凳子上说道："别人我怕，你我不怕……"

"哦……"板桥对这姑娘的话越听越奇怪，"刚才我问你的话你还没回答我呢？"

"你一定要我说，我就说。"五妹的脸上潮红了一片，"板桥先生的第二个妻子郑郭氏三年前也过世了，现在他是孤寡一人，真可怜。"说着偷看了板桥一眼。

板桥的情绪瞬间就低落了下去。

郑田从外面回来说："老爷，毛驴喂好了。"

板桥吩咐道："好，你坐下歇歇，待会我们就走。"

"哎，你们不能走。"五妹急了。

"……"板桥惊看五妹，见她一脸红潮，笑道，"怎么，还要留我们吃饭？"

"我娘没回来，你们不能走。"五妹低下了头，说道："你这一走，村里人知道我接待了大男人，我娘又没见着，怪罪了，我是有口也说不清了……"

板桥想，人家姑娘说的也对。无奈地对郑田假嗔道："都是你不好，带我进了……"

"怎么？"五妹打断了板桥的话说："我家有老虎不成？"

"啊，不不不。"板桥歉意道，接着逗趣地说："姑娘是蝴蝶，就是老虎，也是小老虎。"

五妹扑哧笑了。

"说了这么久，还没问姑娘的尊姓大名呢？"

"免尊姓饶。"五妹礼道："名五妹。小女排行老五，就起了这么个俗名。"

"不俗不俗。"板桥看着中堂上的字画道："姑娘认识郑板桥？"

"呃……只知其名，不识其人。"饶五妹支吾地说，她想掏出板桥的真相，但又想不出好招来，这下有了机会了，"这是小女用自己编织的绢花换来的，那年，红月楼的梅子帮了我的忙。为这事，只几朵小花，就换了先生的字画，我欠下的情，还没还呢……"说着偷偷看了板桥一眼。

"不用不用……"板桥发现自己失口，连忙换口道："啊，我是说，郑板桥不是那么小心眼的人。你说呢？"

"五妹崇敬板桥先生的画品文名，前些日子，他三戏吴知府，我还专门看了吴知府那场荒唐的审判，可惜我一个女儿身，不能救得先生。"五妹情意浓浓地说。"扬州人都知道他不畏富贵，嘻笑贪官的好多事。所以我更敬佩他的人品。"

"姑娘如此熟知郑板桥。"板桥道，"连我都要嫉妒了。"

"你不喜欢他?"五妹调皮地歪着脑袋问。

板桥真是进退维谷，只好随其意道："姑娘说他好，我当然也要说他好了。"

饶五妹偷偷地笑了，说："先生与小女志趣相同，小女真是高兴，能讨先生一个笔墨吗?"

"老生乐意从之。"

五妹一听，高兴地跑进房去了。

郑田给板桥作了一个鬼脸，板桥示意其不要露馅。

五妹将笔墨纸张拿了来，放在桌上，说了声："先生写，我看看我娘回来没有。"说完往后院去了。

板桥为五妹的纯情所动，看着她的背影难以言说地笑了，接着摊开了纸张……

五妹哪会去寻她的母亲？她跑到厨房里忙碌起来了。灶膛里的火光映在她清秀的脸庞上，显得格外的动人。她想得很多很多，想到最后不知自己想了些什么，自己给自己笑了。落下的火苗惊了她，她自羞地笑了下，慌忙起身去打鸡蛋。

堂屋里，板桥为不露真面貌，着书时一改行隶结合的常用手法，而专用行书题下《西江月》一阕：

> 微雨晓风初歇，
> 纱窗旭日才温；
> 绣帏香梦半朦腾，
> 窗外鹦哥未醒。

蟹眼茶声静悄，
虾须帘影轻明；
梅花老去杏花匀，
夜夜胭脂怯冷。

　　板桥的这一阕《西江月》，看似信笔写来，然意到心到，堪称艳诗一绝。春晨的细雨停了，风也停了，窗外花影疏淡，鸟语叽叽，佳人乍醒未醒，梦里的朦胧情意，历历如绘。板桥处处未着痕迹，却又处处写尽姑娘婀娜情态。

　　"先生这是写我妹妹呢?"板桥背后突如其来的话语，惊得他车转过身。

　　原来是五妹的大哥饶臻回来了，这是一个看上去很文气的秀才，年纪与板桥相仿。

　　板桥连忙施礼道："啊，是是，应令妹相邀，胡乱写来。"

　　"失礼，惊了先生。"饶臻回礼道，"请。"

　　五妹端来了两碗糖水鸡蛋问道："大哥什么时候回来了?"

　　饶臻 说了声"刚刚"便接过五妹手中的碗递给两位客人。

　　板桥拒绝道："哎哎，你这是干什么?"

　　"你说干什么?"五妹朗声地说："吃呗。你不是说过我要留你吃饭的吗?"

　　"哎呀，这这这，这如何是好?"板桥将鸡蛋碗放置到一边，说："姑娘，你还是先看看这幅字，满意不满意?"

　　"小女哪敢承得先生这番美言?"五妹羞赧地说。"小女只是乡野村姑，先生诗中勾绘的婀娜情态实在抬举小女了。"

　　能读懂诗，堪称学者，能意会诗意，非是一般文彩了。板桥掩饰了惊讶的内心，平和随意地说："老生胡乱搬弄，不恭了。"说着给郑田一个眼色，郑田跑了出去。

"先生你要干什么？"机灵的五妹问道。

板桥施礼道："多承姑娘的好意。刚才是姑娘的家人未归，恐生出什么意外的是非来，我才没走。令兄回来了，我还要赶路，也就不久留了。"说完朝门外走去。

五妹眼睁睁看着板桥走了。

"人家走了就走了，你这么看着干什么？"饶臻问道。

这一下戳痛了五妹的痛处，她回过神来，气恼地捶打着饶臻说："都怪你，都怪你！"

"我怎么啦？"饶臻莫名其妙。

"是你赶走了他，是你赶走了他！……"

饶臻感觉到了小妹的心思，不敢再多说什么，愿打愿挨地连连招架着五妹的捶打……

第二十七章

1

板桥与郑田出了饶家庄,上了位于玉勾斜西口的官道大路。后面一阵急促的马蹄声在他们身后猛然停下,惊得郑田赶忙丢下担子护住了板桥。两人定神一看,却原来是适才歇息人家的大哥饶臻赶来了。

板桥稳了下神说:"饶家大哥,请问为何这般匆忙?"

满头是汗的饶臻施礼道:"先生,务必请先生跟我回去一下……"

板桥诧异不解地问道:"为何?"

"小妹说你的题诗连个署名也不题,不伦不类。"饶臻小心地提醒并请求道:"能否有劳先生补题?"

挨了小妹一顿打,五妹的心思暴露无遗,饶臻亦喜亦忧。喜的是自己心爱的老妹子心有归属,忧的是人家是堂堂大名家郑板桥,会屈尊娶你一个乡野女子吗?既然妹子有那份心,不试一试也太屈了她的一片诚意。于是说服五妹别急,想想有什么好法子能把走了的人拽回来。兄妹俩你望我,我望你,不再争吵,却也无计可施。五妹的眼光无意中触到了桌面上的那张字画,惊喜地嚷了起来。这才有饶臻追赶板桥一说。

板桥仔细一想,饶臻说的是那么回事。当时只是写下了诗句,一心念着要瞒下什么,确实疏忽了署名。这也太是与人不恭了,于是歉意还了一个礼:"哎呀呀,我只当是戏而作之,没成想……真是糊涂，糊涂了！郑田，你在此等候，我去去便回。"

郑田应道："是，老爷。"

"不不不，你也一道回。"饶臻拉着郑田道。"天色将晚，不留宿也得吃了晚饭再赶路，要不人说这庄户人家也太小气了。"

板桥哪知其中蹊跷呢，只心想别冷了人家一片热心肠，于是领着郑田走了回头路，岂不知，他这一回今日就脱不了身了。

五妹看见远远走来大哥和板桥他们，兴奋不已地喊道："娘，娘！来啦，来啦！"

五妹娘，一个六十出头的清秀老人从后院里迎了出来。她回家之后从五妹的口中知道家中发生了什么，对女儿的任性她操够了心，五妹二十好几，不能一直把她窝在身边不嫁人，这么多年，她没有想到女儿的心思竟然系在一个不可能成为现实的男人身上，今天居然奇迹出现了，她苦涩的心田里泛上了一股不知是喜还是忧的感觉。但事情既然到了这一步，不赞同也得顺从女儿的选择。

"娘，小妹。"饶臻道，"我把先生请回来了。先生，这是我娘。"

"老人家，打搅，打搅了。"板桥作礼谦过。

五妹娘看见郑板桥，第一眼的反应是他的年岁虽然大了些，但他的面目亲和、气度不凡，她不得不在内心佩服女儿的心相高。这边想着，那边热情地邀请道："先生，屋里请。"

堂屋屋中的方桌上，在板桥刚才书写的那幅字边，放着一张根据他的词句作出的字画：竹林掩映的草屋，窗户开启着，一个晨起的秀女定定地看着窗外，小溪对过的小道上，一个酷似郑板桥的先生和他牵着小毛驴的书僮朝远处走去……

板桥惊道："这是谁画的？"

五妹娘笑道："小女。"

"哦？……"板桥仔细端详起来。

五妹这时藏在内屋里没出来，她含羞地偷听着外边的动静。

板桥带着惊叹地口气说："好，用笔这般细腻、精到。大娘，你的女儿真真是位才女啊！"

"先生过奖。"五妹娘歉道，接着谨慎地说道："先生，有句话不知当问不当问……"

板桥问道："大娘有话尽管问来。"

五妹娘歉意地笑了下："小女说先生就是郑板桥大师，不知是真是假？"

板桥大惊，但他掩饰地笑道："我什么也没说，她凭什么认准我就是郑板桥？"

"先生的书法素以行隶间之，不知为什么，今日只以行书？可先生书法的另一特色'乱石铺街'还是驻留笔端了。"五妹在屋子里说道。

"说得好。"板桥点了下头，转对五妹娘说，"大娘，令爱对板桥的书法如此熟悉得脉，板桥敬服了。"

五妹激动地跑到了门口，扒在门框子说："娘，我说的没错吧，他就是郑板桥。"说着羞答答地对板桥流盼出一份特殊的女儿情。

板桥惊奇地瞪大了眼睛说："小姑娘，我，我以前没见过你啊。"

五妹胆子大了一些，调皮地将头一歪，微红的两颊上露出了一对讨人喜的小酒窝儿："那年，我和我娘在村头卖茶水，先生去何清清的墓地，还是我去给你送的香火……"

板桥搜肠刮肚地想着，突然拍了一下额头："哦！那个呆在墓地不走的小姑娘就是你啊！"

五妹甜美地笑了一下，眼睛里闪烁着柔和妩媚的目光："那年扬州府官卖红月楼的梅子，你们几个大画师联手作画救她，我都见到了。叶阿祥是我的舅，我和梅子在一起住过好长一段日子……"

"哦，哦哦哦……"这些过往的事件让板桥一瞬间与五妹她们一家有了温馨的连结。

饶臻见有戏好唱,带着激动的情绪说:"小妹敬重先生如痴如醉,今日得见,若不能将先生喊回来,她真是要上吊了。"

"哥,你说什么呀!"五妹娇羞地假嗔了句,又躲到屋子里去了。

板桥是过来人,一见这母子三人虽说神态各异,但焦点都是冲着他来的,莫非这小女子对他情有独钟?她的老母亲竟然也会赞同她这荒唐的念头?抑或自己见了女色犯糊涂?他不敢再往深处想。内心里告诫自己:"别胡思乱想,出了笑话人家打了你还没法还嘴。"

五妹娘从条儿的边侧抽屉里取出一个红布包着的小包来,送到板桥面前道:"先生,这是徽州茶商程羽宸托我们转交给您的资助金。"

"程羽宸?这个人,我与他素不相识啊。"板桥道。

五妹娘说:"前年,他到河南去路红此地,见到小女,定要联姻,小女说他已经心下许人……"

"小妹拒绝了所有的求婚,心下要等的就是板桥先生。"饶臻快嘴快舌说出了真情。

板桥一听这话,来不及反应,整个人傻了,口齿不清地说:"不不不,这怎么合适,这怎么……不不不……"

慈眉善目的饶臻真挚地说:"先生听我说完,程羽宸先生一听说小妹已经许给了郑先生,就再也不说什么了。他说他尊重小妹的选择,更喜爱您的人品和字画,于是一定要留下这笔资助金,以示对先生的敬重。"

五妹娘不得不出面:"郑先生,我们饶家本是书香人家,五妹的父亲早故,家道也就败了。如果五妹的才学不给先生丢脸,请先生考虑是否……"

五妹不光才学甚好,且天真活泼、机智聪慧。板桥见其是一个知书识礼之雅女,心下早有几分喜欢。若不是存有那份隐秘的暗恋之情，他也写不出那首艳美绝伦的《西江月》啊。但真真人家亮出真情道出实意时，爱面子的板桥又缩头缩尾了。

五妹躲在房子里静静地等候着板桥的一句话，一直没听到板桥表态，她伤心得眼泪都快出来了。

五妹娘苦笑了一下说："先生若是有什么为难的地方，也只能怪我家五妹没这份福气了。不是因为她等了先生这些年……"

"大娘，您别再说了。"板桥打断了老人的话头，中肯地说："板桥已人不惑之年，且貌相丑陋；令爱如花似玉，青春年华正当年，板桥实在不敢贸然应允……"

听到板桥的这席话，眼里噙着泪花花的五妹开颜羞涩难挡地笑了起来。

五妹娘松了一口气，原来板桥不是不应允，而是他担忧会委屈了小女，她爽朗地笑了："先生，我家小女自小无娇无宠，象一棵小草一样，风里来雨里去，乡间姑娘，无所谓精贵不精贵的。"

板桥苦笑了一下："大娘，您老不知道，板桥的性情不好，难免在世面上有混不下去的时候，令爱若是随了板桥，吃苦的日子多啊……"

屋子里传出五妹的声音："娘，你跟他说，五妹不图他的名，也不图他的利，就图先生的一个人。为了先生，五妹什么苦都能吃得。"

五妹一口气说了这么多，令板桥震撼不已，面对这样一个心诚志坚的纯情女子，他还能再说什么呢？他的心狂跳了起来，情诗艳句他可以张口而来，单挑择女为妾，立时就要表态，好生难为他了，只见他面红耳赤，如若处子一般羞赧："大娘，板桥无言以对，能得到令爱的这番深情错爱，这是板桥此生的造化。请大娘上座，受晚辈一拜！"说完扶五妹娘坐下，跪在了她的面前。

饶臻和郑田在一边舒心地笑了。

五妹笑了，羞涩难挡地捂起了潮红的脸颊……

第二天，饶家请来了村里的乡亲父老，按乡俗给板桥和五妹举办了简朴而热闹的婚礼。板桥不惑而惑，如此轻易得来一红粉知己，云里雾里一般，拥娇人怀才知为真。人生难测祸福，半辈子过来，酸甜苦辣说不尽道不完，没想到这人一下子顺了道儿，喝凉水也能喝出个蜜来，愈是珍爱倍至。

小歇两日，不敢久留，携小娇五妹恋恋不舍辞别丈母娘一家人。饶臻和郑田已张罗好一辆马车在门前守候，有心的饶臻给马车上贴了喜着了彩，马头上系了一朵红绸扎出的大红花。五妹想起自己给娘淘气的往事来，这会要走，心里不是滋味，鼻子酸酸的，泪水汪汪的："娘，您回吧，女儿走了。"

五妹娘吸了一下鼻子，噙着眼泪含着笑什么也没说，点点头挥挥手。

"哥，五妹走了，娘指望你了。"五妹这会儿似乎突然懂事了。

饶臻拍了拍五妹的肩："好了好了，不要假惺惺的了。少给郑先生淘气就行了，别丢了我们饶家的脸。"说着要扶五妹上马车。

五妹打开了哥哥的手，假嗔地翻了饶臻一眼。"去你的！"轻快地搭着板桥的手上了马车。这一对饶家兄妹。板桥望着他们心里甜蜜蜜的。

"叔，走吗？"郑田握着马鞭问。

五妹看看郑田，又看看板桥。

板桥说："这是我的家侄郑田，小名三宝。"

五妹开心地笑了："你们叔侄俩一开始就骗我！"

"我叔一开始就看上你了。"郑田笑话说。

一家人开心地大笑，五妹娇嗔地擂起了板桥。

板桥对郑田说："还不快叫婶子！"

年岁与五妹不相上下的郑田似乎还有些不习惯："婶，婶子

......"

　　郑田挥响了马鞭，"驾——"

　　声声马蹄裹着阵阵笑声一路北行而去。

2

　　乾隆十二年，岁届丁卯，是乡试之期。这一年春夏交季时节，大学士、吏部尚书包括出任山东巡抚，驻宅济南。与包括同行的有侍讲学士满人德保，德保受皇命前往济南主持山东乡试。按清制，乡试要选派十八名"同考官"分房评阅试卷，俗称"十八房"。十八房的官员可以是京官，也可以是非本省的地方官。德保年轻资浅，在京邀请过一些朝官到山东作"同考官"，那些个京官们要不嫌山东路途遥远不愿吃那份苦，要不轻薄德保的资历不愿做下手，相继婉言谢绝。德保一气之下只身到山东来了。听了德保的叙说，包括感喟良深，遂推心置腹地引荐了郑板桥、李鱓和李方膺。

　　德保惊讶地说道："微臣早知这些人的大名，包大人能把他们请出山？"

　　"郑板桥现在范县，李鱓在临淄。范县、临淄都是山东属地，他们理当效力。李方膺的父亲与本官是世交，更没有推托之理。"包括就不好说的更多，当年避免郑板桥他们几个刺儿头衅事生非，吏部把他们分别派到偏僻贫困的弹丸小县为官，屈才用人，本当理论，但这里边是皇上的旨意，还是蒋南沙的同党闹的鬼，都不得而知。皇上御准过了，允禧与包括这些正义之君无以奈何，只得照办。这次包括出任山东巡抚，有了调配的机会，出京之前，允禧没少给包括交待。天赐良机，如果乡试"同考官"荐成，让他们离开署任地，调任也就是顺理成章的事了。

　　德保只身山东，地生人疏，两眼一抹黑，包括给他荐得这样的高才，他真是谢天谢地了。

一切按照包括的设想按部就班往前走，乡试顺利结束后，包括一封书函给了江南道总督钟文奎，安徽是钟文奎的辖区，李方膺"兰山之变"轰动朝野，他钟文奎嘴上不说，骨子里是佩服李方膺的骨气和远见的，包括以山东乡试有功荐举李方膺，正中他的下怀，即使上面追问下来了，他也有后退的路了。于是他没有犹豫就大笔一挥，将李方膺从闭塞的潜山小县调到合肥任上了。郑板桥和李鱓在包括的辖区，不需费什么口舌，一个从鲁西的范县调任鲁东的潍县，一个从鲁北的临淄改署鲁中的藤县。人说朝中有人好做官，大概这也算是吧。不过，就郑板桥、李鱓和李方膺的才学来说，这又算得几何？

　　包括的苦心经营，为郑板桥、李鱓、李方膺赢得了一方新天地，但他也万万不会想到，他们的仕途命运都是在这新的署任上彻底了断而永不再继。

　　潍县是鲁东大邑，"连云甲第尚书府，带宅园林太守家"，豪绅富贾很多，而这些人家又与省内、京都的达官要员有着千丝万缕的瓜葛和关系。板桥署任未到，便已在潍县上上下下传得沸沸扬扬，有人高兴有人愁。见那些个豪绅富贾的高兴样，县丞祝英杰眉头皱成了大疙瘩。

　　祝英杰三十来岁，六尺的个子，紫铜色的肌肤，溜圆的大眼黑多白少，盯人时愣愣的，做事认个死理，让他臣服了他能为你肝脑涂地。因为他的直率与能干，他从生员被荐到县丞的位置上，对于一个没有学资和背景的普通百姓来说，这已是一步登天了。郑板桥是何人，有什么能耐从小小范县改署到潍县来？他凭的不就是新上任的总督面子吗？祝英杰老大不服气，看来不让郑板桥栽几个跟头，他的眼睛搁不到老百姓的身上来。按日程板桥这天到任，祝英杰一面下令全城不许张灯结彩，一面召集几个属下如此这般安排了一通。

衙役领班鲍根发胆怯地说："大人，俺听说郑大人可是个好官啊。"

"好官？哼，俺要看看他好到啥地步？"祝英杰瞪圆了眼睛反唇说，接着将一个装满银锭的包袱打开了，对鲍根发说："这里是两千两……"

鲍根发害怕道："大人，新来的县太爷廉洁的大名人人皆知。只怕……"

祝英杰挥手打断了他："听俺把话说完！范县是什么地方？穷得兔子不拉屎；俺潍县又是什么地方？富得都冒油。这是第一招，他若是入了套子，俺自有理论。你照做就是了。"

鲍根发愣生生地说："俺该怎么做？"

祝英杰交待道："你将这个就放在轿子里，什么也别说，他不吭气，就是收下了。你呢，领人把轿子直接抬到他的府上就行了。"

板桥携五妹、郑田从范县动身，在济南小歇一宿，天没亮就往潍县赶去。不出岔子，上午也就到了。

原野的早晨，太阳在天际显出它最初的辉煌，朝霞映红了半边天。天地间染成了一片橙红色，乳色的炊烟与灰色的暮霭交融在一起，一切景物都显得飘飘荡荡。农庄、原野安然恬静，早起的农人赶着马车、提着粪筐影影绰绰从村子里出来，显得懒洋洋的，不时有树上鸟儿的欢叫声、还有庄子里牲畜的混合声传过来……

五妹慵懒地躺在板桥的怀里，睁开惺忪的睡眼，翻过身子看车外。

板桥感慨地说道："平原的早晨真美……"

五妹轻声地说："可入诗，可入画……"

板桥有感于五妹的感悟力，轻轻抚着她的秀发，道："你是一个小人精。"

五妹复又仰过身子，笑嘻嘻地问："先生是什么？"

"我是一个丑八怪。"

两人欢声笑了起来。五妹乖巧地挪到板桥的身后，轻轻给他捶起了腰。

"不用不用。"

"一宿你没怎么睡，也不累得慌？"

马车驶过，可以看到路边竖着一块青石界碑，上书：潍县。

五妹扳着板桥的肩膀，指着那块后移过去的界碑欢快地喊道："快看，潍县到了！"

板桥点了下五妹的鼻梁回道："看到了，小夫人。"

五妹假嗔地翘起了嘴唇："人家看到了跟你说，你看到了不跟我说。"

板桥指着另一处惊乍乍地喊道："哎，五妹你看，又是一块潍县的界碑！"

"在哪？"五妹什么也没看到。

板桥引她上了当，好不高兴："我让你看你没看着，过去了。这一下，是我先跟你说的了！"

五妹悟了过来，捶打着板桥喊叫道："啊，你使坏，你使坏！"

在郊外长亭等候的鲍根发听到远处的马蹄声，判定就是新县令到了，他的心也随之怦怦跳将起来。他给手下的衙役们轻声嘱咐道："来啦！别露出破绽来。"说完只身迎上前去。

"大人。"鲍根发躬身道，"我等前来迎接大人。"

板桥见县上的官员和地方上的名流一个没到，只有一顶官轿孤零零地停在长亭边，心里免不了掠过一丝不快，猜估这些小心眼的家伙又不知道要搞什么鬼了。好在他极善平衡自己，只见他不火不恼，浅浅地笑了一下，装佯不在意地说道："就你们这几个人？县里的其它官员一定是下乡忙去了吧？"

鲍根发也是很会做戏的家伙，他故作惊讶地赞道："啊呀，都说郑大人料事如神，今日得见，果不其然。小的佩服佩服！"

这帮小人，玩到我郑板桥头上了，这台戏我倒要看你们怎么唱？板桥心里想着，面上却是装作糊涂道："潍县的风气很好，郑板桥久有所闻，今日亲身感受，就是不一般啊。"跑去和五妹打招呼，五妹看在眼里急在心里，悄声说道"他们好象居心不良……"他作了个手势不让她说。板桥来到马车前吩咐说："三宝，你领着婶娘后面跟着，老爷我要上轿了。"

郑田应声道："哎呀，老爷您请。"

板桥上了轿，钻进去一看，一个大包袱就放在座椅上，抖开一看，神秘地笑了。

鲍根发等人在外面等着里边的反应，见没有呵斥的问话声，几个衙役作了眼神的交流。

板桥探头出来，奇怪地问道："怎么还不起轿啊？"

鲍根发蔑视地笑了下禀道："老爷，小的这就起轿。"说完喊了一声，"来喽，老哥们，起轿喽"

众衙役应声道："起轿喽"

新来的县令果真是个贪利谋财的人，让祝大人说的一点不差，顿时他们气不打一处来。按照预先合谋好的，在鲍根发的号子声中，抬起了"簸箕轿"，颠得板桥在轿子里七上八下。板桥想探头说上一句什么，头刚伸出就一脑门撞在了轿窗上。

郑田驾着马车跟在后面，见状敢怒不敢言。

鲍根发有意地问了下板桥："大人，坐好了，潍县的路不好。"

"好。"板桥说，"潍县的轿子跟范县的不一样，坐着就象喝了酒一样。"

"那您就多喝点。"鲍根发一个号子声，轿子颠得更凶了。

板桥的头撞在轿顶上，身子撞在轿窗上，两只手扶着轿门，那胃里翻江倒海，"哇——"吐将起来。

路边，出现了一个砖瓦窑。板桥透过风势刮开的轿帘看见了这个砖瓦窑，心下冒出一个主意来，大声地喊道："停轿，停轿！"

鲍根发一个号令，轿子停了下来。他视而不见轿内的脏物，却假惺惺地问道："大人，怎么啦？不舒服？"

"舒服，舒服极了。"板桥笑道。

鲍根发干干地陪着笑了下问道："大人莫不是要尿尿？"

"我是怕你们要尿尿，才叫歇着的。"板桥诡黠地笑了下，说着没理睬衙役们，对砖瓦窑的窑工们喊道："喂，你们这儿谁是头儿？"

跑过来一个三十来岁的工头问道："大人要买砖？"

"对，买砖。"板桥走过去吩咐道："你领人搬些砖坯子到我的轿子里去。把它装满。"

工头不解地问："这是干啥？"

"叫你装你就装，问那么多干什么？"板桥令道，接着给了对方一个定心丸，"我给你双倍的价钱，没说的了吧。"

"好呐！"工头一听高兴地喊道，"老哥们，运砖坯到轿子里去！俺们的砖坯也当回老爷坐坐轿子！"

撒完尿回来的鲍根发见一帮窑工搬砖坯上轿子，急了眼喊道："哎哎哎，你们这是干什么？"

工头说："大老爷让俺装的！"

鲍根发望着板桥："大人您……"

"潍县的天灵地气都在这土坷垃上，本官得运些回去供在衙署的大堂之上。你领人把这些土坷垃直接给我送到大堂上，我随后就到。"板桥浅浅地笑着看着他说。

鲍根发的心里敲着小鼓儿，嘴上应道："是，大人。"

板桥令道："喊起轿啊！"

鲍根发再也没刚才那份精神了："起轿。"

板桥看着衙役们艰难地抬起了沉重的轿子，掩口笑了……

　　衙役们已将轿子抬到了大堂上，轿子里的砖坯也规规整整码在了轿子前。一听说板桥如此治了抬轿的衙役们，县里的官员们不用传唤，就已经老老实实来到大堂等候板桥了。

　　板桥一进大堂门，所有的官员纷纷跪曰："大人安好。"

　　板桥来到堂上的椅子上落了座，拿起惊堂木重重地拍了下去，喝道："都给我转过来！"

　　趴在地上的官吏们齐刷刷转过了身。

　　板桥厉声问道："你们下乡都回来了？"

　　所有的人都不敢吭气。

　　"鲍根发！"板桥喊道。

　　衙役鲍根发颤抖着应道："小的在！"

　　板桥低沉地审道："你把轿子里的土坷垃搬出来了，那包银子为何不搬出来？去拿出来！"

　　"是！"鲍根发到轿子里将那包银子拿到板桥的面前。

　　"跪下！"板桥喝道。

　　鲍根发扑通就跪下了。

　　"你好大的胆子。"板桥讥嘲地说，"竟敢串通奸人私下在本官身上作文章。是谁支使你行贿的？从实招来！"

　　鲍根发这下吓得不轻，他支吾着，拿眼偷觑着县丞祝英杰。祝英杰叩曰："大人，这是下官所为，与鲍根发无干系。"

　　"你有钱是不是，潍县今年春上遭了蝗灾，你捐了多少？"板桥责问道。

　　祝英杰不吭气。

板桥判道："有钱来贿赂本官，那就更有钱行善了。罚你三千两充公赈灾！"

祝英杰连忙辩解道："大人，能听下官说个明白吗？"

板桥冷冷地看了他一眼："说吧。"

"都说大人的声名好，下官出此下策，让鲍根发出面迎接大人，并交给他这两千两白银。"祝英杰磕了一个头，"大人海量过人，廉洁清明，这是俺潍县的福气！下官五体投地！"

板桥知晓了事情的原委，不觉心中的怒气烟消云散，脸色缓和了过来。"如是这般，本官恕尔等无罪。诸位都起来吧。你们这一招厉害啊，我的五脏六腑差点没让颠出来……"

众人窃窃而笑。

板桥笑道："不过，郑板桥有郑板桥的招法，这些土坷垃上了轿子，感觉也是不错的。"

众人大笑了起来。

鲍根发叩曰："大人，小的见大人见了白银没吭声，只当来了个大贪官，抬了'簸箕轿'苦了大人。小的给大人赔礼认罪。"说着不停地磕起了头。

板桥连忙下了大堂，扶起了鲍根发："快快快，别再磕了。你看你看，头都磕破了。"

鲍根发由衷地说："大人，别说把头磕破，跟您这样的好官当差，就是叫俺死，俺的眼皮眨都不会眨一下。"

板桥笑道："哎咿，不能死，你死了，我花钱买不来你这么个大个，怎么向你的老婆交差啊？"

哄堂大笑驱散了猜忌所带来的阴霾。

当天下午，潍县县城过节似地热闹起来，城门楼上披红挂绿，所有的店铺张灯结彩，通往县衙的主街衢上搭起了三道彩色的牌楼，好一派喜气洋洋。板桥新安置的府宅里，衙役们忙前忙后，登门造访的大小官员、豪绅富贾川流不息。望着喜气盈面的板桥，五妹惊奇地问道：

"先生用的什么法子？"

"这就叫'出其所不趋，趋其所不意；攻而必取者，攻其所不守也'。孙子兵法如是说，就是要在对方不经意的时候，出奇不意地采取行动，必操胜券矣。"

五妹直起腰来瞪着大眼看着板桥，板桥亲昵地拍了拍她的小脸笑问："这么看着我干什么？"

"我在看你这个大脑袋，里边都装满了什么？"五妹顽皮地说道。

"什么都有。你想看看？……"

板桥的话没说完，郑田领进一个有着一头卷发的年轻人来，这不是"静心斋"的小伙计罗聘吗？板桥一见，心底掠过一阵不祥的预感，整个人愣住了。

"大老远的，你怎么一个人从扬州来的？"

罗聘没说话先红了眼圈，喊过一声"师叔"就出不声了。

"来，有话慢慢说。"五妹端上了一杯茶，轻声细语地说。罗聘推开了五妹的手，哽着嗓子说："我是来给师叔报信的，我师傅冬心先生，他……"

"他怎么啦……"板桥眼前一黑，但他挺住了。

"他游历黄山回扬州，突然中风，仙逝了。"罗聘说完泪如雨下。

板桥呆如木人。五妹一看情势不对，慌忙招呼郑田和罗聘把他搀扶到内室去了。喝了一杯水，板桥缓过了神，轻声地吩咐五妹道："娘子你去，把我的书房布置成冬心兄的灵堂，我要为他守灵三天。"

郑田小心地说："叔，您刚到任，地方上安排的酒宴在等着您呢……"

"告诉他们，我的家人去世了……啊，不不，这么给他们说，我的兄弟过世了，谢绝一切应酬。"想了想他又说，"三天之内，不许任何人进家门，都给我谢绝了。"

五妹很懂祭祀的章程，书房的四周布上了白色的纱幔，上堂设下灵座，摆上了香案，罗聘执笔绘了金农的画像悬挂在正堂的上方，画像的周围披上了黑纱。板桥来到灵床前，点起灯烛，铺设开酒肴，安排端正后，扑地拜道："冬心兄屈魂有灵，你走得为何如此匆匆？你就不能等着你的兄弟来看你一眼吗？你不是拙顿生冷吗，你怎么就这么不堪一击呢？你的那股直逼汉魏的雄风呢？冬心，我的冬心啊，你的灵府丹青，精妙漆书断后矣。断后又如何，我要的是你的人啊。冬心啊冬心，你等等，你等等，板桥的清魂追你来了，你就不能和我多说几句话了吗？……"追忆"戏耍钦差"、"巨砚风波"、"结交乾隆"、"兰山之变"、"京试败北"，冷暖人间，一世英才不得慧眼，板桥悲从心出，恸声抛泪，声气不能续之。五妹、罗聘和郑田被他哭的欷惶乱神，跟着洒泪不止。

夜深了，五妹给板桥端来了莲子汤，见她红肿的眼圈，发际散乱垂落在苍白的脸上，板桥这才意识到她与他一同悲戚，心生无限怜惜，勉强假意要吃，打发侍女强带她歇息去了。

伏旦守夜的板桥与罗聘促膝而谈，说起拜师学艺的往事，罗聘追忆道：

"那时我不大，十二、三岁吧，异想天开的事特别的多。和师傅的女儿海姗在一起玩耍的女孩中，有一个叫晓仪的长得很漂亮。有一天，我心血来潮，想照她的模样画仕女图，我去找她，她正在师傅家和海姗'跳房子'，我说要给她画像，她好高兴，答应了。海姗听说了，也要给她画，我不会哄人，就没答应，结果海姗拖着晓仪也不让她跟我走。我很生气，就在墙上画了好多海姗的丑脸，把她气哭了。她跑去找她的父亲，晓仪吓得也跟着去了。我落落寡欢，鬼使神差进了师傅的画室。一眼瞥到了师傅尚未画完的那幅《龙窠树下佛像图》，我好奇地趴在画案上看了起来，觉得不过瘾，拿起了毛笔，在画作的大佛边增画上了一个小佛。晓仪喊了我一声，我才发现师傅站在我背后有一会了，他的眼好红好红，象似要吃了我。我知道闯了祸，害怕地说了句"我，我不是故意的。"腿就打软跪了下去。没想到师傅突然蹲下来把我拉了起来，问我说'告诉我，你跟哪个师傅学的画？'我不敢相信眼前发生的，有些木讷地说'没有人教我，我喜欢画。'就这样，师傅收我作了他的徒弟。"

"哦……《龙窠树下佛像图》是你师傅的上乘之作，你能摹得出来不？"板桥很随意地问了句。

"师叔面前不敢卖弄。"罗聘说。

板桥长舒一口气："来，我也久不作画，能看到你画，也是尽兴了。"

罗聘取来纸笔，就在金农的灵座前挥起了笔。看他润笔着墨，宛如金农再现，直感才情千顷万斛，气势磅礴，不可逼视。板桥感叹万分："师为怪，徒亦为怪，怪世人以不怪为怪也。冬心有后有继矣！"

三天以后，罗聘上路返扬，板桥送他一幅《老杆新枝图》，上书：老杆苍苍新枝昂，石笋萧然与竹长。好似倪迂清闷阁，阶前点缀不寻常。

3

罗聘走过没两天，天就变了。是夜间刮的风，夜间打的雷，也是夜间下的雨，到了第二天，天黑黑的，就跟夜间没两样，从那以后，潍县全境连续一个月大暴雨，就好象没有天亮过。天上似乎有人捅了个大窟窿，瓢泼的大雨从那窟窿里倾泄而下，好恐怖。

洪水四泄。吞没村舍，淹没田陌。数十个村庄一夜之间成了一片泽国。浑浊的水面上，随处可见的青棵庄稼、房屋梁柱、淹死的人和畜牲，泡得肿胀变形了，不时地被浊浪卷出来，将天怒的阴影渲染得令人毛骨悚然。

疲惫不堪的板桥不敢懈怠，一连多少个日日夜夜领着一帮衙署的官吏前往潍河下游踏水巡视灾情，组织百姓转移。他们的前方和身后是百十人背乡离井的平民百姓，他们的行装都格外地简单，幼儿坐在柳条筐里茫然地圆睁着不谙世事的大眼睛。有人怀里抱着一只鸭子，或许他的整个家产就是这只鸭子了……

看到这幅凄凉的景象，板桥默然无语，好不感伤，他想哭，掩饰地抹了下脸上的雨水。祝英杰看了眼板桥，近似没话找话，实质是给板桥分忧地说："大人，该回府了。"

"这么大的雨年年有吗？"板桥问。

祝英杰答："多年不见了。"

"估计还会下多久？"

"不敢说。"

"再下下去，老百姓怎么过啊。"板桥忧心如焚地说，脑袋里在盘算着，"英杰啊。"

"啊。"

板桥果断地说："组织所有的人力，动员强劳力不能走，他们走了，灾后的生产补救谁来做？"

"不让他们走，拿什么给他们填肚子？"祝英杰反问。

板桥瞪大了双眼，态度有些反常，厉声道："想法子啊，我想你也要想，要不然朝廷要我等官员做什么？召集所有的里正到县里去……"

各乡的里正从各乡村赶到县衙大堂等候着板桥的召见，他们的周围是抱着孩子的妇女、老弱灾民。板桥和祝英杰从边厢里走出来，他们浑身湿透，显然是从雨地回来。见到父母官，所有的孤寡老弱全翻身跪地哀号道："郑大人，救救我们啊！……"

板桥："各位乡亲父老，你们请坐，请坐。"

哭声一片，哀求声一片。

板桥无语，祝英杰火了："别叫了！"

百姓们一时吓着了，声音有些收敛。

板桥示意祝英杰态度不要过激，叫了一声："英杰……"

祝英杰难过地说："郑大人几天几夜不吃不喝不睡了，你们知道吗，他也是人啊！"

板桥平静地说："各位乡亲父老，我郑板桥不会做官，但我晓得，老百姓的苦难就是我郑板桥的苦难，你们的家园毁了，你们一天没吃没住，我一天不能安寝啊。有我郑板桥吃的，就有你们吃的，有我郑板桥住的，就有你们住的。"接着他朝里正们问道："各乡都到齐了，报一下各乡各村的强劳力组织的怎么样了？"

里正们一一回答：

"都留下了。"

"我们村走了八户。"

"我们村死了三个，剩下的一个没走。"

……

一个分管腾房安置灾民的官员走了进来禀报道："大人，所有的庙宇、会堂、大户人家的空房子都腾出来了。只有一家大户死活不腾房。"

"腾，要他腾！"板桥大声地说："这种时候他不做人，何时做人？告诉他，不腾的话，以抗法论处，罚他坐三年牢，所有的家产一律没收充公！"

"是！"官员应声走了。

"大人！——"神色慌张的文薄喊叫着奔了进来。

板桥情知不妙，忙问："快说，情况怎么样？"

文薄压低声音说:"数字统计出来了,全县三十多个村庄被冲,死伤一千两百余人,三万多人无家可归,到目前为止,潍河已决堤三处!"

"啊?!"板桥倒吸了一口凉气。

一道闪电,一声霹雳,震人心魄。

"圣旨到! ——"

随着一声喊,朝廷宣旨的内侍太监就跟地里钻出来的一样进了衙堂:"山东潍坊县令郑板桥接旨! ——"看的出来,他们也是淋着雨赶来的。

板桥下跪接旨:"郑板桥接旨。"

内侍太监宣旨道:"奉天承运,皇帝御旨:大清盛世,国富民强,圣上于养心殿设千叟宴,赏赐天下有功勋臣,着山东潍县县令郑板桥为千叟宴书画吏,接旨速速到京述职。钦此。"

板桥叩拜:"吾皇万岁万岁万万岁!"

宣旨太监刚要走,板桥喊了声:"公公,有句话下官想问问。"他把太监拉到一边,不知说了些什么,只听那太监说"只要你不怕掉脑袋,你就这么干。你自己掂量掂量吧。"说完昂着肥脑袋远去了。

祝英杰知道板桥的心境,只是胆怯地看了下他。轻声地说道:"郑大人,你还是准备准备动身吧……"

板桥苦笑了一下,不知是说给自己听的,还是说给大伙听的:"一年一度的千叟宴要到了,大清盛世,皇上年年都要好好地庆贺一番,为那些元老们歌功颂德。别人不选,怎么就偏偏选到我了呢……"

"大人,'书画吏'是干什么的?"祝英杰问。

板桥说:"跟在皇上身后,专门给皇上讲解诗书画的。"

周围一点声音没有,大伙都期待着板桥的态度。板桥缓缓抬起了头,他什么也没说,只是凄楚地笑了下。

衙役领班鲍根发终于憋不住了，嚷了起来："板桥大人，你不能走啊……"

一句话引发得所有的百姓倒头拜道："郑大人，你不能走啊！"

板桥感动地眼内噙着泪花，面部带笑但声音却哽咽了，道："潍县危难当头，板桥不能不管。我，我不走。"

祝英杰心怯地说："大人，这是抗旨啊。"

板桥难以言喻地笑了下，横下一条心，说："豁出去了。"

反应敏捷的东乡里正大声喊了出来："郑大人，青天大老爷！——"全场一片欢呼。

4

这几天，乾隆的心绪不好，他给全国各地传来的灾情闹得寝食不安。安宁为了乾隆不伤元神，挡住了内奏事处的官员，不是特殊的奏折不往乾隆的御案上放。山东巡抚包括的八百里奏折十万火急，他不得不呈上去了。

乾隆阅完，不安地吁了口气，提起朱笔批道："山东灾情朕知，然全国受灾面大，朝廷无以顾及，与安徽、江西、江苏、湖北等地一样，地方调节，组织自救。"

乾隆刚刚批完，安宁变戏法一般又掏出一份奏折："这还有一份。"

乾隆看了一眼安宁："哪个省份的？"

"山东潍县的。"安宁小心地说。

乾隆突然想起了什么问道："朕让郑板桥到京，他到了没有？"

安宁胆怯地看了一下乾隆，垂头不语。

乾隆看了奏折，脸色变了，怒道："这个郑板桥，越来越不象话了，连朕的话他也不听了！传旨……"

乾隆刚说完，看到了安宁不同寻常的眼神，他的心格登了下，随即叹了一口气说："连你的心也跟着他们走了。是啊，郑板桥抗旨有因，其忠心可嘉，朕恕他无罪。"

安宁的脸上露出了笑意。

乾隆问："李方膺他们到了吗？"

安宁说："到了。还有山东的李鱓没到。"

乾隆沉吟了下，说："传朕的旨意，千叟宴延期，拟二道旨，着郑板桥、李鱓火速到京。"

安宁跪曰："喳！"

包括看了乾隆的御批，一下子从头凉到了脚，整个人傻了。连夜召集各衙署的官员赶到济南紧急议事。

见到滕县的李鱓，包括突然想起什么说道："李大人，你怎么还没走？千叟宴等你呢！"

"刚要走，接到您的火急通知。"李鱓说，"反正来得及，不急。"

"板桥也没走。皇上下二道旨了。"包括忧心地说。"快说说，你那个藤县怎么样？"

"靠河边地境一线没受什么灾，其它地区都被水淹了。好在岗地多，看来，今年秋季作物完了。"李鱓接着给包括分忧道："放心，包大人，藤县能自救。"

这种时候这种话听到的越多包括越感激："拜托了，李大人。"

说话间，板桥到了，看到板桥，李鱓大喜过望，好生一番亲热。

"快去换换衣服。"包括关照板桥说。

"不必了。"板桥说，"禀报完，我还得赶回潍县去。"

"其它各府、县的灾情都报上来了，就等你们。"包括说，"来来来，坐着说。说完了我再给大伙说说下一步的安排。"

"潍县全境遭灾。潍河下游三处决了口子，五十多个村庄近六万人无家可归。"板桥一口气说着。

"哦?"包括惊道:"这么严重?"

"我是一个庄子一个庄子跑来的数字,一点假也没有。"板桥解释道。

"这点我相信,你做事一个萝卜一个坑,实在的很。就和你作画一样踏实严谨。"包括说。

"头皮都开了,就别说作画了。"板桥勉强地笑着说。

"哎呀,再大的灾情,闲情逸致还是要的嘛。"包括压抑着焦躁的心绪,打趣道。

"我听大人的。"板桥笑道,"我画一幅画子,大人给我一万两赈银。"

"美的你。"包括笑了,但很快放下了笑脸,"不过,看来潍县是山东全境遭灾最严重的了。"

"哎……"板桥叹了一口气,"也许不该我当这个官,真累人啊。"

"哟,郑板桥这么硬朗的汉子,也叫苦了?"李鱓笑说。

板桥沉痛地说,"苦就苦了百姓,再好的家底子,也空了啊。"

包括打住了板桥的话题,对全体官员说:"该调查的我已经调查了,现在我来说说皇上的御旨。"

官员们等候着朝廷的福音。

"山东的灾情我已经八百里快奏给皇上,御批下来了,和安徽、江西、江苏、湖北一个样,皇上只给了八个字,地方调节,组织自救。"

所有的官员听了,一下子从头凉到了脚。

"一点希望没有了?"板桥问。

"一点希望没有了。"包括说,"召集大家来的意思就是说,我们各个县府,灾情小的支援灾情大的,相互调节,关键时刻不要只顾自己。现在大家下去,各自议论协调,我等着你们把结果报给我。"

板桥调侃地对李鳝说："李大人，你们县的灾情小，我等你的捐赠了。"说完他就要起身走。

包括喊住了他："板桥，你收拾一下进京吧，再不走，就要惹大祸了。"

"怎么啦？"

"去潍县的路被洪水冲断了，皇上催你进京的二道御旨下到我这儿了。"

板桥与李鳝都愣住了。

李鳝脸上露出些许怯意："包大人说的有理，皇上已经宽宥了一次，我在官内那么久，没听说过有二次抗旨行事的。"

"几万灾民没安顿好，我走了算什么？我回去一下就动身。"板桥急急地说，"李大人，你先我一步，替我向皇上煽个风。我把县上的事安排好，随后就赶到。"话刚刚说完，人已经匆匆往门外去了。

县上所有的官吏和各乡的里正都到齐了。他们都在等着板桥从济南能带回一线曙光来。看到板桥的神色，他们满怀期望的一颗心悬在嗓子眼下不去了。

板桥沉痛不已地说："我给大伙报告一个不好的消息，我们潍县已经到了山穷水尽的地步了。今年的灾情不同往年，蝗虫、水灾、旱灾，齐了，潍县给拖垮了……江苏、江西、安徽、湖北到处都是灾情，朝廷顾不过来，也就都不顾了……"

"大人，昨天一天城郊就发现一百多具尸体，再不想办法就怕……"文薄谨慎地说。

"潍县的百姓真是……真是好百姓啊。他们宁可饿死街头，宁可吃死人，朝廷的皇粮仓库没人去动一根毫毛……这样的百姓上哪去找，上哪去找啊……我，我对不起他们，我该死……"板桥说着说着哽咽了起来。

祝英杰上去给板桥递了一块手绢，板桥接过，朝祝英杰点了点头致谢。

衙役鲍根发是个硬汉子，这时也扛不住了，泪水涟涟，他狠狠地抹下眼泪，大声地说道："大人，你说怎么办吧？俺还是一句老话，你让俺死，俺眼皮眨都不眨一下！"

所有的官吏群情激昂，齐声道："大人，怎么办？你说吧！"

"谢谢，谢谢！"板桥噙着泪花花说，"我郑板桥做官做到这一步，心里不好受啊……朝廷把这方天地交给我们，我们就不能自己顾自己。救一个活一个，动员所有的粮行、饭庄、还有豪绅，拿出他们的储粮，救济百姓……"说着朝边厢喊了声："夫人。"

五妹从边厢里出来了，她的身后跟着一个女婢，女婢的手里捧着一个梳妆盒。板桥打开了那个梳妆盒，里边是五妹的陪嫁珠宝和几张银票。

板桥说："郑板桥的家当全在这儿了。我和我的夫人商量好了，全部捐出来，买粮救人。"

"大人你这是……"

"大人……"

在场的大小官吏无不热血冲冠，无不倾其所有捐资捐物。天无时，地无利，就剩下一个人和了。人再不和，也就什么都没有了。

祝英杰愁云不展，小声地说："大人，有钱无粮不行啊。人的肚皮里要装粮食，可这粮食从哪来？大户人家的粮食都拿出来了。灾民十数万，坐吃山空，能撑多长时间？"

"没想到，你这鲁蛮的汉子也动脑筋了。"板桥心疼地伸手上去，在祝英杰的眉结上抚了下，说。"我已经想好了，让灾民修筑城墙，以工代赈。"

祝英杰不解地问道："上哪找那么多的粮食发给他们？"

板桥沉吟道："没法子，只有先斩后奏，动用皇粮了……"

"啊？动皇粮？大人，您不想活了？"祝英杰大惊失色。

板桥坦然地笑了下，说："祝大人，板桥死了，不就一个人么？救活十几万人要紧啊！"随后果断下令——

"开仓放粮！"

第二十八章

1

郑板桥"先赈后奏"开仓放粮，首先惊动了巡抚大人包括。包括拿着板桥送来的报折，气愤地在屋子里踅来踅去，口中不停地说着："反了反了，郑板桥不要命了！"

包括的幕僚小心地进言道："大人，以小人之见，郑板桥为政再清廉，这一招也是劫数难逃啊！大人您不能陷进去，赶快奏报皇上，要不，大难就要临头了……"

"少说点！"包括吼道。"来人！"

进来一个家奴："老爷，小的听候吩咐。"

"备轿！"包括吩咐道，"我要到潍县去！"

"是，小的这就去张罗！"家奴应声跑走了。

幕僚劝道："大人，你说错了吧？是上北京，不是到潍县！"

包括眼睛盯着幕僚，轻蔑地说："你们混账东西，除了落井下石，还能干什么？滚！给我滚得远远的！"

幕僚吓得连滚带爬出门去了。

包括恼羞成怒地骂道："操你祖宗八代！"

潍县城门楼，城墙四周，脚手架支了起来，整修城墙的工程已经全面开工。数万的百姓分散在各处，抬的抬，运的运，砌的砌，挖的挖……整个工地一派繁忙景象。

一乘绿顶花盖大轿到了城墙根下停了下来,包括下得轿来,他抬手罩眼巡看,一种说不清抓不住的激情在他的心头涌起,他的嘴里感慨地嘟哝道:"人气,人气足啊!"他喊住了一个推独轮车的中年汉子问道:

"象这样干,几个月完工啊?"

"几个月?官人你真会说,一个月就干完了。"中年人说。

包括问道:"那你能挣多少粮食回去?"

"三个月的。"中年人高兴地说,"粮食俺都领回家了,老人孩子都饿不死了。郑大人说这叫,这叫……"中年人摸着脑袋说不出来了。

"叫'以工代赈'。"包括替他补上了。

"对对!"中年人兴奋地说,"官人你也知道?郑大人了不得,真活人嘛!俺要干活了,不陪你说闲话了。"说着推着车子走了。

包括刚要进轿,一阵喊声传了来:"大人,大人——"他回首看去,只见几个穿戴着绫罗绸缎的商人朝他这边呼喊着跑来。

"什么事?"包括问道。

几个商人上气不接下气地杂言道:"大人替俺们作主,郑板桥把俺们的粮食、金银都拿去给了灾民,写了张白条子,这算个什么?俺要告他,告他胡闹,告他欺君,告他动用皇粮……"

包括知晓这几个不是善主,吼道:"你们给我说清楚点!郑板桥错在哪儿了?"

锣鼓听声,听话听音。一听包括这句话,几个人泄了气。胖子推瘦子:"你说,瘦子。"瘦子推胖子:"胖子,你说。"衙役领班鲍根发提着皮鞭跑了来,举手朝那几个商人就是一鞭子。

包括阻止道:"慢!你这是干什么?"

"大人,你不知道。"鲍根发说,"这几个家伙最操蛋,放他们一点血,就跟要他的命,还扬言要告郑大人,你告试试看,担心俺一把火烧了你们家!"

包括阻止了鲍根发，说："你别说，让他们说，我要听听他们的。"

几个商人这一下又上了劲，相互看了下。胖子起了头，从怀里掏出一张状纸来："大人，这是俺的状纸……"

包括接过随便瞄了两眼，就将那张状纸撕毁了，厉声吩咐道："把他们押到工地干活去！"

旁边围观的百姓兴奋地欢呼了起来。

包括徒步入城，从街市上走过，往日热闹喧嚣的景象看不到了，大街两旁的店铺大都住上了面黄肌瘦的灾民，临街撑起的帐篷下，支起了十多处大小不一的大锅，锅里是熬好的赈灾粥。灾民们排着队，在粥锅边等候着发放。包括走到一个妇女身后，看她给一个不满三岁的孩子喂粥。包括拿过那碗，碗里的粥是高粱面混着碎米熬成的。这种东西能哄肚子，饱人，一脬尿屙了，肚皮也就空了。不管怎么着，这种大荒年，饿不死人那就是天大的造化了。包括一面想着一面走进了县衙的大院子。

衙署的家眷们都集中在这里，他们正在就餐，吃得和百姓的一模一样。包括亲眼看到了这一幕，泪水情不自禁地潸然而下。

板桥和一些官员蹲在一个大木桶边，边喝着稀粥边拿着一根树枝在地上比划着修复河道的方案。祝英杰发现了门口的包括，轻轻捣了捣板桥说："大人，包大人来了。"

"啊？在哪？"板桥腾一下就起了身。

说话间，包括已经来到他的跟前。板桥来不及放下饭碗，尴尬之际单手撩袍就要跪下去，包括连忙扶住了他。

"大人，下官不知大人驾到。"板桥道。

"不必，不必了。"

"大人，板桥擅自动用皇粮，犯下滔天大罪……"

包括哽咽地点了点头，用手捂住了板桥的嘴，不让他再说下去。"走，屋里说去……"

2

从全国各地汇聚来的书画大家相继住进了由宫廷内务部安置的皇家客栈。扬州来的画师们住的远，在京东的芳嘉园胡同。明代时，这里曾是刑部侍郎方文诚的大花园，叫方家园，胡同也因此而得名。方家园之后成为"净业庵"，清人主中原后，净业庵重建为皇家客栈。把扬州人安排的这么远，那是蒋南沙的小心眼，更多的是他怕与这些怪杰们接触，吃了几次亏，他总是心有余悸。

客栈的规模很大，分东、中、西三路，扬州画师们住在西路的五进院落里。院内房屋前走廊相接，硬山合瓦清水脊顶，庭院深深，很是幽静。受到如此高规格的礼遇，画师们兴奋不已。大家说笑着进了汪士慎的屋子，刚入房中就闻得一股印度佛兰的馨香，抬头看去，中堂上壁有唐伯虎画的《宫伎秋眠图》，楹联是明大学士方从哲写的：

杨柳夜寒犹自舞
鸳鸯风急不归梦

几案上没有多余的物件，只设着两尊青紫铜麒麟香炉，清雅大方。

西厢红木栅栏隔断的卧房里，当中置放着一张孔雀绿大理石的大案，案上有一方宝砚和两只印蓝青龙笔筒。靠大案的东南角，供放着一盆含苞欲放的豆蔻花。北边一溜紫檀木柜橱边是悬着青纱连珠帐的卧榻。黄慎笑道："士慎兄，好吧，太好了是吧？可惜没带老婆来。"汪士慎憨憨地说："象似神仙住的，等我和我老婆成了仙，再住也不迟啊。"

大伙一阵哄笑。

一个穿戴讲究的管家朝这边唱诺道："高翔黄慎汪士慎！"他的喊话不带标点符号，嘴里如同含着萝卜条，音调怪异，很是有味道。

随着"来啦——"的应声，哥几个都跑了出来，他们的身后还跟着小尾巴罗聘。

管家对站在他身后的李鱓、李方膺恭敬地说："老爷，人给您喊出来了，他们都是皇上请来的扬州画师。"

李鱓、李方膺没说话，眼睛直愣愣地望着象似从地缝里钻出来的金农，傻了。

"冬，冬心……"李方膺呆乎乎地说，"你，你不是……你怎么又活了？"

金农哥几个会神地互看了一眼，爆发出一阵铺天盖地的爽朗笑声来。

"我死什么？我想死，可阎王爷说，你长的太丑，回去回去，过几年再来。我就从阴曹地府里过了一遭又回来了。"金农打趣地说。

"你小子，报丧你算的一个，人没死你也得说一声啊！害得我大老李一想起阿农我就想哭。"李鱓说着狠狠地捶了罗聘一拳，打得罗聘眼泪水在眼眶里直转悠。李鱓这一拳打重了他不知道，有惊有喜有怨有嗔，难免没轻没重。罗聘是小字辈，忍着疼不敢吭声。

"我听师傅的，师傅不让说，那是他使坏，你找他算帐。"罗聘脸上笑着，眼里的泪水忍不住终于滚了下来。

兄弟们气融神合地拥抱了起来，好个热烈。看罗聘的神态，李鱓心知刚才一拳打重了，心底掠过一丝歉意，释解前嫌地上前一把搂住罗聘笑道："行，你小子比冬心精明十分，有出息！"

汪士慎发现了什么，惊叫道："哎，你们俩都到了，板桥怎么还没到？"

李鱓说："哦，他随后就到。板桥今年就惨了，他那个县淹得一塌糊涂，他不安排好，心里不踏实啊。"

黄慎问身边的李方膺："把你们安排在哪儿住？"

李方膺说："本来把我俩放在西城的八大处了，大胡子跟他们闹了一通，才让我们和你们住到一块来。"

李鱓听了，气恼地说："这些家伙，不知搞什么鬼名堂，硬是要把我们拆开来，我找内务府才把这事摆平了。"

"知道吗，千叟宴推迟了。"金农说。

李鱓笑道："是吗？板桥在皇上面前还真有面子。"

蒋南沙是皇上御点的本次千叟宴主持，对乾隆一而再再而三迁就于郑板桥，他从内心里理悟不透。这么多年，乾隆虽说在不少地方偏袒了扬州的画师，但听了他的谏说，并没有过多地重用他们。这一次千叟宴，盛况空前，身为书画吏的郑板桥二次违旨不到位，为了他，竟然将御定的千叟宴日程整个后推，这也算千古奇闻了。郑板桥不露面，参与书画览示厅的作品定不下来，就连他这个身居宫廷御画院的总管大臣都没有说话的资格，真是荒唐。他前想后想，左想右想，怎么想也想不通，不知乾隆凭什么如此宽宏大量，连他这样的老臣也夹在中间里外做不得人。想不通心里就难受，心里难受就有了莫名之火，脾气也大了起来。这天，他在中堂张廷玉那儿听到几个老臣的牢骚，没想到他们私下的想法与他蒋南沙所想的不谋而合，只有那个狡猾的跟泥鳅一样的张廷玉不哼不哈，但大伙敢在府上说三道四，就是有事了他也脱不了干系。八王爷说了件令大伙吃惊的事，说郑板桥在山东擅自开仓放粮，老包括吓得没折了，自己上门抓了他，押解递京已经到天津府了。这么大的事，皇上还蒙在鼓里呢。听到这消息，蒋南沙兴奋异常，心想，与此说来，藉由头到皇上那儿说道几句，惹不了大事，至少可以泄泄心头的怨气。

这天，乾隆正巧清闲，安宁没打坝子，很快就见到皇上了。

"起来吧。有什么事吗？"乾隆看书的头抬都没抬。

"皇上。"蒋南沙伏地不起，"您饶了罪臣吧……"他在之后想这事，怎么一开始就演上戏了，真是鬼使的。

这时乾隆抬起了头，问道："怎么啦？"

蒋南沙哭丧着脸说："千叟宴您换人吧，我没本事操办这件事了。"

"什么事让爱卿这么哭丧着脸？还没听说你有办不成的事啊。"乾隆乐了。

"臣不敢说。"蒋南沙窥视了一下朗神怡色的乾隆，小心地说："说了，不是别人掉脑袋，就是我掉脑袋……"

"哦？"乾隆好奇地睁大了眼睛，"有这么复杂的事？起来起来，说来朕听听。"

蒋南沙起身道："皇上，郑板桥抗旨置圣恩于不顾，按大清律令……"

"哦，这事朕已宽恕了他。"乾隆笑道，"潍县洪灾，郑板桥心系公务，其情可以理解。"

"他二次抗旨呢？"蒋南沙语气不重，但带有逼问的成份。"到今天他还没到，千叟宴他是书画吏，他不到，上千幅字画无人定夺，微臣担心千叟宴会一拖再拖。"蒋南沙接着加码道，"千叟宴是皇上的脸面，他郑板桥是知道的，可他阳奉阴违，皇上下了二道旨，他竟敢充耳不闻……"

"够了。"乾隆有些愠怒，"他至今未到？"

"岂止未到。"蒋南沙下了刀子，"臣听说他在潍县擅作主张，开仓动了皇粮……"

闻此，乾隆从他的御座上弹坐了起来："你再说一遍！"

"郑板桥在潍县擅作主张，开仓动了皇粮。这事千真万确，臣是听进京的客商说的。"蒋南沙不敢卖了八王爷。

乾隆将手中的书扔在了御案上："安宁！"

"奴才在。"安宁应道。

"传旨！着山东巡抚包括速速将郑板桥押解递京！"

"嗻！"

八王爷所说的讯息一点没错，不用乾隆下旨，包括已经把郑板桥押解到北京了。

包括是皇上身边的重臣下去的，乾隆的一举一动他谙熟细微，板桥两次抗旨，必定拖延千叟宴，那些个功勋元老不好说话的太多，只要有一个起头闹事，郑板桥就吃不了兜着跑；更有擅自开仓放粮，皇上到现在还蒙在鼓里，天下敢有此胆大的恐怕也只有他郑板桥一人了。自己削职为民倒不足惜，令人担忧的是板桥所罹两条罪过都足以置他于死命，可惜了一个忠良。怎么才能救得他呢，这种时候去求救慎亲王，无疑也是把他往火坑里推；唯一的办法就是带上郑板桥到皇上面前负荆请罪，能不能解脱，也只能顺从天意了。即使不能脱罪，为了山东的父老，自己首当其冲陪同板桥归天，那也值得，不枉一世的清名。

张廷玉是个有心的人，这么多年，孝忠于几朝皇上，小事他不插手，大事不到火候他不吭声，任凭朝野风浪起伏，他能安然无恙。不过，忠良奸佞他还是心里有数。郑板桥与他虽无交往，但那人的骨气和才学他还是极为敬重的。动用皇粮必有缘故，包括之所以不报朝廷，一是不让有些人背下做文章，二来亲自到皇上面前来说情，其动意一目了然。但这么大的事，包括他一个人显然担不住。鄂尔泰那老家伙和慎亲王与扬州的画师们关系一直很不一般，让鄂尔泰去给慎亲王报信，救包括一把。果不出张廷玉所料，鄂尔泰当夜传信给了允禧。等包括急匆匆直奔御书房时，允禧已经守在门口等他了。废话不敢多说，说了些简单的情况，两人一同去叩见了乾隆。

乾隆铁着个脸，审视了一下跟着一道来的允禧，心下明白了一多半，什么话没说，接过郑板桥的奏折看起来。奏折上写着——

"吾皇明察：山东潍县城池创于汉代，系土城。明崇祯十三年，易土改为石城。后屡次维修。无奈水灾毁坏，城倒 1425 尺，潍决。求赈银十万两。皇上忧天下，无以面面俱到，未准。臣万不得已，动用皇粮以工代赈，聚万人之众，整修城墙。臣知犯下滔天大罪，乞皇上降罪板桥一人一族。特呈。"

"这个郑板桥，犯了国法，嘴上还硬得很。"乾隆轻慢地笑了下，丢开了板桥的奏折。

"包爱卿，你把慎亲王拖来是什么意思啊？"乾隆指着站在包括身边的允禧道。

允禧讪讪笑了下裹道："皇上不知，臣是撞上包大人，听说了这件事，主动来的。"

乾隆笑了："哦，那你就说吧，朕要看看你们两位怎么保住郑板桥的脑袋。"

"皇上，板桥在范县和潍县任上，政绩昭昭，潍县连续三次遭灾，前两次，郑板桥没要一分赈银和赈粮，渡过了灾荒，这次他实在是扛不过去了，请皇上圣裁。"包括恳切地说。

"板桥倾其家产，发动自救。对于一个出生于异乡的新任县令来说，这不是一件轻而易举的事。也足见他对大清朝廷的一片忠心了。"允禧婉转地说。他聪明绝顶，只知皮毛的事，发挥到尽至来美化。

包括见乾隆没有特别的恼意，胆子大了些又道："郑板桥重修潍县城池，实为善举，郑板桥领头捐银，受其身体力行之撼，邑中绅士自愿捐银 8786 两，郑板桥遂又劝大户开厂煮粥轮饲之，粮不足，不得已，放皇粮。城池臻，活灾民无数。民于潍县海岛寺巷建生祠以纪念。"

乾隆丢下包括的奏折，冷冷地说道："城池修好了？"

包括小心地说："七月开的工，不出一个月可完工，共一千八百余尺。平均每修一尺花去纹银五两上下。臣亲到现场丈量。"

"嗯。"乾隆未置可否地点了下头，"你接着说。"

包括情绪上来了："此次修城，可谓一举四得，一得是防水；二得是防盗；三得是以工代赈，活民无数；四得是动员潍人爱土爱乡。百姓无不赞颂。"

包括也是一个忠厚老实的官员，他哪里知道，他越这么说，乾隆心里越是不那么舒坦。你想想，动用了朝廷的皇粮，他乾隆一句好话没得到，却还没法子治郑板桥的死罪，为什么？百姓交口称颂，众怒难犯啊。直到乾隆憋不住问了建生祠的事，包括才悟出自己差点要了板桥的小命。

"你给朕说说，建生祠是怎么回事？"乾隆指着包括的奏折说，"这是不是郑板桥授意的？"

包括慌了神，连忙解说道："啊不不不，板桥县令绝不是那种图名贪利的小人。这个生祠微臣去看了，板桥在碑石上亲书，开句就是'蒙吾主皇恩，潍县黎民得以生还，潍县得以旧貌新颜……'"

乾隆听到这里，开了一丝笑颜："爱卿所说确实？"

包括连忙叩曰："微臣若有半句假话，皇上治臣诛灭九族之罪！"

乾隆高兴地哈哈大笑了起来。"爱卿请起，朕只是说笑而已，何必如何当真啊？"

"谢皇上。"包括起身。

"包爱卿之意朕明白，爱卿欲卸郑板桥于死罪之外。朕之所言，不为其过吧？"乾隆笑言。

"皇上圣明！"包括胆怯地说。

包括与允禧对视，偷眼看了下乾隆。

"郑板桥现在何处？"乾隆问道。

包括禀道："臣将他押解到刑部，听候皇上发落。"

"此事关系重大，朕明日临朝听政，你当着众位朝臣的面，再陈述一遍，看看他们是怎么说的，朕再作定夺。"乾隆基于什么样的念头，无法知晓，至少他眼下没有下刀子割韭菜。

乾隆把郑板桥的案子拿到朝廷上来说道，众臣都不知乾隆的用意。聪明的老臣新贵们一一心下盘算，明摆着死罪的事，莫不是皇上要用这种公审的方式敲山震虎？这么一来，朝堂上就热闹了，老的新的争着不甘落后，纷纷替大清社稷分忧着想，出谋划策，一表忠心。

"皇上，臣有一本。山东潍县令郑板桥擅动皇粮，欺蒙圣聪，犯大清律第三十六款，第五十八款，杀无赦。"

"郑板桥藐视朝廷，自作主张，狂妄至极，这是他一贯的作为。皇上，这是一匹害群之马，留之何用？"

"郑板桥私放皇粮，赈民是假，给自己树名是真，死而无赦！"

"皇上，郑板桥目无圣君，姑息他不得啊！"

"够了。"乾隆轻轻一句，御座下顿时鸦雀无声。乾隆巡视了下百官众臣，不无轻蔑地说："你们懂个屁！郑板桥这样的好官都杀完了，大清江山给谁？！给你，还是给你？"

乾隆的忽云忽雨，令文武百官无所适从，一个个缩起了乌龟头，不敢再多言，免得惹来杀身之祸。

乾隆又说："民为国之本，这个道理你们都懂，说起来一套一套的，做起来呢？把老百姓放哪儿了？郑板桥动用皇粮，活了百姓，这份大恩大德，还是记在我大清朝廷的份上嘛！那些把国库的金银钱财落进口袋里的贪官污吏，嘴上一套，心里一套，说是和朝廷一条心，可他们做的又是如何呢？郑板桥与他们相比，谁对大清社稷更有用?"

百官心里直颤颤,但不得不佩服乾隆敢破老祖宗规矩的宏智伟魄。也只有到这时候,那些心里有鬼的和没有鬼的百官们才真正明白,乾隆的皇帝做的跟别的皇帝不是一个样。有鬼的心里想往后做人做事要多多夹着尾巴,别轻易露了馅;没有鬼的心里舒气,似乎做人做出滋味来了一样。

乾隆旨谕道:"郑板桥开仓放粮,本当死罪。一介微臣,能于临难之际,领头倾囊捐银,感动上苍,活民无数。百姓自发立碑颂扬朝廷,我朝得以植威于民心之中,堪为前无古人之壮举。朕念其治理潍县有功,赏银三千两,赐御笔一支。"

散朝之后,乾隆在养心殿西暖阁单独召见了包括。他有些疲惫地说:

"包爱卿。朕对郑板桥一案的裁决,爱卿有何话说?"

"微臣是抱着一死的念头来叩见皇上的。"包括激动不已地说:"皇上宏达英明,这是大清臣民的福份。"

乾隆微微一笑:"可有些大臣并不这么看,他们会说我破了老祖宗的规矩……"

包括不安起来:"这……"

"哈哈哈……让他们说去吧。"乾隆大笑起来,坐于龙椅上,喝起官女端来的莲心木耳汤。乾隆话题转了:"包爱卿,我这里收到多起弹劾郑板桥和李鱓、李方膺的奏折……"他不再往下说,看着包括。

包括微微一怔,心想三个里边就有两个是他辖区里的,莫不是针对我来的?他不敢多想,沉默是金,不说为上。

原来李方膺经包括的引荐之后,由钟文奎安插到合肥为官,上任不到三个月,接了一个古怪的官司:在朝的翰林万仲贤返乡买宅，庐州府知府姚启讨好万仲贤，以官府的名义侵占了菩明寺，尔后将菩明寺象征性收款给了万仲贤。和尚上告无门，听说来了新知县，带着侥幸的念头往上递了一状。李方膺知道翰林权势中天，不敢传证审案，佯作祝贺乔迁之喜，到万仲贤的新居探个深浅。万仲贤知晓李方膺的大名，礼貌有加，央请他为新居题诗增色。李方膺灵机一动，提笔写出一幅俏皮诙谐的楹联："学士家移和尚庙，翰林妻卧老僧房"。万仲贤气不得恼不得，第二天就搬出了菩明寺。庐州府知府姚启吃了哑巴亏，逮着一次过节送礼的机会，抓了李方膺的老仆人，硬将收受的一坛腌菜屈打成一箱金银，并以此为证弹劾李方膺。

弹劾李鱓的也是一位知府。李鱓夜晚私访，发现一对夫妇赤身裸体磨豆腐，以为是当地民风轻薄，经盘问，方知是本县的富户盘剥甚重，以至于欠债的贫民连换洗的衣服都置不起。李鱓怜贫心切，第二天找了由头罚了那个富户，用这笔罚银赈济了那对夫妇。这下捅了马蜂窝，富户串通了县上的八大豪绅，联名把李鱓告了。李鱓上任分文没有给知府上贡，知府窝着一股火没处发，正巧借此诬告李鱓不善政事，把地方治理得一团糟。

包括得知这些，你让他能怎么说？琢磨间，乾隆说了话："你不必紧张，朕给你说这些，不是要拿你是问。李方膺朕印象中是把他放到潜山去的，怎么到了合肥？"

包括的汗水出来了回禀道："那是微臣做的手脚，请皇上制裁，臣无怨言。"

乾隆笑了："爱卿不要大包大揽，功过是非朕心里自然有数。朕要说的是，郑板桥也好，李鱓、李方膺也好，他们都不是坏官，但是他们只会画画、作文章，而不会作官，千叟宴之后，朕将颁旨，撤了李鱓、李方膺的官衔。郑板桥潍县的县令一职，也别再做了，爱卿回去让他们好好作画，他们的功夫是在字画上，别因为繁忙政务而误了他们的画业。"

包括愣住了，这是官场中的平衡，他是明白的，只是，他没料到这么快，他找不出话说，只好沉默着。

乾隆看得出包括的心情，笑道："不过，郑板桥不能走……"

包括眼神一闪，似乎又为郑板桥高兴起来。

乾隆立起，缓缓踱步，说着自己的想法："千叟宴之后，他这个'书画史'就不要回扬州了，一直跟随朕。包爱卿，你看好吗？"

这已是最好的结局了，包括还能说什么呢？他立即跪地叩曰："臣叩谢皇上宽恕之恩！"

乾隆的御裁，包括不敢张扬给任何人听，憋在心里又难受，想想还是跑到亲王府上给允禧说了。允禧闻之，不觉失色，自语道："如此说来，皇上听政时说的话不完全是真的……"

包括想起这场失魂落魄的大难心里就发颤，深有感触地道："开仓赈灾这个漏子捅得太大，板桥他有这样的结局已在意料之外了。"

"倒也是。板桥的命保下来是第一的。"允禧吁了口气，说，"皇上做了他本来不可能做的，真真是破天荒。"

管家来报："王爷，郑大人到了。"

"快快有请！"允禧道。

见到允禧与包括，板桥倒头便跪。板桥噙着泪说："包大人，您数次拯板桥于危难……"

包括打着哈哈，用山东话笑道："看你，说的哪里话，俺俩是半个山东老乡嘛。"

允禧从书柜里取了两本诗集出来，说："好啊，你们这么亲热地拉上老乡了，把我往哪放？"说着将诗集给板桥、包括一人一本，"这是诗集是板桥给我的序，刻好了。"

板桥的诗序是这样写的：

高人妙义不求解，　　充肠朽腐同鱼鳖。

此情今古谁复知，　　疏凿混沌惊真宰。

振枯伐萌陈厥粗，　　浸淫渔畋无不无。

按拍遥传月殿曲，　　走盘乱泻蛟宫珠。

十载相知皆道路，　　夜深把卷吟秋屋。

明眸不识乌雌雄，　　妄与盲人辨乌鹊。

《紫琼崖道人慎亲王题序》

包括赞道："郑大人给亲王的诗题写尽心意。比俺老乡的情谊更是深厚啊！"

板桥献上一幅字画给包括，说："板桥无以向包大人谢恩，这是我连夜所作，拙笔涂鸦，请大人笑纳。"

包括笑了："别的我不敢接，字画我敢要。"说着展开了它，只见隽山乱石中，有几竿挺拔秀丽的清竹。上书：

衙斋卧听萧萧竹，

疑是民间疾苦声。

清风疾扫腐蠹吏，

一枝一叶总关情。

包括感慨地说："好画，好诗啊，我受之有愧受之有愧。"

"嗳，话不能这么说。"允禧适时地打趣道："古有包拯保忠烈，今有包括保才子，多妙的巧合啊！"

包括歉意地说："王爷，没有您给微臣撑着，十个包括加起来也保不了他啊！"

大伙的笑声到这时才有了些松快的感觉。

板桥问道："允禧君，黄慎他们到京住在哪家客栈？"

"在方家园皇家客栈。很远。"允禧说,"吃了午饭再去找他们不迟。"

"我还是早去好。"板桥见友心切。

"你的心思我明白,我就不勉强了。你听我多说一句,大难不死,自有后福。"允禧笑道,他不便把乾隆的想法说出来,只是特意地交待说,"你和你的那些画友们,在千叟宴期间,离那些歹人远点,好好作画,千万别再惹事了。"

板桥到方家园扑了个空,听管家说,他们结伴成伙到前门燕子楼喝酒唱诗去了。板桥怕再次落空,租了乘青布小轿直奔前门而去。

也许今天是金农他们"不宜出门"的日子,可谁又能算得那么准,出门就遇事呢?到了前门燕子楼,他们找到一个靠墙的位子入了坐。

突然,屏风后面的豪华包座里传出一个得意非凡的四川腔:"我来给你们出个题,考考各位大人。"

"说,说说看。"

"听好了,一首诗,要有十个一。"

金农愣愣地听着,这声音怎么那么熟。大伙都觉得奇怪,"哎,冬心,你在听什么呢?你带着来的,该你……"

金农用一只指头压在嘴唇上,轻轻"嘘"了一声。

那边有声音打着哈哈说:"大人开什么玩笑,你作得出来么?"

"我作不出,算个啥子大学士?各位听好罗"四川调大笑道,随即一字一顿唱出了一首诗:

"一笠一蓑一孤舟,一个渔翁一钓钩;一主一客一席话,一轮明月一江秋。"

沉寂了片刻,那边爆发出由衷的惊叹声和叫好声。金农终于忍不住蹑足跑去瞅了一眼，只见身着五品官服的苗得福正和一群官宦公子哥儿在胡吹乱侃。他回到桌旁，愤然道："果然是这个无耻之尤。"

"谁？"众人问之。

苗得福话音又传来："怎么样？有诗有画有意，谁应？谁来应啊？"这是当年金农的原话。

金农哭笑不得说："我算服了，连我的原话也偷来了。"

罗聘问："师傅，怎么回事？"

金农说："这诗是你板桥叔所作……还记得我给你们说的乌龟背酒桌的故事吗？那只乌龟不是别人，就是他啊！"

众人笑了起来。

金农说："有功夫，我真佩服这家伙，板桥的诗，金农的话，这么多年了，竟然一个字不拉，都能背下来。想不到朝廷里用的就是这帮狗屎……"

"你是谁？"金农的背后传来一声低沉的责问，又是那个四川调。金农回头一看，原来是苗得福已经散席，领着一帮狐朋狗党从隔间出来了。

大伙一看这人的模样，还有那满脸浸透的酸醋味，会意地也眼笑了。

苗得福哪容得这种默而不言的蔑视气氛？只见他脸一拉，讥嘲地看着金农道："放肆！你们是什么人？敢在此笑话本大人？！"

金农傲岸的眼神在他的身上扫过，戏言道："你辛辛苦苦背了我们的诗，记不得我们的人了？真要是让本公子提醒，不妨挑明了说，我等就是你日夜牵挂的扬州画师大人，诗文大人。"

"哦……"苗得福想了起来，挑衅地笑道："哼哼，我知道你们是谁了，方家园的那帮子。好，你们不是会画画吗？不是会写诗吗？给我们这几个大学士画个像题个诗，字画好，我给你们一千两一幅。"说着点了点他们的人数，"一、二、三、四、五、六。

六个，六千两，怎么样？"

弦儿顿时就在双方之间绷上了。就在短暂的僵持间隙，罗聘走了出来，他挑起长辫甩到脖后道：

"我来画。"

李鱓兴奋地喊了声"好"，说："我们一人一题。"

"小二，笔墨侍候！"

罗聘人不大，世事经历不少，善的恶的，美的丑的，黑的白的，好的坏的……瞬间的触发将他少壮的热血膨胀到极至，这些恶的丑的黑的坏的一个个都像大活鬼，令人憎恶，令人厌弃，挑趣而寄意，把纸就地摊开，行云流水挥笔就作，冠名曰：《鬼趣图》。酒店中人纷纷挤过来围观。

金农视之，心中暗道："好个小子，一出手就是惊世之作！"接着大声道，"来，轮到我们哥几个题诗了。"那几个早已心中孕育有数，拿笔就写上了。

板桥赶到这里的时候，见到这场面，心中打了个激棱，暗叫一声："要命，又惹上事了。"那边一眼看到了金农，以为自己看花了眼，死人怎么变活了，莫不是看那些个字画有了幻觉不成？晃晃脑袋眨眨眼，方知真真切切不是假，慌忙从人缝里挤过去拖出了金农，一顿嗔骂一阵捶打。

那边，罗聘把作好的字画推到苗得福的面前："尊贵的大人，你们的画像拿去吧。只要你们挂得出来，我和我的阿叔们分文不取。"

围的水泄不通的人群中漾起一片说不出什么味道的嘻笑声，苗得福这帮子气得声断气短："你，你们这画，画得是谁？"

"你不是说画你们六个吗，是人是鬼，自己找自己啊。"罗聘没轻没重地说。

人们捧腹大笑，纷纷指指点点道："这个是他。""这张是画的他。"

……

苗得福的鼻子眼睛全歪了："别走，你们一个都别走！"

郑板桥挤人，说道："哎哎哎，我说苗大人，身为大学士，和这么一个孩子斗气，值得么？"

苗得福寻声一看，郑板桥这煞星不知何时冒到这来了，他的口气立时就软了，但仍摆着架子："郑大人，你是皇上刚钦命的'书画吏'，你从扬州请来的是些什么人？就他们，能登千叟宴的大雅之堂么？"

"你说不能就不能？这天下是皇上说了算，还是你说了算？"板桥不阴不阳地说。

看客哄堂大笑。

苗得福心气短促，有火当众发不得，这种局面，只要他张口，有一句人家要笑一片，情急中抓过那些《鬼趣图》的字画："我，我算认识你们了，你们等着瞧！"说完手一挥，领着那些公子哥离开现场。

老板连喊："苗大人，您还没付钱呢——"

"给老子记上帐！"苗得福头也不回就出了门。

郑板桥戏谑地说："给他上账，他用的都是朝廷的官银。大方着呢。"

"哈哈哈……"

千叟宴盛典于八月中秋这一天在乾清宫举行。

千叟宴始于康熙年间。康熙五十二年三月，皇帝六旬大庆，全国各地的一些耆老为庆贺圣明帝王的龙诞，主动上京祝寿。康熙欣喜，不能薄天下老人之盛情，于是谕旨在畅春园宴赏众叟一千八百余人。从那以后，当朝皇上为了天下表示对天下功勋元老及老叟们的尊重，举办千叟宴成了庆祝国家昌盛的仪式之一。

乾隆别出一格，本次入宴的老人二千三百六十六人，身份有大清耆耋元勋们、也有赋闲在家的百官、还有年过古稀的兵、民、匠役以及外国使臣等，盛况空前。宴席的四周，赫赫摆开了大画案，开杯后，由各地汇聚来的百余名画师们助兴，他们临场作画，各显神通。宫乐师们奏响了舒缓清雅的宫廷乐。

宴席中，乾隆由主持大臣蒋南沙和书画吏郑板桥等陪同兴致勃勃地亲自看画，用韵诗颁赐筵前，由内廷臣工和各地来的文儒雅士奉和，而后挑上乘者书入画中，乾隆的亲和慈善，引得场中沸腾无忌，会诗的不会诗的，都挺身而出诌上两句，好一番别开生面的景象。

盛宴从早晨九时一直热闹到午后四时，结束之前，按乾隆旨意，参宴中的七十以上的古稀老人可得画师临场画作中赐画一张，赐画由蒋南沙、郑板桥代皇上当场矜印奉送。此项活动将千叟宴推至顶点。

各地画师高手云集，他们作出的字画可谓赫赫辉煌，令人目不暇接。其中临摹的历代大家书画名作有梁元帝萧绎的《职贡图》、三国钟繇的《贺克捷表》、王羲之的《兰亭序》、隋展子虔的《游春图》、智永的《真草千字文》、初唐阎立本的《历代帝王图》、欧阳询的《梦奠帖》、怀素的《自叙帖》、颜真卿的《争坐位帖》、柳公权的《金刚经》、唐吴道子的弟子卢棱枷的《十六尊者像》、盛唐王维的《雪溪图》、中晚唐李真的《不空金刚像》、五代阮郜的《女仙图》、关仝的《关山行旅图》、董源的《龙袖骄民图》、宋苏轼的《枯木竹石图》、李公麟的《五马图卷》、黄庭坚的《草书诸上座卷》、元黄公望的《富春山居图》、赵孟頫的《行书洛神赋》、明唐伯虎的《秋风纨扇图》、文征明的《湘君湘夫人图》、董其昌的《昼锦堂图》、徐渭的《牡丹蕉石图》、本朝石涛的《清湘书画稿卷》、八大山人的《杨柳浴禽图轴》……

乾隆巡视四周，极为满意地"嗯"了一下，说："我朝人才汇聚，国事大兴啊。"

中堂鄂尔泰、张廷玉领着百余名耆老，来到阶前缓步等候蒋南沙、郑板桥颁发皇上的赐画，尔后向皇上谢恩。老臣中有的已八九十岁高龄，有的是让太监搀扶着踉跄走来。

突然，蒋南沙一声喊："皇上——"众人惊异间，只见他惶惶跑向乾隆。

坐在龙位上的乾隆看蒋南沙的神情，知道发生了什么意外："爱卿，怎么啦？"

"皇上，臣有句话不知当说不当说？"蒋南沙微微抬头，但他的耳朵和眼睛的余光关注着乾隆的神色。

"爱卿有何话要说？说吧。"

"在此神圣大殿之中，莫名小辈的字画充斥其中，是否有意戏弄皇上？"蒋南沙诡黠地说。"莫名小辈？哪些是莫名之作？"

"皇上看过便知。"

蒋南沙说着拿出罗聘的一幅《鬼趣图》。

乾隆的脸色顿时就变了，这种字画不是有意出洋相吗？他连想都没想，快步走下龙阶，来到收拢的字画大案前下旨道："查一查，还有没有这种东西。"

郑板桥不知个中原因，吩咐属下一张一张翻看起来，渐渐地，渐渐地板桥的脸就发白了，罗聘和哥几个在燕子楼戏弄苗得福的那些个千姿百态的鬼怪魑魅图不知何时混入了御赐的字画中。满纸的烟云，阴约露出狰狞的鬼脸嘻笑着；穿着短裤的尖头胖鬼领着戴帽的瘦鬼找寻着什么；白衣矮鬼扶杖坐地，一个红衣小鬼捧着酒瓮站立一旁，恭听召唤；衣着华丽的面目可怖的老鬼与一个红衣女鬼亲密无间；绿发恶鬼伸着极长的瘦骨嶙嶙的手捕捉疾跑的小人；一个头颅大而变形的鬼追赶着两个惊慌失措的小鬼；一个打着伞的老鬼领着一帮嘻笑作态的小鬼；古墓前有两个骷髅交谈无间，密商着什么。这些奇形怪状、令人可怖的《鬼趣图》骂了许许多多人不人鬼不鬼的世间丑恶，只可意会，难以言传。

在场的所有人顿时哗然一片。

乾隆大惊道："这种东西是何人所画？……"

"启禀圣上，这个小孩叫罗聘，扬州来的莫名小辈，一个不满十四岁、乳臭未干的孩童。"

蒋南沙说着以他千叟宴主持的特殊身份发难于郑板桥："郑板桥，你是怎么搞的？……"

蒋南沙的话没讲完。一个古稀老臣浑身战栗起来。站在他近旁的又一耆老条件反射性地"啊"的一声倒了下去，幸亏被人扶住。场内一片混乱。

这真是祸从天降，板桥大惊失色。气血冲顶的乾隆冲着呆若木鸡的板桥龙威怒施："郑板桥，这是怎么回事?!"

一边偷觑的蒋南沙脸上露出了快意的神色。

"来人，将作画辱众的画师统通缉拿归案，送刑部从速审理，严惩不怠!"乾隆御旨道。

恼羞成怒的乾隆事后稍有些冷静，他也奇怪现场没出现那些字画，怎么到要赐画的时候都冒出来了呢？这里必定有人作了手脚，于是密令内务府以最快速度查清搅乱千叟宴的罪魁祸首。当夜，所有在场的宫女、太监都被一个个传讯，终于有一个小宫女熬不过审讯房传出的惨烈的叫声，交代了苗得富唆使她作案的事实。苗得福即刻被摘去花翎，送刑部审理。刑部的主审官受允禧的暗示，抬出了滚钉板。滚钉板由上千根令人毛骨耸然的锋利铁钉组成，受审的人首先要滚过这鬼门关以保证自己所说的话都是实情，别说只有嘴巴功夫的苗得福，就是有一身好功夫的人从那上面滚过去也是血肉模糊、不成人形。苗得福见到这血腥冲天的玩意，魂儿悉数飞出了，膝盖一软，张口就供出了幕后策划蒋南沙。

蒋南沙有一棵皇太后的大树撑着，大失脸面的乾隆再怎么失态，也不能把他怎么样过份处置了。只得将苗得福做替罪羊，重杖一百，押递黑龙江终身为奴，随后又将郑板桥大骂一通，如此泄泄气拉倒。

跪伏在养心殿西暖阁地上的郑板桥，聆听乾隆的训斥，心思的一半还在罗聘他们身上，一个罗聘作画，殃及住在方家园的所有画友全部罹难。板桥心焦如焚，要想让他们脱离干系，只有一个劲地将责任往自己的身上揽了："皇上，字画是扬州的几个好友所作，但他们没有责任，他们的字画到了展示厅，责任全在罪臣，请皇上圣察。罪臣甘领死罪以谢皇恩。"

没想到乾隆若无其事地说："朕已下旨刑部，放归了你的友人。你就不要替他们开罪了。"乾隆的意外开恩，板桥当然无法知晓个中的原委，但至少悬着的心可以放下了，他连连叩首道：

"谢皇上开释之恩！罪臣无能，惊扰圣聪，惊扰诸位元老，罪臣死有余辜！"

乾隆给他弄得气不得恼不得叹道："哎，朕一直以为你聪明绝顶，可你……你是真糊涂，还是假糊涂？"

"皇上，罪臣委实是难得糊涂。"板桥可怜兮兮地说，"真的，皇上，臣糊涂了。这些字画是臣一幅一幅过目，亲自挂上去，怎么就出事了呢。"他是想透了，在这嫉才妒能的官场里，他能查出是谁闹的鬼，但是又能如何呢，沉浮如芥草，随遇而安吧。

看他那狗熊似的狼狈样，乾隆禁不住笑了："难得糊涂，好一个难得糊涂！"

"朕看在允禧皇叔的面子上，此次庆典之后，打算把你留到宫里的。可你，又惹下这么个事儿来……"乾隆说了一句真心话。

"京官微臣不敢想，只求皇上恕臣不死。"板桥叩曰。

"潍县县令换了人选……朕看你还是先回扬州待职吧。"乾隆说。

"罪臣谢吾皇不杀之恩。"板桥说,"罪臣遵旨,庆典之后回扬州。"

"朕是让你待职。"乾隆说。

"皇上,罪臣行将老矣,当官操不了那份心,害了朝廷害了百姓。求皇上就让罪臣回老家安安心心卖几天字画吧。"板桥谨慎地说道。

"嗯。"乾隆想了一下,说,"朕早说过了,象你这种人,当官也确实累了些。起来吧。"

"谢主隆恩。"板桥起身。"皇上,罪臣能辞职归乡了吗?"

"朕喜欢你的字。也喜欢你说的话。"其实,智慧过人的乾隆从微妙的交谈中已看出了郑板桥的委婉难言处,笑着说,"就刚才你说的'难得糊涂'留下一幅字于朕,如何?"

板桥不敢相信地看着乾隆,以为他是开玩笑。

"怎么啦?"乾隆见板桥愣愣地看着他,笑了。

板桥说:"臣不敢,怕说错什么了。"

"说错,写错,都没事,这儿没别人,没人挑你的刺。找你的茬。"乾隆宽容地说。

听了这话,板桥的胆子壮了,走到乾隆指着的画案前,操起了毛笔。

板桥飞笔写下"难得糊涂"四个大字。

想想又写道:"聪明难,糊涂尤难,由聪明转入糊涂更难。放一著,退一步,当下心安,非图后来福报也。"

板桥写着,乾隆紧挨着他的身边站着,此时他们之间的君臣关系已在艺术的包容中消失得无影无踪。

板桥的横卷《难得糊涂》在章法上纯以绘画布局构思,主体以四大字居首,下面题上一段议论小跋,打散通常的行、间布局,歪倒欹斜,参差错落,似乎让人体味到一种漫不经心、随而便之、草草急就章的意味，最后名款贯通上下，收住阵角。

"好！"乾隆大叫道，"写的好！真真如同一幅写意山水，于大片白色分割中，使人悟到的是绘画的真趣。书的情致，画的意趣，和谐统一！"

板桥这才再次跪地叩曰："皇上，罪臣可以走了么？"

乾隆说不出一种什么情感，不舍？惜才？嗔怪？总之，乾隆沉默了片刻喃喃说道："你去吧，好好作画，朕，还会再去扬州的……"

"多谢皇上宽宥之恩，臣告辞了。"板桥说完离殿而去。

乾隆带着一种难言的惆怅望着板桥瘦弱的身影隐没在大殿之外。他感到从没有过的一种失落，似乎憋了一股气，突然说道："传蒋南沙！"

精明的安宁读懂了乾隆的气蕴，畅快地唱诺道："传蒋南沙！——"

蒋南沙美美地进得殿来，他还以为皇上要他个什么额外的赏赐呢。

"臣蒋南沙叩见皇上！"

乾隆俯视着爬在地上的蒋南沙，也不叫他起来。

"蒋南沙！"

"臣在。"

对皇上的直呼其名，蒋南沙尚未反应过来是什么滋味，乾隆就说了："你在朝数十载，尽心尽职，劳苦功高，朕念你年事已高，恩准你回乡安养天年。"

安养天年？话说的好听是荣归故里，说透了这不就是给贬为庶民了吗！一股刺骨的冷气从蒋南沙的后脊梁直穿他的后脑勺，他情不自禁地浑身颤抖了起来，口中打着哆嗦说：

"谢皇上龙恩。"

"好了，你去吧。"

“微……微臣……去和太后告……个别……”

“不必了。”

天下没有比这更冷的口气了。

乾隆恩准辞官，对板桥来说是喜是忧是梦醒是失落，似乎什么都有，又似乎什么都没有。李 鱓、李方膺相继接到了罢官的御旨，他俩没二话，打起行装和黄慎、金农、汪士慎哥几个回扬州去了。他孑然一身回到潍县接家眷。

五妹见到久别的板桥，大大的眼睛里惊喜之中夹杂着难以掩饰的悲伤。她受惊了，板桥轻轻搂住了她，她找到大树一样把他抱得紧紧，紧紧的。

“我好怕……”五妹游丝一般地说。

板桥疼爱地抚着她垂在额前的发绺，调侃地逗笑道：“早跟你说过，跟了我，你会担惊受怕的，尝到滋味了吧？”

五妹娇嗔地说：“我也说过，我什么也不怕，先生也不会忘了吧。我是怕……”说着她的脸颊上飞上一层红晕，贴近他的耳畔轻声说：“先生喜欢兰花花，还是喜欢青竹竿？”

“两样都喜欢。怎么问这个？”

“现在我只要你喜欢一样。”

板桥似有所悟，眼睛大睁着盯着五妹惊喜道：“……我的小阿妹，你？……”

五妹睁大着一双秀眼，微微点了点头，把板桥的手拉进自己的衣襟里，贴在肚皮上。板桥感觉到了她微微隆起的下腹，惶惶恐恐地瞪大眼睛竟不知说什么了。

五妹的头贴在了板桥宽大的胸脯上，梦呓一般说道：“有了他，水灾就来了，我没敢跟你说，怕分你的神……”

好一个善解人意、知情达礼的女人啊。“有你，我什么都有了。”

板桥说着小心地紧紧搂住她，久久，久久。五妹徜徉在将为人母的喜悦中。

　　板桥老来得子，喜中大喜，别的可以没有，这份天伦不能没有。到扬州千里迢迢，路途劳顿，出了意外不行，于是等到五妹的分娩，一直到次年的农历三月小儿满月，板桥才携妻儿返归故里。

　　这年阳春三月间，扬州破天荒地下了一场前所未有的桃花雪，梅朵大的雪片纷纷扬扬悠悠荡荡，一夜之间将整个扬州城覆盖得严严实实。本来春和日丽的天空，随着雪朵儿连成的帷幕，渐次变得阴暗了起来；只有陡然沉寂下来的大地在一片冰台的折射下，耀出令人眼花的惨白色的回光。

　　板桥带着他的妻儿回归正巧赶上这场大雪，梅朵大的雪花落在车身马头，静悄悄的，沾上了就不去了，挺固执地积在那儿。郊外雪天雪地里，白茫茫一片，石涛的坟前有一个人影在做祭祀，刚刚燃着的裱纸在风雪中冒着青白色的烟氲，那烟刚刚升腾起来，就打着旋四处飘散了。板桥让三宝停了车，自己下得车来。

　　"阿翔——"板桥喊道。

　　高翔起身，拿手作罩看清楚了，大声地应道："哟，是板桥吧，回来了？"

　　"回来了。"

　　"给石涛大师烧香呢？"

　　"哎咿，一年一度，不能忘了他老人家。"高翔说着来到了马车前。

　　见板桥和这人这么亲热，五妹早辨出这人就是高翔无疑了，没等板桥招呼，她自己就从车上下来了。

　　"这是……哦，一准就是弟媳妇五妹了。"高翔盯着五妹说。

　　五妹施了个大礼："高大哥安好。"

　　"好，好啊。板桥你真是一个有福份的人啊。"高翔由衷地赞赏道。

"你俩好，不用我引见，都猜出谁是谁了。"板桥说。

五妹说："你平时一个一个说你的画友，挂在嘴上说，谁是谁我都背熟了。"

大伙爽朗地笑起来，在风雪地里融上了一片热乎乎的气息。

"李鱓罢官回来了，李方膺也罢官回来了，这下你也给罢回来了。"高翔说。

板桥是个要脸面的人，他给自己磨脸说："老高头，你别瞎说，我是辞官回来的。"

高翔笑了："好了好了，你就别给自己磨这个脸面了。罢也好，辞也好，不是一回事吗？不都是混不下去了才回来的吗？"

"说的也是。我真是糊涂到家了，给自己磨这个脸作什么？"板桥说着自己笑上了。

高翔善意地揶揄道："你们求了一辈子的功名，功名给了你们什么？你们有做官的相，没做官的福啊。生来就是画画的命，做什么官啊……"。

"我走了。没事到门上走走。"板桥说。

"能不走吗？"高翔说，"你们回来了，哥几个走动的地方也多些了。"

无论李鱓也好，李方膺也好，或是郑板桥也好，他们那种"不媚权贵"的狂傲不羁的个性，他们与百姓鱼水相切的情感，决定了他们在尔虞我诈的官场中没有丝毫的生存空间，这是再明了不过的了。脱离宦海沉浮，远离功名诱惑，幸，还是不幸？答案是显然的。脱开精神的囹圄，逃出名利的藩篱，鱼儿入水，鸟儿入林，活得也就有滋味了。

板桥夫妇回到扬州，朋友们自然汇聚，他们在玲珑山馆的院子里，通宵达旦醉酒当歌，乱舞畅神，友人们雅兴大发，抱盅一人一句连诗道：玲珑淮扬五八怪，谈笑天涯复同游。泼墨朝飞三江云，画帘暮卷蜀岗雨。山光水色意悠悠，倚棹放歌度春秋。一路狂舞帝子风，笑看长江空自流。

这一年，发生的故事很多。金农的女儿海姗远嫁天津，他的夫人与他常年分居，觉得还是随女儿有依靠，也到天津去了，金农为此很伤感，奔波一生，连个完整的家也没有；黄慎的老母很想他，他动员母亲和妻儿再次北上，到扬州合家度日，就在福建老家的亲人到来之前，钟文奎听从了郑板桥的规劝，将女儿梅子嫁给了黄慎做小妾；汪士慎妻子去世，大悲一场，他的左眼也半瞎了，不出半年，他竟能在几乎双目失明的状况下，写出不亚于明眼人写的狂草来，依然靠此为生；罗聘与广东按察使方愿瑛的孙女方婉仪喜结连理；李方膺在金陵借项氏园林长期居住，自号"借园"，往返扬州、金陵之间写书卖画；李鱓在家乡兴化筑了升仙浮沤馆作终老之所，大多时间居住在扬州竹西僧舍；高翔拓展画事，治印日斐；板桥携妻小定居扬州，筑草屋安住。扬州八家交往甚密，相互帮衬，你题我画，你诗我书，声名大噪。

三年后，被罢黜的蒋南沙客死他乡，他亲手带出的弟子、宫廷御画师周灏带领一干人，风尘仆仆到扬州，将郑板桥、金农、黄慎、高翔、汪士慎、李鱓、李方膺、罗聘书画的精品之作几乎悉数搬进了紫禁城。

乾隆由一批王公大臣们陪同来到养心殿御赏扬州怪杰们的画作。乾隆想起了什么，问慎亲王允禧：

"李鱓、郑板桥、李方膺现在都在扬州？"

"都在。"

"他们干些什么，作画？"

"作画卖画。皇上还记得一个叫金农的文士吗？"

"怎么不记得，唐伯虎的《秋风纨扇图》他鉴别过，为此朕钦点他博学鸿词科参考，不知为何，他没进京考。千叟宴他也来了吧？"

"当年轰动千叟宴的《鬼趣图》，就是他的徒弟罗聘画的。"

"哦？《鬼趣图》朕后来静下心来看了，还真是有它独到的东西。文人用笔叙说心声，厉害啊，刀枪怎么能和它比得……"

允禧怕有忌言，不敢接乾隆的话茬，换了一个话题道说："听说圣上要南巡，金农还写了进诗表，承谢皇上当年看中他。"

"哦？"乾隆稍稍有些惊讶，继而不无感慨地说："他真是一个知情达礼的文士，这么久了，还记得这些。"

"哎，可惜了这些人才，可惜他们的人太耿直，太古怪，不谙官道，所以他们还是去画画的好。"皇上自解道，随后又这么说道，"他们的画有一股清野之气，不像宫廷画院……"

允禧说："宫廷画院里有人传出话来，说郑板桥他们是扬州画坛的一批丑八怪。"

"扬州的丑八怪？何止扬州？应当说中华画坛。"乾隆想了想，嘲弄地说道，"哼，这些人懂个屁，连人家怪在哪里都闹不清，有什么资格说人家？这些扬州丑八怪的画品好，人品更好，没有他们的人品，也就没有他们的画品。有件事你信不信……"

"皇上，您让臣信什么？"允禧问道。

乾隆想了下说："他们的东西后世会传下去的。"

"我信。"允禧说。

1998 年 9 月 30 日第二稿
于合肥西园草堂